DONNA MARCHETTI

P.s. I hate you

Auf dem schmalen Grat
zwischen Hass und Liebe

atb aufbau taschenbuch

DONNA MARCHETTI

P.s. I hate you

Auf dem schmalen Grat zwischen Hass und Liebe

Roman

Aus dem Amerikanischen
von Katharina Naumann

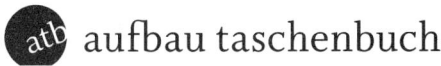 aufbau taschenbuch

Die Originalausgabe unter dem Titel
Hate Mail
erschien 2024 bei One More Chapter, London.

MIX
Papier | Fördert
gute Waldnutzung
FSC® C083411

ISBN 978-3-7466-4095-2

Aufbau Taschenbuch ist eine Marke der
Aufbau Verlage GmbH & Co. KG

1. Auflage 2024
© Aufbau Verlage GmbH & Co. KG, Berlin 2024
www.aufbau-verlage.de
10969 Berlin, Prinzenstraße 85
Copyright © Donna Marchetti 2024
Published By Arrangement With Donna Marchetti LLC
Der Verlag behält sich das Text- und Data-Mining nach § 44b UrhG vor,
was hiermit Dritten ohne Zustimmung des Verlages untersagt ist.
Satz LVD GmbH, Berlin
Druck und Binden CPI books GmbH, Leck, Germany

Printed in Germany

Playlist

Invisible String – Taylor Swift

No I'm In It – HAIM

Mess It Up – Gracie Abrams

Late Night Talking – Harry Styles

Ghost of You – Mimi Webb

Feel Again – OneRepublic

Nonsense – Sabrina Carpenter

Get Him Back! – Olivia Rodrigo

Someone To You – BANNERS

I Wish You Would – Taylor Swift

Motivation – Normani

People Watching – Conan Gray

Die For You – The Weekend, Ariana Grande

Stuck In The Middle – Tai Verdes

Goodnight N Go – Ariana Grande

Kiss Me – Sixpence None The Richer

Death By A Thousand Cuts – Taylor Swift

Complicated – Olivia O'Brien

Heaven – Niall Horan

Back To You – Selena Gomez

Paper Rings – Taylor Swift

What If – Collie Caillat

This Love – Taylor Swift

EINS

Hübsche Mädchen haben Feinde

Naomi

»Ich glaube, das ist ein neuer Rekord. Du bist erst zwei Wochen auf Sendung und kriegst schon Fanpost.«

Anne hat die Angewohnheit, sich an die Leute heranzuschleichen. Als ich ihre Stimme direkt hinter mir höre, wirbele ich erschrocken mit meinem Drehstuhl herum. Ich glaube, es liegt an ihren Schuhen. Sie sind zu leise, selbst auf dem Fliesenboden. Meine Freundin lächelt mich an und wedelt mit einem Brief.

»Ich wusste gar nicht, dass Meteorologinnen Fanpost bekommen. Muss ich mir Sorgen machen?«

»Die hübschen schon«, sagt Anne und zwinkert mir zu. »Aber wie ich schon sagte, zwei Wochen sind ein neuer Rekord. Hoffen wir, dass sich dein neuer Fan nicht als Stalker entpuppt.«

Ich nehme ihr den Brief aus der Hand und drehe den weißen Umschlag um. Mein Name und die Adresse des Senders sind mit der Hand darauf geschrieben. Anne schaut mir zu und gibt sich keine Mühe, ihre Neugier zu verbergen. Ich schiebe den Finger unter die Lasche und reiße den Umschlag auf, wobei ich ihn aus Versehen fast entzweireiße.

»Nimm doch einen Brieföffner«, sagt Anne. Sie wirkt ungeduldig.

»Wer braucht den schon? Mit den Fingern geht es doch wunderbar.«

»Gleich schneidest du dich am Papier«, warnt sie.

Und wenn schon. Ich zucke die Achseln. »Ich habe meine Briefe schon immer so geöffnet.«

Ich fische ein einzelnes, gefaltetes Notizbuchblatt aus den Überresten des Umschlags. Der Brief ist handgeschrieben. Kurz, schlicht, direkt auf den Punkt:

Liebe Naomi,
ich hoffe, bei deiner nächsten Wettervorhersage wirst du vom Blitz getroffen. Wäre das nicht eine Ironie des Schicksals?
–L

Ich pruste los, bevor ich etwas dagegen tun kann. Erst versuche ich noch, mich zu beherrschen, aber da ist das nächste Lachen schon raus, und dann kann ich gar nicht mehr aufhören. Anne runzelt die Stirn und schnappt sich den Brief, um zu sehen, was daran so lustig ist. Durch meine Lachtränen hindurch sehe ich, wie ihre Augen ganz groß werden und ihr Gesicht rot anläuft.

»O mein Gott«, sagt sie. »Es tut mir so leid. Ich wusste nicht, was das hier ist. Ich habe nicht … geht es dir gut? Warum lachst du?«

Ich atme tief durch, um mich zu beruhigen, dann nehme ich den zerfetzten Briefumschlag in die Hand. Enttäuscht muss ich feststellen, dass kein Absender darauf steht.

»Woher kommt der?«

Anne schüttelt den Kopf. Sie ist ganz eindeutig verwirrt von meiner Reaktion. »Er war heute Morgen in der Post. Kein Absender. Weißt du, von wem er ist?«

Ich nicke und kann spüren, wie sich schon wieder ein Grinsen auf meinem Gesicht ausbreitet. »Ich habe seit zwei Jahren nichts mehr von diesem Menschen gehört.«

Meine Antwort verwirrt Anne nur noch mehr. »Ist das ein Scherz? Oder hast du einen kranken Stalker, von dem wir wissen sollten?«

»Nein. Wobei ... Es ist eine lange Geschichte. Schwer zu erklären.«

Anne zieht einen Stuhl vom Schreibtisch nebenan heran und setzt sich darauf. »Ich hab Zeit.«

Ich stehe auf und sammele meine Sachen zusammen. Für heute bin ich fertig, und ich will nicht, dass das gesamte Kollegium unser Gespräch mitbekommt. »Ich wollte gerade Feierabend machen«, sage ich. Anne sieht enttäuscht aus. »Wollen wir einen Kaffee trinken gehen? Dann erzähle ich dir alles.«

———

Lieber Luca,
ich freue mich ganz doll, dass du mein neuer Brieffreund bist. Meine Lehrerin sagt, du wohnst in Kalifornien. Ich habe noch nie jemanden kennengelernt, der in Kalifornien

wohnt. Ich finde das so cool! Gehst du jeden Tag an den Strand? Ich glaube, ich würde das machen, wenn ich da wohnen würde. Du findest es bestimmt auch ganz toll.

Ich wohne in Oklahoma. Aber eigentlich wollte ich immer irgendwo in der Nähe vom Meer wohnen, damit ich baden kann, wann ich will. In meiner Stadt kann man nicht viel machen, außer ins Einkaufszentrum gehen oder zum Fluss, was nicht annähernd so toll ist wie das echte Meer.

Was machst du in Kalifornien am liebsten? Hast du Haustiere? Ich habe einen Hamster, aber eigentlich hätte ich gern eine Katze. Meine Mom sagt, ich kann eine haben, wenn ich ein bisschen älter bin, aber das sagt sie schon seit Jahren. Ich bin jetzt zehn, und ich finde, das ist alt genug, um sich um eine Katze kümmern zu können. Oder um ein Frettchen. Wenn ich keine Katze haben darf, dann will ich unbedingt ein Frettchen. Und du? Magst du Frettchen?

Alles Liebe
Naomi Light

Ich war in der fünften Klasse, als ich meinen ersten Brief an Luca schrieb. Meine Lehrerin ließ uns Namenszettel aus einer Schüssel ziehen, und so bekam ich einen Jungen namens Luca Pichler als Brieffreund, der in Kalifornien wohnte. Ich freute mich riesig, nun einen Freund in einem anderen Bundesstaat zu haben. Allerdings hatte ich noch nie einen Brieffreund gehabt, und ich war mir nicht sicher, wie ich den Brief beenden sollte. Meine Mutter hatte mir beigebracht, unter alle Briefe »Alles Liebe, Naomi« zu schreiben, also machte ich das jetzt auch so. Erst als ich die Worte hingeschrieben hatte, fragte ich mich, ob es vielleicht ein bisschen komisch war, einem Jungen Liebe zu schicken, den ich noch nie gesehen hatte. Bisher hatte ich nur an Verwandte Briefe geschrieben, da hatte ich mir nie Gedanken darüber gemacht.

Aber es war zu spät, um den Brief neu zu verfassen, und ich wollte es auch nicht durchkritzeln und dadurch wie eine unordentliche Schreiberin wirken. In diesem Moment kam Mrs. Goble, die alle Briefe einsammelte, zu meinem Tisch. Ich stopfte meinen also in den Umschlag und gab ihn ihr.

Sie verkündete, dass alle Briefe am nächsten Morgen mit der Post der Schule abgeholt würden, und dann würde es ein paar Tage brauchen, bis unsere Brieffreunde sie bekämen. Dann wiederum würde es noch ein paar Tage dauern, bis wir von unseren neuen Freunden in Kalifornien hören würden.

Zwei Wochen später bekamen wir unsere Antwortbriefe. Für mich war es völlig neu und aufregend, Post von jemandem zu bekommen, der kein Verwandter war. Als ich den Brief öffnete, bemerkte ich als Erstes, dass Luca Pichlers Handschrift grauenhaft war. Ich brauchte doppelt so lange, alles zu entziffern, wie ich gebraucht hätte, wenn er ordentlich geschrieben hätte.

Liebe Naomi,
du klingst echt langweilig. Meine Mom sagt, Oklahoma
liegt mitten im Bibelgürtel und dass du vermutlich mit
sechzehn schwanger wirst. Außerdem stinken Frettchen.
Wenn du ein echtes Haustier willst, dann hol dir einen

Hund, denn Katzen sind langweilig. Aber vielleicht würde
eine Katze deshalb auch perfekt zu dir passen.
Habt Ihr Tornados in Oklahoma?
Alles Liebe
Luca Pichler

Die Tatsache, dass ich mir auch noch so viel Mühe geben
musste, das unfreundliche Gekrakel zu entziffern, machte
mich nur noch wütender. Mein Brief war so nett und fröhlich
gewesen, und er reagierte … so? Mein Kinn zitterte. Mrs.
Goble durfte mich auf keinen Fall so sehen. Ich faltete den
Brief wieder zusammen, atmete tief durch und blinzelte die
Tränen weg. Dann entfaltete ich den Brief doch wieder und las
ihn von vorn. Er hatte mit »Alles Liebe« unterschrieben,
genau wie ich. Ob ihm das auch seine Mutter beigebracht
hatte? Oder machte er mich bloß nach? Vielleicht war es nach
diesem gemeinen Brief aber auch nur ironisch gemeint? Aber
waren kalifornische Jungs in der fünften Klasse zu solch ziel-
gerichteter Ironie überhaupt fähig? Ich bezweifelte es. Vermutlich machte er sich einfach über mich lustig, wie im Rest
seines Briefes.

Ich riss vorsichtig eine frische Seite aus meinem College-
block, nahm meinen Füller und schrieb zurück.

Lieber Luca,
deine Handschrift ist schrecklich. Ich konnte nicht einmal
richtig lesen, was du in deinem Brief geschrieben hast.
Offenbar wolltest du aber sagen, dass du fünf Katzen hast
und am Wochenende am allerliebsten ihre Klos sauber

machst. Das kommt mir doch ein bisschen komisch vor.
Vielleicht solltest du aufhören, so viel Salzwasser zu
trinken. Es ist wohl doch ganz gut, dass ich so weit weg vom
Meer wohne.
Und ja, wir haben hier auch Tornados.
Alles Liebe
Naomi

Lucas nächster Brief war lesbarer. Es war zu erkennen, dass er
sich Zeit genommen und auf seine Handschrift konzentriert
hatte. Das fühlte sich wie ein kleiner Sieg an, obwohl der Brief
noch fieser war als der erste.

Liebe Naomi,
ich habe diesen Brief jetzt langsamer geschrieben, damit
dein schlichtes Oklahoma-Hirn mitkommt. Tut mir leid,
dass deine Eltern Geschwister sind. Ich habe gehört, dass
Inzest eine Menge Geburtsdefekte verursachen kann, was
erklärt, warum du so geworden bist.
Ich freue mich zu hören, dass es in Oklahoma Tornados
gibt. Mit etwas Glück zerstört einer von ihnen euer Haus.
Dann können deine Eltern nicht noch mehr von deiner
Sorte bekommen.
Alles Liebe
Luca

Ich war stinksauer, als ich diesen zweiten Brief bekam. Wie
konnte man nur so gemein und ekelhaft sein? Mit bebenden
Händen faltete ich den Brief zusammen, steckte ihn in die

Schublade meines Schreibtisches und schwor mir, diesem un-höflichen Typen nie wieder zu schreiben. Irgendwas in mir hatte bis zuletzt gehofft, dass er beim ersten Brief vielleicht einfach einen schlechten Tag gehabt hatte, aber jetzt stand fest, dass er einfach ein ganz furchtbarer, furchtbarer Mensch war.

———

»Aber dann hast du ihm doch noch geantwortet, oder?«, fragt Anne. »Du hast gesagt, es sei zwei Jahre her, seit du von ihm gehört hast. Hat er dir die ganze Zeit geschrieben, und du hast nicht reagiert?«

»Ich habe geantwortet. Irgendwann.«

»Hat deine Lehrerin seine Briefe gesehen?«

Ich zucke mit den Schultern. »Nein. Sie hat uns die Um-schläge immer verschlossen gegeben. Ich glaube, weil sich keiner von uns beschwert hat, dachte sie, dass sich unsere Brieffreunde alle gut benehmen würden. Im Grunde war das aber gut für mich, weil ich danach auch ziemlich fies wurde.«

»Warst du denn wirklich sauer, oder wolltest du ihn nur provozieren?«

Darüber muss ich kurz nachdenken. »Zuerst war ich wirk-lich sauer. Aber ich glaube, nach einiger Zeit habe ich mich auch irgendwie auf seine Briefe gefreut. Ich wollte herausfin-den, wie gemein er werden konnte. Und irgendwann wurde es mein persönliches Ziel, schlimmer zu sein als er.«

Anne schaut auf den Brief, der zwischen uns auf dem Tisch liegt. »Scheint, als wärst du jetzt am Zug.«

Ich nehme den Brief in die Hand und überfliege die vertraute Handschrift. »Kein Absender«, sage ich. »Wie soll ich da zurückschreiben?«

»Versuch es mit der Adresse von vor zwei Jahren«, schlägt sie vor.

»Habe ich schon. Vor anderthalb Jahren. Aber der Brief kam zurück. Wenn einer von uns weggezogen ist, stand eigentlich immer die neue Adresse auf dem nächsten Brief. Aber diesmal hat er mir keine neue Adresse geschrieben.«

Anne schürzt nachdenklich die Lippen. »Er will dich herausfordern«, sagt sie nach einer Weile.

»Mich herausfordern?«

»Ihn zu finden«, erklärt sie. »Wenn du nicht reagierst, hat er das letzte Wort in eurem zehn Jahre andauernden Briefkampf. Bist du etwa bereit, ihn gewinnen zu lassen?«

Ich schüttele den Kopf. »Auf keinen Fall. Ich werde ihn suchen.«

ZWEI

Brüder und Schwestern

Luca

Eigentlich fand ich es bescheuert, eine Brieffreundin zu haben. Ich hatte irgendeinem Kind in irgendeinem anderen Bundesstaat nichts zu sagen. Offenbar war ich aber der Einzige in der ganzen Klasse, der sich nicht über diese ganze Aktion freute. Die anderen Schüler lasen einander ihre Briefe vor und überlegten zusammen, was sie antworten sollten, nur ich saß ganz hinten in der Klasse und wünschte mir, zu Hause in meinem Zimmer zu sein und Videospiele zu spielen.

Es war auch nicht so, als würden wir für die Briefeschreiberei Noten bekommen. Mrs. Martin wollte unsere Briefe vermutlich nicht einmal lesen.

»Luca«, sagte sie, und ich schaute hoch. »Möchtest du deinen Brief mit der Klasse teilen?«

Ich schüttelte den Kopf. »Eigentlich nicht.«

Sie lächelte mich verständnisvoll an. »Dann lies ihn doch immerhin Ben vor.«

Mein Freund Ben saß neben mir. Er sah ungefähr so begeistert aus, wie ich mich fühlte. Lustlos schob ich ihm den Brief hin. Er las ihn und schob ihn wieder zurück.

»Die redet aber viel übers Meer«, bemerkte er.

»Finde ich auch.«

»Was willst du antworten?«

»Weiß nicht. Das ist doch bescheuert.

»Du findest alles bescheuert.

»Es *ist* ja auch alles bescheuert.«

»Du musst ihr zurückschreiben«, sagte Ben.

»Warum?«

»Sonst ist sie die Einzige in ihrer Klasse, die keinen Brief bekommt.«

Ich verdrehte die Augen und schlug seufzend eine neue Seite in meinem Heft auf. Nach einem letzten Blick auf Naomis Brief schrieb ich meinen eigenen. Als ich fertig war, musste ich grinsen. Ich riss die Seite heraus und gab sie Ben.

»Das kannst du nicht abschicken«, flüsterte er. »Du kriegst richtig Ärger.«

»Mrs. Martin wird das überhaupt nicht lesen«, flüsterte ich zurück.

»Das ist aber so gemein«, sagte er. »Sie weint dann bestimmt.«

»Na und? Ich kenne sie ja nicht.«

Ich nahm ihm den Zettel wieder aus der Hand, faltete ihn und steckte ihn in den Umschlag, den unsere Lehrerin uns gegeben hatte. Und ich dachte wirklich, damit wär's das. Naomi Light würde um einen anderen Brieffreund bitten, und ich müsste keine Briefe mehr schreiben.

Aber das war nicht das Ende. Zwei Wochen später verteilte

Mrs. Martin die neuen Briefe. Naomi hatte mir doch tatsächlich geantwortet. Ben wirkte ebenso überrascht. Er wartete ab, bis ich meinen Brief geöffnet hatte, dann erst schaute er sich seinen an.

»Was schreibt sie denn?«, wollte er schon wissen, bevor ich überhaupt alles gelesen hatte.

Ihr Brief machte mich richtig sauer. »Sie hat überhaupt nicht kapiert, was ich letztes Mal geschrieben habe, und denkt sich jetzt was aus.«

Ich öffnete mein Heft und begann, mir zu überlegen, was ich jetzt schreiben sollte. Gerade mal einen halben Satz hatte ich geschrieben, als ich es plötzlich verstand. Sie hatte recht. Meine Handschrift war wirklich chaotisch. Mrs. Martin bat mich auch immer, leserlicher zu schreiben, und selbst meine Mom hatte gesagt, ich müsse daran arbeiten. Ich blätterte zur nächsten Seite und begann von vorn. Diesmal ganz langsam, und ich achtete darauf, alle Buchstaben voneinander getrennt und klar und deutlich zu schreiben.

Als ich fertig war, zeigte ich Ben den Brief. Er zog die Brauen hoch, als er ihn las, und dann sah er mich mit gerunzelter Stirn an. »Das ist eklig«, sagte er. »Machen das Leute in Oklahoma wirklich? Ihre Brüder und Schwestern heiraten?«

Ich zuckte die Achseln. »Vermutlich nicht.«

Ich nahm ihm den Zettel wieder weg und steckte ihn in den Umschlag.

»Warum bist du immer noch so fies zu ihr? Sie hat sich vielleicht darauf gefreut, einen Brieffreund zu haben.«

Ben schaute sich um, und ich folgte seinem Blick. Alle Mädchen lächelten, als sie die Briefe lasen, die sie bekommen hatten. Sie überlegten gemeinsam, was sie zurückschreiben sollten. Ich wusste, was er erreichen wollte. Er versuchte, mich dazu zu bringen, Naomi als eine von ihnen zu sehen: als einen echten Menschen, nicht nur als ein Stück Papier, das mit der Post kam.

»Ich will nicht das ganze Jahr mit jemandem schreiben müssen. Wenn sie nicht mehr antwortet, dann ist das nicht meine Schuld, und Mrs. Martin lässt mich in Ruhe.«

Zufrieden mit mir und meiner Idee klebte ich den Umschlag zu und schrieb Naomis Namen und Schuladresse drauf, dann warf ich ihn in den Korb, in dem wir unsere Briefe sammeln sollten. Ich war der Erste, der seinen abgab. Mrs. Martin lächelte mich an.

»Das ging ja schnell«, sagte sie.

Ich zuckte mit den Schultern und lächelte sie so charmant an, wie ich konnte. »Mit meiner Brieffreundin fällt mir das Schreiben leicht. Ich kann es kaum erwarten, wieder von ihr zu hören.«

Es dauerte weitere zwei Wochen, bis wir eine Antwort von unseren Brieffreunden bekamen. Mrs. Martin ging durch die Klasse und verteilte die Briefe. Als sie an meinem Tisch stehen blieb, blätterte sie durch den Briefestapel in ihrer Hand. Sie zog einen heraus und gab ihn Ben. Dann war sie beim untersten Brief angekommen und begann, wieder von vorn zu blättern.

»Hmm«, sagte sie, als klar war, dass da kein Brief für mich im Stapel steckte. »Tut mir leid, Luca. Diesmal scheint keiner für dich dabei zu sein. Vielleicht ist er nicht mit den anderen gekommen. Das passiert manchmal. Vermutlich kommt er in ein, zwei Tagen an.«

»Oh.« Ich versuchte, enttäuscht zu klingen, aber eigentlich musste ich mir nicht viel Mühe geben. Überraschenderweise war ich wirklich ein wenig enttäuscht. Während der letzten zwei Wochen hatte ich mich dabei ertappt, dass ich hoffte, Naomi würde mir noch mal etwas Bissiges antworten, so dass ich mir etwas noch Gemeineres für sie ausdenken konnte.

Eigentlich war es ja Sinn und Zweck der fiesen Briefe gewesen, sie dazu zu bringen, mir nicht mehr zu schreiben, aber ich hätte nie gedacht, dass ich das so schnell schaffen würde. Jetzt war ich der Einzige in der Klasse, der keinen Brief bekam.

Am nächsten Tag ging ich nach dem Unterricht zu Mrs. Martins Pult.

»Kam heute ein Brief für mich?«, fragte ich.

Sie schüttelte den Kopf. »Tut mir leid, Luca. Bisher nicht. Vielleicht morgen?«

Aber am nächsten Tag kam auch nichts. Auch nicht am Tag darauf.

Als der nächste Schwung Briefe für die anderen mit der Post kam, hatte ich es schon aufgegeben. Ich schaute nicht einmal hoch, als Mrs. Martin sie verteilte, sondern machte weiter meine Hausaufgaben, als sie einen Umschlag auf meinen Tisch fallen ließ. Ich war überrascht. Sie zwinkerte mir zu und ging dann weiter, um den Rest der Briefe auszugeben.

»Offenbar hat dein Plan doch nicht so super geklappt«, bemerkte Ben.

Ich achtete nicht auf ihn und riss den Umschlag auf.

Lieber Luca,

eigentlich wollte ich nach dem, was du mir das letzte Mal geschrieben hast, gar nicht mehr antworten. Ich mag normalerweise keine Schimpfwörter, aber möchte dich trotzdem wissen lassen, dass du ein Arschloch bist. Ich glaube inzwischen, dass du diese fiesen Dinge nur gesagt hast, damit ich nicht mehr antworte. Deswegen finde ich, die beste Strafe für dich ist es, dass ich dir weiter schreibe.

Ich will dir außerdem sagen, dass meine Eltern keine Geschwister sind. Allerdings finde ich es echt komisch, dass du überhaupt auf diese Idee gekommen bist. Du hast wirklich ziemlich abstoßende Phantasien. Hoffentlich hast du keine Geschwister, aber wenn du welche hättest, würden sie dich vermutlich nicht einmal mit der Kneifzange anfassen. Du hast einen hässlichen Charakter, und ich wette, dass du auch hässlich aussiehst.

Übrigens, wie ist das Wetter gerade in Kalifornien?

Alles Liebe

Naomi

Liebe Naomi,

ich bin tatsächlich kein bisschen hässlich. Die Mädchen in meiner Klasse finden mich alle heiß. Meine Lehrerin hat zwei von ihnen dabei erwischt, wie sie sich Zettelchen geschrieben haben, und das stand darauf. Also liegst du da schon mal falsch. Außerdem habe ich keine Geschwister. Es ist echt eklig, dass du denkst, ich hätte Phantasien von

Brüdern und Schwestern. Wie kommst du darauf? Hast du solche Phantasien? Eklig.

Das Wetter ist ganz schön in letzter Zeit. Heute sind es fast 26 Grad draußen. Ich glaube, nach der Schule gehe ich an den Strand.

Alles Liebe

Luca

Lieber Luca,

die Mädchen in deiner Klasse haben keine Ahnung, denn Jungs in der fünften Klasse sind nicht heiß. Wenn die Mädchen in deiner Klasse sagen, dass du heiß bist, meinen sie damit vermutlich nur, dass du dünn bist. Meine ältere Cousine sagt, dass Jungs erst in der Highschool heiß werden. Aber na ja, wenn es dir hilft.

Auf das Wetter bei euch bin ich echt neidisch. Es ist total kalt und bewölkt hier. Ich würde jetzt auch gern am Strand liegen. Bist du so richtig braun? Ich wäre das auch gern.

Alles Liebe

Naomi

Liebe Naomi,

gib dir keine Mühe, dich mit mir anzufreunden, indem du übers Wetter und das Braunwerden schreibst. Das klappt nicht. Außerdem solltest du dich lieber nicht an den Strand legen, weil man dich mit einem Wal verwechseln könnte.

Und dann müssen ganz viele Menschen mit anpacken, um
dich zurück ins Meer zu schieben.
Ist mir egal, was deine Cousine über Jungs sagt. Wenn sie
älter ist als wir, dann ist es doch klar, dass sie Jungs aus der
Fünften nicht heiß findet. Außerdem bin ich nicht nur
dünn. Ich habe auch Bauchmuskeln.
Alles Liebe
Luca

Als die Winterferien begannen, war ich einer von wenigen in der Klasse, die noch regelmäßig Briefe bekamen. Selbst Ben fand die Briefeschreiberei irgendwann langweilig. Als ich im Januar wieder in die Schule kam, wartete nur ein Brief auf uns alle. Und der war für mich. Die ganze Klasse drehte sich zu mir um, als Mrs. Martin verkündete, dass ich einen Brief von meiner Brieffreundin erhalten hätte. Alle guckten so überrascht, als hätten sie ihre Brieffreunde schon längst vergessen.

Ich steckte den Brief schnell in meinen Rucksack, um ihn später allein zu lesen. Auf den Umschlag meines Antwortbriefes schrieb ich später meine Adresse, nicht die der Schule. Ich wollte nicht, dass die anderen wussten, dass ich meiner Brieffreundin immer noch schrieb.

DREI

Namen und andere Schwierigkeiten

Naomi

»Irgendwie habe ich das Gefühl, dass das noch nicht alles ist«, sagt Anne. »Es hört doch nicht einfach damit auf, dass ihr euch als Fünftklässler ein paar Beleidigungen an den Kopf schmeißt.«

»Es geht auch noch weiter. Viel weiter. Ich habe dir ja gesagt, dass das eine lange Geschichte wird.«

»Hast du die Briefe aufbewahrt?«

Ich zucke mit den Schultern. »Irgendwo liegen die bestimmt noch rum.«

Das ist eine Lüge. Ich weiß ganz genau, wo die Briefe sind. Sie liegen im obersten Fach meines Kleiderschranks und sind chronologisch geordnet. Ich habe sogar die ungeöffneten Briefe aufbewahrt, die zurückgekommen sind, nachdem Luca weggezogen war.

»Ich kann nicht glauben, dass du mir noch nie davon erzählt hast«, sagt Anne. »Muss man seiner besten Freundin nicht alles sagen?«

»Wir haben uns doch erst kennengelernt, als zwischen ihm und mir schon Funkstille war«, erinnere ich sie. »Ich glaube, es hat sich einfach nie ergeben.«

Die Wahrheit ist, dass ich noch nie jemandem von Luca erzählt habe. Meine Eltern wussten nur davon, weil die Briefe bei uns zu Hause ankamen. Meine Mitbewohnerin im College wusste es, weil sie mich dabei gesehen hat, wie ich ihm schrieb, aber wir redeten nicht viel darüber, und sie hat auch nie einen Brief gelesen.

Ich höre, wie sich hinter mir die Cafétür öffnet, und Annes Blick gleitet zu dem neuen Gast. Sie ist jetzt zwar abgelenkt, redet aber weiter. »Wie willst du ihn finden?«

»Keine Ahnung. Staatsarchiv? Ich habe wirklich keinen blassen Schimmer, wo ich anfangen soll.«

»Immerhin hast du seinen Vor- und Nachnamen.«

»Stimmt, aber ich weiß nicht, wo er jetzt wohnt.«

»Schau doch auf Facebook nach.«

Ich hole mein Handy aus der Tasche. »Stimmt«, sage ich. »Wieso bin ich nicht selbst darauf gekommen?«

Sie reißt die Augen auf, dann runzelt sie die Stirn. »Du hast noch nie nach ihm gesucht? Warst du nicht neugierig, wie er aussieht?«

»Natürlich habe ich nach ihm gesucht, aber das ist schon lange her. Er hatte eins von diesen Profilbildern mit ungefähr fünf anderen Typen darauf, daher weiß ich nicht genau, welcher von denen er war.«

Annes Blick gleitet wieder an mir vorbei. Sie schaut jetzt zum Tresen. Ich drehe mich um und erkenne einen meiner Nachbarn, der sich gerade einen Kaffee bestellt. Kein Wunder, dass sie ihn anstarrt. Selbst mit dem Rücken zu uns ist Jake Dubois ein gut aussehender Typ. Er hat dunkle Haare und Muskeln, die sein Shirt ausfüllen. Die kurzen Ärmel liegen stramm um seinen Bizeps, als er die Hand ausstreckt, um seinen Kaffee zu bezahlen. Wir genießen den Anblick noch einen Moment, dann drehe ich mich wieder um und schaue auf das Display meines Handys. Ich öffne Facebook und tippe ›Luca Pichler‹ ins Suchfeld. Ein paar Accounts ploppen auf.

»Meinst du, er ist einer von denen?«, fragt Anne und beugt sich über den Tisch, um einen Blick auf mein Display zu werfen.

Ich scrolle durch die Liste. »Keiner von diesen Typen wohnt in Amerika. Ich weiß es nicht. Womöglich ist er ausgewandert, aber das glaube ich eigentlich nicht. Ich muss später einfach noch mal intensiver recherchieren.«

Eine Gestalt ragt über unserem Tisch auf. Anne schaut zuerst zu Jake hoch und schluckt ein überraschtes Quieken herunter. »Hi«, sagt sie und wird rot. Ich bin mir sicher, mein Gesicht ist genauso rot wie ihres. Ob er wohl gemerkt hat, dass wir ihn eben angestarrt haben?

Er sagt »Hey« zu Anne und wendet sich dann an mich. Seine eisblauen Augen machen mich immer etwas unruhig, wenn er mich ansieht. Man kann sich von seinem Blick nicht losreißen. Gleichzeitig habe ich das Gefühl, wenn ich ihn weiter ansehe, kann er in meinen Augen irgendwie meine dunkelsten Geheimnisse sehen. »Dachte ich's mir doch, dass du es bist«, sagt er. »Schon fertig mit Wettervorhersagen für heute?«

»Wow. Zwei Fans an einem Tag«, bemerkt Anne. »Sieh mal einer an.«

Ich schnaube und setze den Becher an die Lippen, um mich dann daran zu erinnern, dass er leer ist. »Anne, er ist mein Nachbar.«

»Oh.« Sie lacht nervös auf und schaut weg.

Einen Moment lang schweigt Jake. Ich merke, dass er auf mein Handy schaut, auf dessen Display immer noch alle Luca Pichlers der Welt zu sehen sind. Hastig sperre ich den Bildschirm, und er wendet seine Aufmerksamkeit wieder mir zu. »Ich wollte nur fragen, ob du Lust hättest, mal mit mir abendessen zu gehen. Äh, vielleicht dieses Wochenende?«

Völlig überrumpelt von dieser Frage brauche ich eine Weile, um zu begreifen, dass er mit mir ausgehen will. Ich habe ihn schon oft in meinem Wohnhaus gesehen, aber wir haben erst zweimal überhaupt miteinander geredet. Das erste Mal, als er vor ungefähr einem halben Jahr eingezogen ist und ich ihm auf dem Weg nach draußen die Tür aufgehalten habe, damit er einen Umzugskarton hereinbringen konnte. Er hat »Danke« gesagt und ich »Gern geschehen.«

Das zweite Mal war erst vor einer Woche. Ich ging gerade die Treppe nach unten, um in meinen Briefkasten zu schauen, als er mir entgegenkam. Er blieb direkt vor mir stehen, so dass ich nicht ausweichen konnte, und fragte: »Hey, bist du nicht dieses Wettermädchen? Naomi Light?«

»Äh, ja, das bin ich«, antwortete ich.

Dabei erhaschte ich einen Blick auf das Namensschild auf dem OP-Kittel, den er trug, konnte aber nicht erkennen, wo er arbeitete.

»Cool«, sagte er nur, bevor er mir Platz machte und die Treppe hinaufeilte. Danach habe ich ihn noch ein paar Mal gesehen, aber abgesehen von einem höflichen Nicken, wenn überhaupt, ist nie etwas passiert.

Jetzt erst merke ich, dass wir schon eine ganze Weile schweigen und ich seine Frage noch nicht beantwortet habe.

»Ja, äh, klar«, stammele ich und klinge genauso nervös wie er, als er die Frage gestellt hat.

»Toll«, sagt er. Sein Blick fällt auf meinen leeren Becher. »Kann ich dich noch auf einen Kaffee einladen?«

Das hier ist zwar schon mein dritter heute, aber ich höre mich selbst sagen: »Ja, äh, klar«, um dann vor Peinlichkeit zu sterben, weil ich schon seine vorherige Frage haargenau so beantwortet habe. Ich reiße mich zusammen. »Wobei, eigentlich wollte ich gerade gehen.«

»Dann bestell ich ihn to go.«

Er dreht sich um und geht zurück zum Tresen. Ich schaue ihm über die Schulter hinterher, und mein Herz pocht schneller. Anne räuspert sich, aber ich weiche ihrem Blick aus. Mein ganzer Körper fühlt sich plötzlich ganz heiß an, daher ist mein Gesicht vermutlich so rot wie meine Haare. Als ich sie endlich ansehe, grinst sie breit.

»Das war gleichzeitig das Peinlichste und Aufregendste, was ich je gesehen habe«, sagt sie.

»Dann müsstest du deine Kriterien für peinliche und aufregende Dinge vielleicht überdenken.« Ich streiche mir das Haar aus dem Gesicht, um mich etwas abzukühlen. »Was ist daran schon so besonders?«

»Naomi Light hat am Wochenende ein heißes Date«, singt sie und tanzt im Sitzen dazu. »Und das ganz ohne Dating-App. Was ziehst du an?«

Ich verdrehe die Augen, muss aber ein Lächeln unterdrücken. »Ich hatte leider noch keine Zeit, darüber nachzudenken.«

»Du hast mir nie erzählt, dass du so einen heißen Nachbarn hast. Du hast nur über den lauten gesprochen.«

Ich bringe sie mit einem »Pscht!« zum Schweigen und werfe dann wieder einen Blick über die Schulter, um sicherzugehen, dass Jake uns nicht hören kann. Gerade hält er seine Karte vor das Lesegerät. Ich wende mich wieder zu Anne um. »Warum soll ich dir all meine Nachbarn beschreiben?«

»Du musst sie mir nicht *alle* beschreiben, aber …« Sie hält inne, und ihr Blick gleitet wieder zu Jake. »Dieser ist es auf jeden Fall wert, beschrieben zu werden.«

Jake kommt mit einem Becher frischen Kaffee für mich zurück. Anne und ich stehen auf. Sie beugt sich zu mir und flüstert: »Du musst mir sofort erzählen, wenn du Luca Pichlers Adresse findest. Ich will wissen, wie es weitergeht.«

»Keine Sorge, du erfährst es als Erste.«

Anne geht in dem Moment, in dem Jake wieder am Tisch ankommt. Ich bedanke mich für den Kaffee, und dann gehen wir hinaus.

»Ich könnte dich noch nach Hause bringen«, bietet er an.

Ich lache und schaue zu unserem Wohnhaus hinüber, das direkt gegenüberliegt. »Was würdest du tun, wenn ich Nein sage?«

Er denkt kurz nach. »Vermutlich zehn Sekunden warten und dir dann peinlich berührt folgen.«

»Okay. Du darfst mich nach Hause bringen.«

Die Art, wie er mich anlächelt, löst etwas in mir aus. Ich

habe ihn schon vorher lächeln sehen, aber jetzt, wo dieses Lächeln mir gilt, schlägt mein Herz schneller, und ich fühle mich, als müsste man mich über die Straße tragen. Ich zwinge mich, ihn nicht direkt anzusehen, denn ich bin mir ziemlich sicher, dass ich nur so diesen Heimweg überleben kann. Stattdessen fällt mein Blick auf seinen Arm, und prompt stelle ich mir vor, wie es wäre, wenn er mich tragen und ich mit meinem Kopf an dieser muskulösen Brust liegen würde … Okay, vielleicht sollte ich ihn gar nicht mehr ansehen. Ich richte den Blick auf die Straße und hoffe, dass der Effekt, den er auf mich hat, nicht zu offensichtlich ist.

Wir warten, bis der Verkehr etwas nachlässt, dann überqueren wir die Straße. Obwohl ich ihn nicht mehr ansehe, bin ich mir jedes Schrittes bewusst, den er tut, weiß genau, wie weit er in jeder Sekunde von mir entfernt ist, und merke es jedes Mal, wenn er in meine Richtung schaut. Ich schaffe es zur anderen Seite, ohne über meine eigenen Füße zu stolpern. Er hält mir die Tür unseres Wohnhauses auf. Als ich an ihm vorbeigehe, rieche ich sein Rasierwasser, vielleicht ist es auch Duschgel, gemischt mit dem milden Duft des Kaffees in seiner Hand. Gerade will ich zur Treppe gehen, als ich sehe, dass er auf den Aufzug zusteuert. Ich zögere. Das letzte Mal, als ich den Aufzug genommen habe, ist er stecken geblieben, und ich war eine halbe Stunde darin gefangen, bis die Feuerwehr kam und mich gerettet hat. Die anderen Bewohner sagen, er sei längst repariert, und die meisten im Gebäude benutzen ihn wieder, aber ich will eigentlich kein Risiko eingehen.

Jake sieht mich mit hochgezogenen Augenbrauen an, als ich mich wieder umdrehe und trotzdem zum Aufzug gehe. Ich werde ihm sicher nicht auf die Nase binden, dass ich Angst habe, Aufzug zu fahren, also versuche ich, cool zu bleiben. Er drückt auf den Knopf, und die Türen gleiten auf. Ich atme tief durch und folge ihm.

»Was ist los?«, fragt er und drückt auf den Knopf mit der Nummer drei.

»Nichts.« Ich drücke auf den Knopf für den zweiten Stock und versuche, nicht darauf zu achten, dass ich meinen Herzschlag in meinen Ohren hämmern hören kann.

»Sicher? Irgendwie wirkt es nämlich so, als hättest du Angst vor dem Aufzug.«

»Ne. Gar nicht.«

Seine Brauen ziehen sich zusammen. »Du bist so weiß wie ein Gespenst. Leidest du unter Klaustrophobie?«

»Das ist einfach mein Hautton«, erwidere ich und lache gezwungen. »Vielen Dank auch.«

»Ach, komm. Wir können auch die Treppe nehmen, wenn du willst.« Er streckt die Hand nach dem Knopf aus, aber als er ihn drückt, hat sich der Aufzug schon in Bewegung gesetzt. Kurz darauf rüttelt er und bleibt dann zwischen Lobby und erstem Stock stecken.

Ich gebe ein Geräusch von mir, das wie eine Mischung aus einem Kreischen und einem Aufkeuchen klingt. Meine freie Hand legt sich auf meinen Mund.

»Ups.« Er drückt erneut auf den Knopf, aber das scheint nichts zu bewirken.

»Und genau deshalb wollte ich nicht in den Aufzug«, stöhne ich. »Das passiert mir nämlich immer.«

»Echt?« Seine Augen werden ganz groß. »Oh. Deswegen

hattest du Angst.« Er schaut auf die Knöpfe. »Und ich habe es nur noch schlimmer gemacht, oder?«

Ich drücke mich mit dem Rücken an die Wand und atme tief ein. Dann lasse ich den Atem extra langsam wieder raus, um mich zu beruhigen. Ich hole mein Handy heraus, um nachzusehen, ob ich Empfang habe, aber ich weiß, dass es hier drin keinen gibt. Die ganze halbe Stunde, die ich beim letzten Mal hier drin gefangen war, hatte ich auch keinen Empfang.

»Bitte sag mir, dass du Netz hast.«

Er wirft einen Blick auf sein Handy. »Nein. Sorry.« Dann untersucht er noch einmal das Bedienfeld mit den Knöpfen und drückt schließlich auf einen von ihnen. Man hört kurz einen Wählton, dann erkenne ich die Stimme vom Sicherheitsmann, der in der Lobby sitzt. Zumindest haben sie den Notknopf wieder repariert, seit ich das letzte Mal hier festsaß.

»Hey Joel«, sagt er. »Wir sitzen im Aufzug fest.«

»Ist Naomi bei dir?« Joel Stimme klingt rau und tief durch den Lautsprecher. »Scheint so, als hätte sie ziemliches Pech mit diesem Ding.«

»Das habe ich schon gehört.«

»Ich hole Hilfe«, sagt Joel. »Bleibt ganz ruhig.«

Die Verbindung wird unterbrochen, und wir sind wieder allein. Irgendwie ist es jetzt noch stiller hier drin. Gäbe es doch wenigstens Musik, dann wäre die Situation etwas weniger unangenehm.

Ich schaue zur Decke hoch und überlege, ob ich wohl den ersten Stock erreichen kann, wenn ich eine Deckenfliese beiseiteschiebe und hindurch klettere, um oben auf den Aufzug zu steigen. Letztes Mal gab es diese Möglichkeit nicht, weil niemand hier drin war, der so groß ist wie Jake. Ich könnte vielleicht auf seine Schultern steigen, und …

»Das klappt nicht«, sagt er und unterbricht damit meine Gedanken.

Ich sehe ihn stirnrunzelnd an. »Was klappt nicht?«

Er deutet mit seinem Kaffeebecher in Richtung Decke. »Du würdest es nicht schaffen, die Türen aufzuziehen, selbst wenn du sie erreichen könntest.«

Mir bleibt der Mund offen stehen. »Habe ich das laut gesagt?«

Er lacht. »Nein. Aber ich habe in deinem Gesicht gesehen, wie sich der Plan in deinem Hirn geformt hat.«

»Klar würde ich die Türen aufbekommen. Ich bin stark.«

»Kann sein, aber das ist echt gefährlich. Wenn du da oben bist und sich der Aufzug dann zum Beispiel plötzlich in Bewegung setzt, was dann?«

Ich seufze. »Darüber habe ich gar nicht nachgedacht.«

»Dann lass uns einfach ruhig bleiben und auf Hilfe warten.«

Ich nicke. Er hat ja recht, aber mich macht diese Situation nun mal total nervös. Ich weiß auch nicht warum. Es ist ja nicht so, als müsste ich dringend zu irgendeinem Termin.

»Immerhin haben wir Kaffee«, sagt er.

»Und uns«, füge ich hinzu. »Letztes Mal war ich ganz allein hier drin. Ich dachte, ich werde verrückt.«

»Ist denn bei dir alles gut so weit? Du fängst jetzt nicht an zu hyperventilieren und zu schreien, oder?«

Ich beginne, in der kleinen Kiste auf und abzugehen, in der wir uns befinden. »Nee, ich komm klar. Solange sie uns hier demnächst wieder rausholen.«

»Die kriegen das bestimmt schnell hin.«

Trotz seiner optimistischen Worte steigt die Panik in mir hoch. Erneut atme ich tief durch, um mich zu beruhigen.

»Was hast du denn das letzte Mal gemacht, als du festgesessen hast?«

Ich denke kurz darüber nach. »Die ersten zehn Minuten habe ich damit verbracht zu versuchen, doch irgendwie Empfang zu bekommen. Dann habe ich mit den Fäusten gegen die Tür geschlagen und um Hilfe geschrien, bis mir der Hals wehtat. Irgendwann habe ich die Hoffnung aufgegeben, jemals wieder rauszukommen, und überlegt, welches Körperteil von mir ich zuerst aufessen würde. Dann kam endlich die Feuerwehr und hat die Türen geöffnet.«

Seine Brauen sind besorgt zusammengezogen, aber jetzt zuckt ein Lächeln in seinen Mundwinkeln, als wüsste er nicht recht, ob er über mein Elend lachen dürfe oder nicht.

»Es waren finstere Zeiten«, füge ich hinzu. »Ich bin hier gerade so lebend herausgekommen.«

»Klingt schlimm«, sagt er und unterdrückt immer noch ein Lächeln. »Dann wird dich sicher freuen, wenn ich dir sagen, dass ich nicht glaube, dass einer von uns heute noch zu einem Kannibalen wird.«

»Schön, dass du das glaubst, aber ich bin noch nicht bereit, diese Möglichkeit zu verwerfen.«

Er schnaubt. »Okay. Erinnere mich daran, dass ich niemals mit dir zelten fahre.«

Bei der Vorstellung, mit Jake in einem Zelt zu liegen, wird mir warm. Ich lüpfe das T-Shirt von meinem Bauch, um mich etwas abzukühlen. »Mit Zelten komme ich zurecht. In der Wildnis gibt es ja zum Glück keine Aufzüge.«

Sein Blick senkt sich auf meinen Bauch, und ich begreife, dass es so aussehen muss, als wollte ich das Shirt ausziehen. Ich lasse den Stoff los, räuspere mich und ziehe mein Oberteil glatt. Jake dreht sich weg, während seine Ohren einen zarten Rotton annehmen.

»Ich kann einfach nicht glauben, dass ich die ganze Zeit diesen Aufzug gemieden habe, nur um jetzt schon wieder darin festzusitzen.«

»Du warst seitdem wirklich kein einziges Mal wieder hier drin?«

Ich schüttele den Kopf. »Ich nehme immer die Treppe.«

Er schaut auf den Knopf mit der Zwei darauf, der immer noch leuchtet. »Zwei Stockwerke, zweimal am Tag? Und das nervt dich nicht?«

Ich zucke die Schultern und mache eine Geste, die uns und den Fahrstuhl miteinschließt. »Das hier würde mich wohl weitaus schneller nerven.«

»Stimmt«, sagt er. »Ich habe gehört, dass ich ziemlich unerträglich sein kann.«

Ich gebe ihm einen Klaps auf den Arm. »Das habe ich nicht gemeint.«

Er zieht den Arm weg und tut so, als hätte ich ihm Schmerzen zugefügt. »Autsch!«

Ich lache. »Das kann doch gar nicht wehgetan haben.«

»Doch, hat es wohl. Du bist stärker, als du aussiehst.« Er zeigt auf die Aufzugstür. »Wetten, du könntest sie aufziehen?«

Ich verdrehe die Augen. Dann gebe ich ihm meinen Kaffeebecher, trete an die Tür und versuche, die beiden Teile auseinander zu ziehen. Natürlich weiß ich, dass das nicht funktioniert. Das habe ich ja letztes Mal schon ausprobiert.

»Nope«, sage ich und nehme ihm meinen Kaffee wieder aus der Hand. »Ich muss wohl öfter ins Gym gehen.«

»Nee. Du brauchst kein Gym. Lauf einfach in Zukunft auf den Händen hoch in den zweiten Stock. Dann bist du in Nullkommanichts stark.«

Beinahe schnaube ich meinen Kaffee aus. »Dann wäre ich bestimmt die Attraktion des Hauses.« Ich schaue auf mein Handy nach der Uhr. »O Mann. Wie lange sitzen wir hier eigentlich schon drin?«

Ich trinke noch einen Schluck, was ich sofort bereue, weil mir jetzt nämlich bewusst wird, dass ich dringend pinkeln muss und mir wirklich keinen Gefallen tue, wenn ich noch mehr Flüssigkeit in meinen Körper pumpe. Ich setze mich im Schneidersitz auf den Boden, und Jake setzt sich neben mich. Unwillkürlich ziehe ich scharf die Luft ein. Seine Nähe lässt mich vergessen, wie sehr ich den Aufzug hasse, wenn auch nur für den Moment.

Jake hingegen wirkt ganz ruhig neben mir. Offenbar hat er es nicht so eilig wie ich, hier herauszukommen.

»Also«, sagt er. Ich drehe mich zu ihm um und warte, dass er weiterspricht. Seine Mundwinkel kräuseln sich. Mit Mühe reiße ich den Blick von seinem Mund, um ihm in die Augen zu sehen, die mich direkt anschauen. Mir stockt der Atem. »Ich habe gehört, dass du und deine Freundin über mich geredet habt.«

Mein Gesicht wird ganz heiß, während ich mich an alles erinnere, was Anne gesagt hat. Ich will es eigentlich gar nicht wissen, aber ich muss einfach fragen. »Was genau hast du denn verstanden?«

Er lächelt. »Dass du einen lauten Nachbarn hast.«

Prompt wünschte ich, mich hier irgendwo verstecken zu können. Wenn er das gehört hat, dann garantiert auch alles andere.

»Darf ich mal dein Handy sehen?«, fragt er.

Ich reiche es ihm. »Warum?«

»Damit ich dir meine Nummer geben kann.«

Er beginnt, seine Kontaktdaten einzutippen. Ich schaue ihm über die Schulter. Gerade schreibt er: »Heißer Nachbar«.

Ich verdrehe die Augen. »Du bist wohl ziemlich von dir überzeugt, was?«

Er zuckt die Schultern und gibt mir das Handy zurück. »Ich nehme nur den Titel an, den man mir verliehen hat.«

Ich schicke ihm eine Nachricht, und zu meiner Überraschung geht sie durch, obwohl wir keinen Empfang im Aufzug haben. »Da. Jetzt hast du meine Nummer.«

Als die Nachricht auf seinem Display erscheint, beobachte ich sein Gesicht. Er versucht gar nicht, sein Lächeln zu verstecken.

»Unter welchem Namen speicherst du mich ab? Komisches Aufzugmädchen?«

Er lacht. »Auf keinen Fall.«

Ich schaue zu, wie er »Süßes Wettermädchen« eintippt und spüre, wie sich meine Mundwinkel nach oben ziehen, während mein Gesicht schon wieder rot wird.

»Süß also?«, necke ich ihn. »Wie viele Wettermädchen kennst du denn noch?«

»Viele. Du wärst überrascht. Ich musste mir schon ein Zähl-system für all die durchschnittlichen Wettermädchen in meiner Adressliste ausdenken.«

Ich lehne mich gegen die Wand. »Ich bin schon ein bisschen enttäuscht, nicht eine von ihnen zu sein. ›Durchschnittliches Wettermädchen Nummer Sieben‹ klingt irgendwie toll.«

Er schüttelt den Kopf und wedelt mit dem Handy. »Nee. Der Name hier passt besser zu dir.«

Der Aufzug erzittert, ich erschrecke, und dann fahren wir nach oben. »Oh, Gott sei Dank!«

Als sich die Tür im zweiten Stock öffnet, stehen wir beide auf. Ich gehe raus in den Flur, und Jake legt die Hand auf die Türkante, damit sie sich nicht schließt. »Wir sollten das irgendwann mal wiederholen«, sagt er.

Ich werfe einen Blick in den Aufzug und schaudere. »Auf keinen Fall.«

Jake schiebt schmollend die Unterlippe vor.

»Ich lasse mich von dir zum Essen einladen, solange Aufzüge dabei keine Rolle spielen.«

Er lächelt. »Deal.«

Als ich in meiner Wohnung bin, suche ich weiter auf Facebook nach Luca Pichler. Dieses Mal versuche ich, die Suche auf all die Städte einzugrenzen, von denen ich weiß, dass er dort gewohnt hat. Mit San Diego fange ich an, da kamen die ersten und letzten Briefe her, bevor er sich quasi in Luft aufgelöst hat. Keine Ergebnisse. Ich versuche es mit der nächsten und über-nächsten Stadt, ebenfalls ohne Erfolg. Offenbar wohnen alle

Luca Pichlers, die der Browser findet, außerhalb der USA. Ich beginne, mir ihre Profile genauer anzuschauen. Es ist schließlich möglich, dass er in ein anderes Land gezogen ist. Aber keiner der Accounts sieht vielversprechend aus.

Über mir stampft mein Nachbar umher. Ich höre, dass er etwas über den Boden zieht – oder vielleicht rollt? Und dann höre ich ein lautes Krachen von der anderen Seite seiner Wohnung. Unwillkürlich ziehe ich den Kopf ein, als käme das Geräusch aus meiner Wohnung. Es klingt, als hätte sich der Mensch da oben eine Bowlingbahn in die Wohnung gebaut. Schließlich mache ich Musik an, um den Lärm zu übertönen.

Trotz meines lauten Nachbarn und des unzuverlässigen Aufzugs ist das hier keine schlechte Wohnung. Sie liegt in einem der netteren Wohnhäuser meines Viertels, und das ist jetzt auch nicht das schlechteste von Miami. Wir haben keinen Eingangsportier, aber immerhin Joel, den Sicherheitsmann. Manchmal, wenn er sich langweilt – was ziemlich oft der Fall zu sein scheint –, hält er den Leuten, die hier wohnen, die Tür auf. Er arbeitet schon so lange hier, dass er jeden beim Namen kennt. Wenn ich so darüber nachdenke, glaube ich, Joel ist einer der wenigen festen Bestandteile meines Lebens hier, die ich vermissen werde, wenn ich mir demnächst ein Haus kaufe und hier ausziehe.

Ich mache mir etwas zum Mittag und als ich zu essen beginne, summt mein Handy. Ich werfe einen Blick aufs Display und hoffe, eine Nachricht von Jake darauf zu sehen, aber sie ist nicht von ihm. Sondern von Anne. Sie hat mir einen Link zu einer Website namens PeopleFinder geschickt.

Anne: Man muss aber etwas bezahlen, wenn man
seine Adresse und all das haben will.

Ich klicke auf den Link und tippe Lucas Namen in das Suchfeld. Mir werden ein paar unterschiedliche Männer dessel-
ben Namens angezeigt, aber die freie Version verrät ansonsten nur noch ihr Alter und die Stadt, in der sie wohnen. Die
Ergebnisse sind ziemlich ernüchternd. Einer der Männer ist
schon Mitte fünfzig, einer erst Anfang zwanzig und der letzte
schon fast achtzig. Entweder kennt PeopleFinder meinen
Luca Pichler nicht, oder ihm wurde ein falsches Alter zuge-
ordnet. Ich beschließe, trotzdem ein Abo abzuschließen. Ich
kann es ja jederzeit wieder kündigen, wenn ich habe, was ich
brauche.

Als ich bezahlt habe, lädt sich die Seite neu, diesmal mit
den vollständigen Informationen. Jetzt kann ich sehen,
dass der sehr alte Luca Pichler in einem Pflegeheim in
Seattle wohnt. Der Luca Pichler Mitte fünfzig wohnt mit
seiner Frau, seinen Schwiegereltern und sechs Kindern in
Rhode Island. Und der jüngere Luca Pichler wohnt in einem
Heim für erwachsene Menschen mit Behinderungen. Ich
seufze. Nichts davon sieht vielversprechend aus. Jetzt bin
ich um zwanzig Dollar ärmer, und meine Identität ist vermutlich bereits an den Höchstbietenden verschachert worden.

Ich: Fehlanzeige. Hätte ich nicht heute diesen Brief
bekommen, würde ich fast glauben, Luca sei tot.
Anne: Komisch.

Anne: Ich frage mich, ob seine Eltern wohl noch in dem
Haus von damals wohnen. Hast du noch seine
letzte Adresse?

Stimmt, der Gedanke ist mir auch schon gekommen, bevor sie mir den Link zu PeopleFinder geschickt hatte. Ich gehe in mein Schlafzimmer und hole den Schuhkarton aus dem Schrank. Die neuesten Briefe liegen ganz oben, die allerersten ganz unten. Auf jedem Brief hatte ich mir hinten seine aktuelle Adresse notiert, damit ich wusste, wohin ich den nächsten meiner Briefe schicken musste – selbst, wenn ich aus Versehen den Umschlag weggeworfen hätte.

Mit dem Handy fotografiere ich die San-Diego-Adresse. Gerade will ich den Karton zurückstellen, als mir etwas einfällt. Ich blättere durch die Briefe und fotografiere jede neue Adresse darauf. Die Briefe der ersten acht Jahre sind alle von derselben Adresse in San Diego abgeschickt worden. Danach kamen die Briefe aus allen möglichen Gegenden des Landes. Luca ist oft umgezogen, hat aber immer darauf geachtet, dass ich jeweils seine neue Adresse bekam – bis vor zwei Jahren.

Natürlich ist es unwahrscheinlich, dass er nun wieder an einer seiner alten Adressen lebt, aber es ist immerhin ein Anfang. Irgendwer irgendwo muss doch wissen, wo er ist.

———

Ich habe schon zwei Becher Kaffee intus, als Anne mit einem dritten für mich im Sender auftaucht. Gerade lese ich die Satelliten- und Radardaten, um meine Wettervorhersage für den Tag vorzubereiten, als sie den dampfenden Becher vor mich hinstellt.

»Danke.«

Ohne den Blick vom Bildschirm zu lösen, greife ich nach dem heißen Becher und nehme einen Schluck. Ich höre, dass sie einen Stuhl heranzieht und sich neben mich setzt.

»Hast du keine richtige Arbeit zu tun? Oder hat dir Patrick befohlen, mir dabei zuzuschauen, wie ich Kaffee trinke?«

»Ich war nur neugierig, ob du vielleicht deinen Breind gefunden hast.«

»Meinen was?«

»Deinen Breind«, wiederholt sie. »Kapierst du? Wie ein Brieffreund, aber stattdessen dein Feind. Brieffeind. Breind.«

»Schlau.« Mein Blick ist immer noch konzentriert auf den Bildschirm gerichtet. In zehn Minuten bin ich auf Sendung. »Ich habe dir doch schon erzählt, dass ich bei PeopleFinder nicht erfolgreich war. Abgesehen von einem Ausflug nach San Diego weiß ich nicht, wie ich ihn finden soll.«

»Machen Sie schon die erste Pause, Anette?«

Wir drehen uns beide um und sehen Patrick mit einem Stapel Papiere in den Raum schlendern. Er trägt immer dieselben Papiere im Sender mit sich herum, wenn er beschäftigt aussehen, aber nicht wirklich arbeiten will. Er hat Anne außerdem noch nie mit ihrem richtigen Namen angesprochen, aber ich nehme an, dass »Anette« immerhin nah genug dran ist, dass alle wissen, mit wem er spricht.

»Ich habe Naomi nur ihren Kaffee gebracht«, sagt sie.

»Ich wusste gar nicht, dass man sich dazu hinsetzen muss.«

Ich wende mich wieder meinem Computer zu, damit er nicht sieht, wie ich die Augen verdrehe. Anne murmelt eine hastige Entschuldigung und eilt davon. Wie immer machen ihre Schuhe kein Geräusch. Patrick schaut ihr hinterher und wendet sich dann mir zu.

»Ich wollte Ihnen eigentlich nur sagen, dass Sie ganz hervorragende Arbeit leisten, Naomi.«

Er ist einer von den Menschen, die meinen Namen Nai-oh-mie aussprechen, obwohl ich ihn schon tausendmal verbessert habe. Mittlerweile ist es mir egal, allerdings frage ich mich schon, ob er gar nicht merkt, dass er der Einzige im Sender ist, der meinen Namen so ausspricht.

»Danke, Patrick. Das weiß ich sehr zu schätzen.«

»Sie sind ein Naturtalent«, fährt er fort. »Und Ihre Graphiken sehen beeindruckend aus. Ihre Vorhersagen sind auch immer total präzise. Wirklich gute Arbeit. Emmanuel wäre stolz auf Sie.«

»Oh. Danke. Aber wussten Sie eigentlich, dass ich, seit ich hier bin, alle Graphiken für Emmanuel gemacht habe? Die letzten zwei Jahre vor seinem Ruhestand hat er selbst nicht auf ein einziges Radarbild geschaut.«

»Sie sind schon zwei Jahre hier?«, sagt Patrick. »Hm. Kommt mir gar nicht so lang vor.«

»Jep. Wie die Zeit verfliegt, oder?«

Sein Gesicht wird ganz rot, und er zupft an den Papieren herum, die er in den Händen hält. Ich lächle ihn an, damit er sich nicht ganz so sehr schämt. Dann verlässt er den Raum, und kurz darauf kehrt Anne zurück.

»Du bekommst Ärger«, warne ich sie.

Sie verdreht die Augen. »Was soll er machen? Mich raus-schmeißen?«

»Vermutlich.«

Sie lacht. »Erzähl mir lieber von San Diego.«

Ich brauche einen Moment, um mich daran zu erinnern, worüber wir geredet haben, bevor uns Patrick unterbrochen hat. »Von da kommt Lucas erster und auch sein letzter Brief. Vielleicht ist er noch dort.«

»Er hat deine Wettersendung geschaut.«

»Na und? Das könnte er von überall her. Man muss nicht im Sendebereich einer TV-Station wohnen, um den Wetter-bericht zu empfangen.«

»Und was willst du jetzt machen?«

»Ich warte, bis er mir den nächsten Brief schickt. Vielleicht schreibt er dann ja seinen Absender drauf.«

»Und wenn er keinen mehr schickt?«

Abgesehen von der zweijährigen Pause hatte ich nie länger als einen Monat auf einen Brief von Luca warten müssen. Aber jetzt kann ich nicht zurückschreiben. Unwillkürlich frage ich mich, ob er seine Absenderadresse absichtlich weggelassen hat. Ja, so muss es sein. Vielleicht will er mich auch ärgern. Oder er will nicht, dass seine Frau erfährt, dass er mir wieder schreibt. Meine bislang beste Theorie ist, dass sie der Grund ist, warum ich zwei Jahre lang nichts von ihm gehört habe. Falls sie meinen letzten Brief an Luca gelesen hat, könnte ich es ihr nicht verübeln. Genau genommen war es der letzte, bevor die Post mir meine Briefe wieder zurückgeschickt hat. Dass jemand anderes als Luca die Briefe lesen könnte, fiel mir erst ein, als er nicht mehr antwortete. Die vielen Briefe, die ungelesen und postwendend zurückkamen, machten es dann nicht besser. Und so fühlte ich mich in den letzten beiden Jahren, als hätte ich einen Teil von mir verloren. Jetzt ist er wieder da – aber stimmt das wirklich? Wenn Luca wieder mit mir Kontakt haben wollte, würde er doch nicht einfach so nach zwei Jahren einen Brief schicken, ohne seine Adresse darauf zu schreiben.

»Es kommt noch ein Brief«, sage ich. Ich bin mir ganz sicher.

VIER

Der Niednagel-Fluch

Luca

In den drei Jahren zwischen der fünften und dem Ende der achten Klasse hatte sich viel verändert. Während der Sommerferien vor dem Beginn der sechsten Klasse hatte ich zum ersten Mal ein Mädchen geküsst. Seitdem hatte ich sieben Freundinnen. Meine Mom und mein Dad holten uns einen Welpen, als ich in der siebten war. Ich nannte ihn Rocky, und er wurde mein bester Freund. Mittlerweile war ich nicht mehr dieser dünne Grundschüler, sondern eher das, was Naomis ältere Cousine vermutlich Highschool-heiß nannte. Nach ihrem Brief damals hatte ich mich einmal lang und schonungslos im Spiegel angesehen und erkannt, dass Naomi vermutlich gar nicht so falsch lag. Ich war einfach nur dünn und hatte nichts für die Bauchmuskeln getan, auf die ich so stolz war. Doch noch im selben Sommer kaufte Dad ein paar Geräte für ein Home-Gym in der Garage, und wir fingen an, gemeinsam Sport zu machen.

Es war aber auch vieles gleich geblieben seit damals. Ben und ich fuhren nach wie vor jeden Morgen zusammen mit dem Fahrrad zur Schule und saßen in fast allen Kursen nebeneinander. Ich wohnte immer noch im selben Haus in derselben Stadt. Manchmal, wenn ich rausging und die salzige Meeresluft roch, dachte ich an Naomi und musste lächeln, weil ich wusste, dass sie neidisch darauf wäre.

Ich schrieb ihr immer noch. In den drei Jahren hätte ich ihr so viel erzählen können, von mir und meinem Leben, und doch hatte nach wie vor nichts von dem, was wir uns schrieben, irgendeine Substanz.

Stattdessen war unser Briefwechsel zu einer Art Wettkampf geworden, in dem wir versuchten, uns immer wieder zu übertrumpfen. Und doch waren wir nicht dauerhaft gemein zueinander. Manchmal spürte ich, dass es sie langweilte, mir zu schreiben. Dann waren ihre Briefe das Uninteressanteste, was ich je zu lesen bekommen hatte. Zur Strafe schrieb ich ihr dann einen Brief, der genauso oder hoffentlich sogar noch langweiliger war.

Lieber Luca,
heute Morgen bin ich aufgewacht. Ich habe mir die Zähne geputzt. Ich bin zur Schule gegangen. Ich habe Hausaufgaben gemacht. Ich bin ins Bett gegangen. Dazwischen habe ich etwas gegessen.
Xoxo
Naomi

Liebe Naomi,
heute habe ich vergessen, die Klobrille beim Pinkeln
hochzuklappen, und ein bisschen ist darauf gespritzt. Ich
habe es nicht weggewischt.
Xoxo
Luca

Die einzigen beiden Menschen, die wussten, dass Naomi und ich uns noch immer schrieben, waren meine Eltern. Meine Mom fand es süß, aber das lag vermutlich daran, dass sie nie einen unserer Briefe las. Mein Dad hatte keine Meinung zu der ganzen Sache. Ben hatte nur einmal nach Naomi gefragt, kurz nachdem ich begonnen hatte, ihre Briefe an meine eigene Adresse schicken zu lassen statt an die Schule. Ich hatte mit den Schultern gezuckt und so getan, als wüsste ich gar nicht, wovon er sprach.

An einem Morgen schob ich den neuesten Brief von Naomi in meinen Rucksack. Das war in der letzten Woche der achten Klasse. Meine Mom hatte vergessen, am Tag zuvor zum Briefkasten zu gehen, und ich hatte aus Neugierde auf dem Weg hinaus noch kurz reingeschaut. Ben kam schon mit seinem Fahrrad angefahren und sah, wie ich den verschlossenen Umschlag einsteckte.

»Was ist das denn?«, fragte er.

»Nichts.«

Ich zog den Reißverschluss des Rucksacks zu, warf ihn mir über die Schulter und stieg auf mein Fahrrad. Auf der Fahrt zur Schule schwiegen wir beide. Ben schien immer genau zu wissen, wann ich keine Lust hatte zu reden. An diesem Morgen war ich müde. Ich hatte die ganze Nacht wach gelegen und versucht, den Streit meiner Eltern durch laute Musik über Kopfhörer auszublenden. Tatsächlich hörte ich so ihre Stimmen nicht, aber ich spürte es natürlich, wenn sie im ganzen Haus mit den Türen knallten, weil sie sich überall zankten, nur nicht in meinem Zimmer.

Als wir nur noch einen Block von der Schule entfernt waren, fing ich an, in die Pedale zu treten, um Ben zu überholen. Aber sein Fahrrad war besser als meins, und er holte mich mit Leichtigkeit ein. Wir schlossen unsere Räder vor dem Schuleingang an und gingen hinein.

»Ist das dein Zeugnis?«, fragte Ben.

»Was denn?«

»Dieser Brief, den du in deinem Rucksack hast.«

Ich runzelte die Stirn. »Wir haben doch noch gar keine Zeugnisse bekommen.«

»Was ist es denn dann? Warum tust du so geheimnisvoll?«

»Tue ich doch gar nicht. Es geht dich nur nichts an.«

»Es ist dieses Mädchen, oder?«

Ich drehte mich zu ihm um. »Nein. Welches Mädchen überhaupt?«

Er verdrehte die Augen. »Deine Brieffreundin. Du schreibst ihr immer noch, oder?«

»Wie kannst du dich an so was überhaupt noch erinnern? Und nein, ich schreibe ihr nicht mehr.«

Ich spürte, wie mein Gesicht ganz heiß wurde. Eigentlich hätte ich nicht gedacht, dass man mich so leicht durchschauen konnte.

»Bullshit«, sagte er. »Als ich dich letztes Jahr gefragt habe,

hast du so getan, als wüsstest du nicht, wovon ich rede.«
Und dann machte er mich übertrieben nach: »Ach … äh …
wer?«

»So klinge ich überhaupt nicht.«

»Du bist ein total schlechter Lügner, Luca. Ich weiß, dass
du ihr immer noch schreibst. Ist sie deine Freundin oder
so?«

Mein Gesicht wurde noch heißer. »Nein, ist sie nicht. Sie
hört nur einfach nicht auf, mir Briefe zu schreiben. Und außerdem ist sie voll gemein.«

»Echt? Warum antwortest du ihr dann überhaupt?«

Die Wahrheit war, dass ich Naomi einfach nicht das letzte
Wort überlassen wollte. Aber ich wollte auch nicht, dass Ben
wusste, wie ernst ich die Sache nahm. Also zuckte ich nur die
Schultern. »So hab ich wenigstens was zu tun.«

Wir blieben vor der Klassentür stehen. Ben versperrte mir
den Weg. »Was steht in dem Brief?«

»Keine Ahnung. Ich habe ihn noch nicht aufgemacht.«

Er zog auffordernd die Brauen hoch. Ich seufzte, nahm den
Rucksack ab und holte den Brief heraus, riss den Umschlag auf
und las ihn Ben vor.

Lieber Luca,
ich hoffe, dass du morgen früh mit einem kleinen Niednagel
am Finger aufwachst. Wenn du dann an ihm knibbelst, soll
er größer werden und wehtun. Ich hoffe, er nervt dich so
sehr, dass du immer weiter daran herumzupfst, dass er sich
aber nicht abreißen lässt und dass du dann ein richtig
langes Stück Haut vom Finger ziehst. Hoffentlich entzündet

sich dann die Wunde, so dass die einzige Lösung ist, deine
gesamte Hand zu amputieren.
Das würde mich wirklich glücklich machen.
Alles Liebe
Naomi

Ben starrte mich mit großen Augen an. Ein paar von den anderen Schülern hatten sich um uns versammelt und warteten darauf, in die Klasse gehen zu können.

»Du blockierst die Tür«, sagte ich zu Ben. Er ging ins Klassenzimmer, und ich folgte ihm. Wir saßen beide ganz hinten.

»Warum schreibt sie so was?«, fragte er, als wir beide endlich an unseren Plätzen waren. »Das ist …« Er betastete seine Finger, als versuchte er, sie nach Niednägeln abzusuchen. »Mega verstörend.«

»Ja, sie kann sehr gut mit Worten umgehen.« Ich schob den Brief zurück in den aufgerissenen Umschlag und dann in meinen Rucksack.

»Schreibt sie immer ›Alles Liebe Naomi‹ am Ende?«

»Manchmal. Warum?«

»Ist doch irgendwie komisch, einen Brief mit dem Wort ›Liebe‹ zu beenden, wenn man vorher so etwas geschrieben hat.«

»Hm. Hab ich noch nie drüber nachgedacht.«

Lüge. Ich dachte jedes Mal darüber nach, wenn ich ihre Briefe las. Und normalerweise schrieb ich immer das ans Ende der Briefe, was sie vorher geschrieben hatte.

»Was schreibst du ihr denn zurück?«, fragte er.

»Weiß ich noch nicht.« Ich war zu müde, um kreativ zu sein, aber auf einen Brief wie diesen konnte ich auch nicht mit einer langweiligen Antwort reagieren.

»Luca. Ben.« Wir schauten zu unserer Lehrerin auf, die den Unterricht bereits begonnen hatte, während wir noch mit dem Brief beschäftigt waren. »Würdet ihr bitte mitmachen?«

Ben murmelte eine Entschuldigung, und ich setzte mich in meinem Stuhl auf. Der Rest des Tages verging ohne größere Ereignisse. In dieser Woche sollten wir unsere landesweiten Tests absolvieren, daher ließen uns die meisten Lehrer das wiederholen, was wir im Laufe des Jahres gelernt hatten.

Als ich nach Schulschluss mit dem Fahrrad nach Hause fuhr, dachte ich an Naomis Brief in meinem Rucksack. Noch immer hatte ich keine Idee, was ich zurückschreiben sollte. Mir fiel nichts ein, was die Sache mit dem Niednagel hätte toppen können. Ich schob meine Einfallslosigkeit auf den Stress wegen der drohenden Tests. In den Ferien würde mir sicher etwas Gutes einfallen.

Als ich zu Hause ankam, war ich überrascht, das Auto meiner Mom in der Einfahrt zu sehen. Normalerweise war sie nie vor fünf Uhr zu Hause. Ich stellte mein Fahrrad in der Garage ab und ging hinein. Sie saß am Küchentisch und las wichtig aussehende Papiere. Ihre Augen waren ganz gerötet.

»Was ist los?«

Erschrocken schaute sie zu mir hoch. Ich glaube, sie hatte gar nicht gehört, dass ich nach Hause gekommen war. Hastig schob sie die Papiere zusammen und steckte sie in einen großen gelben Umschlag.

»Nichts, Schätzchen. Alles in Ordnung.«

Das überzeugte mich nicht. »Du siehst aus, als hättest du geweint.«

Mom zwang sich zu einem Lächeln. »Ich habe nur gegähnt, als du hereingekommen bist. Deswegen tränen meine Augen ein wenig.«

Ihre Augen waren viel zu feucht und rot, als dass das nur von einem Gähnen hätte kommen können, aber ich beschloss, nicht weiter nachzubohren. Ich nahm den Rucksack ab und ließ ihn zu Boden fallen.

»Hausaufgaben?«, fragte sie.

Ich schüttelte den Kopf. »Wir haben diese Woche Tests.«

»Dann bring deinen Rucksack in dein Zimmer, bitte.«

Das tat ich. Als ich in die Küche zurückkam, war der Umschlag vom Küchentisch verschwunden. Mom stand am Waschbecken und rührte in einer Teetasse.

»Was gibt es zu essen?«, fragte ich.

Sie drehte sich um und lächelte mich an. »Wir bestellen eine Pizza.«

Ich runzelte die Stirn. »Aber heute ist doch gar nicht Freitag.«

»Wir machen eine Ausnahme«, sagte sie. »Du kannst entscheiden, was alles drauf soll.«

»Und Dad?«

Mein Dad erlaubte mir eigentlich nie, den Pizzabelag auszusuchen. Wir bestellten immer, was er wollte.

»Dad kommt heute Abend nicht nach Hause.« Sie wandte sich von mir ab.

»Oh. Warum nicht?«

Sie zuckte die Schultern, zwang sich, mich anzusehen, und

verzog den Mund zu einem angestrengten Lächeln. »Er hat etwas bei der Arbeit zu tun. Er kommt wahrscheinlich ein paar Tage lang nicht wieder.«

Ich wusste sofort, dass etwas im Busch war. Mein Dad hatte nie »etwas bei der Arbeit zu tun«, das ihn davon abhielt, nach Hause zu kommen. Außerdem benahm Mom sich seltsam. Ich hatte noch nie erlebt, dass sie sich so sehr bemühte, mir weiszumachen, dass alles normal sei, obwohl ihre Augen eine ganz andere Geschichte erzählten. Sie nahm das Festnetztelefon und gab es mir.

»Möchtest du die Pizza bestellen?«

»Klar«, sagte ich und nahm das Telefon. Sie wandte sich ab. Ich starrte kurz auf das Gerät in meiner Hand, dann sagte ich zum Rücken meiner Mutter: »Mom?«

Sie hielt inne, drehte sich langsam um und sah mich besorgt an. Ich wollte darauf drängen, dass sie mir die Wahrheit sagte, aber wenn sie mich so ansah, brachte ich es einfach nicht über mich.

»Kann ich auch eine Limo bekommen?«, fragte ich stattdessen.

»Klar, Schätzchen. Bestell, was du willst. Der Abend gehört uns.«

———

Dad kam auch am nächsten und übernächsten Abend nicht. Seine Abwesenheit hätte mich beschäftigen können, aber ich beschloss, mich nicht ablenken zu lassen, während ich fleißig für meine Tests lernte. Der Plan, Naomi zu antworten, geriet in den Hintergrund. Ihren Brief hatte ich schon beinahe vollständig vergessen, als ich nach den Zeugnissen meinen Rucksack öffnete. Ich war enttäuscht, weil mein Dad nicht mehr aufgetaucht war, aber gleichzeitig auch nicht übermäßig überrascht. Mittlerweile wusste ich ganz sicher, dass sich etwas zusammenbraute. Im Grunde wünschte ich mir nur, meine Mom würde es mir erzählen.

Ich saß auf dem Bett, als ich den Brief wiederfand. Rocky lag zu meinen Füßen. Er war inzwischen ein großer Hund und nahm beinahe den gesamten Raum zwischen meinem Bett und der Wand ein. Ich holte den Brief aus dem Umschlag und las ihn erneut. Mir etwas Fieses als Antwort auszudenken schien mir jetzt so sinnlos. Ich hatte gar nicht die Energie dazu. Meine Laune war unterirdisch. Mir fiel auf, dass es irgendwie seltsam war, dass ich mit diesen Briefen angefangen hatte, weil ich in der fünften Klasse schlechte Laune gehabt hatte, und mir jetzt nur dann etwas Fieses einfiel, wenn ich guter Stimmung war.

In diesem Augenblick klopfte jemand leise an meine Tür. Ich legte den Brief auf meinen Nachttisch und sagte: »Herein.«

Die Tür öffnete sich knarrend. Ich war überrascht, meinen Dad zu sehen. Einen Moment lang hoffte ich, dass all meine Ängste und Zweifel unbegründet waren und er in den letzten Tagen wirklich dienstlich unterwegs gewesen war. Dass er jetzt vielleicht zu mir käme, um sich zu entschuldigen, weil er bei der Schuljahresabschlussfeier nicht dabei gewesen war. Und dass wir jetzt als Familie zu Abend essen könnten. Ich hatte sogar die Einladung zu Bens Party ausgeschlagen, in der Hoffnung, dass Dad heute Abend kommen würde. Jetzt war ich froh darüber.

Aber dann sah ich seinen Gesichtsausdruck. Seine Brauen waren zusammengezogen, die Mundwinkel zeigten nach unten. Er hatte die Hände in die Taschen gesteckt. Plötzlich brachte ich doch keine Begrüßung mehr heraus.

Er setzte sich ans Fußende des Bettes und starrte eine Weile auf den Boden. Rocky streckte sich, stand auf und ging schwanzwedelnd zu ihm, aber mein Dad ignorierte ihn. Ich beobachtete ihn und wartete darauf, dass er sagte, weshalb er hergekommen war. Es dauerte lange, bis er endlich das Wort ergriff.

»Deine Mom hat gesagt, ich solle mit dir reden.«

»Worüber?«

»Über das, was los ist.«

Ich wollte ihm erklären, dass mir nicht einmal Mom gesagt hatte, was los war, aber ich fürchtete, dass er es sich dann anders überlegen und es mir ebenfalls nicht sagen würde. Er seufzte und redete dann weiter.

»Deine Mom und ich werden uns scheiden lassen. Ich will, dass du weißt, dass das nichts mit dir zu tun hat. Deine Mom und ich … es läuft einfach nicht mehr zwischen uns. Wir denken, es wäre am besten, wenn wir getrennte Wege gehen, daher, äh, habe ich mir einen Job in Montana gesucht. Ich bin nur zurückgekommen, um meine Sachen zu holen, und ich fahre heute Abend schon wieder.«

Ich kämpfte gegen das Zittern in meiner Unterlippe an. Er hatte mir immer gesagt, dass Jungs nicht weinten, und obwohl ich sauer auf ihn war, wollte ich ihn nicht enttäuschen.

»Und was ist mit mir?«, fragte ich.

»Du bleibst hier bei deiner Mom.«

Darüber musste ich nachdenken. »Warum kann ich nicht mit dir kommen?«

»Deine Mom braucht dich hier.«

»Kommst du zurück?«

Er schwieg so lange, dass ich die Antwort schon kannte, bevor er etwas sagte. »Nein.«

»Warum nicht?«

»Ich glaube, es ist am besten, einen klaren Strich zu ziehen. Das mit deiner Mom ist einfach … Ich wollte eigentlich gar nicht zurückkommen, aber ich brauche ein paar von meinen Sachen. Du weißt ja, dass ich nicht gut darin bin, mich zu verabschieden.«

Da fiel mir auf, dass er mich noch nicht einmal richtig angesehen hatte, seit er auf meinem Bett saß. Er schaute mich auch nicht an, als er wieder aufstand und das Zimmer verließ. Rocky folgte ihm in den Flur und wedelte weiter mit dem Schwanz, obwohl Dad ihn gar nicht beachtet hatte. Ich war neidisch auf den Hund, der so gar nicht merkte, wie gefühllos mein Dad eigentlich war.

Als ich die Haustür ins Schloss fallen hörte, wusste ich, dass es vorbei war. Meine Mutter hatte ihm den Koffer bereits gepackt, damit er nicht länger bleiben musste und sofort wieder gehen konnte, nachdem er mir verkündet hatte, dass er nicht mehr zu unserer Familie gehörte. Den Rest des Abends schloss ich mich in meinem Zimmer ein.

Ich war wütend. Hauptsächlich auf meinen Dad, aber auch auf meine Mom, die zugelassen hatte, dass er einfach so ging. Es gab da so viele grausame Dinge, die ich hätte sagen können, aber ich wusste, dass sie ebenfalls litt, und ich wollte es nicht noch schlimmer machen. Ben konnte ich nicht anrufen, weil der ja seine Party feierte. Ich war mir auch gar nicht sicher, ob ich es ihm überhaupt erzählen wollte. Da fiel mir Naomis Brief auf dem Nachttisch ins Auge. Über einen Niednagel zu schreiben kam mir allerdings nur noch unreif und sinnlos vor. Andererseits hatte keiner unserer Briefe jemals irgendeinen nennenswerten Inhalt gehabt. Wir schrieben uns schon beinahe vier Jahre lang, und immer waren unsere Briefe kleinlich, fies und langweilig.

Ich fragte mich, ob sie sich wohl auch so auf diese unnötigen Briefe freute wie ich. Ich fragte mich, ob sie traurig wäre, wenn ich nicht zurückschreiben würde. Ich fragte mich, ob sie mich wohl trösten würde, wenn ich mich ihr öffnete, oder ob sie sich über mich lustig machen würde, wenn ich einmal nicht fies oder langweilig wäre.

Liebe Naomi,

ich hoffe, dass du irgendwann jemanden findest, den du mehr liebst und respektierst als irgendwen sonst, wenn es denjenigen nicht schon gibt. Ich hoffe, dass du das Gefühl hast, dass derjenige immer für dich da ist und du ihm alles erzählen kannst. Und ich hoffe, dass derjenige dann eines Tages einfach so geht und dir nicht anbietet, mit ihm zu kommen. Und dass er dir nicht einmal in die Augen sieht, wenn er dir sagt, dass er geht. Dir nicht sagt, dass er dich lieb hat, und sich auch nicht verabschiedet. Er hat dich dann vermutlich nie geliebt, und es ist für ihn okay, sich nicht zu verabschieden, weil alles nur gespielt war und du die Dumme warst, die es geglaubt hat.

Du hast viele schöne Erinnerungen an ihn, aber er scheißt einfach drauf. Jetzt kannst du nicht mehr an die schönen Zeiten denken, ohne dass dir dabei sofort wieder einfällt, wie er gegangen ist, dass er dich nicht einmal angesehen oder dir gesagt hat, dass er dich liebhat, denn das tut er ja auch nicht. Du bist nämlich so ein schlimmer Mensch, dass du nicht einmal einen echten Abschied verdienst. Und du sitzt dann da und fragst dich den Rest deines Lebens, ob die Menschen, die immer behaupten, dass sie dich lieben, das auch wirklich tun. Oder ob das nur eine Lüge ist und sie auch irgendwann gehen, genau wie er.

Wundere dich nicht, wenn ich dir keine Briefe mehr schreibe. Das ist mir einfach zu blöd.

Tschüs

Luca

Lieber Luca,

das war jetzt bestimmt das zehnte Mal, dass du gesagt hast, dass du mir nicht mehr schreiben willst, deswegen glaube ich dir nicht. Aber nur für den Fall, dass ich nie wieder von dir höre, will ich dir folgendes sagen: Wenn mir je jemand so etwas antut, dann ist er der schlimme Mensch und verdient mich einfach nicht. Nicht umgekehrt. Und wenn dieser Jemand einen meiner Freunde so behandelt, dann trete ich ihm in die Eier.

Alles Liebe

Naomi

FÜNF

Auf der Suche nach besseren Stränden

Naomi

»Du hattest recht!«

Anne hat mich schon wieder erschreckt, und ich sehe an ihrem Lächeln, dass sie es weiß.

»Du musst dir lautere Schuhe kaufen, sonst bekommt noch jemand einen Herzinfarkt. Und wieso hatte ich recht?«

Sie wirft mir einen verschlossenen Brief auf den Schreibtisch. Es ist drei Tage her, seit wir den ersten bekommen haben. »Du hast gesagt, dass er noch einen Brief schicken wird. Du hattest recht.«

»Ich hätte aber nicht erwartet, dass er so schnell kommt.«

Als ich den Umschlag nehme, bin ich etwas enttäuscht zu sehen, dass Luca immer noch keinen Absender darauf geschrieben hat. Ich reiße die Lasche auf.

Liebe Naomi,
ich kann mir ungefähr vorstellen, wie sehr es dich nervt,
dass du mir nicht zurückschreiben kannst. Du wolltest ja

immer das letzte Wort haben, oder? Wenn du meine
Einladung angenommen hättest, müsstest du dich jetzt nicht
fragen, wie du mir antworten sollst. Tja. Dein Problem.
Alles Liebe
Luca

Anne schaut mir über die Schulter und liest mit. Sie zieht eine Braue hoch, als sie am Ende ankommt. »Alles Liebe?«

»Das schreibt er immer am Ende. Na ja, fast immer. Ich bin mir ziemlich sicher, dass er es ironisch meint.«

»Aber im letzten Brief hat er das nicht geschrieben«, sagt sie. »Vielleicht meint er es jetzt gar nicht mehr ironisch. Ich meine, ihr schreibt euch jetzt schon wie viele Jahre?«

»Er ist verheiratet.« Mir wird klar, dass ich das noch nie laut ausgesprochen habe. Ich höre, wie die Worte aus meinem Mund kommen, aber es klingt irgendwie, als würde jemand anders sie sagen. Die drei Wörter hallen noch in meinem Kopf wider, obwohl Anne schon weiterredet.

»Das hat ihn aber nicht davon abgehalten, dir zu schreiben.«

»Um ehrlich zu sein, glaube ich, dass er genau deshalb aufgehört hat, mir zu schreiben.«

»Vielleicht hat er sich scheiden lassen.«

Ich weiß nicht, warum die Vorstellung, Luca könnte Single sein, mein Herz schneller schlagen lässt. Es muss daran liegen, dass das bedeuten würde, dass er mir wieder schreiben kann. Ich setze ein Lächeln auf, damit Anne meine innere Zerrissenheit nicht sieht. »Oh, super! Was habe ich doch für ein Glück.«

Anne verdreht die Augen, aber sie lächelt. »Was meint er denn mit dieser Einladung, die du nicht angenommen hast?«

»Weiß ich auch nicht genau. Er hat mich im Laufe der Jahre öfter mal dazu aufgefordert, ihn zu treffen, aber das klang irgendwie immer nur wie ein dummer Witz. Er hat mich auch gefragt, ob wir Freunde bei Facebook werden wollen, und ich habe Nein gesagt. Vielleicht meint er das.«

»Er fordert dich heraus. Ich glaube, er will, dass du seine Adresse herausfindest und ihm zurückschreibst.«

»Und wie soll ich das machen? Er hat bestimmt gewusst, dass ich versuchen würde, ihn zu finden, als ich seinen letzten Brief bekommen habe. Vermutlich hat er sich auch vorher schnell bei Facebook gelöscht.«

»Versuch es unter der Adresse, an der er als Kind gewohnt hat. Die hast du doch noch, oder?«

Ich schüttele den Kopf. »Das wird nichts werden. Ich habe schon auf PeopleFinder nachgeschaut. Da wohnt jetzt eine andere Familie.«

»Vielleicht wohnt noch einer seiner alten Nachbarn in der Nähe. Wenn irgendjemand in seiner Straße seine Familie gekannt hat, weiß derjenige vermutlich auch, wo du ihn finden kannst.«

»Und was soll ich machen? Einen Brief an jedes Haus in seiner Straße schicken und warten, bis mir jemand zurückschreibt?«

»Das ist eine Möglichkeit.«

»Das ist die einzige Möglichkeit«, verbessere ich sie.

»Na ja …«

»Na ja, was?«

»Du könntest auch direkt dort hingehen und nachfragen.«

Ich lache. »Das ist in San Diego, Anne. Zwischen dort und hier liegen ein paar tausend Meilen.«

Sie schürzt die Lippen. »Irgendwie wollte ich immer mal nach San Diego.«

Ich runzele die Stirn. »Warum?«

»Ich habe gehört, dass die Strände dort besser sind.«

»Echt jetzt?«

Sie zuckt die Achseln. »Ich will schon lange herausfinden, ob das stimmt.«

»Aber ich fahre nicht den ganzen Weg nach Kalifornien, um mir die Adresse eines alten Brieffreunds zu besorgen. Verzeihung – eines alten Breinds.«

Anne sieht mich beinahe schockiert an. »Fahren? Wer hat was von Fahren gesagt? Wir könnten heute Abend losfliegen und am Ende des Wochenendes wieder hier sein.«

Der Gedanke ans Fliegen macht mich nervös, aber das will ich Anne nicht auf die Nase binden. »Klingt teuer.«

»Ich wette, das ist gar nicht so teuer. Hast du dieses Wochenende etwas Besseres zu tun?«

»Ich habe ein Date mit meinem heißen Nachbarn.«

»Ach ja, ganz vergessen. Wohin geht ihr denn?«

Ich zucke die Achseln. »Keine Ahnung. Wir haben noch nicht darüber gesprochen.«

»Ihr wohnt im selben Haus.«

Unwillkürlich muss ich daran denken, wie wir zusammen im Aufzug festsaßen. Ich hatte überlegt, ihm noch an dem Nachmittag eine Textnachricht zu schicken, war dann aber doch zu feige gewesen. Ob er jetzt wohl darauf wartet, dass ich den nächsten Schritt mache? Oder hat ihn mein Verhalten im Aufzug abgeschreckt?

»Meinst du, ich sollte ihm absagen? Ist es nicht sowieso komisch, wenn das Date nicht gut läuft und wir uns dann ständig in der Lobby über den Weg laufen?«

»Erstens ist das ein wirklich dummer Grund, um ein Date abzusagen. Und zweitens kaufst du dir nächsten Monat doch ohnehin ein eigenes Haus. Es ist ja nicht so, als müsstest du ihn nun für den Rest deines Lebens täglich sehen.«

Ich stehe auf und sammele mein Zeug zusammen, um nach Hause zu gehen. Annes Schicht ist auch zu Ende, daher folgt sie mir nach draußen.

»Du solltest vielleicht mal die Eckdaten zu deinem Date klären«, sagt sie, als wir an der Tiefgarage ankommen.

»Ja, vermutlich.«

»Oder …«

»Oder was?«

»Oder du verschiebst es auf nächstes Wochenende?«

»Du willst echt dringend nach San Diego, kann das sein?«

»Das wird mega! Außerdem brauche ich einen Vorwand, um mal wieder rauszukommen und etwas zu unternehmen. Sonst treffe ich mich nur wieder mit Männern, mit denen ich nichts gemeinsam habe, außer dass wir beide auf Tinder nach rechts gewischt haben. Ich könnte ein bisschen Zeit mit meiner Freundin gebrauchen.«

Ich seufze. Die letzten zwei Jahre habe ich damit zugebracht, mir Luca aus dem Kopf zu schlagen, und jetzt ist er wieder zurück, in voller Pracht. Ich hätte nie gedacht, dass es so schwierig sein kann, über jemanden hinwegzukommen, den ich noch nie persönlich getroffen habe. Aber genau das ist vermutlich das Problem. Er war immer nur Worte auf Papier. Wenn ich ihn jetzt finde, wird sich bestimmt alles verändern. Vielleicht brauche ich genau das.

Aber da ist noch das Date mit Jake, dem ich zugestimmt habe. Was für ein schlechtes Timing.

Ich erreiche mein Auto und öffne die Tür. Anne bleibt am Heck stehen, wartet und beobachtet mich.

»Ich muss Lucas Adresse herausfinden«, sage ich.

»Stell dir bloß mal seinen Schock vor, wenn er plötzlich einen Brief von dir bekommt. Er rechnet bestimmt nicht damit, dass du den ganzen Weg nach San Diego auf dich nimmst, um sie herauszufinden.«

»Stimmt. Und wenn ich sie nicht herausfinde, wird er mir nur weiter diese Briefe schicken und sich über mich lustig machen.«

»Vermutlich denkt er, er hat schon längst gewonnen, weil er sein Facebook-Profil gelöscht hat. Aber du willst ihn doch nicht gewinnen lassen, oder?«

Ich schüttele den Kopf. »Auf gar keinen Fall. Wir fahren nach San Diego.«

Anne versucht gar nicht, ihre Begeisterung zu verstecken. »Ich ruf dich an, wenn ich zu Hause bin.« Sie hüpft auf und ab wie ein kleines Mädchen, dem man gerade eine Reise nach Disney World geschenkt hat.

Ich lache und steige in mein Auto, sie geht zu ihrem. Es freut mich, dass sie so Feuer und Flamme ist, meinen Brieffreund wiederzufinden.

Im Hausflur sehe ich Jake, der gerade seine Post aus dem

Briefkasten holt. Er wirft einen kurzen Blick über die Schulter, als er die Haustür hört, dann schaut er noch einmal hin und erkennt mich. Sein Lächeln beschleunigt meinen Puls. Es ist lange her, seit jemand so glücklich aussah, mich zu sehen. Sein dunkles Haar ist ein bisschen zerzaust, und plötzlich verspüre ich diesen merkwürdigen Drang, mit meinen Fingern hindurchzufahren. Schnell stecke ich die Hände in die Hosentaschen, um nichts Peinliches zu tun.

Er trägt wieder eins dieser T-Shirts, deren Ärmel sich über seinen Bizeps spannen. Jetzt schließt er den Briefkasten und dreht sich zu mir um. Schlagartig bereue ich, der San-Diego-Reise am Wochenende zugestimmt zu haben. Ob ich doch noch absagen kann? Wie ich Anne kenne, hat sie vermutlich schon die Tickets gebucht.

»Hey«, sage ich und gehe zu meinem Briefkasten.

»Hey.«

Er hält den Augenkontakt mit mir. Mir fällt auf, dass sich ein Mundwinkel ein wenig höher zieht als der andere, wenn er lächelt. Seine Augen wirken irgendwie noch blauer, aber vielleicht ist es nur das Licht. Es fällt mir schwer, den Blick von ihm loszureißen. Ich glaube, ich habe in meinem ganzen Leben noch nie einen so attraktiven Mann getroffen. Plötzlich wird mir bewusst, dass wir schon ein paar Sekunden lang vor den Briefkästen stehen und einander wortlos anstarren. Ich räuspere mich.

»Also, äh, dieses Wochenende.« Wow, ich hätte nicht gedacht, dass mir das so schwerfallen würde, aber es hilft ja nichts. »Es ist etwas dazwischengekommen. Können wir unser Treffen vielleicht verschieben?«

»Oh.« Sein Lächeln fällt in sich zusammen. Beide Mundwinkel sind jetzt auf gleicher Höhe. Ein bisschen vom Lächeln ist noch da, aber es ist nicht mehr so strahlend. »Ja, klar. Ich hoffe, es ist alles okay.«

»Alles okay. Ich muss nur last minute nach San Diego fliegen.« Ich verdrehe die Augen, um anzudeuten, wie absolut unbedeutend diese Reise ist. »Aber wir können ja nächstes Wochenende ausgehen. Oder, na ja, wann du Zeit hast.«

»Nächstes Wochenende müsste gehen. San Diego, hm? Ist es eine Dienstreise?«

»Nicht ganz. Na ja, eigentlich gar nicht. Anne und ich fahren zusammen.« Ich will ihm ungern auf die Nase binden, dass ich unser Treffen verschiebe, weil ich versuche, einen anderen Typen aufzuspüren. Hastig krame ich in meinem Kopf nach einer anderen Ausrede. »Sie, äh, sie will sich die Strände ansehen. Die sollen da offenbar besser sein als in Miami.«

Das ist immerhin die halbe Wahrheit, aber ich habe trotzdem ein schlechtes Gewissen.

»Ah. Also eine Recherchereise.«

Ich lache. »Ja, sozusagen.«

»Ich habe gehört, dass unser Sand hier weißer ist.«

»Keine Ahnung. Ich war noch nie an der Westküste. Jedenfalls kann ich mir nicht vorstellen, dass sie dort auch so viel Seetang am Strand haben wie hier.«

»Du musst mir danach unbedingt von euren Erkenntnissen berichten.«

»Mach ich. Dann sehen wir uns bald?«

Sein einer Mundwinkel zieht sich wieder nach oben, so dass

er etwas schief lächelt. »Ich begleite dich noch nach oben. Es sei denn, du möchtest mit mir zusammen Aufzug fahren?«

Ich lache. »Auf keinen Fall.«

Wir gehen ins Treppenhaus, und erst nach einigen Stufen merke ich, dass ich ganz vergessen habe, nach meiner Post zu schauen.

»Es muss furchtbar sein, hier Einkäufe hochschleppen zu müssen«, sagt er.

»Besser als die Alternative. Was, wenn ich jedes Mal im Aufzug stecken bleibe und mir dauernd die Milch sauer wird?«

»Gutes Argument. Aber wenn du mit deinen Lebensmitteln feststeckst, kannst du immerhin noch etwas anderes essen als deinen eigenen Fuß.«

»Ich kaufe sowieso nie viel auf einmal. Es muss ja nur für mich alleine reichen. Da kann ich alles auf einmal hochtragen.«

»Ah. Du bist also einer dieser Alles-auf-einmal-Menschen.«

»Na klar. Menschen, die das anders machen, sind mir nicht geheuer.« Ich drehe mich um und sehe ihn an, als wir im zweiten Stock ankommen. »O nein. Bitte sag, dass du nicht jemand bist, der mehrmals geht. Trägst du dann immer nur eine Tüte hoch?«

Er runzelt die Stirn. »Wäre das eine Red Flag?«

Ich nicke ernst. »Auf jeden Fall.«

»Na, dann hast du Glück. Ich habe das Alles-auf-einmal quasi erfunden.« Er ignoriert mein Augenrollen. »Versuch mal, den Einkauf für eine sechsköpfige Familie in einem Gang nach oben zu tragen. Ohne Hilfe.«

Ich ziehe eine Braue hoch. »Okay. Jetzt gibst du aber an. Große Familie, hm?«

Er lächelt. »Ja. Und du?«

Ich schüttele den Kopf. »Einzelkind. Dabei habe ich mir immer Geschwister gewünscht.«

»Das kann aber auch ganz schön chaotisch sein«, sagt er. »Trotzdem würde ich es für nichts auf der Welt eintauschen.«

Ich ertappe mich dabei, wie ich hoffe, seine Familie irgendwann einmal kennenzulernen. Natürlich ist das völlig absurd. Wir hatten ja noch nicht einmal unser erstes Date.

Mein Handy klingelt. Ich ziehe es aus der Tasche und schaue aufs Display.

»Musst du da rangehen?«, fragt er.

Ich seufze. »Es ist Anne. Sie plant gerade unseren Ausflug.«

Irgendwie hoffe ich, dass er mich gleich bittet, die Reise einfach abzusagen und stattdessen das ganze Wochenende mit ihm zu verbringen. Dass ich diesen Typen, der mir geschrieben hat, einfach vergessen und stattdessen mein Leben leben soll. Aber selbst, wenn er das alles sagen würde, weiß ich nicht genau, ob ich es machen würde. Ich brauche einen Abschluss. Ich kann die Sache mit Luca nicht einfach so zu den Akten legen.

»Viel Spaß«, sagt Jake, als wir im zweiten Stock ankommen. »Wir sehen uns dann, wenn du wieder da bist.«

Ich schaue ihm hinterher, wie er die Treppe weiter hochgeht, dann nehme ich Annes Anruf an. Das Handy klemme ich mir zwischen Schulter und Kinn, als ich die Tür zum Flur öffne.

»Also, ich schaue gerade online nach, und es gibt einen

Nonstop-Flug nach San Diego. Er geht in vier Stunden und kostet weniger als dreihundert Dollar.«

»Klingt doch gar nicht schlecht.« Irgendwie hatte ich immer geglaubt, dass Flugtickets Tausende Dollar kosten.

»Das ist ein ziemliches Schnäppchen«, sagt sie. »Wir könnten ein Doppelzimmer nehmen – es sei denn, du möchtest getrennte Zimmer? –, und dann suchen wir morgen als Erstes nach der Straße deines Breinds. Wenn das gut läuft, können wir den Rest des Tages am Strand verbringen und den Redeye nach Hause nehmen.«

»Okay. Was ist ein Redeye? Ein rotes Auge?«

»Im Ernst jetzt? Du warst all die Jahre im College und weißt nicht, was ein Redeye ist?«

»Ist das ein Flugzeug? Ich bin noch nie geflogen, Anne.«

Ich höre sie am anderen Ende lachen. »Das ist ein Nachtflug. Wir kommen dann Sonntagmorgen ganz früh wieder nach Hause. Das spart uns eine Nacht im Hotel.«

»Dann bin ich dabei. Und wie bekomme ich mein Ticket? Kaufe ich es am Flughafen?«

»Du bist im Ernst noch nie geflogen?«

»Wenn du dich über mich lustig machst, komme ich nicht mit.«

»Na gut. Aber nein. Ich meine, du kannst das Ticket am Flughafen kaufen, aber es geht viel schneller online. Ich schicke dir einen Link.«

Meine Hände sind schweißnass, als ich auflege. Im nächsten Moment kommt Annes Nachricht mit dem Link, und ich klicke darauf. Ich kann es kaum glauben, dass ich drauf und dran bin, zu einem Flughafen zu fahren und den wahnwitzigen

Versuch zu unternehmen, in ein Flugzeug zu steigen. Ich fülle das Formular aus und finde es alles in allem erstaunlich leicht, ein Ticket zu kaufen. Gleichzeitig fürchte ich, dass ein Alarm losgeht, mein Display rot aufleuchtet und meine Buchung abgelehnt wird, sobald ich auf das Kauf-bestätigen-Feld klicke. Es könnte durchaus sein, dass dann innerhalb der nächsten Minuten Transportsicherheitsbeamte meine Wohnung aufbrechen. Mein Finger schwebt über dem Feld. Mein Herz pocht. Ich schließe die Augen und tippe auf das Display.

Nichts passiert. Kein Alarm, niemand rüttelt an der Tür. Ich öffne die Augen wieder und sehe, dass mein Finger neben das Feld getippt hat. Ich wage es also noch einmal und warte, halte den Atem an. Das Display wird weiß und lädt dann meine Ticketbestätigung. Ich atme tief durch, bevor ich mich daran erinnere, dass dies der einfache Teil war. Jetzt muss ich es noch ins Flugzeug schaffen.

SECHS

Teuflische Husky-Augen

Ich stehe auf dem Bürgersteig vor meinem Wohnhaus, den Rucksack über die Schulter gehängt, und warte auf Anne, die mich abholen will. Ein kleines Mädchen schlägt vor mir ein Rad nach dem anderen. Ich bin ganz schlecht darin, das Alter von anderen Menschen zu schätzen, aber nach meinen Schätzungen müsste sie vielleicht fünf oder sechs sein. Oder zehn.

Als sie das vierte Rad vor mir schlägt, schaue ich mich nach ihren Eltern um. Niemand scheint sich für diese Bürgersteig-Akrobatin verantwortlich zu fühlen. Mit hochgezogenen Brauen beobachte ich, wie sie sich plötzlich neben einen Busch am Rand des Bürgersteigs hockt. Dann, als wüsste sie, dass ich sie beobachte, steht sie auf und dreht sich zu mir um.

»Schau mal!«

Mir bleibt nichts anderes übrig, als auf die ausgestreckte Hand des Kindes zu schauen, die jetzt viel näher vor meinem Gesicht schwebt, als es mir angenehm wäre. Auf dem Finger des Mädchens liegt etwas, was entfernt an einen künstlichen Schnurrbart erinnert. Ich runzele die Stirn und versuche zu verstehen, warum das Kind mir so etwas zeigt. Da merke ich, dass sich der Schnurrbart bewegt.

»Was ist das denn?«, frage ich verblüfft.

»Das ist eine Raupe.«

»Oh. Toll.« Das ist die haarigste Raupe, die ich je gesehen habe. Ich wusste überhaupt nicht, dass Raupen so haarig sein können.

»Willst du die nicht mal halten, Gnom?«

Ich brauche eine Sekunde, bis ich kapiere, dass das Mädchen mich nicht Gnom nennt, sondern sich offenbar eine kreative Variation meines Namens ausgedacht hat.

»Vielleicht solltest du sie wieder auf ein Blatt legen oder so«, schlage ich vor. »Sie könnte giftig sein.«

»Du bist aber dumm. Raupen sind nicht giftig.« Das Kind legt die andere Hand vor die Raupe. Wir schauen beide zu, wie das kleine, schnurrbärtige Tier von der einen Hand auf die andere klettert. »Diese hier wird mal eine Motte.«

»Ach wirklich?« Ich schaue mich erneut um. Anne muss jeden Augenblick hier sein, und ich fürchte, dass niemand mehr dieses Kind im Blick hat, wenn ich weg bin. »Wo sind denn deine Eltern?«

»Meine Mom putzt das Badezimmer. Sie weiß nicht, dass ich hier draußen bin.«

»Du solltest vielleicht lieber wieder reingehen, bevor sie merkt, dass du weg bist und sich Sorgen macht.«

Das Mädchen verzieht das Gesicht. »Darf ich die Raupe mit reinnehmen?«

Kurz denke ich darüber nach. »Leg sie lieber wieder in den Busch, wo du sie gefunden hast. So kann sie einen Kokon bauen und ein Schmetterling werden.«

»Motte«, verbessert sie mich.

»Genau.«

Anne fährt hupend vor. Das Kind rennt zurück zum Busch, um die Raupe freizulassen. Ich werfe meinen Rucksack auf Annes Rücksitz, dann schaue ich vom Beifahrersitz aus dem Mädchen hinterher, das im Haus verschwindet.

»Wessen Kind ist das denn?«

»Keine Ahnung«, sage ich. »Sie wohnt im Haus und nennt mich Gnom.«

»Gnom? Das muss ich mir merken.«

»Bitte nicht.«

»Freust du dich auf deinen ersten Flug, Gnom?«

»Ich bin ein bisschen nervös, Anette.«

Anne windet sich. »Okay, gut, tut mir leid. Vergiss, dass ich dich je so genannt habe.« Wir schweigen beide einen Moment. »Aber du musst nicht nervös sein. Weißt du, wie selten Flugzeuge abstürzen?«

»Ach, das ist es gar nicht.« Kaum, dass ich das ausgesprochen habe, bereue ich es auch schon. Es ist viel einfacher zu sagen, dass man Angst vor einem Flugzeugabsturz hat, als das, was mir wirklich Sorgen macht.

Anne sieht mich stirnrunzelnd an. »Und weswegen bist du dann nervös?«

»Nichts. Es ist total albern.«

»Du hast damit angefangen.«

»Lass uns das Thema wechseln. Ich bin mir sicher, dass

alles gut werden wird.« Ich glaube selbst kein bisschen, was ich da sage, aber ich muss wenigstens so tun, als wäre ich normal.

»Du hast Angst, dass dir übel wird, oder?«, fragt sie. »Leidest du unter Reisekrankheit?«

»Ja, genau, das ist es«, lüge ich. »Ich kann keine Achterbahn fahren, ohne mich zu übergeben.«

»Das wird schon. Früher habe ich mich auch jedes Mal beim Fliegen übergeben. Ich kann dir zeigen, was mir dagegen geholfen hat.«

»Danke.« Na prima. Jetzt muss ich mir um zwei Dinge Sorgen machen. Ich hatte gar nicht darüber nachgedacht, dass ich, sollte ich es bis ins Flugzeug geschafft haben, mich drinnen auch noch übergeben könnte.

Am Flughafen angekommen parkt Anne ihren Wagen. Ich atme tief durch. Mittlerweile bin ich noch viel nervöser als bei der Abfahrt.

»Ich habe meinen Pass vergessen«, sage ich. »Jetzt ist es wohl zu spät, ihn zu holen, oder? Wir sollten einfach zurückfahren.«

Anne verdreht die Augen, packt mich am Arm und zieht mich zum Flughafengebäude. »Du brauchst keinen Pass, um nach Kalifornien zu fliegen.«

Ich fühle mich völlig schwerelos, während ich mich von ihr zur Automatiktür ziehen lasse. Ich schwitze, und gleichzeitig ist mir eiskalt. Würde Anne sich umdrehen, wäre sie sicher erschrocken, welch käsigen Ton meine Haut angenommen hat. Wir stellen uns in die Schlange bei der Sicherheitskontrolle, und ich beobachte das Sicherheitspersonal vor uns. Als einer mir ins Gesicht schaut, schaue ich hastig weg und hoffe im selben Moment, mich dadurch nun nicht verdächtig gemacht zu haben.

Ich beuge mich zu Anne hinüber, als wir die Körperscanner erreichen. »Was, wenn sie mich nicht durchlassen?«, flüstere ich.

Sie lacht. Sie denkt, ich mache Witze. »Haben sie denn einen Grund, dich nicht durchzulassen?«

»Ich weiß es nicht. Vielleicht. Ich muss mich aber nicht ausziehen oder so?«

Sie lässt ihren Blick über die Schlange vor uns schweifen. »Siehst du hier irgendwen nackt herumlaufen? Ich bin mir ziemlich sicher, dass sie genau deswegen Körperscanner haben. Aber ich hätte nichts dagegen, wenn mich der Typ mit dem Tattoo auf dem Bizeps abtastet.«

»Welcher Typ?« Ich habe keinen Sicherheitsmann mit einem Tattoo gesehen.

»Blaues Hemd«, sagt sie.

»Der ist keiner von der Security, Anne. Der ist ...« Ich sehe, dass der Tattoo-Typ einen Buggy aufklappt. Eine Frau setzt ihr Kind hinein. »Er ist Passagier. Und außerdem vergeben.«

»Hätte trotzdem nichts dagegen.«

Ich knuffe sie mit dem Ellenbogen in die Seite. »Du bist furchtbar.«

Ich bin so abgelenkt von Annes völlig unangemessener Bemerkung, dass ich gar nicht gemerkt habe, dass ich schon ganz vorn in der Schlange stehe. Ich gehe durch den Körperscanner und halte den Atem an, als die Sicherheitsfrau mir sagt, ich solle kurz warten. All meine Befürchtungen werden wahr, das weiß ich. Jemand wird mich zur Seite ziehen und mich verhaften oder mir sagen, dass ich mich …

»Okay, Sie können durchgehen«, sagt die Frau, bevor ich mein Angstszenario zu Ende denken kann. Ich haste zum Laufband und nehme meine Sachen. Anne tritt einen Moment später durch den Körperscanner, und wir gehen weiter.

In einem der Restaurants essen wir eine Kleinigkeit, und dann schaffen wir es gerade rechtzeitig zum Boarding ans Gate. Wir sitzen ganz hinten im Flugzeug.

Als ich mich setze, vibriert mein Handy. Ich werfe einen Blick aufs Display und spüre, wie mich die Aufregung durchzuckt, als ich eine Nachricht von Jake sehe.

Heißer Nachbar: Der Aufzug hat gerade gerüttelt, als ich runtergefahren bin. Musste an dich denken.

Ich lächle. Ob er sich das nur ausgedacht hat, um mir schreiben zu können?

Ich: Bist du stecken geblieben?
Heißer Nachbar: Nee. War dann doch alles gut.
Heißer Nachbar: Sitzt du schon im Flugzeug?
Ich: Haben uns gerade auf unsere Plätze gesetzt. Jetzt wird durchgesagt, dass wir die Handys in den Flugmodus schalten sollen.

»Wie hat es Teuflische Husky-Augen denn aufgenommen, dass du das Date abgesagt hast?«

Annes Frage lässt mich aufschauen. Ich bin so verwirrt von

ihren Worten, dass sie in meinen Ohren wie eine Fremdsprache klingen. Ich runzele die Stirn, aber Anne scheint ihrer Frage nichts hinzufügen zu wollen.

»Was hast du gerade gesagt?«

»Dass du das Date abgesagt hast«, wiederholt sie.

»Das habe ich gehört. Und was sollte der Rest des Satzes bedeuten?«

»Teuflische Husky-Augen«, sagt sie und verdreht die Augen. »Du weißt schon. Dein heißer Nachbar mit den super-intensiven blauen Augen, mit dem du in diesem Augenblick eigentlich ausgehen solltest?«

»Oh.« Ich zucke die Achseln. »War okay für ihn.«

»Du hast es ihm doch gesagt, oder?«

»Ja klar. Ich war nur etwas verwirrt davon, wie du ihn genannt hast.«

»Ach komm schon. Findest du etwa nicht, dass er Augen wie ein teuflischer Husky hat?«

»Na ja, jetzt, da du es erwähnst, versteh ich schon, was du meinst. Aber müssen seine Augen denn teuflisch sein? Das klingt, als wäre er irgendwie gruselig.«

»Wenn du mir einfach seinen Namen sagen würdest, müsste ich ihn nicht mehr Teuflische Husky-Augen nennen.«

»Er heißt Jake.«

Sie schaut von der Seite auf mein Handy. Als sie sieht, unter welchem Namen ich ihn abgespeichert habe, verdreht sie die Augen. »Echt jetzt? Ich bin mir sicher, dass ein Typ, der so aussieht wie er, schon ein genügend großes Ego hat.«

»Ich will nur eine gute Zeit mit ihm haben, bis ich ausziehe. Außerdem hat er sich selbst so eingespeichert.«

»Wenn du schon auf Kosenamen stehst, klingt Teuflische Husky-Augen aber deutlich besser«, wendet sie ein.

»Ich mag den teuflischen Teil nicht. Vielleicht einfach Husky-Augen?«

Sie schürzt die Lippen und runzelt die Stirn. Dann schnappt sie sich mein Handy.

»Hey. Was machst du da?«

Ich schaue zu, wie sie seinen Namen von Heißer Nachbar zu Husky-Augen ändert. Dann schaltet sie mein Handy aus, bevor ich etwas dagegen tun kann. Sie gibt mir das Handy wieder und schaut dann aus dem Fenster.

»Guck mal«, sagt sie. »Wir sind schon in der Luft.«

»Oh. Wow. Stimmt.« Ich hatte gespürt, als das Flugzeug abhob, war aber zu abgelenkt durch die Unterhaltung mit Anne gewesen.

»Siehst du? Ist gar nicht so schlimm.«

Für einen Moment betrachte ich die winzigen Häuser und Autos unter mir, dann greife ich unter den Sitz vor mir und öffne meinen Rucksack. Ich hole eine Mappe heraus.

»Was ist das?«, fragt Anne.

»Lesestoff, damit wir die nächsten paar Stunden etwas zu tun haben.« Ich öffne die Mappe. Es sind ein paar ausgewählte Briefe, die Anne lesen darf.

Ihre Augen werden ganz groß. Sie nimmt das erste Blatt in die Hand. »Die sind von Luca?«, fragt sie.

»Das sind die Briefe, die er mir während der Highschool geschrieben hat.«

Sie liest den ersten, runzelt die Stirn und lacht dann auf, so dass sich einige Passagiere nach uns umdrehen. »Was hast du darauf geantwortet?«, fragt sie. Sie nimmt die nächste Seite und guckt etwas enttäuscht, weil es nicht meine Antwort ist, sondern Lucas nächster Brief.

»Er hat mir meine nicht zurückgeschickt, daher habe ich nur seine. Aber ich erinnere mich noch an jede Zeile, die ich geschrieben habe. Ich kann dir erzählen, was ich geantwortet habe.«

SIEBEN

Die arme blinde Frau

Luca

Bei Naomi war es so, dass sie mir immer zurückschrieb, egal wie gemein ich gewesen war oder wie schlecht meine Laune. Und ich war wirklich richtig gemein. Für ungefähr ein Jahr, nachdem mein Dad uns verlassen hatte, benutzte ich sie praktisch als Boxsack. Ich sagte ihr nie, was passiert war, weil ich nicht wollte, dass sie wie alle anderen Mitleid mit mir hatte. Wenn ich bei Ben oder meiner Freundin Dampf abließ, boten sie immer irgendwelche unbrauchbaren Lösungsvorschläge an oder entschuldigten sich, obwohl sie nichts falsch gemacht hatten. Aber wenn ich mich in einem fiesen Brief an Naomi austobte – meistens mit etwas, das ich am liebsten zu meinem Dad gesagt hätte –, dann schoss sie mit etwas ebenso Gemeinem oder Verstörendem zurück und brachte mich damit zum Lachen.

Wir waren in der Highschool, als der Ton unserer Briefe sich veränderte. Die unschuldigen kindlichen Beleidigungen ohne jegliche Lebenserfahrung verschwanden. Ich weiß nicht, an welchem Punkt diese Grenze überschritten wurde oder wer sie zuerst überschritt, aber wir waren beide nicht bereit zurückzuweichen.

Lieber Luca,
ich muss eigentlich einen Aufsatz schreiben, aber ich kann mich nicht konzentrieren, weil meine Cousinen in meinem Zimmer sind, sich gegenseitig schminken und mich davon überzeugen wollen, mich auch schminken zu lassen. Courtney zupft Bellas Augenbrauen, und Bella schreit rum. Keine Ahnung, wie ich so über den Bürgerkrieg schreiben soll, aber natürlich musste ich gleich an dich denken.
Ich würde dir gern jedes einzelne deiner Beinhaare mit einer Pinzette rausreißen. Es würde mich wahnsinnig glücklich machen zu hören, wie du vor Schmerzen schreist. Noch besser wäre, wenn dann eins der Haare einwächst, wenn sie irgendwann wiederkommen. Und dann reißt du es raus, es infiziert sich, und du verlierst dein Bein. Die Prothese, die du dann bekommst, ist dann leider ein paar Zentimeter zu kurz, und du musst den Rest deines Lebens humpeln.
Alles Liebe
Naomi

Liebe Naomi,
meine Mom zupft sich die Augenbrauen und redet immer davon, sich wachsen zu lassen. Ich verstehe einfach nicht, warum sich Frauen so viele Schmerzen antun. Benutzt doch

einfach einen Rasierer oder so. Aber bitte tu mir den
Gefallen, und lass dich von deinen Cousinen schminken. Ich
bin mir sicher, du hast es bitter nötig.
Warum bist du eigentlich so besessen von meiner Körperbe-
haarung und von der Vorstellung, dass ich ein Bein verliere?
Liegt es vielleicht daran, dass du heimlich nach San Diego
kommen und mich pflegen willst? Ich würde dich sogar
meine Beine epilieren lassen, wenn das bedeutet, dass du
dafür vor mir auf die Knie gehen musst.
Alles Liebe
Luca

Lieber Luca,
es ist widerlich, dass du immer alles ins Sexuelle ziehen
musst. Aber eigentlich überrascht mich das auch nicht, weil
du ja noch nie flachgelegt worden bist. Du wirst vermutlich
Jungfrau bleiben, bis du fünfzig bist und dich eine arme
blinde Frau im Pflegeheim aus Versehen begrabbelt, weil sie
dich für ihren Ehemann hält. Glücklicherweise hat ihr
Ehemann auch einen winzigen Schwanz, da merkt sie den
Unterschied gar nicht.
Alles Liebe
Naomi

Liebe Naomi,
leider falsch. Ich bin schon lange keine Jungfrau mehr,
sondern hatte schon einige Freundinnen. Also werde ich

nicht wie du in einem Pflegeheim enden. Vermutlich wirst
du diese blinde Frau sein, die mit dem falschen Mikro-Penis
spielt.
Außerdem habe ich keinen kleinen Schwanz. Ich kann dir
im nächsten Brief ja mal ein Bild mitschicken, dann kannst
du dich selbst überzeugen.
Alles Liebe
Luca

Lieber Luca,
du wechselst die Freundinnen vermutlich wie deine
Unterhosen, weil du so ein Versager im Bett bist. Dass du
angeblich einen großen Schwanz hast, bedeutet ja nicht,
dass du auch gut im Bett bist. Und viele Freundinnen zu
haben, bedeutet nicht, dass du am Ende nicht allein bleibst.
Auf das Dick Pic verzichte ich gern. Nicht, dass mein armer
Briefkasten Chlamydien bekommt.
Alles Liebe
Naomi

Am Ende der elften Klasse hatten viele unserer Briefe einen leicht flirtenden Unterton. Vielleicht dachte ich aber auch nur, dass Naomi mit mir flirtete, weil ich ein notgeiler Teenager war. Ben war seit der neunten Klasse mit Yvette zusammen und verbrachte seine gesamte Freizeit mit ihr. Wir hatten nur noch einen Kurs zusammen, daher sahen wir uns nur dann. Und selbst das war nicht mehr so wie früher. Er hatte neue Freunde in anderen Kursen gefunden, und ich fühlte mich langsam wie ein Außenseiter. Ich war nie gut darin gewesen, neue Freundschaften zu schließen. Vielleicht hatte ich mich auch insgeheim immer darauf verlassen, dass ich ja Ben hatte.

Im Gegensatz zu Ben, der gern langfristig mit seiner Freundin zusammenbleiben wollte, hatte ich kein Interesse daran, länger als ein, zwei Wochen dasselbe Mädchen zu daten. Ein paar Jahre lang war das auch ganz lustig so, aber in der elften hatte ich die Hälfte der Mädchen in meiner Klasse durch. Die andere Hälfte fand ich entweder nicht attraktiv, oder ich war für sie tabu, weil ich bereits mit einer ihrer Freundinnen zusammen gewesen war. Also verbrachte ich den größten Teil des Jahres allein. Das war super für mein Zeugnis, aber ich war einsam.

Am Ende des Jahres meldeten sich alle meine Freunde auf einer Website namens Facebook an. Ich kannte Facebook schon durch meine Mutter. Sie hatte dort bereits ein paar Jahre einen Account gehabt. Vielleicht wollte ich auch deshalb zuerst kein Teil dieses neuen Trends sein, aber dann sprang ich doch auf den Zug auf und erstellte mir einen Account. Mein Profilbild zeigte mich und Ben und ein paar seiner Freunde am Strand.

Es war wohl die Mischung aus Langeweile und ein wenig Einsamkeit, die mich dazu brachte, eines Nachts »Naomi Light« in das Suchfeld einzutippen. Ich hatte ihr jahrelang geschrieben und fragte mich, wie sie wohl aussah. Bevor ich auf »Enter« drückte, zögerte ich. Plötzlich war ich mir doch nicht mehr ganz sicher, ob ich wirklich wissen wollte, wie sie aussah. In so vielen Briefen hatte ich geschrieben, wie hässlich sie sei, aber ich hatte im Grunde keine Ahnung. Irgendwie hatte ich Angst, dass es alles verändern würde, wenn ich wüsste, wie sie wirklich aussah. In meinem Kopf stellte ich sie mir immer ziemlich süß vor. Das war auch ein Grund, warum es so viel Spaß machte, mit ihr zu flirten. Würde ich ihr immer noch schreiben wollen, wenn sie aussah wie ein Oger?

Schließlich drückte ich trotzdem auf »Enter« und wartete danach gespannt auf die Suchergebnisse. Ein paar tauchten auf – hauptsächlich alte Frauen –, aber da gab es auch ein kleines Bildchen von einem Mädchen im Teenager-Alter, das in Oklahoma City wohnte. Ich klickte auf ihr Profilbild und hielt unwillkürlich den Atem an. Das konnte nicht das Mädchen sein, mit dem ich seit Jahren Briefe schrieb. Ungläubig überprüfte ich noch einmal das Profil. Ja, sie wohnte in Oklahoma City und ging in dieselbe Klassenstufe wie ich. Dann klickte ich auf ihr Profilbild, um es zu vergrößern.

Naomi hatte rotgoldenes Haar und helle Haut mit ein paar Sommersprossen auf der Nase. Ihre Augen waren dunkelblau, die Lippen voll und rosig, die Zähne perfekt weiß und gerade. Wenn sie lächelte, hatte sie Grübchen in den Wangen. Ich klickte aufs nächste Foto, auf dem sie Trainingskleidung trug. Sie war fit, mit muskulösen Beinen, und stand in einer Gruppe mit anderen Mädchen zusammen. Sie stach direkt heraus, weil sie die hübscheste war. Ich merkte, dass mein Mund offen stand. Dann klickte ich mich durch ihre Fotos. Ich wollte sie alle sehen.

Völlig baff lehnte ich mich schließlich in meinem Stuhl zurück. Ich konnte kaum glauben, dass ich die ganze Zeit Briefe mit *ihr* geschrieben hatte. Naomi ließ das heißeste Mädchen an meiner Highschool aussehen wie einen schrumpeligen Pilz. Plötzlich wünschte ich, ich könnte all die gemeinen Dinge zurücknehmen, die ich ihr geschrieben hatte.

Kurz überlegte ich, ihr eine Freundschaftsanfrage zu schicken, aber dann würde sie natürlich wissen, dass ich nach ihr gesucht hatte. Ich weiß nicht genau, warum ich das nicht wollte. Statt ihr also eine Freundschaftsanfrage zu schicken, nahm ich Papier und Stift.

Liebe Naomi,
ich habe mir endlich ein Facebook-Profil gemacht. Be-
stimmt bin ich damit der Letzte in meiner Klasse. Es ist
jedenfalls ein bisschen seltsam, sich einzuloggen und all die
Dinge zu lesen, die meine Mom dort postet. Sie ist immer
die Erste, die meine Fotos kommentiert. Manchmal habe
ich fünfzig neue Nachrichten, wenn ich mich einlogge, und
bilde mir schon ein, dass ich plötzlich beliebt geworden bin,
aber dann stelle ich fest, dass es bloß wieder meine Mom
ist, die meine Seite mit ihren Likes und Kommentaren
vollspammt. Vielleicht ist meine Mom meine einzige echte
Freundin. Ist das nicht irgendwie superarmselig?
Meinst du, wir sollten Freunde auf Facebook sein? Ich
meine, falls du überhaupt einen Account hast. Sag einfach
Bescheid. Dann gucke ich mal, ob ich dich finde, und
schicke dir eine Freundschaftsanfrage.
Alles Liebe
Luca

Lieber Luca,

wie kommst du darauf, dass ich mit dir auf Facebook befreundet sein will? Schick mir keine Freundschaftsanfrage. Und such mich auch nicht, okay? Oh, und sei gefälligst netter zu deiner Mom.

Xoxo

Naomi

Das war nicht die Reaktion, die ich erwartet hatte. Ich hatte gedacht, dass sie meinen Brief lesen und dann aus Neugier auf Facebook nachschauen würde. Dann hätte sie mich gefunden und sofort gesehen, dass ich heißer aussah als jeder Typ, mit dem sie zur Schule ging. Und dann hätte sie mir eine Freundschaftsanfrage geschickt. Oder mir zumindest gesagt, dass ich ihr ruhig eine schicken soll.

Ich war so enttäuscht von ihrem Brief, dass ich ihn zur Seite legte und einen Monat nicht antwortete. Vielleicht hoffte ich tief in meinem Innern, dass sie ihre Meinung noch einmal änderte, wenn ich nicht reagierte, oder dass sie doch noch auf Facebook nach mir suchen und merken würde, was da für ein Potenzial schlummerte. Aber das passierte nicht.

ACHT

Wie man ein Stalker wird

Naomi

»Warum wolltest du denn nicht mit ihm auf Facebook befreundet sein?«

Anne hat mittlerweile alle Briefe durchgelesen, die mir Luca in den ersten drei Jahren der Highschool geschickt hatte. Währenddessen schaute ich ihr über die Schulter, las mit und erzählte, so gut es ging, was ich geantwortet hatte.

Ich zucke mit den Schultern. »Ich weiß auch nicht. Rückblickend war ich da vielleicht etwas kalt.«

»Warst du denn gar nicht neugierig, wie er aussieht?«

Natürlich habe ich mir sein Profil damals angeschaut. Schließlich wäre es gelogen zu sagen, dass ich zu dem Zeitpunkt nicht bereits ein wenig für Luca geschwärmt hatte, aber das würde ich vor Anne niemals zugeben. Seine Seite war privat, also konnte ich nur das Profilfoto sehen, auf dem er mit ein paar anderen Jungs an einem Strand stand. Sie trugen alle Sonnenbrillen und verschränkten die Arme vor der Brust, so als hielten sie sich für ganz heiße Typen. Und das waren sie auch – zumindest mein Highschool-Ich fand sie heiß –, aber das spielte keine Rolle.

»Als mir Luca diesen Brief geschickt hat, hatte ich gerade einen Freund. Es war mir eigentlich egal, wie er aussieht. Außerdem war sein Profil privat.«

Ich lasse die Tatsache aus, dass ich oft auf sein Profil gegangen war und versucht hatte herauszufinden, welcher von den Typen Luca war. Außerdem hatte ich immer die Hoffnung gehabt, er würde seinen Accountstatus doch noch ändern, damit ich heimlich noch ein bisschen mehr in seinem Profil herumschnüffeln konnte.

»Das finde ich verrückt«, sagt sie. »Ich hätte seine Freundschaftsanfrage sofort angenommen.«

Ich denke kurz darüber nach und versuche, mich an die Gedankengänge zu erinnern, die mich dazu brachten, Luca so eine Abfuhr zu geben. »Du hast doch seine Briefe gelesen«, erinnere ich sie. »Er war gemein und beleidigend, und ich wollte nicht, dass er solche Kommentare auf meiner Facebook-Seite hinterlässt, wo alle sie sehen können.«

Außerdem mochte ich es, Briefe zu schreiben und sie in den Briefkasten zu werfen. Und ich hatte Angst, dass es damit vorbei sein würde, wenn wir nun anfingen, über Facebook miteinander zu schreiben. Ich war nicht bereit, diese Ära einfach so zu beenden. Im Grunde bin ich vermutlich immer noch nicht bereit dazu, immerhin sitze ich gerade in einem Flugzeug, um ihn nach zwei Jahren Funkstille wiederzufinden.

»Kann ich verstehen. Trotzdem hätte ich ihn zumindest kurz angenommen, um schnell nachzuschauen, wie er aussieht. Aber gut, ich stalke ja auch jeden, mit dem ich bei der Arbeit auch nur einen Mailwechsel hatte.«

»Im Ernst? Warum?«

»Ich habe gern ein Gesicht zu den Namen.«

»Okay, jetzt bin ich irgendwie doch neugierig. Meinst du, er hat seine Facebook-Seite wirklich gelöscht, damit es noch schwieriger für mich wird, ihn zu finden?«

Anne nickt. »Und vermutlich hat er auch dafür bezahlt, seine Daten auf PeopleFinder löschen zu lassen. Entweder das, oder er heißt gar nicht wirklich Luca Pichler.«

»Doch, das muss sein echter Name sein. Immerhin hat mir die Grundschule den Namen gegeben, als dieses Brieffreunde-Programm anfing.«

»Stimmt. Dann hat er sich wirklich alle Mühe gegeben, sich gut zu verstecken.«

»Ist schon in Ordnung«, sage ich. »Wir brauchen weder Facebook noch öffentliche Datenbanken, um ihn zu finden. Wir stalken ihn einfach auf die altmodische Art.«

Ich wünschte irgendwie, dass mir diese Idee schon früher gekommen wäre, aber ich dachte ja, dass Luca einen guten Grund dafür gehabt hatte, den Kontakt abzubrechen: seine Frau. Dann wäre es schon ein bisschen seltsam gewesen, wenn irgendeine andere Frau (ich) vor ihrer gemeinsamen Tür stehen und nach Luca fragen würde. Andererseits, vielleicht ist er auch immer noch mit ihr zusammen. Vielleicht wird es so oder so seltsam. Ich habe absolut keine Ahnung, was da auf mich zukommt.

»Das wird ja so lustig«, sagt Anne. Sie legt die Briefe zurück in die Mappe und steckt sie in meinen Rucksack, während das

Flugzeug in den Landeanflug geht. Da sind noch genügend Briefe, die wir morgen Abend am Flughafen lesen können.

———

»Und wenn das eine ganz schlechte Idee ist? Was, wenn er zurück in das Haus seiner Kindheit gezogen ist, und dann stehe ich vor seiner Tür, und er lässt mich wegen Stalkings festnehmen? Oder noch schlimmer: Was, wenn er mit Pfefferspray auf mich losgeht?«

»Höchst unwahrscheinlich«, sagt sie. »Außerdem wette ich, dass er dich selbst ein bisschen gestalkt hat, sonst wüsste er ja wohl nicht, wo du arbeitest.«

Ich stelle mir vor, wie Luca sich all die Mühe gibt, die Anne und ich uns geben, um ihn zu finden. Und ich frage mich, wofür er den ganzen Aufwand betreibt und warum ich nach zwei Jahren endlich wieder von ihm höre. Warum ausgerechnet jetzt? Es fühlt sich ein bisschen an wie ein Peitschenhieb, sich so lange vergessen zu fühlen, nur um dann aus heiterem Himmel wieder etwas von ihm zu hören – aber trotzdem nicht die Chance zu haben zurückzuschreiben. Vielleicht ist »vergessen« aber auch nicht das richtige Wort. Wir sind beide weggezogen, und ich hatte angenommen, dass er sich nun einfach auf sein Leben konzentrierte. Ich dagegen hatte ihn immer irgendwo in meinem Kopf.

Heute Morgen sind wir extra früh aufgestanden, um unsere Suche nach Luca zu starten. Und hier stehen wir nun – um acht Uhr morgens vor seinem Elternhaus. Es ist hellblau mit weißen Fensterläden. In der Ecke des Grundstücks steht ein

Briefkasten. Ob das wohl derselbe ist, in den die zahllosen Briefe eingeworfen wurden, die ich im Laufe der Jahre an diese Adresse geschickt habe?

»Mich zu finden war nun wirklich nicht schwer«, sage ich. »Er musste nur meinen Namen googeln. So konnte er jede Wettersendung finden, die ich je gemacht habe. Er musste nicht ganz bis nach Miami fliegen.«

»Tja, aber dir lässt er ja keine Wahl, als es so zu versuchen.«

»Das kommt vor Gericht bestimmt sehr überzeugend. ›Ist nicht meine Schuld, Euer Ehren; er hat mir keine Wahl gelassen, ich musste ihn stalken!‹«

Anne verdreht die Augen. »Komm mal wieder runter. Das Schlimmste, was passieren kann, ist, dass er eine einstweilige Verfügung gegen dich erwirkt. Und das bezweifle ich. Hätte er sich sonst solche Mühe gegeben, dich zu finden und dir zu schreiben?«

Ich weiß, dass sie recht hat, aber ich fühle mich trotzdem wie gelähmt. Also atme ich tief durch und schaue mir weiter das Haus an. Ich versuche, mir Luca als Kind vorzustellen, wie er aus der Haustür gerannt kommt und im Briefkasten nachschaut, ob etwas für ihn gekommen ist. Hat er wohl auch mit so viel Vorfreude auf die Post gewartet wie ich? Schon damals war mir ständig die Frage durch den Kopf gegangen, ob er mich nicht vielleicht wirklich hasste. Einige seiner Briefe waren so gemein, so persönlich, dass ich mir gar nicht erklären konnte, warum er mir überhaupt schrieb. Hin und wieder drohte er ja sogar damit, den Kontakt abzubrechen, aber dann kam doch wieder ein Brief.

Vielleicht war er einfach nur ein wütendes Kind. So wirkte

es manchmal. Aber vielleicht machte es ihm auch Spaß, mich zu ärgern.

Ich stelle mir vor, wie er älter wird und immer noch aus der Haustür rennt, um nach der Post zu schauen, nach meinen Briefen. Es fällt mir schwerer, mir das vorzustellen, weil ich keine Ahnung habe, wie er aussieht. In meinem Kopf sieht er jedes Mal anders aus. Manchmal hat er blondes Haar, manchmal braunes. Manchmal ist er groß, manchmal klein.

»Hast du Angst?« Anne stellt diese Frage ganz leise und holt mich damit aus meiner Gedankenwelt.

»Ein bisschen.«

»Niemand wird da mit Pfefferspray im Anschlag rauskommen. Geh einfach hin und klingele. Du machst ihnen vermutlich mehr Angst, wenn du hier weiter stehst und ihr Haus anstarrst.«

Ich seufze und zwinge mich die Treppen zur Haustür hinauf. Mit angehaltenem Atem drücke ich die Klingel.

Eine Frau taucht auf der anderen Seite der Fliegengittertür auf. Sie öffnet sie und schaut uns erwartungsvoll an. »Kann ich Ihnen helfen?«

Ich brauche einen Moment, um meine Stimme zu finden. »Hallo«, sage ich schließlich. »Ich wollte fragen, ob Sie etwas über die Familie wissen, die vor Ihnen in diesem Haus gewohnt hat.«

Sie zuckt mit den Schultern. »Die Jones'? Sind Sie von der Volkszählung?«

»Nein, ich wollte nur … wie lange haben die Jones hier ungefähr gewohnt? Gab es da auch einen Jungen namens Luca? Luca Pichler?«

»Keine Ahnung. Ich kenne sie nicht. Nur manchmal bekomme ich noch ihre Post.«

»Und Ihre Nachbarn? Wissen die vielleicht, wie lange die Familie hier gewohnt hat?«

Sie seufzt. Ich merke, dass sie ungeduldig wird. »Das weiß ich nicht. Ich wohne hier erst seit einem Jahr und rede eigentlich kaum mit den Nachbarn.«

»Okay. Danke. Entschuldigen Sie die Störung.«

Die Frau verschwindet wieder im Haus, und die Fliegengittertür fällt hinter ihr zu. Anne und ich schauen uns an, zucken mit den Schultern und gehen wieder zurück auf den Bürgersteig.

»Ich dachte mir schon, dass sie nichts über ihn weiß«, sage ich. »Er hat mir seit der Highschool nicht mehr von dieser Adresse aus geschrieben.«

»Es muss doch irgendeinen Nachbarn geben, der lange genug hier wohnt, um sich an ihn oder seine Familie zu erinnern«, sagt Anne. »Wo wollen wir anfangen?«

»Lass es uns zuerst bei dem Haus da hinten versuchen.«

Wir gehen die Straße entlang, und mein Handy vibriert. Eine Nachricht. Für einen Moment vergesse ich, dass Anne den Namen in meiner Adressliste geändert hat, und ich bin etwas verwirrt, dass mir jemand namens Husky-Augen schreibt.

Husky-Augen: Na, wie ist es in San Diego? Besser als in Miami?

Ich: Es ist wunderschön hier. Vielleicht komme ich gar nicht wieder.

Husky-Augen: Du darfst eine so weitreichende Entscheidung erst treffen, nachdem du mit mir auf einem
Date warst.

Ich: Ach, glaubst du wirklich, ein einziges Date könnte
meine Lebensentscheidungen ändern?

Husky-Augen: Es wird ja nicht bei einem Date bleiben.

Ich lese seine Nachricht noch einmal und überlege, wie es sein
kann, dass mir von diesem einen Satz ganz warm wird. Gleichzeitig wird mir etwas schwummerig im Kopf, und ich merke,
dass ich den Atem angehalten habe. Ich weiß gar nicht, was
ich darauf antworten soll. Schließlich atme ich aus und fange
an zu tippen.

Ich: Oh? Da ist aber jemand sehr von sich überzeugt.
Was, wenn du mich nach dem Date nicht mehr
leiden kannst?

Husky-Augen: Wird nicht passieren.

Ich: Was machst du heute?

Husky-Augen: Bin bei meiner Familie, würde aber lieber
mit diesem echt süßen Wettermädchen am Strand
spazieren gehen, das ich neulich kennengelernt habe ...

Ich erschrecke, als Anne meinen Arm packt und mich zur
Seite reißt.

»Erde an Naomi«, sagt sie. »Hast du den da echt nicht gesehen?«

»Was? Oh.« Ich schaue mich um und merke, dass sie mich
gerade davor gerettet hat, gegen einen Telefonmast zu laufen.

»Warum hast du gelächelt?«, fragt sie und deutet auf mein Handy. Dann verengt sie die Augen und grinst wissend. »Das ist Husky-Augen, oder? Schickt er dir sexy Bilder?«

Ich lache. »Nein. Ich meine, ja, es ist er, aber nein, er schickt mir keine Bilder.«

Mein Handy summt erneut. Ich stecke es in die Tasche, ohne aufs Display zu schauen, nur für den Fall, dass er mir jetzt doch welche schickt. »Na komm, lass da mal klingeln.«

Das letzte Haus in der Straße ist von Büschen nahezu zugewuchert, so dass es unmöglich ist, den Weg durch den Vorgarten zu nehmen. Wir müssen um die Hecke herumgehen, um auf die Veranda zu gelangen. Bei vielen der Häuser in der Straße scheint es sich um Ferienhäuser zu handeln. Dieses hier sieht aber nicht so perfekt gepflegt aus, daher hoffe ich, dass seine Bewohner vielleicht nicht erst vor Kurzem eingezogen sind.

Es gibt keine Türklingel, also klopfe ich gegen die Holztür und warte. Irgendwo im Haus kläfft ein kleiner Hund. Einen Augenblick später öffnet sich die Tür, und eine zerbrechlich aussehende alte Frau kommt dahinter zum Vorschein. Sie trägt eine Brille, die ihre Augen riesig wirken lässt. Das Hündchen kläfft immer noch.

»Guten Morgen«, sage ich. »Ich hoffe, wir stören nicht.«

»Überhaupt nicht«, antwortet sie mit einem Lächeln und zeigt dabei ihr künstliches Gebiss, das ein wenig zu groß für ihr kleines Gesicht ist.

»Ich heiße Naomi, und das ist meine Freundin Anne. Wir suchen jemanden, der als Kind hier in der Straße gewohnt hat, aber nun schon eine Weile weggezogen ist. Ich hatte gehofft,

Sie könnten mir vielleicht sagen, wie lange Sie schon hier wohnen?«

»Ich heiße Carol Bell«, sagt sie und schüttelt uns beiden die Hände. »Und das könnte ich euch natürlich sagen, aber dann müsste ich auch verraten, wie alt ich bin.« Sie lächelt keck und zwinkert mir zu. »Ich wohne hier schon mein ganzes Leben. Mein Daddy hat dieses Haus gebaut, wisst ihr.«

Anne knufft mich mit dem Ellenbogen in die Rippen. Sie wippt vor Aufregung auf und ab. Ich wende mich wieder an Carol.

»Das ist ja unglaublich«, sage ich. »Es ist ein wunderschönes Haus. Ich wette, Sie lieben es, so nah am Meer zu wohnen.«

Carol nickt. »Ich kann mir nichts Schöneres vorstellen.«

Ich deute in die Richtung, aus der wir gekommen sind. »Sehen Sie das hellblaue Haus dort hinten?«

Sie beugt sich vor, um zu sehen, welches ich meine.

»Erinnern Sie sich zufällig an eine Familie, die vor ein paar Jahren hier gewohnt hat? Der Nachname war Pichler. Sie müssen hier mindestens acht Jahre gewohnt haben, vielleicht auch länger. Und sie hatten einen Sohn namens Luca.«

Carol schürzt die Lippen und denkt nach. »O ja«, sagt sie dann. »Ich erinnere mich an die Pichlers. Eine sehr nette Familie, die es aber nicht leicht hatte. Ich habe mir um den Sohn immer etwas Sorgen gemacht. Ihr kennt ihn also? Wie geht es ihm?«

Unwillkürlich frage ich mich, was sie damit meint, wenn sie sagt, dass Lucas Familie es nicht leicht hatte. Das hier kommt mir vor wie eine nette Gegend, und er hat sich in seinen Briefen nie beklagt.

»Luca war mein Brieffreund, und wir haben einander im Laufe der Jahre aus den Augen verloren. Ich hatte gehofft, Sie könnten mir etwas über ihn oder seine Familie erzählen. Ich würde ihm sehr gern wieder schreiben.«

»Oh, das ist ja herzerwärmend«, sagt Carol. Sie schürzt erneut die Lippen und schaut zum hellblauen Haus hinüber. Als sie weiterspricht, hat ihr Tonfall sich verändert: »Lydia und ihr Mann haben sich dauernd gestritten. Ich glaube nicht, dass er sie geschlagen hat, aber nachts haben sie sich manchmal so laut angeschrien, dass sie die ganze Nachbarschaft damit aufgeweckt haben. Manchmal wurde auch die Polizei gerufen, aber weder sie noch er wurden je verhaftet. Dann ist Mr. Pichler eines Tages einfach gegangen und nie wieder zurückgekommen. Das war vermutlich für alle das Beste, aber ich glaube, dem Kind hat das trotzdem sehr zu schaffen gemacht. Ein paar Jahre später ist Lydia krank geworden. Stellt euch mal vor, als Kind beide Eltern zu verlieren, bevor man überhaupt die Schule abgeschlossen hat.«

Carol sagt all das ganz beiläufig, als müssten wir es bereits wissen, da ich ja Lucas Brieffreundin war. Ich starre sie entgeistert an und versuche zu verstehen, was sie da gerade erzählt hat. Ich wusste nicht, dass Lucas Vater die Familie verlassen hat oder dass seine Mutter krank war. Nichts davon hat er je in seinen Briefen erwähnt. Aber andererseits, vielleicht auch doch, indirekt. Ich muss an die Briefe denken, die härter waren als die anderen, die so hasserfüllt waren, dass ich es nicht mehr lustig fand. Damals habe ich nicht gewusst, was er durchmachen musste, konnte nicht eins und eins zusammenzählen. Ich beschließe, all seine Briefe noch einmal zu lesen, wenn ich wieder zu Hause bin. Irgendwo muss doch etwas stehen, was ich vorher übersehen habe.

»Das muss wirklich hart gewesen sein«, sagt Anne jetzt. »Also ist seine Mutter ...«

»Verstorben«, beendet Carol ihren Satz.

»Und Luca?«, fragt Anne. Ich bin dankbar, dass sie die Fragen stellt, denn ich bin so sehr mit meinen Gedanken über Luca beschäftigt, dass ich kein Wort herausbringe. Ich kann mir nicht ansatzweise vorstellen, was er durchmachen musste. Plötzlich sehe ich ihn in einem ganz anderen Licht. Ich hatte mich immer schon gefragt, warum er so ein wütendes Kind, warum er so gemein war. Aber ich wäre nie darauf gekommen, dass er so jung schon so viel Schmerz und Verlust hatte erleben müssen. Nun macht es mich traurig, dass ich es nicht besser wusste. Ich wünschte, ich hätte zwischen den Zeilen lesen und etwas Tröstliches schreiben können. Aber vielleicht hätte genau das auch alles kaputt gemacht, was wir hatten.

Ich hoffe, dass es jemanden gab, dem er sich anvertrauen konnte.

»Als ich von Lydias Tod hörte, war Luca bereits fort. Ich habe nie wieder von ihm gehört, aber das hatte ich auch nicht erwartet. Für ihn war ich nur die alte Dame, die am Ende der Straße wohnte.« Carol wendet sich an mich. »Hast du in dieser Zeit auch zum letzten Mal von ihm gehört?«

Ich schüttle den Kopf und schlucke den Kloß in meinem Hals herunter. »Er hat mir noch Jahre danach geschrieben. Als ich das letzte Mal von ihm gehört habe, ging es ihm eigentlich richtig gut. Er wollte heiraten.« Ich zwinge mich zu einem Lächeln.

Carols Augen leuchten auf. »Das sind ja wunderbare Nachrichten. Ich habe noch einige Male an den Jungen gedacht und mich gefragt, was wohl aus ihm geworden ist. Es ist sehr schön zu wissen, dass es ihm gut geht.«

»Schade, ich hatte gehofft, Sie wüssten vielleicht, wo er jetzt lebt. Sie kennen nicht zufällig noch jemand anderen aus seiner Familie oder jemanden, der vielleicht noch Kontakt mit ihm hat?«

Sie schüttelt den Kopf. »Leider nicht. Er war ein Einzelkind, ebenso wie Lydia und Mr. Pichler. Soweit ich weiß, hatte der Junge also keine Onkel oder Tanten. Und sie haben auch nie Besuch bekommen.« Sie denkt wieder nach. »Er hatte aber einen Freund, der in der Nähe gewohnt haben muss. Sie sind mit dem Fahrrad oft die Straße hoch und runtergefahren, aber mehr kann ich über den Jungen auch nicht sagen. Der ist sicher auch schon lange weg. Die jungen Leute heutzutage bleiben nicht für immer in den Häusern ihrer Kindheit wohnen.«

Ich schaue über die Schulter die Straße hinunter und stelle mir vor, wie Luca hier mit seinem Freund Fahrrad fährt. Ob dieser Freund wohl einer der Jungs auf dem Strandfoto ist, das er als Facebook-Profilfoto benutzt hat? Gleichzeitig hallen Carols Worte in meinem Kopf nach. Luca ist in zerrütteten Verhältnissen aufgewachsen und hat dann auch noch seine Mutter verloren. Schlagartig wird mir klar, wie viel Glück ich dagegen im Leben hatte.

»Das stimmt«, sage ich. »Wenn ich im Haus meiner Kindheit geblieben wäre, säße ich jetzt noch in einem heruntergekommenen Wohnwagen in Oklahoma.«

Meine Familie ist wirklich nicht reich, aber mir ist nie in den Sinn gekommen, dass ich meinen Dad oder meine Mom verlieren könnte. Ich musste mich nie frage, ob mein Vater wohl wieder nach Hause kommen würde. Es ist nicht fair, dass genau das für Lucas die Realität war.

»Du musst einen Mann finden, der dir ein Haus baut, so wie mein Daddy es für meine Momma getan hat«, sagt Carol.

»Na, das ist ja mal ein Lebensziel«, sagt Anne und lächelt. Sie merkt ganz eindeutig nicht, wie sehr ich mich bemühen muss, nicht loszuheulen. Ich bin auf der Suche nach Antworten hierhergekommen, aber dass sie mich so emotional machen würden, hätte ich nie gedacht.

Ich räuspere mich. »So jemand ist heutzutage sicher schwer zu finden«, sage ich. Nicht, dass ich einen Mann brauche, der mir ein Haus baut. Ich habe in den letzten paar Jahren hart gearbeitet und genug gespart, um mir ein eigenes Haus zu kaufen, ohne Hilfe von außen – abgesehen von der Bank.

»Ich wünschte, ich könnte euch helfen«, sagt Carol.

»Das haben Sie«, obwohl ich mich fühle, als würde ich wieder am Anfang stehen. Immerhin kann ich jetzt diese Adresse von der Liste streichen. Hier werde ich Luca nicht finden.

NEUN

Nur noch ein Tag

Luca

Ich war schon im letzten Jahr der Highschool, als man bei meiner Mom Bauchspeicheldrüsenkrebs feststellte. An dem Tag, als meine Mom die Diagnose bekam, war ich mit einem Anwerber von den Marines zu einem Gespräch verabredet gewesen. Sie wartete, bis ich wieder zu Hause war, und erzählte mir dann, was die Ärzte gesagt hatten. Für uns beide war es ein Schock, der uns völlig unvorbereitet traf. Sie war viel jünger als die meisten Menschen, die diese Diagnose bekommen.

»Ich habe noch nichts unterschrieben«, sagte ich. »Also muss ich nicht zum Marine Corps gehen. Ich bleibe zu Hause und kümmere mich um dich.«

Sie schüttelte den Kopf. »Du darfst dein Leben nicht für mich anhalten.«

Dieser Satz kam mir unsinnig vor. Ich würde mein Leben doch nicht anhalten. Sie war meine Mutter, sie war alles, was ich hatte. Meine Mom war stark geblieben und hatte sich um mich gekümmert, nachdem mein Dad gegangen war. Ich würde sie auf keinen Fall im Stich lassen, jetzt, wo sie meine Hilfe brauchte.

»Ich gehe erst, wenn du wieder gesund bist.«

Sie streckte die Arme über den Esstisch und nahm meine Hände in ihre. Mit sanfter, aber fester Stimme sagte sie: »Ich werde nicht wieder gesund.«

»Sag das nicht. Viele Menschen überleben Krebserkrankungen heutzutage. Du machst doch eine Chemotherapie, oder?«

»Ich habe mit meiner Ärztin über Möglichkeiten gesprochen«, sagte sie. »Und ich hole mir auch noch eine Zweitmeinung, aber Luca, das hier ist wirklich keine gute Nachricht. Bauchspeicheldrüsenkrebs überlebt man nicht. Selbst mit einer Chemotherapie ist die Prognose schlecht.«

In meiner Kehle wurde es ganz eng, und ich hatte Schwierigkeiten zu sprechen. »Wie … wie lange noch? Ein Jahr, zwei?«

Sie schloss die Augen, und ich sah zu, wie ein paar Tränen ihre Wangen hinunterrannen. »Ein paar Monate vermutlich. Nach der Chemo geht es mir vielleicht besser, und sie lässt mich womöglich ein bisschen länger leben, aber die Ärztin glaubt nicht … sie glaubt nicht …« Sie schluchzte. Ich drückte ihre Hand fester. Als sie weitersprach, war ihre Stimme kaum noch zu hören. »Die Ärztin sagt, dass ich von Glück reden kann, wenn ich es bis April schaffe.«

Der zweite Arzt, an den sie sich wendete, bestätigte, was die Ärztin meiner Mutter bereits diagnostiziert hatte. Die ersten Wochen nach dieser Hiobsbotschaft glaubte ich nicht wirklich daran. Mom wirkte einfach nicht todkrank. Gleichzeitig hatte ich Angst, dass die Chemotherapie sie verändern würde. Vielleicht lagen ihre Ärzte ja auch falsch, und sie war eigentlich gesund. Dann würde die Chemotherapie sie nur unnötig schwächen. Aber es dauerte nicht lang, bis der Krebs seine hässliche Fratze zeigte.

Ein paar Tage ging ich nicht zur Schule, um mich um meine Mutter zu kümmern, aber dann bestand sie darauf, dass ich wieder hingehen müsse. Ich stritt mich deswegen mit ihr. Ich hatte nicht mehr viel Zeit mit ihr und wollte das, was mir noch blieb, nicht verschwenden, indem ich den größten Teil des Tages woanders war.

Nach der Chemotherapie ging es ihr tatsächlich ein wenig besser, und plötzlich war meine Mutter entschlossen, die Prognose ihrer Ärztin mindestens um einen weiteren Monat zu überbieten. Sie sagte, ihr einziges Ziel sei es, so lange zu leben, bis ich die Highschool abgeschlossen hätte. Wenn ich nicht zur Schule ginge, würde ich ihr diese Möglichkeit nehmen. Danach stritt ich mich nicht mehr mit ihr.

Es war nicht leicht, Naomi gemeine Briefe zu schreiben und gleichzeitig dabei zuzusehen, wie meine Mutter von Tag zu Tag schwächer wurde. Als mein Vater uns verließ, hatte ich die Briefe an Naomi praktisch benutzt, um meiner Wut Luft zu machen. Aber als meine Mutter krank wurde, als klar war, dass sie langsam sterben würde, fühlte ich diese Wut nicht mehr. Sie wollte mich ja nicht verlassen. Sie wurde mir gegen meinen Willen entrissen.

Als meine Mutter krank wurde, wurden Naomis Briefe zu einer Ablenkung, die ich dringend brauchte.

Liebe Naomi,

*du wirst von keiner der Universitäten angenommen
werden, für die du dich beworben hast, weil du einfach
nicht so schlau bist, wie du denkst. Deine Eltern und deine
Lehrer haben dich all die Jahre verarscht. Vermutlich wirst
du nicht einmal den Schulabschluss schaffen. Ich sehe die
Zeremonie schon vor mir. Wenn die Schulleiterin dich auf
die Bühne ruft, wird sie dir nicht gratulieren wie all den
anderen, sondern sie wird dir sagen, dass du durchgefallen
bist und noch mal bei null anfangen musst. Die ganzen vier
Highschool-Jahre noch mal. Das wird superpeinlich, aber
kommt kein bisschen überraschend.*

Alles Liebe

Luca

Wenn ich nicht in der Schule war oder Koch beziehungsweise
Fahrer für meine Mutter spielte, ging ich manchmal auf Naomis Facebook-Seite. Ich schaute mir all die Fotos an, die ich
schon hundertmal gesehen hatte, und dann auch noch die, die
ich noch nicht gesehen hatte. Sie postete fast jeden Tag etwas.
Ob ihr wohl bewusst war, dass die ganze Welt ihre privaten Gedanken sehen konnte? Wusste sie, dass ich all das lesen konnte,
was sie nicht in ihren Briefen schrieb? Manchmal war es lustig,
was sie postete, manchmal berichtete sie, was sie an dem Tag
vorhatte, manchmal erzählte sie, was sie verletzt hatte. Durch
das Schnüffeln auf ihrer Facebook-Seite und die Briefe, die sie
mir seit der fünften Klasse schickte, hatte ich mittlerweile das
Gefühl, sie zu kennen. Und ich bezweifelte, dass ihre Freunde
wussten, was sie für einen schwarzen Humor besaß.

Jedes Mal, wenn sie ein Foto von sich mit einem Jungen postete, war ich ein bisschen eifersüchtig. Ich nahm an, dass er ihr Freund war, denn er kam auch in einigen ihrer Posts vor. Ich fragte mich, ob sie wohl aufhören würde, mir zu schreiben, wenn sie wüsste, wie oft ich mir ihre Fotos auf Facebook anschaute und ihre Posts las. Manchmal ging ich ins Bett und stellte mir vor, dass ich es war, der sie auf diesen Fotos umarmte.

Eines Morgens, bevor meine Mutter aufwachte, tippte ich den Namen meines Vaters in das Facebook-Suchfeld, konnte aber kein passendes Profil finden. Ich versuchte, ihn unter seiner alten Handynummer anzurufen, aber es sprang sofort die Mailbox von jemand anderem an. Damit hatte ich schon gerechnet. Es war ja nicht das erste Mal, dass ich seine alte Nummer gewählt hatte.

Ich vermisste ihn nicht. Er hatte seine Entscheidung getroffen. Trotzdem warf ich frustriert mein Handy aufs Bett und sah zu, wie es wieder hochschnellte und gegen die Wand prallte, bevor es zu Boden fiel. Es war nicht fair, dass mein Vater mich mit all dem hier allein gelassen hatte. Und ich wurde wütend bei dem Gedanken, dass er da draußen irgendwo ein unbeschwertes Leben führte und ihm dabei völlig egal war, womit meine Mutter und ich zurechtkommen mussten.

Ich hob das Handy wieder auf und entdeckte einen neuen Sprung im Display. Fluchend trat ich gegen das Bett. Ich war sauer auf mein Handy und meinen Vater, und in diesem Augenblick war ich sogar sauer auf meine Mutter.

Ich war sauer auf mich selbst, dass ich sauer auf meine Mutter war. Denn eigentlich war es der Krebs, der mich so wütend machte. Und ich war sauer, weil ich mir wünschte, mein Vater wäre hier und würde uns dabei helfen, das durchzustehen. Dabei brauchten wir ihn nicht. Und doch wünschte ich mir, er würde anrufen.

Die Gesundheit meiner Mutter hatte sich bis Ende April noch einmal verschlechtert. Vonseiten der Ärzte hieß es, sie würde es nicht bis Mai schaffen, aber sie klammerte sich so fest wie möglich an ihr Leben. Sie war entschlossen, so lange durchzuhalten, bis ich die Schule abgeschlossen hatte. Als sie den Kalender zum ersten Mai weiterblätterte, hatten wir das Gefühl, einen Meilenstein erreicht zu haben. Sie hatte ihre Prognose übertroffen, wenn auch nur um einen Tag.

Und dann vergingen noch ein Tag und noch einer, und irgendwann war Ende Mai. Es ging ihr nicht besser. Fast jeden Tag kam eine Palliativpflegerin zu uns. Und deren Job war es, lediglich sicherzustellen, dass meine Mutter nicht litt. Jeder Tag war einfach nur ein weiterer Tag, den sie überlebt hatte, ein weiterer Tag, an dem wir uns alle fragten, ob es vielleicht der letzte sein würde.

Am Morgen meiner Schulabschlussfeier umarmte meine Mom mich mit Tränen in den Augen. Sie war so schwach, dass ich ihre Arme kaum spürte. Es war das erste Mal seit Tagen, dass sie überhaupt aus dem Bett aufstehen konnte.

»Wir haben es geschafft«, sagte sie. »Ich werde miterleben, wie mein Kind das Abschlusszeugnis bekommt.«

Auch mir brannten die Tränen in den Augen, als sie das sagte. Im Laufe des letzten Monats hatte ich mich oft gefragt, ob es wohl ausschließlich dieses Ziel war, das sie noch am Leben hielt. Jetzt, da wir es erreicht hatten, wollte ich sie nicht gehen lassen, aber ich wollte auch nicht, dass sie noch weiter litt, nur weil ich nicht dazu bereit war, mich für immer von ihr zu verabschieden.

»Wir haben es geschafft«, wiederholte ich.

An diesem Morgen fuhr ich zur Schule und dachte über alles nach, was in den letzten paar Monaten passiert war. Manchmal fühlte es sich an, als ob es in Wirklichkeit nur ein paar Tage gewesen sein konnten.

Dass meine Mutter es geschafft hatte, ihre Prognose um einen Monat zu überleben, war für die Ärzte kaum der Rede wert. Es wäre wohl etwas anderes gewesen, wenn sie jeden Morgen aus dem Bett gesprungen und durch das Wohnzimmer getanzt wäre, um sich dann eigenhändig einen Kaffee zu kochen. Aber leider war sie keines dieser medizinischen Wunder. Und während jeder einzelne Tag, den ich mit ihr noch hatte, wie einen Schatz für mich war, schienen sich alle anderen nur zu wundern, dass sie noch nicht im Schlaf gestorben war.

Ich unterhielt mich mit Ben, als wir beide schon unsere Abschlusshüte und Umhänge trugen. Seine Freundin machte mit ein paar anderen Mädchen Fotos – mit zweien von ihnen war ich in der Zehnten zusammen gewesen –, deshalb hatte ich ihn für ein paar Minuten für mich allein.

»Wie geht es deiner Mom?«, fragte er. So fingen in letzter Zeit die meisten Unterhaltungen mit anderen Leuten an. Manchmal wünschte ich mir, dass jemand mal eine andere Frage stellen würde. Ich wäre dankbar für die Ablenkung gewesen. Aber an diesem besonderen Tag redete ich gern über sie.

»Sie ist heute richtig gut drauf«, sagte ich. »Es geht ihr nicht besser, aber sie hat es einen Monat länger geschafft, als die Ärzte ihr gegeben haben. Sie ist so glücklich, dass sie jetzt noch meine Abschlussfeier miterleben kann.«

»Das ist toll«, sagte er. »Ich weiß, wie viel euch beiden das bedeutet. Gehst du dann trotzdem zum Marine Corps, oder schiebst du das noch ein wenig auf?«

»Ich fange nächsten Monat im Ausbildungslager an.«

»Echt? Und deine Mom?«

»Na ja, eigentlich sollte sie es gar nicht bis heute schaffen.«

»Aber jetzt hat sie es nun mal geschafft. Was, wenn sie noch einen weiteren Monat lebt?«

Es war nicht realistisch, dass sie noch einen Monat durchhalten konnte, insgeheim gab ich ihr nicht einmal mehr eine Woche, aber mir war klar, dass es herzlos klingen würde, wenn ich das laut sagte. Ich musste unbedingt zur Armee, damit ich meine vier Jahre ableisten und danach ein Studium beginnen konnte. Ohne diesen Plan würde ich mit leeren Händen dastehen. »Ich bin ja immer noch hier in San Diego, falls etwas passieren sollte.«

Bens Freundin rief nach ihm. Er schaute sich um, winkte ihr zu und sagte dann zu mir: »Ich muss jetzt da hin.« Er wollte sich schon umdrehen, aber dann zögerte er. »Wir feiern heute Abend bei mir den Abschluss. Du solltest auch kommen.«

»Okay. Ich versuch's.«

So sehr ich es auch vermisste, außerhalb der Schule ein Sozialleben zu haben – zu der Party würde ich vermutlich nicht gehen. Die Tage meiner Mutter waren gezählt, und ich konnte mir nicht vorstellen, den Abend woanders zu verbringen.

Die offizielle Zeremonie fand in einem Football-Stadion statt. Unsere Abschlussklasse war groß, und das Stadion war fast bis auf den letzten Platz besetzt. Als unsere Namen aufgerufen wurden, gingen wir einer nach dem anderen auf die Bühne, schüttelten der Direktorin die Hand und wurden mit unserem Zeugnis fotografiert, das wir stolz der Kamera zeigten. Als mein Name aufgerufen wurde, wurde applaudiert, einige jubelten sogar. Ich ließ den Blick über die Menge schweifen, hatte aber nicht viel Zeit, genau zu schauen, und musste dann auch schon wieder zurück zu meinem Platz.

Als die Abschlusszeremonie vorbei war, die anderen Schüler ihre Hüte in die Luft warfen, Fotos machten und mit ihren Familien zusammenstanden, suchte ich die Menge erneut mit dem Blick ab. Ich bezweifelte, dass meine Mutter heute die Kraft hatte zu gehen, daher suchte ich nach einem Rollstuhl. Plötzlich war es so voll auf dem Football-Feld, dass es vollkommen unmöglich schien, Mom zu finden. Ich schritt zweimal die gesamte Tribüne ab und begann, mir Sorgen zu machen.

Und dann sah ich sie. Nicht meine Mutter, sondern die Palliativpflegerin, die heute Morgen bei uns zu Hause gewesen war. Da konnte meine Mutter ja nicht weit sein. Ich steuerte auf sie zu und brauchte eine ganze Weile, bis ich den Gesichtsausdruck der Pflegerin erkannte.

»Es tut mir leid, Luca.«

»Wo ist sie? Musste sie ins Krankenhaus?«

Die Pflegerin presste die Lippen zusammen. »Komm, wir gehen auf den Parkplatz.«

Ich fing Bens Blick auf, als ich das überfüllte Feld verließ. Er hielt den Blickkontakt, bis ich mich abwandte.

»Es ist passiert, oder?« Meine Stimme klang ganz flach, als gehörte sie jemand anderem.

Die Pflegerin hatte Tränen in den Augen, als sie mich ansah. Vermutlich kam es nicht alle Tage vor, dass sie auf die Abschlussfeier eines Schülers gehen musste, um ihn über den Tod seiner Mutter zu informieren.

»Es tut mir so leid«, sagte sie. »Ich weiß, wie sehr sie sich gewünscht hat, hier sein zu können. Sie hat heute über nichts anderes mehr gesprochen. Wenn es irgendein Trost ist: Ihre letzten Worte handelten davon, wie sehr sie dich liebt und wie sehr sie sich darauf freut, dich nach ihrem Nickerchen auf der Bühne im Stadion zu sehen.«

»Sie ist im Schlaf gestorben?«

Die Pflegerin nickte. »Sie hatte keine Schmerzen. Das kann ich ganz sicher sagen.«

»Ich hätte bei ihr sein sollen.«

»Luca, ich weiß, wie hart es ist, so von ihrem Tod zu erfahren, aber du warst genau dort, wo du sein musstest. Dort wollte sie dich haben. Und wenn sie gekonnt hätte, wäre sie gekommen. Aber sie ist glücklich gestorben, weil sie wusste, dass du hier warst.«

Die Taubheit nach dem ersten Schock ließ langsam nach. Ich spürte, wie sich meine Kehle zuzog, wie mir die Tränen in die Augen traten. Die Pflegerin schien zu merken, dass ich kurz davor war, die Fassung zu verlieren. Sie trat zu mir und umarmte mich fest. Erst jetzt wurde mir klar, wie sehr ich diese Umarmung brauchte. Ich weinte an ihrer Schulter, in ihr Haar, bis sich der Parkplatz mit den anderen Schülern und ihren Familien füllte. Erst später fiel mir auf, dass ich gar nicht wusste, wie die Pflegerin hieß.

ZEHN

Der schlimme Brief

Naomi

»Ich glaube nicht, dass wir das am Strand trinken dürfen.«

Anne sieht die Flasche mit der hochprozentigen Limo in ihrer Hand an. »Wenn es nicht erlaubt wäre, warum verkaufen sie die Getränke dann hier?«

Ich schaue mich um. Um uns herum sitzen Paare im Sand, Familien spielen in den Wellen, Kinder bauen Sandburgen. »Außer uns trinkt niemand.«

Anne zuckt die Achseln und nimmt dann einen Schluck aus ihrer Flasche. »Wenn es verboten wäre, hätte man uns vermutlich schon nach den ersten beiden Flaschen aufgehalten.«

»Das klingt logisch.« Ich leere meine Flasche und nehme mir dann eine neue.

»Also«, sagt Anne. »Erzählst du mir jetzt von diesem Bild, dass dir Husky-Augen geschickt hat?«

Ich schüttele den Kopf und grinse. »Er hat mir kein Bild geschickt.«

»Langweilig. Du solltest ihm eins schicken.«

»Ein sexy Foto? Ich glaube nicht.«

»Ach komm schon«, sagt sie. »Du kannst ja ein geschmack-volles schicken. Willst du nicht, dass er an dich denkt?«

»Er schreibt mir schon den ganzen Tag lang. Ich bin mir ziemlich sicher, dass er an mich denkt.«

Bevor ich sie daran hindern kann, streckt sie die Hand aus und schnappt sich mein Handy, das auf dem Badetuch liegt.

»Hey! Was machst du da?« Ich greife danach, aber sie hält es weit von mir weg.

»Ich tue nur das, wovor du zu viel Angst hast.« Sie hält das Handy hoch und macht ein Foto. »Perfekt.«

Sie zeigt mir das Display. Es ist ein ziemlich peinliches Foto von mir im Bikini, wie ich mit erschrockenem Gesichtsaus-druck nach dem Handy greife. Vermutlich ist es das schlimmste Foto, das ich je von mir gesehen habe.

»Soll ich das schicken?«, fragt sie und hält das Handy so, dass es außerhalb meiner Reichweite bleibt.

»Auf keinen Fall!«

»Sicher? Bei dem Anblick kommt bestimmt seine Phantasie in Fahrt.«

»Das Einzige, was da in Fahrt kommt, ist sein Körper, weil er dann nämlich auf schnellstmöglichem Wege vor mir flüch-ten wird.« Ich stehe auf. »Mach ein besseres.«

Anne grinst, und ihre Augen funkeln. Dann steht sie eben-falls auf und bedeutet mir, mich vors Meer zu stellen. Sie macht ein paar Fotos, dann gibt sie mir das Handy zurück. Ich suche eins von den Bildern aus und schicke es ihm.

Ich: Könnte sein, dass du nach San Diego kommen musst, wenn du mit mir ausgehen willst.

Husky-Augen: Ich glaube, dazu könnte ich mich überreden lassen.

Husky-Augen: Du siehst wunderschön aus.

Seine Nachricht schickt einen warmen Schauder über meinen Körper, der nichts mit der Sonne zu tun hat. Mühsam versuche ich, mein Lächeln zu unterdrücken, denn ich weiß, dass Anne mich beobachtet. Ich setze mich wieder auf mein Handtuch, lege mich dann auf den Rücken und genieße den kühlen Sonnenschein Kaliforniens. Es ist hier nicht so heiß wie in Miami. Wenn Anne mich lassen würde, könnte ich den Rest des Tages einfach so daliegen. Die Erinnerung an einen von Lucas ersten Briefen kommt mir in den Kopf. Ich stelle mir mich selbst als gestrandeten Wal mit einer Menschentraube um mich herum vor, die versucht, mich zurück ins Meer zu schieben.

»Warum grinst du so?«, fragt Anne und reißt mich damit aus meinen Gedanken. »Das Foto hat funktioniert, oder? Hab dir doch gesagt, dass ihm das gefallen würde.«

»Jawohl. Was würd ich nur ohne dich machen?«

Sie lächelt und legt sich dann wieder auf ihr eigenes Handtuch. »Was soll ich sagen? Ich bin eben die geborene Wing-Woman.«

Schmunzelnd schließe ich die Augen, genieße die Sonne und die frische, salzige Luft. Dieses Wetter reicht eigentlich schon, um mich davon zu überzeugen, hierherzuziehen.

»Wir sollten so was öfter machen«, sage ich zu ihr. »Warum

mussten wir fast fünftausend Kilometer reisen, um zusammen am Strand etwas zu trinken?«

»Wir machen das jetzt jeden Samstag«, sagt sie. »Nein. Streich das. Jeden Tag.«

»Ich weiß nicht, ob ich so viel Zeit mit dir vertrage.«

Sie setzt sich auf und sieht mich an. »Ich glaube, du kannst vor allem nicht so viel Sonne vertragen.«

»Doch, das könnte ich, wenn in Miami das Wetter so wie hier wäre.«

»Nein, im Ernst. Du siehst langsam aus wie ein Hummer.«

»Hä?« Ich hebe mein Bein, damit ich es mir ansehen kann, und stöhne, weil sie recht hat. »Ach Mist. Ich habe mich doch eingecremt.«

»Das ist schon eine Weile her«, erinnert sie mich. »Und danach bist du baden gegangen.«

»Bitte sag mir, dass es nur meine Beine sind.«

»Dein Gesicht ist auch ein bisschen rosa, aber nicht so schlimm.«

Ich greife in meine Tasche, um die Sonnencreme herauszuholen, und schmiere sie auf meine verbrannten Beine, obwohl mir natürlich klar ist, dass der Schaden sich so nicht mehr rückgängig machen lässt.

»Man sollte meinen, dass eine Meteorologin weiß, dass man bei diesem Wetter einen Sonnenbrand bekommen kann.«

Ich werfe die Sonnenmilchflasche nach ihr, aber sie duckt sich rechtzeitig.

»Man sollte meinen, dass eine Assistentin besser assistieren kann«, sage ich im selben Tonfall wie sie.

»Tut mir leid. Ich wusste nicht, dass in meiner Jobbeschreibung steht, dass ich für deinen Sonnenschutz verantwortlich bin.«

»Jetzt weißt du's.«

»Wir sollten vielleicht bald zu Lucas Wohnung fahren und danach etwas essen, wenn wir rechtzeitig wieder am Flughafen sein wollen.«

»Stimmt. Ich bin sowieso schon ausreichend geröstet.«

Wir nehmen ein Taxi zu der Adresse, die auf Lucas letztem Brief stand, bevor er für zwei Jahre in der Versenkung verschwunden ist. Die letzten beiden Briefe, die ich an diese Adresse geschickt hatte, hat derjenige, der jetzt dort wohnt, an mich zurückgeschickt. Ich weiß schon, dass ich Luca dort nicht mehr finden kann, aber ich muss es trotzdem versuchen. Doch als wir klingeln, erfahren wir wie schon bei dem hellblauen Haus am Strand, dass die jetzigen Bewohner noch nie von Luca gehört haben. Als wir endlich am Flughafen sind, haben wir jede ein paar hundert Dollar ausgegeben und ein paar tausend Kilometer zurückgelegt, nur um herauszufinden, dass in San Diego der Sand dunkler und die Luft ein wenig kühler ist.

Wir schaffen es ohne Probleme durch die Flughafen-Sicherheitskontrolle, aber diesmal scheint Anne zu merken, wie blass ich bin.

»Was ist los?«, fragt sie. »Hast du schon wieder Angst? Du hast den Flug hierher doch auch gut überstanden. Warum machst du dir Sorgen?«

Ich kann das nicht so leicht erklären, schon gar nicht in unmittelbarer Nähe der Sicherheitsbeamten. Ich reagiere nicht auf Anne, aber sie sieht nicht so aus, als würde sie locker-lassen. Als wir bei unserem Gate ankommen, öffne ich den Rucksack und hole die Briefe von Luca heraus. Wir haben bei den Briefen der elften Klasse aufgehört und haben jetzt nur noch die aus der zwölften vor uns. Ich blättere sie durch. Der, den ich suche, ist ganz unten im Stapel.

»Hey!«, schimpft Anne und nimmt die Briefe, die ich aus-lasse. »Die habe ich noch gar nicht gelesen.«

»Du kannst sie später lesen«, sage ich. Ich finde den Brief, den ich gesucht habe, und drücke ihn mir an die Brust, damit sie ihn nicht lesen kann, bevor ich ihr erklärt habe, was ich zuvor geschrieben hatte.

»Was ist das?«, fragt sie.

»Die letzten Briefe hier stammen aus dem Sommer nach der Highschool, bevor ich aufs College gegangen bin. Ich hatte für ungefähr einen Monat nach dem Schulabschluss nichts mehr von Luca gehört, und als er mir dann wieder ge-schrieben hat, hatte er gerade mit der Grundausbildung für den Marine Corps angefangen. Wir haben uns ja schon immer gemeine Briefe geschrieben, aber bei diesem hier habe ich einfach nicht richtig nachgedacht. Er war schlimm. Wirklich schlimm.«

Ich atme tief durch und schaue dann auf den Brief, den ich vor Anne verstecke. Dann sehe ich sie an. Sie beobachtet mich mit zusammengezogenen Brauen und wartet, dass ich weiter-spreche.

»Ich habe ihm geschrieben, dass ich gar nicht glauben kann, dass jemand wie er unser Land verteidigen darf. Und dass ich hoffe, dass sich bei irgendwem im Training ein Schuss löst und ihn in den Kopf trifft. Ich meinte, demjenigen würde dann vermutlich auf der Stelle eine Ehrenmedaille verliehen werden.«

»Das ist düster«, sagt Anne. »Aber er hat dir ganz klar noch schlimmere Dinge geschrieben.«

Sie zeigt auf die Briefe, die wir zusammen auf dem Weg nach San Diego gelesen haben. In vielen von ihnen hat er detailliert beschrieben, auf welche Weise ich hoffentlich sterben würde. Mein Brief war auf keinen Fall die erste Todesdrohung, die wir uns geschickt hatten.

Schweigend gebe ich ihr den Brief, den Luca mir daraufhin geschrieben hat.

Liebe Naomi,

ich wette, du wusstest nicht, dass hier jeder Brief erst von unseren Ausbildern gelesen wird, bevor ich ihn bekomme. Sie müssen sicherstellen, dass keiner von uns Spion oder Terrorist ist. Jedenfalls haben sie deinen Brief gelesen und mich stundenlang befragt, warum du dir wünschst, dass man mir in den Kopf schießt. Langer Rede, kurzer Sinn: Die Sicherheitsbehörden sind jetzt an der Sache dran, und du stehst auf der Liste der Terrorverdächtigen. Du wirst nie mehr einen Job in der Regierung bekommen und nie mehr fliegen können, ohne von Kopf bis Fuß untersucht zu werden. Herzlichen Glückwunsch also, dass du dein ganzes Leben mit einem Brief vermasselt hast. Ich wette, das hast du nicht kommen sehen, oder?

Gut, dass du schon im College bist, denn sie hätten dich sonst bestimmt nicht zugelassen. Was willst du eigentlich

*studieren? Ich nehme an, irgendwas mit Wetter, denn etwas
anderes fällt dir ja meist nicht ein.
Alles Liebe
Luca*

Anne beendet den Brief und sieht mich dann besorgt an. »Hast
du deswegen Angst zu fliegen?«

Zögernd nicke ich. Ich habe das noch nie jemandem erzählt,
weil ich dachte, je weniger Menschen wissen, dass ich unter
Beobachtung durch den Staatsschutz stehe, desto besser.

»Du dachtest, dass die Leute bei der Sicherheitskontrolle
dich ausziehen und bis zwischen deine Arschbacken gucken
würden, um nachzusehen, ob du irgendwelche illegalen Waffen bei dir trägst?«

Ich starre sie an und sehe, dass ihre Stirnfalten sich wieder
glätten. Dann bricht sie in Lachen aus.

»Das ist nicht witzig.«

»Doch, ist es«, sagt sie.

»Nein, ist es nicht. Du hast keine Ahnung, wie es ist, immer
darüber nachdenken zu müssen, was ich am Telefon sage, weil
die Regierung vermutlich mithört. Und ständig Angst zu
haben, ob und wann ich zum Verhör geholt werde.«

»Moment mal. Du meinst das ernst?«

Ich sehe sie böse an.

»Du stehst nicht auf der Terrorliste«, sagt sie.

Ich bringe sie hastig zum Schweigen und schaue mich
ängstlich um. Hoffentlich haben wir nicht zu viel Aufmerksamkeit auf uns gezogen. »Das weißt du nicht.«

»Naomi.« Sie atmet tief durch, als müsste sie all ihre Geduld sammeln. »Beim Sender haben sie deine gesamte Vergangenheit durchleuchtet, bevor sie dich eingestellt haben. So etwas wie das wäre auf jeden Fall rausgekommen.«

»Aber dieser Brief«, sage ich und halte ihn in die Höhe. Ihr Mundwinkel hebt sich, und bevor ich weiterreden kann, begreife ich. »Er hat mich verarscht. Oder?«

»Genau wie in allen anderen Briefen«, sagt sie.

Ich überfliege die Zeilen erneut, diesmal mit wütender Faszination. »Heilige Scheiße«, sage ich. Ich schleudere das Papier zu Boden. »All die Jahre haben wir uns geschrieben und uns gegenseitig mit unseren Gemeinheiten überboten. All die Jahre, und ich habe nicht kapiert, dass er schon längst gewonnen hat. Es war völlig egal, wie gemein ich war, ich konnte gar nicht mehr gewinnen. Nicht, nachdem ich auf diesen Blödsinn reingefallen bin.«

Ich merke, dass Anne sich anstrengen muss, nicht wieder laut loszulachen, und verdrehe die Augen. Sie bückt sich und hebt den Brief auf, um ihn wieder in den Stapel zurückzustecken.

»Das hätte jedem passieren können«, sagt sie. Es klingt nicht sehr überzeugend.

»Ich hatte eine komplette Panikattacke, als ich das Flugticket gekauft habe. Ich bin nie geflogen, weil ich solche Angst hatte, ins Gefängnis zu müssen. Tausende Kilometer bin ich mit dem Auto gefahren, nur um keinen Flughafen betreten zu müssen. Und ich bin ein paar Mal fast in Ohnmacht gefallen, als wir gestern Abend durch die Sicherheitskontrollen gehen mussten.«

»Ja. Er hat gewonnen, ganz klar«, sagt Anne.

»Danke.«

»Aber du gewinnst die nächste Runde.«

»Wie?«

»Du wirst seine Adresse herausfinden. Koste es, was es wolle«

»Und wenn er gerade schon wieder gewinnt?«, frage ich. »Was, wenn es zu seinem Plan gehört, mich auf eine sinnlose Suche durchs ganze Land zu schicken?«

»Oh, diese Runde gewinnst du«, sagt sie. »Er weiß nämlich nicht, mit wem er es zu tun hat.«

»Wir sind schon den ganzen Weg nach San Diego geflogen und kein Stück weitergekommen«, erinnere ich sie. »Was, wenn ich ihn niemals finde?«

»Dann hast du trotzdem gewonnen, weil du ein Abenteuer erlebt hast. Mit mir«, fügt sie augenzwinkernd hinzu. Ich verdrehe die Augen. »Nur, weil wir ihn hier nicht gefunden haben, heißt das nicht, dass ich aufgeben werde. Wir finden ihn, Gnom.«

ELF

Die Rache an den Walen

Es ist immer noch dunkel draußen, als das Flugzeug in Miami landet. Ich muss ein paar Stunden weggenickt sein, denn der Rückflug ist mir viel kürzer vorgekommen. Anne schläft noch, also stupse ich sie an. Sie schreckt hoch und wischt sich dann mit dem Handrücken den Sabber aus dem Mundwinkel.

»Wir sind gelandet«, sage ich zu ihr.

Auch dieses Mal sitzen wir ganz hinten, also müssen wir wieder warten, bis alle anderen ausgestiegen sind, bevor wir ebenfalls das Flugzeug verlassen können.

»Wir sollten nächstes Wochenende wieder verreisen«, sagt Anne, als wir zu ihrem Auto gehen. »Wo hat Luca noch gewohnt?«

»Ich muss nächstes Wochenende mit Jake auf ein Date gehen«, erinnere ich sie.

»Mit wem?«

»Jake.«

Sie wirft mir einen verwirrten Blick zu, als wüsste sie nicht, von wem ich rede.

»Husky-Augen«, erkläre ich. Sie grinst, und ich merke, dass sie das nur gefragt hat, um mich auf den Arm zu nehmen. Ich verdrehe die Augen.

»Vielleicht kannst du ja unter der Woche mit ihm ausgehen«, sagt sie. »Je früher wir Lucas Adresse herausfinden, desto früher kannst du ihm zurückschreiben.«

»Er hat zwei Jahre gewartet, bis er mir geschrieben hat. Da kommt es auf ein paar Tage mehr oder weniger auch nicht an. Außerdem will ich das Date mit Jake nicht schon wieder verschieben. Ich freue mich darauf, mit ihm auszugehen.«

»Vielleicht gibt es ja einen Ort, der etwas näher ist als San Diego«, schlägt sie vor. »War Luca vielleicht irgendwo in Florida stationiert, als er in der Armee war?«

»Nein, aber er war mal eine Weile in Georgia.«

»Dann lass uns nach Georgia fliegen. Nächstes Wochenende. Du gehst Freitag aufs Date, und wir fliegen Samstagmorgen los. Und dann sind wir noch am selben Tag wieder zu Hause.«

»Du meinst es ernst mit diesen Abenteuern, oder?«

»Ich habe ganz eindeutig nichts Besseres zu tun.«

»Du musst dringend mal wieder mit irgendwem schlafen, Anne.«

Sie seufzt. »Das könnte stimmen.«

»Vielleicht hat Jake ja einen süßen Freund, mit dem ich dich verkuppeln kann.«

Wir stehen vor ihrem Auto, und sie lächelt mich über das Dach hinweg an. »Siehst du? Deswegen verbringe ich gern Zeit mit dir, Gnom.«

»Nenn mich nicht so«, sage ich, aber sie sitzt schon im Auto und hat die Tür hinter sich geschlossen.

Wir drehen das Radio laut, und sie fährt mich nach Hause. Ich bin hungrig, aber auch todmüde, als das Auto vor meinem Wohnhaus zum Stehen kommt.

»Ach du meine Güte«, sagt sie. »Er läuft. Und schau dir diesen Körper an.«

Ich runzle die Stirn und folge dann ihrem Blick zum Bürgersteig. In diesem Augenblick sehe ich einen halb nackten Mann auf mein Wohnhaus zu joggen. Als er unter der Straßenlaterne hindurchläuft, kann ich seine Muskeln erkennen, die schweißnass unter dem goldenen Licht glänzen. Ich brauche einen Augenblick, bis ich merke, dass wir beide gerade Jake hinterhergaffen. Anne scheint ihn sofort erkannt zu haben.

»Oberkörperfrei«, murmelt sie, als hätte sie die Fähigkeit verloren, ganze Sätze zu bilden.

»Ach du meine …« Offenbar finde ich auch keine Worte mehr.

»Lauf da mal lieber hinterher«, sagt sie und knufft mich in die Seite.

»Nee. Er darf mich so nicht sehen.« Bestimmt habe ich noch Sand von gestern in den Haaren.

Ich schaue zu, wie er vor dem Gebäude seine Dehnübungen macht und dann ein T-Shirt überzieht, das er auf den Stufen liegen gelassen haben muss.

»Zieh es wieder aus«, murmelt Anne, doch er geht ins Haus. Ich warte, bis er außer Sicht ist, dann öffne ich die Beifahrertür.

»Bis morgen, Anne.«

»Bis dann, Gnom.«

Ich reagiere nicht darauf in der Hoffnung, dass sie aufhört, den Spitznamen zu benutzen, wenn ich ihn oft genug ignoriere. Ich gehe ins Gebäude und winke Joel zu, der wie immer hinter dem Eingangstresen sitzt. Er nickt mir zu, und in der ledrigen Haut um seine Augen bilden sich tiefe Falten, als er lächelt. Ich drehe mich um, pralle gegen etwas und verliere das Gleichgewicht. Aber bevor ich auf dem Boden aufkomme, werde ich aufgefangen, und zwar von demjenigen, mit dem ich gerade zusammengestoßen bin. Ich brauche einen Augenblick, bis ich realisiere, dass es sich um Jake handelt. Er lächelt auf mich hinunter und stellt mich mit einem amüsierten Gesichtsausdruck wieder auf die Füße.

»Danke«, stottere ich.

Seine Hände auf meinen Armen fühlen sich warm an. Aber trotz der Wärme habe ich eine Gänsehaut. Er ist mir so nah, dass ich den Kopf in den Nacken legen müsste, um ihm ins Gesicht zu sehen. Sein Schlüsselbein ist genau auf meiner Augenhöhe. Wenn ich ihm in die Augen schaue, merkt er bestimmt, dass ich den Atem anhalte, also starre ich geradeaus. Für den Bruchteil einer Sekunde genieße ich den Anblick seiner Brust, die sich unter dem engen Shirt wölbt. Sie hebt und senkt sich mit seinen tiefen Atemzügen. Kurz bleibt die Zeit stehen, und ich kann seinen Herzschlag hören. Vielleicht ist es aber auch mein eigener.

Langsam lässt er meine Arme los. Dort, wo seine Hände waren, fühlt sich meine Haut jetzt ganz kalt an, und ich wünsche mir, dass er mich wieder anfasst. Ich hebe das Gesicht, um ihn anzusehen. So, wie er mich anschaut, frage ich mich, ob ich das wohl laut gesagt habe. Kurz überlege ich, einfach schnell nach oben zu rennen, um dieser peinlichen Situation ein Ende zu bereiten, aber irgendetwas lässt mich hier bei ihm in der Lobby bleiben.

»Danke, dass du mich aufgefangen hast«, sage ich betont heiter. Ich gehe um ihn herum zu den Briefkästen und streife dabei beiläufig seinen Arm mit meinem.

Er folgt mir. Ich spüre, dass er mich ansieht, während ich den Briefkasten öffne.

»War's gut?«

Einen Augenblick lang denke ich, er meint das, was gerade passiert ist. Dann fällt mir wieder ein, dass ich ja gerade aus San Diego komme und er sich vermutlich danach erkundigt. Als ich zu ihm hochschaue, hat er wieder dieses etwas schiefe Lächeln im Gesicht, das ihm so gut steht.

»Ja. Entschuldige. Ich bin irgendwie nicht ganz wach.«

Er schaut auf die Zahl auf meinem Briefkasten, dann zurück zu mir. »Oh«, sagt er. »Ich wusste gar nicht, dass du direkt unter mir wohnst.«

»Tue ich das?«

Er zeigt auf seinen eigenen Briefkasten. Darauf steht meine Wohnungsnummer mit einer Drei davor. Ich schließe den Briefkasten und drehe mich dann zu ihm um, die Hände in die Hüften gestemmt. Ich muss an all die Male denken, als mich der Krach von oben am Schlafen gehindert oder abgelenkt hat.

»Ich habe so viele Fragen«, sage ich.

»Welche denn?«

»Zum Beispiel, was zum Teufel du da oben eigentlich machst? Hast du dir eine Kegelbahn ins Wohnzimmer gebaut oder so?«

Er schnaubt. »Ah, klar. Das sagt ausgerechnet das Mädchen, das ihre Musik so laut hört, dass ich jedes Mal denke, ich hätte aus Versehen meine Anlage angelassen.«

»Das mache ich nur, damit ich deinen Krach nicht hören muss.«

»So schlimm kann das gar nicht sein.«

»Im Ernst. Was machst du da oben, dass es immer so laut ist?«

Er zuckt die Achseln. »Keine Ahnung, was du meinst. Ich habe mich immer für einen ruhigen Nachbarn gehalten.«

»Das kann nicht dein Ernst sein. Abgesehen von deiner Kegelbahn scheinst du da oben auch noch genug Platz zum Joggen zu haben, und zwar mitten in der Nacht.« Ich deute auf die Haustür. »Reicht es dir nicht, draußen zu laufen?«

»Wusst ich's doch«, sagt er. »Du hast mich beobachtet.«

»Und du hast mich im Auto gesehen?«

»Womöglich habe ich bemerkt, wie du mich ausgecheckt hast.«

Er lehnt sich gegen den Briefkasten und lächelt so, dass ich vergesse, worüber wir uns gerade gestritten haben. Beinahe vergebe ich ihm auch, dass er immer so laut ist, beschließe dann aber, dass ich ihn nicht so einfach davonkommen lassen kann.

Ich pieke ihm meinen Zeigefinger in die Brust. »Hör auf, ständig das Thema zu wechseln. Ich will wissen, was da oben so einen Krach macht.«

»Soll ich dir das bei einem Frühstück erzählen?«

Seine Einladung erwischt mich kalt. Mein Puls beschleunigt sich, das Herz hämmert in meiner Brust. Ich will Ja sagen, aber ich will mir auch den Sand aus den Haaren waschen und ein paar Stunden schlafen.

»Ich kann nicht. Ich bin gerade erst nach Hause gekommen. Ich muss meine, äh, meine Pflanzen gießen.«

Er neigt den Kopf, und seine Mundwinkel kräuseln sich. »Was Besseres fällt dir nicht ein?«

»Ich habe im Flugzeug kaum geschlafen«, sage ich. »Außerdem war ich gestern den ganzen Tag am Strand. Vermutlich stinke ich.« Schnell rieche ich an meiner Achsel, um mein Argument zu unterstreichen, stelle aber überrascht fest, dass alles halb so wild ist.

»Ich bin gerade fünf Kilometer gerannt«, sagt er. »Wenn hier einer stinkt, werden alle glauben, dass ich es bin.«

Nope, ich bin gerade mit ihm zusammengestoßen und kann aus sicherer Quelle berichten, dass er sehr gut riecht. Einen Augenblick lang schweige ich und denke über eine andere Ausrede nach. Ausgerechnet in diesem Augenblick knurrt mein Magen.

Jake schaut auf meinen Bauch, dann in meine Augen. »Hunger?«

»Na gut«, sage ich und kann mein Lächeln nicht mehr unterdrücken. »Aber zuerst muss ich meine Sachen wegbringen.«

Er wartet in der Lobby, und ich renne nach oben, um meinen Rucksack und meine Post in die Wohnung zu legen. Hastig sprühe ich noch ein bisschen Parfüm auf, für den Fall, dass ich vielleicht für meinen eigenen Geruch nasenblind bin. Als ich wieder unten bin, unterhält Jake sich mit Joel. Er dreht sich um und lächelt mich an, als ich aus dem Treppenhaus komme.

Sein Blick gleitet meinen Körper hinab und wieder nach oben, als ich näher komme. Ich halte den Atem an, mein Herz rast. Ich weiß nicht, warum es sich so gut anfühlt, so angeschaut zu werden, obwohl ich vor ein paar Minuten noch seine lärmende Existenz verflucht habe. Mein Hirn muss irgendwie aufgehört haben, normal zu funktionieren. Ich schiebe es auf die viele Sonne, die ich gestern abbekommen habe.

Joel betrachtet mich argwöhnisch. Ich frage mich, ob er es wohl missbilligt, dass ich mit jemandem ausgehe, der im selben Haus wohnt.

»Warst du schon mal in dem spanischen Diner unten in der Straße?«, fragt Jake, als ich vor ihm stehe.

»Ja, der ist gut. Lass uns dorthin gehen.«

Er hält mir die Tür auf, und ich gehe nach draußen. Auf dem Weg zum Diner bemerke ich, dass er die ganze Zeit zu mir schaut. Ich drehe den Kopf in seine Richtung. Sein Blick gleitet von meinen Schultern meine Arme hinunter zu meinen Händen.

»Warum guckst du mich so an?«, frage ich.

Er nimmt meinen Arm und hält ihn hoch, um ihn sich genauer ansehen zu können. Als seine Hand meine Haut berührt, fühle ich mich wie eine Drogenabhängige, die ihren Schuss bekommt. Ich ziehe scharf den Atem ein und hoffe, dass er nicht meinen Puls spüren kann.

»Du bist rosa«, sagt er.

Ich brauche einen Augenblick, bis ich etwas sagen kann. Dann räuspere ich mich. »War wohl etwas zu viel Sonne gestern.«

»Ja, das kommt leicht vor, wenn die Luft nicht so warm ist.

Dann spürt man nicht, wie man verbrennt.« Er lässt meinen Arm sinken, lässt aber meine Hand nicht los. Seine Finger verschränken sich mit meinen, und ich vergesse kurz, worüber wir gesprochen haben. Ich kann mich nur noch auf seine Haut auf meiner konzentrieren. Es fühlt sich an, als hätte ich einen elektrischen Schock bekommen.

»Ich hätte es besser wissen müssen«, sage ich und konzentriere mich wieder auf sein Gesicht. »Jetzt muss ich mir bei der Arbeit ordentlich Make-up ins Gesicht schmieren, um das abzudecken.«

»Nein. Ich finde, Rosa steht dir gut.«

Ich lache. »Danke, aber im Fernsehen sieht es schlimm aus. Ich will ja meine Zuschauer nicht verschrecken.«

»Ich glaube, du müsstest dir noch viel mehr Mühe geben, wenn du Leute verschrecken willst.«

Wir erreichen den Diner. Jake lässt meine Hand los, um mir wieder die Tür aufzuhalten, und ich bedaure sofort, dass es keine Automatiktür ist. Leider fällt mir auf die Schnelle aber auch keine Entschuldigung dafür ein, wieder seine Hand zu nehmen, als wir drinnen sind. Eine Kellnerin begrüßt uns an der Tür. Ihr Blick gleitet über Jakes Körper, und sie lächelt etwas benommen. Ich kann es ihr nicht verdenken. Ich schaue zu ihm hoch, um seine Reaktion zu sehen, aber sein Blick ist auf mich gerichtet. Er legt seine Hand auf meinen Rücken, und die Kellnerin führt uns zu einer Nische ganz hinten im Restaurant. Ich kann mich nur auf die Berührung seiner Hand konzentrieren.

Wir sind die Einzigen, die so früh hier sind. Er setzt sich mir gegenüber, und der Tisch ist so klein, dass sein Knie gegen meins stößt. Keiner von uns beiden zieht sein Bein weg. Da, wo sich unsere Knie berühren, beginnt ein Kribbeln auf meiner Haut, das meinen Schenkel hinaufwandert.

Verstohlen schaue ich ihm zu, wie er sich die Speisekarte ansieht. Ich bin oft genug hier gewesen und weiß genau, was ich bestellen will, aber ich tue trotzdem so, als müsste ich mir die Karte ansehen. Die Kellnerin kommt, um unsere Bestellung aufzunehmen. Sie fragt zuerst ihn, was er essen möchte, und als er eine Frage zu einem Gericht stellt, kichert sie und beugt sich zu ihm hinunter, wobei sie eine Hand auf seine Schulter legt und mit der anderen auf die Karte zeigt. Ich widerstehe dem Drang, die Augen zu verdrehen.

»So«, sagt er, als die Kellnerin gegangen ist. »Weißt du jetzt, welche Stadt die besseren Strände hat?«

Ich trinke einen Schluck von meinem Kaffee und denke über meine Antwort nach. »Das kommt drauf an«, sage ich schließlich. »Der Sand hier in Miami ist schöner. Das Wasser auch. Aber in letzter Zeit wird hier so viel Seetang angeschwemmt, und in San Diego gab es den kaum. Außerdem ist es etwas kühler in San Diego, was man an meinem Sonnenbrand erkennen kann. Denn dadurch kann man länger in der Sonne bleiben, aber gleichzeitig war auch das Wasser viel kälter. Die Wellen dort sind aber besser. Wenn ich Surferin wäre, würde ich vermutlich San Diego wählen.«

»Gut zu wissen.« Er rührt ein wenig Kaffeesahne in seinen Kaffee und nimmt dann einen Schluck. »Ich war hier noch nie am Strand.«

»Im Ernst? Seit wann wohnst du denn hier?«

Er zuckt die Achseln. »Ungefähr ein halbes Jahr.«

»Wie kann es sein, dass du schon ein halbes Jahr in Miami wohnst und nicht einmal an den Strand gegangen bist?«

Er nimmt ein kleines Kaffeesahne-Näpfchen und stellt es auf ein anderes. »Ich verbringe schon den Großteil meines Tages im Wasser«, sagt er und stapelt ein drittes Näpfchen darauf. »Ich glaube, das Letzte, was ich will, ist, in meiner Freizeit auch noch ins Wasser zu müssen.«

Ich muss an den Arztkittel denken, in dem ich ihn ein paar Mal gesehen habe, und frage mich, als was er wohl arbeitet. Ich hatte gedacht, dass er Zahnarzt oder vielleicht auch Krankenpfleger sei, aber jetzt bin ich verwirrt.

»Warum verbringst du so viel Zeit im Wasser? Bist du Wasseraerobic-Trainer oder so?«

Er schnaubt und legt dann die Hand auf den Mund, um den Kaffee nicht auszupusten. »Ich bin Wassertierarzt«, sagt er.

»Wassertierarzt? Was soll das denn sein?«

Er lächelt und stapelt ein viertes Kaffeesahne-Näpfchen auf die ersten drei. Dann sieht er mich an. »Nach was klingt es denn?«

»Ich stelle mir gerade vor, wie du unter Wasser Hunde und Katzen operierst.«

Zu meiner Überraschung scheinen ihn meine blöden Witze nicht zu stören.

»Nah dran. Ich habe Meeresbiologie studiert und dann eine Tierarzt-Ausbildung angeschlossen. Ich arbeite im Aquarium.«

»Oh. Also Meeresschildkröten und so.«

»Genau. Pinguine, Walrösser, Delfine. Und alle möglichen Fische.«

»Jetzt fühle ich mich schlecht, dass ich Witze darüber gemacht habe.«

»Macht nichts, ich bin nicht beleidigt«, sagt er. »Also, wie ist es so, wenn man beruflich für die tägliche Smalltalk-Grundlage von Millionen Amerikanern verantwortlich ist?«

»Wow. Okay. Verstehe. Für euren Smalltalk hab ich vier Jahre an der University of Oklahoma studiert.«

»Hey, ich habe nie gesagt, dass dein Job nicht wichtig ist. Aber das mit dem Studium wusste ich tatsächlich nicht. Du stellst dich also nicht einfach vor die Kamera und liest die Wettervorhersagen von jemand anderem ab?«

Ich schüttele den Kopf, nehme ein Marmeladendöschen und stelle es vorsichtig auf sein Kaffeesahne-Türmchen. »Ich bin jeden Morgen gegen drei Uhr beim Sender, um meine Berichte und Graphiken rechtzeitig zur Sendung fertig zu haben.«

»Das ist aber früh.« Er legt noch ein Marmeladennäpfchen auf meins.

»Ich habe eigentlich auch gar kein Sozialleben, weil ich schon im Bett liege, wenn die anderen erst beim Abendessen sind.«

»Immerhin siehst du mehr vom Tag als die meisten anderen Leute. Und du bist jeden Mittag in dem Coffeeshop gegenüber. Kommst du dann immer von der Arbeit?«

Ich nicke. »Da bist du aber auch ganz schön häufig. Hast du im Aquarium auch merkwürdige Arbeitszeiten?«

»Ich habe mehrere Stunden Mittagspause«, erwidert er. »Dann fahre ich immer nach Hause und spiele mit den Kätzchen.«

Ich ziehe die Augenbrauen hoch. Plötzlich bin ich begeisterter, als ein vernünftiger Mensch sein sollte. »Du hast Kätzchen?«

»Zwei zur Pflege.« Er holt sein Handy heraus, tippt aufs Display und hält es mir hin. Ich beuge mich über den Tisch, um besser sehen zu können. Er tut dasselbe, so dass wir uns das Foto gemeinsam ansehen können. Sein Gesicht ist meinem so nah, dass ich seine Lippen mit meinen berühren könnte, wenn ich mein Kinn ein wenig heben würde. Mein Blick landet auf seinem Mund. O Gott, ich muss mich wieder auf das Foto konzentrieren, bevor er merkt, dass ich es gar nicht ansehe.

»Sie sind irgendwo auf der Straße gefunden und dann im Tierheim abgegeben worden. Ich habe mich freiwillig gemeldet, um sie an Menschen zu gewöhnen. Sie können jetzt vermittelt werden. Nächstes Wochenende werden sie abgeholt.«

Er sieht ein wenig traurig aus, als er das sagt.

»Das könnte ich nicht«, sage ich. »Ich würde mich sofort in sie verlieben und sie behalten wollen.«

Er zuckt die Achseln. »Es tut weh, aber anders geht es nicht. Außerdem bekomme ich ein neues Tier zur Pflege, wenn die beiden vermittelt sind.«

Die Kellnerin erscheint mit dem Essen und kippt das Kaffeesahne-Marmeladentürmchen um, als sie die Teller auf unseren Tisch stellt. Wieder berührt sie Jakes Schulter und ermuntert ihn, sich an sie zu wenden, sollte er *irgendwas* benötigen. Ich habe das Gefühl, dass dieses Angebot für mich nicht unbedingt gilt. Jake reagiert mit einem Stirnrunzeln und einem »Klar« in ihre Richtung, dann fangen wir beide an zu essen.

»Hast du schon immer gewusst, dass du einmal Meteorologin werden willst?«, fragt er, als er schon fast aufgegessen hat.

Ich beiße vom Toast ab und denke über meine Antwort nach. »Mehr oder weniger. Das Wetter hat mich schon immer fasziniert. Und ich habe es geliebt, die Vorhersagen zu schauen, als ich noch ein Kind war. Vermutlich habe ich deutlich mehr über das Wetter gesprochen als andere Kinder in meinem Alter.«

Damit hat mich Luca in seinen Briefen oft aufgezogen. Ich hatte nie daran geglaubt, dass ich daraus eine Karriere machen könnte, bis Luca einmal im Scherz vorgeschlagen hat, dass ich ja Meteorologie studieren könnte. Irgendwie ironisch, dass er mich damit beleidigen wollte und mir stattdessen geholfen hat, eine der besten Entscheidungen meines Lebens zu treffen.

»Ich find's total cool, dass du schon so früh gewusst hast, was du mal werden willst«, sagt er. »Ich wusste es erst mit ungefähr zweiundzwanzig.«

»Wirklich? Was hast du denn bis dahin gemacht?«

Er reißt ein Päckchen Zucker auf und rührt ihn in seinen Kaffee. Seine blauen Augen sehen mich an, dann widmet er sich wieder seiner Tasse. »Ich glaube, man kann wohl sagen, dass ich eine Art Polizist war.«

»Eine Art Polizist? Was soll das heißen? Warst du Sicherheitsmann?«

Er lächelt, und das sagt alles.

»Ach du Scheiße. Du warst Sicherheitsmann im Einkaufszentrum, oder?«, lache ich, weil ich ihn mir in diesem Job überhaupt nicht vorstellen kann. »Bist du auf einem Segway herumgekurvt und hast kleine Kinder im Restaurant angeschnauzt?«

»Das fasst es ganz gut zusammen«, sagt er. »Es war jetzt nicht mein absoluter Traumjob.«

»Und wie kamst du dann auf Meeresbiologie?«

»Abgesehen davon, dass ich einfach die Augen zugekniffen und blind mit dem Finger auf eine Liste mit Studienfächern getippt habe? Ich habe Tiere immer geliebt. Und ich bin früher wahnsinnig gern zu SeaWorld gegangen, diesem Meeres-Themenpark. Mir ist damals nur nie in den Sinn gekommen, dass man jeden Tag mit Delfinen arbeiten kann, wenn man die richtige Ausbildung hat.«

Ich schaue ihn einen Moment an und überlege, wo der Haken ist. Es kann doch nicht sein, dass dieser Mann dermaßen perfekt ist. Pflegekätzchen, heilt kranke Delfine und hat den Körper eines griechischen Gottes? Er muss verheiratet sein oder zumindest eine durchgeknallte Ex-Frau haben. Oder er hat bei einem tragischen Unfall als Kind seinen Penis verloren. Vielleicht ist ein Wal in SeaWorld aus dem Wasser gesprungen und hat ihn abgebissen. Aber dann hätte er sich vermutlich doch für einen anderen Job entschieden. Es sei denn, er hat das alles von langer Hand geplant, um sich an den Walen zu rächen.

»Da haben wir beide wohl unsere Leidenschaften aus der Kindheit zum Beruf gemacht«, sage ich. »Und warum bist du nach Miami gezogen? Wegen der Strände offenbar nicht.«

Er grinst. »Meine Familie war hier. Da wollte ich gerne mehr in der Nähe sein.«

137

O Mann. Familienmensch ist er auch noch? Ich will ihm sagen, dass er aufhören soll, so perfekt zu sein. Er lässt mich schlecht aussehen, zumal ich weit weg von meinen Eltern und dem Rest der Familie wohne, seit ich nach Miami gezogen bin.

»Und welche Fehler hast du so?«, frage ich, bevor ich darüber nachdenken kann. »Niemand kann so perfekt sein. Entweder musst du mit diesen ganzen Sachen irgendwas wiedergutmachen, oder du versuchst nur, mich zu beeindrucken.«

Sein Lächeln fällt in sich zusammen. »Du willst wissen, welche Fehler ich habe?«

Ich ziehe eine Braue hoch.

»Okay.« Er senkt die Stimme. »Ich verrate es dir.«

Ich beuge mich vor, um ihn besser zu hören. Dabei bemerke ich die Stoppeln in seinem Gesicht, und wieder fällt mein Blick auf seine Lippen. Wie es wohl wäre, ihn zu küssen, wie sich diese Stoppeln an meinem Gesicht anfühlen würden? Als ich ihn wieder ansehe, merke ich, dass sein Blick auch auf meinen Lippen liegt. Dann schaut er mir in die Augen, und ich fühle, wie mir ganz warm wird. Seine Lippen öffnen sich, und irgendwie wird die Welt um uns herum plötzlich ganz still. Ich höre nur noch meinen eigenen Herzschlag und warte darauf, dass er weiterspricht. Ob er mein Herz auch hören kann?

Er flüstert: »Man hat mir gesagt, ich sei ein sehr lauter Nachbar.«

Ich muss lachen und merke, dass ich unwillkürlich die Luft angehalten habe. »Das bist du. Und ich will immer noch wissen, was da oben so einen Lärm macht.«

»Ich weiß gar nicht, wovon du sprichst. Vielleicht sind es die Kätzchen. Die rennen gern durch die Wohnung.«

»Zwei kleine Katzen können auf keinen Fall so einen Krach machen.«

»Du würdest dich wundern«, antwortet er.

»Okay. Ich werde also ›Lügner‹ auf deine Fehlerliste setzen, weil du ganz eindeutig die Tatsache zu verschleiern versuchst, dass du da oben eine Kegelbahn eingebaut hast.«

Ich hoffe insgeheim, dass er die Gelegenheit nutzt, um mich in seine Wohnung einzuladen, aber das tut er nicht. Stattdessen grinst er. »Okay. Glaub, was du willst.«

Als wir mit dem Essen fertig sind, steht die Sonne schon hoch am Himmel. Jake nimmt die Rechnung, bevor ich reagieren kann, und bezahlt an der Kasse. Die Kellnerin von vorhin steht wieder dort. Ich beobachte ihn, als er den Bon unterschreibt. Sein Bizeps dehnt die kurzen Ärmel seines T-Shirts. Es sitzt nicht eng, aber ich sehe dennoch seine Muskeln darunter. Mein Blick gleitet in Jakes Gesicht, und ich merke, dass er mich dabei beobachtet hat, wie ich ihn begutachte. Prompt wird mein Gesicht warm, und ich frage mich, wie lange es wohl schon her ist, dass er seinen Bon unterschrieben hat.

Die Kellnerin gibt ihm die Quittung, sieht mich dann an und zwinkert mir zu. Ich ziehe eine Braue hoch. Was sollte das denn? Er schaut stirnrunzelnd auf die Rechnung und wendet sich zum Gehen. Heimlich werfe ich einen Blick auf den Zettel und sehe, dass sie ihre Telefonnummer darauf geschrieben hat. Ich weiß nicht recht, ob ich lachen darf. Also unterdrücke ich den Drang und tue so, als hätte ich es nicht bemerkt, damit ich sehen kann, was er jetzt damit macht. In diesem Moment zerknüllt er die Rechnung und wirft sie in den Mülleimer neben der Tür.

»Wollen wir los?«, fragt er.

Ich widerstehe dem Drang zurückzuschauen, um die Reaktion der Kellnerin zu sehen. Vermutlich musste sie schon genug Peinlichkeit für diesen Morgen ertragen. Wir treten hinaus und gehen über die Straße zu unserem Wohnhaus. Als wir den Bürgersteig erreichen, sagt er: »Warte. Naomi.«

Einen Augenblick denke ich, dass er etwas dazu sagen will, was gerade passiert ist. Stattdessen packt er mich bei den Schultern und schiebt mich von der Bordsteinkante weg, so dass er zwischen mir und der Straße steht.

»So ist es besser.«

Ich runzle die Stirn. »Entschuldigung?«

Er zeigt mit dem Daumen in Richtung Straße und setzt sich wieder in Bewegung. Ich schaue verwirrt auf die Straße, dann zu ihm, und dann dämmert es mir langsam. Irgendwie finde ich es ja süß, dass er so altmodisch ist und mich nicht an der Straße laufen lassen will. Aber ich kann nicht anders, ich muss etwas dazu sagen.

»Wovor willst du mich denn beschützen?«, frage ich. »Davor, dass jemand durch eine Pfütze fährt und mich nass spritzt?« Ich werfe einen demonstrativen Blick zur knochentrockenen Straße und sehe ihn dann an. Seine Mundwinkel heben sich.

»Man weiß nie, ob nicht ein Auto von der Straße abkommt und auf den Bürgersteig rast«, sagt er.

»Oh. Verstehe. Und du glaubst, du wärst stark genug, um ein fahrendes Auto zu stoppen, damit es uns nicht überrollt.«

Er runzelt die Stirn und denkt kurz nach. »Traust du mir das etwa nicht zu?«

Ich zucke die Schultern und werfe ihm einen Blick aus den Augenwinkeln zu. »Vielleicht. Du hast dich ziemlich hart angefühlt, als ich heute Morgen mit dir zusammengestoßen bin.«

Er dreht abrupt den Kopf, um mich anzusehen, und ich begreife, was ich da gerade gesagt habe. Mein Gesicht wird ganz heiß. Ich hoffe, dass mein Sonnenbrand verbirgt, dass ich rot werde.

»O Gott. Das hört sich ganz falsch an.« Ich verberge das Gesicht in den Händen. »Fest. Ich meine, dass dein Körper ziemlich fest war, als ich dich berührt habe, und ... Das klingt genauso falsch, oder?«

Ich spähe durch die Finger hindurch. Er lacht und zieht mir die Hände vom Gesicht.

»Du solltest aufhören, solange du noch die Oberhand hast«, sagt er.

»Ich habe gar nicht das Gefühl, die Oberhand zu haben.«

Er grinst. »Wenn es einem von uns peinlich sein sollte, dann mir. Du hast mir gerade gesagt, dass ...« Er schaut an sich herunter, dann mir ins Gesicht.

»Können wir einfach so tun, als hätte ich das nie gesagt?«

»Auf keinen Fall.« Er öffnet die Haustür und lässt mich zuerst eintreten.

Joel sitzt immer noch am Empfangstresen. Als wir durch die Tür kommen, lässt er seine Zeitung sinken. Er zieht leicht die Brauen zusammen, sagt aber nichts und liest dann weiter. Ich gehe zum Treppenhaus, und Jake folgt mir.

Als wir im zweiten Stock angekommen sind, zögere ich. Meine Hand liegt schon auf der Klinke der Tür, die in den Flur führt. Jake muss noch ein Stockwerk höher gehen, bleibt aber neben mir stehen. Er wirft einen Blick in Richtung Treppe, die in den dritten Stock hinaufführt, dann wendet er seine Aufmerksamkeit wieder mir zu und lehnt sich gegen die Tür, so dass ich sie nicht öffnen kann. Irgendwie fühlt sich das Treppenhaus kleiner an, wenn er so direkt vor mir steht. Doch schon im nächsten Moment ist auch das egal, weil ich den Blick einfach nicht von seinen Lippen losreißen kann.

Jake wirkt ein wenig unentschlossen, als wartete er auf etwas, und ich glaube, ich weiß, was es ist. Er steht so nah vor mir, dass ich nur auf die Zehenspitzen gehen muss. Sanft lege ich die Hände in seinen Nacken und ziehe sein Gesicht nur ein wenig weiter zu mir herunter. Dann berühren sich unsere Lippen. Sein Mund ist warm. Ich fühle mich schwerelos und gleichzeitig so, als wäre mein Körper zu schwer für meine Beine. Seine Hände legen sich auf meinen Rücken, streichen über meine Taille. Er kommt noch näher, bis ich die Wärme seines Körpers fühlen kann, und dann drückt er mich an sich. Unsere Körper sind ganz nah beieinander, als wüsste er irgendwie, dass ich Angst habe zu fallen. Sein Herz hämmert an meiner Brust. Ob er meins auch spüren kann?

Unsere Lippen lösen sich einen Augenblick voneinander, und ich erinnere mich mühsam daran zu atmen, aber selbst da hört er nicht auf, mich zu küssen. Seine Lippen gleiten meine Wange hinunter zu meinem Unterkiefer. Seine Stoppeln kratzen leicht über mein Gesicht, und ich stelle mir unwillkürlich vor, wie sich das wohl an anderen Stellen meines

Körpers anfühlen würde. Ich wende den Kopf, suche seine Lippen, und da liegen sie wieder auf meinen. Vorsichtig nehme ich seine Unterlippe zwischen die Zähne. Er hält mich noch fester.

Ich will ihn nicht loslassen. Stattdessen fühle ich mich, als könnte ich jetzt und hier in seinen Armen den glücklichsten Tod aller Zeiten sterben. Fast habe ich vergessen, dass wir im Treppenhaus stehen, bis ich höre, wie sich über uns eine Tür öffnet. Dann nähern sich Schritte von oben. Jake löst seine Lippen von meinen und tritt einen Schritt zurück. Ich stütze mich an der Wand ab, weil ich meinen Beinen nicht zutraue, mich zu tragen. Irgendwie schafft er es, dass sich die Schwerkraft so falsch anfühlt.

Er beobachtet mich. Seine Brust hebt und senkt sich, keiner von uns dreht sich um und macht sich die Mühe, zum Nachbarn zu sehen, der auf dem Weg hinunter in die Lobby an uns vorbeikommt.

»Du willst vermutlich nach dem Flug ein bisschen ausschlafen«, sagt er mit heiserer Stimme.

Ich bin ein bisschen enttäuscht, dass er sich nicht in meine Wohnung einlädt oder versucht, mich zu überreden, mit in seine zu kommen. Aber er hat recht. Ich muss mich von meinem Ausflug nach San Diego erholen.

»Ja«, stimme ich zu. »Du musst ja oben auch noch ein bisschen Krach machen.«

Er lächelt. »Ich versuche, für dich ein bisschen leiser zu sein.«

Dann beugt er sich zu mir hinunter und küsst mich noch einmal auf die Lippen. Mit wackeligen Knien öffne ich die

Treppenhaustür und gehe zu meiner Wohnung. Ich höre, wie Jake die Stufen zum dritten Stock hinaufgeht.

Wenig später liege ich hellwach im Bett. Als Anne mich vor dem Haus abgesetzt hat, dachte ich noch, dass ich sofort einschlafen würde, sobald ich mich hinlege, aber jetzt kreisen meine Gedanken, und der Schlaf will einfach nicht kommen. Ich denke an Jakes Augen, sein schiefes Lächeln, an das Gefühl, als er über meine Taille gestrichen hat. In Gedanken lasse ich unser Frühstücksdate noch einmal ablaufen, was er wann wie gesagt hat, und spüre, wie sich ein Lächeln auf meinem Gesicht ausbreitet.

Ich schließe die Augen und versuche, mein Hirn zum Schweigen zu bringen, aber je mehr ich mich bemühe, desto mehr denke ich an ihn. Also konzentriere ich mich auf die Geräusche in meiner Wohnung – das Brummen des Kühlschranks in der Küche nebenan, das Summen der Klimaanlage. Ich kann nicht aufhören, mir Jakes Lippen auf meinen vorzustellen. Ich hätte mir so sehr gewünscht, dass er mich in seine Wohnung eingeladen hätte – oder dass ich den Mut gehabt hätte, ihn in meine einzuladen.

Es ist schon eine Weile her, seit ich mit jemandem zusammen war, und bisher musste ich mich dafür auch nicht sonderlich ins Zeug legen. Hier fühlt sich das anders an, und irgendwie will ich ihn deswegen noch mehr. Langsam lasse ich die Hand unter die Bettdecke, unter die Shorts und zwischen meine Schenkel gleiten. Mit geschlossenen Augen atme ich tief durch und stelle mir vor, dass Jake bei mir ist und dass er derjenige ist, der mich so berührt.

Ich tauche sacht mit meinem Finger in mich ein und merke,

wie feucht ich bereits bin, nur von diesem Kuss im Treppenhaus. Immer noch kann ich spüren, wo mich seine Hände berührt haben, aber jetzt gleiten sie tiefer, meine Hüften hinunter, umfassen meinen Hintern. Seine Hand wandert
zwischen meine Beine, und – *ooh*.

Ich spreize die Beine ein bisschen weiter und stelle mir
vor, dass Jakes Kopf dazwischen ist und er mich leckt. Ein
leises Stöhnen entfährt mir. Ich biege meinen Rücken durch
und verstärke den Druck meiner Finger. Vor meinem inneren
Auge ist da das Bild von ihm an meinem Bettende, wie er mit
meinem Körper Dinge tut, die ich niemals laut aussprechen
könnte.

Mein Herz schlägt schneller, meine Erregung steigt. Ich
atme tief durch und kneife die Augen zu, versuche, mich noch
tiefer in diese Phantasie fallen zu lassen. Jake sitzt auf meiner
Bettkante, ich rittlings auf seinem Schoß. Ich öffne seine Hose,
und kurz bevor er in mich gleitet, schaue ich ihm ins Gesicht.
Plötzlich ist da nicht mehr Jake, sondern Luca – oder zumindest der, den ich mir als Luca vorstelle. Ich versuche, das Bild
in meinem Kopf wieder zu ändern, aber es ist schon zu spät.
Meine Klitoris pulsiert, und ich atme aus und steigere mich in
meinem Orgasmus, bevor er langsam wieder abflaut.

Dann liege ich da und atme schwer, bis ich mich wieder
beruhigt habe. Mein Körper fühlt sich so gut an, auch wenn
ich innerlich zerrissen bin.

Es ist schon eine Weile her, seit ich es zugelassen habe, dass
Luca sich so in meine Gedanken schleicht. Und ich weiß nicht
genau, was ich jetzt von diesem Comeback halten soll. Er-
schöpft starre ich zur Decke hinauf und fühle mich seltsamer-

weise schuldig, dass ich vorhin noch einen Mann im Treppenhaus geküsst habe.

Ich lausche auf Geräusche von oben. Es ist ganz still. Jake
hält sein Versprechen.

ZWÖLF

Das Fleischwurst-Dilemma

Ich arbeite an meinen Wettergraphiken, als ein Kaffeebecher neben mir auftaucht. Ich schaue hoch, sehe Anne, greife nach dem Becher und nehme einen Schluck. Sie zieht sich einen Stuhl heran und setzt sich.

»Vorsicht«, warne ich sie. »Patty-Boy mag es nicht, wenn wir so zusammenhocken.«

»Patty-Boy?« Sie zieht eine Braue hoch. »Ich habe gerade gesehen, dass er mit dem Handy aufs Klo gegangen ist, und ich bin mir ziemlich sicher, dass er darauf ein Spiel spielt. Wir haben also mindestens zehn Minuten Zeit.«

»Ich hab zu tun.«

»Ich dachte, wir könnten vielleicht schon mal unsere Reise nach Georgia planen. Hast du schon mit Husky-Augen geklärt, dass ihr am Freitag euer Date haben solltet, damit wir am Samstag fahren können?«

Die Erwähnung von Jake zaubert ein Lächeln auf mein Gesicht. Ich muss sofort an unser Frühstücksdate gestern Morgen denken. Dann merke ich, wie mein Gesicht warm wird, weil mir einfällt, wohin meine Gedanken danach gewandert sind.

»Was?«, bohrt Anne nach, die die Veränderung in meinem Gesicht genau gesehen hat.

»Nichts. Ich hab nur zu tun. Wir können die Reise später planen.«

»In dem Moment, als ich Husky-Augen erwähnt habe, hast du diesen bescheuerten Gesichtsausdruck bekommen. Du hast mit ihm gesprochen, oder?«

Ich lächle und wende mich wieder meinen Graphiken zu. »Wer weiß. Vielleicht.«

Anne stöhnt. »Spann mich nicht so auf die Folter.« Sie trommelt mit den Fingern auf meinem Schreibtisch herum. »Schieß los.«

Ich zucke die Achseln und nehme noch einen Schluck Kaffee. »Es ist langweilig. Das willst du nicht hören.«

Anne beugt sich näher zu mir herunter und hält sich an der Schreibtischkante fest. »Tu mir das nicht an, Gnom. Erzähl schon.«

Ich atme tief durch und verdrehe die Augen, unterdrücke dabei allerdings ein Lächeln. »Er hat mich gesehen, als du mich gestern vor dem Haus abgesetzt hast. Wir haben zusammen gefrühstückt.«

Annes Augen werden ganz groß, dann quiekt sie: »Ich wusste es!« Sie senkt die Stimme und flüstert: »Hattet ihr Sex?«

Mein Gesicht wird allein bei der Vorstellung schon wieder ganz warm. Anne wird noch aufgeregter, als sie meine Röte sieht.

»O Gott, ja?«

»Nein!«, sage ich und versuche, sie zum Schweigen zu bringen, weil sie jetzt richtig laut geworden ist. Patrick könnte jeden Augenblick hereinkommen.

»Erzähl mir alles.«

Ich schürze die Lippen und überlege, wie viel ich ihr erzählen will. »Es könnte sein, dass wir nach dem Frühstück im Treppenhaus rumgemacht haben.«

Anne quiekt erneut. »Und dann habt ihr die Party vom Treppenhaus ins Schlafzimmer verlegt?« Sie wackelt mit den Brauen.

»Leider nicht. Ich war kurz davor, ihn in meine Wohnung einzuladen, aber dann hat er gesagt, ich soll mich ausschlafen.« Ich tue so, als schmollte ich und wäre traurig. »Ich glaube, er mag mich nicht.«

»Du hast recht. Er mag dich nicht. Er lädt dich zum Frühstück ein und knutscht dann mit dir herum, das ist alles eine riesige Red Flag. Er hätte sich viel mehr Mühe geben sollen, dir das Höschen auszuziehen.«

Ich lache. »Lass uns nicht hier darüber reden. Was, wenn uns jemand hört?«

»Mir sind schon viel schlimmere Geschichten von den Moderatoren zu Ohren gekommen«, gibt sie zurück.

Ich will unbedingt, dass wir die Unterhaltung jetzt beenden, weil ich befürchte, Anne könnte noch weiter nachbohren. Ihr würde ich sogar zutrauen, dass sie richtig errät, was genau ich mir vorgestellt habe, als ich gestern die Hand zwischen meinen Beinen hatte. Vermutlich würde sie es als Scherz formulieren, und dann würde mein Gesicht alles verraten. Und wer weiß, was dann passieren würde.

»Ich glaube, ich habe gerade die Spülung im Herrenklo gehört«, sage ich. »Geh lieber zurück auf deinen Platz.«

»Du lügst«, sagt sie. »Das hätte ich sonst auch gehört.«

»Ich muss arbeiten, Anette.«

»Apropos Arbeit, rate mal, was ich gestern entdeckt habe.«

»Was?«, frage ich, froh, dass die Unterhaltung sich offenbar von meinem Liebesleben wegbewegt.

Sie zieht ihr Handy aus der Tasche und zeigt mir das Display. Ich erkenne die Dating-App, auf der sie ständig unterwegs ist. Sie scrollt durch ein paar Fotos von Single-Männern und stoppt dann bei einem bekannten Gesicht.

Ich keuche auf. »Ist das etwa …«

»Patrick«, beendet sie für mich den Satz. Ihre Lippen sind so verzogen, dass ich es nur noch als Grimasse bezeichnen kann. »Meinst du, das bedeutet, dass er mein Profil auch gesehen hat?«

»Vermutlich schaut er es sich in diesem Augenblick an. Auf dem Klo.«

»Iiih. Sag das nicht!«

»Ich wette, deswegen dauert es auch so lange«, sage ich. Anne runzelt die Stirn und macht dann ganz große Augen. »Vermutlich sitzt er da drin und macht einen Swipe nach dem anderen, und all die armen Mädchen, mit denen er matcht, haben keine Ahnung, dass er dabei gerade scheißt.«

»Herrgott, Naomi. Ich dachte, die Sache geht in eine ganz andere Richtung. Egal, es ist jedenfalls eklig. Ich will darüber gar nicht nachdenken.«

Ich höre die Toilettenspülung. Wir drehen uns beide um und schauen in Richtung Herrenklo. Anne verdreht die Augen, dann steht sie auf und schlendert davon. Ich wende mich wieder meiner Wettervorhersage zu, bevor ich mich zum ersten Mal an diesem Tag vor die Kamera stelle.

Als ich mit der letzten Sendung fertig bin, wartet Anne schon an meinem Schreibtisch. Sie hält einen ungeöffneten Umschlag in der Hand. Ich sehe schon an ihrem Blick, dass es ein Brief von Luca sein muss.

»Er hat schon wieder einen geschickt?«

»Offenbar wartet er nicht darauf, bis du zurückschreibst, weil er weiß, dass du das nicht kannst.« Sie reicht mir den Umschlag. »Aufmachen.«

Ich reiße den Umschlag auf und wappne mich für was auch immer ich gleich zu lesen bekomme.

Liebe Naomi,

ich will ein kleines Spiel mit dir spielen. Es bringt dich vermutlich fast um, dass du mir nicht zurückschreiben kannst, oder? Ich kann mir vorstellen, wie gern du das würdest. Aber lass uns einen Deal machen. Ich will, dass du das Wort »Bologna« in deine Wettervorhersage um fünf Uhr morgens einbaust. Wenn du das schaffst, gebe ich dir einen Tipp, wo ich gerade bin. Vielleicht schreibe ich dann sogar einen Absender auf meinen nächsten Brief. Vielleicht.

Alles Liebe

Luca

Anne liest über meine Schulter gebeugt mit. »Was zum Teufel ist Bologna?«, fragt sie, wobei sie das Wort falsch betont.

»Das ist eine Art Fleischwurst, und man spricht es aus wie ›baloney‹. Hast du nie die Oscar-Mayer-Werbespots gesehen, als du klein warst?«

Sie zuckt die Achseln. »Meine Eltern waren Vegetarier, und ich hatte die meiste Zeit meiner Kindheit keinen Fernseher. In meiner Familie war man mehr für die freie Natur zu haben.« Sie verdreht die Augen.

Ich singe die Melodie des Werbespots, aber Anne bringt mich zum Schweigen, weil das ihrer Meinung nach offenbar noch peinlicher ist, als während der Arbeit über Sex zu reden.

»Das machst du aber nicht, oder?«, fragt sie und tippt auf den Brief.

Ich denke darüber nach. Wenn er mir dann seine Absenderadresse gibt, muss ich nicht mehr Hunderte von Dollar dafür ausgeben, an all die Orte zu reisen, von denen er die früheren Briefe geschickt hat, nur um etwas darüber herauszufinden, wo er sich jetzt befinden könnte. Ich könnte ihm dann einfach zurückschreiben, ihn vielleicht sogar aus dem Kopf bekommen. »Warum nicht? Es würde die Sache auf jeden Fall einfacher machen.«

Sie runzelt die Stirn. »Wie um alles in der Welt willst du eine Fleischwurst in deiner Wettervorhersage unterbringen?«

»Ich finde sicher eine Möglichkeit.«

»Das ist doch lächerlich«, sagt sie. »Wenn du tust, was er sagt, dann gewinnt er.«

»Er gewinnt doch sowieso schon.«

»Nicht, wenn wir dieses Wochenende nach Georgia fahren und jemanden aufspüren, der ihn kennt.«

»Und wenn ihn niemand mehr kennt?«

»Dann suchen wir weiter. Du musst ihn nicht bespaßen. Bestimmt will er nur, dass du das sagst, damit er weiß, dass du seine Briefe bekommst. Lass ihn doch im Ungewissen.«

»Vermutlich hast du recht.« Ich seufze, überfliege den Brief erneut und stecke ihn dann in meine Tasche. »Komm, wir gehen essen.«

Wir holen uns in einem griechischen Restaurant etwas zum Mittag und planen dann unsere Reise nach Georgia. Dieses Mal werden wir kein Hotel brauchen, weil wir am selben Tag wieder zurückfliegen. Wir brauchen sicher nur ein paar Stunden, um zu Lucas alter Adresse zu fahren und seine Nachbarn zu befragen.

»Das macht so viel Spaß«, sagt Anne, als wir per Handy unsere Flugtickets kaufen. »Luca wird die ganze Woche darauf warten, dass du im Fernsehen Bologna sagst. Dabei hat er keine Ahnung, dass wir nach Georgia fliegen, um ihn zu finden.«

»Es ist ein bisschen komisch, dass du so besessen von dieser ganzen Suchaktion bist.«

»Sagt das Mädchen, das sich ärgert, nicht mit einem Typen geschlafen zu haben, den sie kaum kennt.«

»Wenn du es so ausdrückst, klinge ich irgendwie ein bisschen jämmerlich.«

»Bist du auch.«

Ich lege die Hand auf die Brust. »Wow. Ich kann kaum glauben, dass ich mit dir befreundet bin.«

»Moment. Wir sind Freunde? Ich dachte, wir wären nur Kolleginnen.«

Ich werfe mit der Serviette nach ihr. »Ich muss dich auf diese Recherchereisen gar nicht mitnehmen, weißt du.«

»Zu spät. Die Flugtickets sind schon gekauft«, erwidert sie. »Ich hole dich dann am Samstagmorgen ab. Und wage es bloß nicht, bis dahin Bologna im Fernsehen zu sagen. Oder Fleischwurst.«

»Ich verspreche, dass ich das nicht tun werde.«

Nach dem Restaurant gehen wir jede unserer Wege. Ich parke mein Auto in der Garage neben unserem Wohnhaus und gehe zum Eingang. Da entdecke ich das Raupenkind auf dem Bürgersteig. Sie malt mit Buntstiften in einem Malbuch. Ich schaue mich um und suche nach einem Erwachsenen, der für sie verantwortlich sein könnte. Doch das Mädchen scheint schon wieder allein zu sein.

Ich knie mich neben sie, um ihr zuzuschauen. Raupenkind lächelt zu mir hoch. Der Spitzname passt perfekt: Sie malt doch tatsächlich gerade in einem Buch voller gezeichneter Raupen.

»Was ist das denn für eine Raupe?«, frage ich.

»Das ist eine Monarchfalterraupe.«

»Wird die zu einer Motte?«

Sie lacht, und ich komme mir ein bisschen dumm vor. »Nein, das ist eine Monarchfalterraupe. Sie wird zu einem Monarchfalter.«

»Du weißt eine Menge über Raupen.«

»Ich werde Entomologin, wenn ich groß bin. Insektenforscherin«, sagt sie.

»Wow. Du bist viel schlauer als ich in deinem Alter.« Erst als ich das gesagt habe, merke ich, dass ich gar nicht genau weiß, wie alt sie ist. Ich glaube aber trotzdem nicht, dass ich ein so schwieriges Fremdwort hätte sagen können, als ich noch so klein war.

»Du musst dich deswegen nicht schlecht fühlen«, sagt sie. »Dafür weißt du eine Menge über das Wetter, und du bist im Fernsehen.« Sie hört kurz mit dem Ausmalen auf und schaut zu mir hoch. »Meinst du, ich könnte auch irgendwann mal im Fernsehen auftreten?«

»Wenn du wirklich fleißig deine Käfer studierst, bekommst du bestimmt deine eigene TV-Show, in der du den Leuten etwas über Insekten erzählen kannst.«

Sie lächelt jetzt noch breiter, wobei sie eine riesige Zahnlücke zeigt. »Würdest du sie dann schauen?«

»Natürlich.« Das Kind malt weiter aus, und ich schaue zu. »Wo ist denn deine Mom? Weiß sie, dass du ganz allein hier draußen bist?«

»Ich bin ja nicht allein«, sagt sie. »Er passt auf mich auf.«

Die Art, wie sie das sagt, macht mich unruhig. Ich schaue über die Schulter, überlege, ob ich jemanden übersehen habe oder ob das Kind vielleicht einen erfundenen Freund hat. Kinder mit erfundenen Freunden fand ich schon immer gruselig. Weil ich niemanden sehe, zwinge ich mich zu fragen: »Wer passt auf dich auf?«

Sie zeigt mit dem Buntstift auf eins der Fenster unseres Wohngebäudes. Dahinter sehe ich Joel am Empfangstresen. Er winkt mir zu. Okay. Jetzt geht es mir besser.

Ich richte mich auf. »Dir geht es hier also gut, dann gehe ich mal hoch. Sprich aber nicht mit Fremden, okay?«

Dann steuere ich auf die Eingangstür zu.

»Sie spielen hier den Babysitter, was?«, sage ich zu Joel, als ich in die Halle komme.

Er zuckt die Achseln und greift in ein großes Glas mit eingelegten Gurken auf seinem Schreibtisch. »Warum auch nicht. Ist ja nicht so, als hätte ich etwas Besseres zu tun.«

Vermutlich stimmt das. Der Mann scheint Tag und Nacht hier zu sitzen und aufzupassen. Er tut mir ein bisschen leid, aber wahrscheinlich verdient er eine Menge Geld mit all den Überstunden, die er leistet.

Als ich in meiner Wohnung ankomme, höre ich sofort wieder den üblichen Krach über mir. Jetzt, da ich weiß, von wem er kommt, lausche ich noch aufmerksamer. Es klingt so, als rollte etwas Schweres über den Boden, gefolgt von schnellen Schritten. Auf keinen Fall können die Geräusche von zwei Kätzchen stammen. Das muss eindeutig ein Scherz sein oder so.

Ich gehe zur Anlage und mache Musik an. Eine Minute später summt mein Handy.

Husky-Augen: Kannst du die Musik noch einen Hauch
   lauter drehen? Ich kann nicht genau hören, welchen
   Song du gerade spielst.
Ich: Bitte sehr. Besser so?
Husky-Augen: Viel besser. Die Katzen lieben Britney
   Spears.

Ich schnaube vor Lachen.

Ich: Das ist aber nicht Britney Spears.
Husky-Augen: Echt jetzt?
Ich: Das ist Shakira.
Husky-Augen: Oh. Also die Katzen lieben Shakira.

Über mir rumst etwas. Das höre ich sogar über meine laute Musik hinweg. Ich lausche und bemerke, dass das Geräusch irgendwie zum Beat passt.

Ich: Tanzt du da oben mit, oder haben die Katzen so ein exzellentes Rhythmusgefühl?

Das Rumsen hört auf, kaum dass ich die Nachricht verschickt habe. Dann summt mein Handy erneut.

Husky-Augen: Das kannst du hören?
Ich: Ja.
Husky-Augen: Das waren ganz eindeutig die Katzen.

Ich ertappe mich dabei, wie ich das Handy anlächle. Dann drehe ich die Musik leiser und lege mich mit dem Handy aufs Sofa. Es fühlt sich an, als wäre ich wieder sechzehn.

Ich: Was machst du gerade? Hast du Zeit, nach unten zu kommen?
Husky-Augen: Ich muss gleich zur Arbeit.
Ich: Oh, ok. Wann anders?

Ich starre aufs Display und sehe eine Sprechblase mit drei Punkten darin aufpoppen. Die Blase verschwindet einen Augenblick, dann taucht sie wieder auf. Ich halte den Atem an. Oben ist es ganz ruhig. Ob er wohl schon gegangen ist?

Ich lasse mein Display schwarz werden und stehe auf, um mir ein Glas Wasser aus der Küche zu holen. Das Handy lasse ich auf dem Sofa liegen. Als ich es im anderen Zimmer summen höre, renne ich zurück, um zu sehen, was er schreibt.

Husky-Augen: Komm zum Aquarium.

DREIZEHN

Ein bisschen fischig

Ich schicke Jake eine Nachricht, damit er weiß, dass ich da bin, aber kaum, dass ich durch die Eingangstür des Aquariums getreten bin, merke ich, dass das völlig überflüssig war. Er lehnt an einer Wand im großen Eingangsbereich und scheint schon auf mich zu warten. Besucher jeden Alters stehen zwischen uns, schauen sich Broschüren an und überlegen, welche Tiere sie zuerst ansehen wollen.

Sein Blick fällt auf sein Handy, weil meine Nachricht ihn erreicht. Ich sehe, wie er lächelt, dann hebt er den Blick, und als er mich sieht, wird sein Lächeln noch breiter.

Er geht auf mich zu, offenbar kümmert ihn die Menschenmenge zwischen uns nicht. Irgendwie schafft er es, den Kindern und den Liebespaaren auszuweichen, ohne den Blick von mir zu lösen. Wir treffen uns in der Mitte. Das Herz hämmert in meiner Brust. Er beugt sich zu mir herunter, als wollte er mich küssen, aber dann scheint er sich daran zu erinnern, dass er bei der Arbeit ist und wir von Kindern umgeben sind. Also zielt er in letzter Sekunde auf meine Stirn, aber seine Lippen landen stattdessen auf meiner Braue.

»Wow. Ich glaube, ich habe noch nie einen Augenbrauenkuss zur Begrüßung bekommen«, necke ich ihn.

Er lächelt und küsst meine andere Braue. »So, muss ja alles gleichmäßig verteilt sein«, sagt er.

Dann nimmt er meine Hand und führt mich durch die Kasse.

»Schleichen wir uns rein?«, frage ich, als er einen Code an der Tür eintippt, auf der »Nur für Mitarbeiter« steht.

Mit verschwörerischem Blick legt er den Finger auf den Mund. »Nicht weitersagen. Ich kenne da jemanden.«

Er geht durch einen Flur voran. »Du wirst meinetwegen aber nicht gefeuert, oder?«, frage ich.

»Vermutlich nicht.« Wir erreichen eine weitere Tür. Er öffnet sie und schiebt mich hindurch. Wir haben es hineingeschafft, ohne vor der Kasse Schlange stehen oder unsere Taschen kontrollieren lassen zu müssen.

»Was willst du zuerst sehen?«, fragt er.

Ich schaue mich um. In die meisten Wände sind Aquarien eingelassen, die mit bunten Fischen, Korallen und Meerespflanzen gefüllt sind. Die Lichter in der Decke sind ein wenig gedimmt, und das bläuliche Licht der Aquarien erhellt die Gänge.

»Habt ihr auch Otter?«

»Natürlich.« Er nimmt wieder meine Hand, und wir gehen einen Gang entlang, der zu beiden Seiten von Glaswänden begrenzt ist. Ich gehe langsamer, um mir die vielen verschiedenen Fische anzusehen. Einige schwimmen in Schwärmen und scheinen uns gar nicht zu bemerken. Andere schwimmen zu den Scheiben, um uns neugierig zu beobachten. Wieder andere huschen sofort davon, sobald wir uns nähern.

Wir erreichen das Becken für die Flussotter. Es ist anders gestaltet als die Fischtanks. Hier gibt es auch trockene Oberflächen, auf denen sich die Otter vom Schwimmen ausruhen können. Zwei von ihnen treiben auf dem Rücken auf der Wasseroberfläche. Ein dritter Otter schwimmt unter Wasser herum und unterhält die Kinder, die auf der anderen Seite der Glaswand zuschauen. Wir müssen ein paar Stufen nach unten gehen, um in den unteren Teil des Beckens sehen zu können.

»Nur drei Otter?«, frage ich. Das Becken ist ziemlich groß für nur drei Tiere, oder?

»Die Otter sind Teil unseres Rehabilitierungsprogramms. Das Jungtier, das du umherschwimmen gesehen hast, ist erst vor ein paar Monaten zu uns gekommen. Man hatte es in einem Garten entdeckt. Seine Mutter konnte nicht gefunden werden, also nehmen wir an, dass es verwaist ist. Die Leute, die es gefunden hatten, haben es ein paar Monate als Haustier gehalten, daher kann man es vermutlich nicht mehr auswildern.«

»Normalerweise entlasst ihr die Tiere wieder in die Wildnis?«

»Das ist das Ziel, aber das klappt nicht immer. Wir müssen auch die Sicherheit der Tiere bedenken. Wenn ein Otter zu zahm ist, so wie die drei, die du hier in diesem Becken siehst, dann kann man sie normalerweise nicht mehr auswildern.«

Die Vorstellung, dass keines dieser Tiere mehr in einem echten Fluss schwimmen können wird, macht mich traurig. »Also kann keiner dieser Otter zurück in die Natur?«

»Diese drei nicht. Wir haben noch ein paar andere in einem anderen Gehege, das die Besucher nicht sehen können. Die Otter, die wir dort haben, sind nicht an Menschen gewöhnt, und das muss auch so bleiben, damit wir sie auswildern können.«

Ich sehe ihn an, während er über die Tiere spricht. Er konzentriert sich auf das Becken, schaut zu, wie sich der junge Otter verspielt durchs Wasser bewegt, dann sieht er mich mit seinen blauen Augen an. Darin tanzt das Spiegelbild des kleinen Otters.

»Was willst du als Nächstes sehen?«, fragt er.

»Was empfiehlst du denn?«

Er zeigt mir einen Kraken, und danach schauen wir uns die Stachelrochen an, die bei den Kindern sehr beliebt sind. Eine kleine Menschentraube hat sich vor den Quallen gebildet. Wir schauen ihnen eine Weile zu und hören, wie der Aquariumsangestellte erklärt, wie man einen Quallenstich behandeln sollte.

Ich gehe am Aquarium entlang und betrachte die Tiere darin. Ihre Bewegungen faszinieren mich total. Wie kann so ein seltsames, blasenartiges Wesen nicht nur überleben, sondern auch noch so viel Schmerz verursachen? Ich laufe entlang der gewölbten Glaswände um die Kurve und erreiche den weniger besuchten Teil des Aquariums. Erst einen Moment später merke ich, dass Jake nicht mehr in meiner Nähe ist. Als ich mich umdrehe, sehe ich, dass er mich aus ein paar Metern

Entfernung beobachtet. Die Hände hat er in die Taschen gesteckt, sein Kopf ist leicht zur Seite geneigt. Seine Lippen sind ein wenig geöffnet, als wollte er etwas sagen. Ich sehe ihn an und warte, aber dann schließt er den Mund wieder. Eine Sekunde lang zieht er die Brauen zusammen, dann zieht er die Hände wieder aus den Taschen und kommt zu mir.

»Was ist los?«, frage ich.

Er schüttelt den Kopf und reibt sich den Nacken. Ich warte noch einen Augenblick, weil ich hoffe, dass er vielleicht doch noch ausspricht, was ihm durch den Kopf gegangen ist, aber dann fällt mein Blick auf das Schild, das auf das nächste Becken verweist.

»Lachs?«, frage ich. »Ich wusste gar nicht, dass es hier auch was zu essen gibt.«

Er lacht auf und knufft mich mit dem Ellenbogen in die Seite. »Sehr witzig.«

»O nein. Sag mir nicht, dass du keinen Fisch isst.«

Er windet sich ein wenig, und ich fürchte plötzlich, eine Grenze überschritten zu haben. »Nicht so gern, aber ich schwöre, das hat nichts mit meinem Job zu tun.«

Ich wische mir mit dem Handrücken den imaginären Schweiß von der Stirn. »Puh. Ich hatte schon Angst, dich irgendwie beleidigt zu haben. Das ist vermutlich so, als würde ich einen normalen Tierarzt fragen, ob er Hunde und Katzen isst.«

Er lacht, und schon habe ich beinahe vergessen, dass ich eigentlich darauf gewartet hatte, dass er etwas sagt. »Das ist überhaupt nicht dasselbe«, sagt er. »Ich bin mir sicher, dass normale Tierärzte auch Burger essen.«

Ich schüttle den Kopf. »Ich glaube, das könnte ich nicht. Ich könnte nicht den ganzen Tag damit verbringen, all diese Tiere zu heilen, nur um sie dann zu Hause zu essen.«

Er lehnt sich gegen die Glasscheibe, verschränkt die Arme vor der Brust und sieht mich an. »Wie gut, dass du Meteorologin bist und keine Tierärztin«, sagt er.

»Stimmt. Ich kann einfach so nach Hause gehen und einen Hurricane essen.«

Er lächelt, stößt sich von der Glaswand ab und macht einen Schritt auf mich zu. »Du bist wirklich etwas Besonderes, weißt du das, Naomi?«

Er steht so nah vor mir, dass ich den Hals recken muss, um ihn anzusehen. Er neigt den Kopf, und eine Sekunde später fühle ich seine Lippen auf meinen. Er legt seine Hände an meine Wangen und streicht mir dann mit den Fingern durchs Haar. Mein Puls beschleunigt sich. Ich stelle mich auf die Zehenspitzen, um ihm noch näher zu sein.

Einen Augenblick lang vergesse ich, dass wir an einem öffentlichen Ort sind, wo buchstäblich jeder um die Ecke kommen und uns sehen könnte. Denn es fühlt sich an, als wären wir ganz allein. Nur hin und wieder plätschert das Wasser in den Aquarien, die Filter summen und blubbern. Er lässt seine Finger durch mein Haar gleiten, und ich habe das Gefühl zu schmelzen. Wieder muss ich an den Moment gestern im Treppenhaus denken, wo wir auch ganz allein waren. Wenn ich die Zeit zurückdrehen könnte, würde ich ihn überreden, mit in meine Wohnung zu kommen. Vielleicht hätte ich dann nicht an Luca gedacht, obwohl ich mit meinen Gedanken bei Jake hätte sein sollen. Ich kralle mich in sein Hemd und ziehe ihn näher an mich heran, was ein Fehler ist, denn jetzt, da sein Körper an meinen gepresst ist, weiß ich nicht, ob ich ihn je wieder loslassen kann.

Ich will seinen Geschmack voll auskosten. Nach diesem Gefühl habe ich mich gesehnt, seit er mich gestern Morgen hat gehen lassen, weil seine Lippen so perfekt auf meine passen.

Er küsst mich jetzt leidenschaftlicher, lässt seine Zunge spielen, während er mich gegen das Becken mit den Lachsen drückt. Ich lasse meine Hand unter sein Hemd gleiten, betaste die glatte Haut seines Rückens, dann streiche ich über seinen Brustkorb und seinen Bauch. Er gibt ein erschrockenes Knurren von sich. Ich ziehe die Hand weg, aber er packt sie und legt sie zurück.

»Das hat gekitzelt«, sagt er tadelnd an meinen Lippen.

»Du meinst das hier?« Ich streiche wieder über seinen Brustkorb, und er zuckt erneut zusammen.

»Ja, genau das.« Diesmal nimmt er meine Hand und zieht sie selbst weg.

»Es war ganz schön mutig von dir, dass du mir verraten hast, dass du kitzlig bist«, sage ich.

»Bist du es denn?«

»Kein bisschen.«

Er sieht mich einen Moment aus verengten Augen an, dann greift er zu und gräbt seine Finger in meine Seiten. Ich kreische auf und versuche wegzulaufen, aber er umarmt mich und hält mich auf diese Weise fest. Als ich merke, dass er mich nicht mehr kitzeln will, höre ich auf mich zu wehren. Stattdessen werde ich ganz weich in seiner Umarmung.

»Okay. Also haben wir herausgefunden, dass du eine Lügnerin bist«, stellt er fest.

»Wie wäre es mit einem Waffenstillstand?«, schlage ich vor. »Ich kitzle dich nicht, wenn du mich nicht kitzelst.«

»Ich glaube, darauf kann ich mich einlassen.« Er löst sich gerade so weit von mir, dass er mir noch einen Kuss auf die Lippen geben kann.

Die Wirkung, die er auf mich hat, ist schwindelerregend. Ich kann ihn nicht mit nur einem Kuss davonkommen lassen, also küsse ich ihn weiter, damit er ja nicht auf die Idee kommt, sich von mir zu lösen. Als ich schließlich meinen Kopf zurückziehe, küsst er mich wieder, dann ich ihn, und jeder Kuss ist länger und süßer als der zuvor.

Seine Berührung schickt eine pulsierende Energie durch meinen Körper. Ich ertappe mich dabei zu überlegen, wie weit es von hier zu meinem Auto ist, und frage mich, ob ich es überhaupt dorthin schaffe, ohne ihn vorher auszuziehen.

»Herrgott, Naomi«, flüstert er an meinen Lippen. »Ich kann gar nicht genug von dir bekommen.«

Mein Herz schlägt so schnell, dass ich es in meinen Ohren vibrieren spüren kann.

»Oh, gut«, sage ich und ringe nach Atem. »Ich hatte nach dem Brauenkuss schon Angst, dass du mich in die Friendzone abschieben würdest oder so.«

Ich spreche es nicht laut aus, aber ich muss auch an seinen Blick vorhin denken. Da hatte ich den Verdacht, er könnte irgendetwas an mir merkwürdig finden. Das muss ich wohl falsch interpretiert haben.

»Nicht in einer Million Jahren«, sagt er. »Aber wir sollten

uns vielleicht trotzdem etwas beruhigen, bevor sie mich noch feuern.«

»Stimmt. Und mich festnehmen lassen.«

Er zieht eine Augenbraue hoch, und ich merke, dass ich womöglich die Einzige war, die darüber nachgedacht hat, sich mitten im Aquarium gegenseitig auszuziehen. »Warum solltest du …«

»Habt ihr hier auch Pinguine?«, unterbreche ich ihn hastig. »Komm, wir schauen uns die Pinguine an.«

VIERZEHN

Unangemessenes Flurverhalten

Je näher das Wochenende rückt, desto mehr freut sich Anne auf unsere Reise am Samstag. Ich habe das Gefühl, dass sie viel aufgeregter ist als ich, was ich ein bisschen seltsam finde, und das sage ich ihr auch. Ich habe noch keinen weiteren Brief von Luca bekommen. Allerdings habe ich auch nicht »Bologna« in der Sendung gesagt, wie er es von mir wollte. Am Freitag frage ich mich, ob ich das Wort nicht doch einfach hätte sagen sollen. Nachdem ich in den letzten Wochen recht häufig Briefe von ihm bekommen habe, bin ich ein bisschen enttäuscht, dass er nichts mehr schickt. Vielleicht ist Annes Rat, nicht zu tun, was er will, nach hinten losgegangen. Vermutlich denkt er jetzt, dass ich seine Briefe nicht bekomme, und will keine Zeit mehr damit verschwenden, mir weitere zu schicken.

»Hast du noch mal mit Husky-Augen gesprochen?«, fragt Anne im Café nach der Arbeit.

Ich lächle und muss an meinen spontanen Ausflug ins Aquarium Anfang der Woche denken. Nachdem Jake und ich vor einem Lachspublikum geknutscht hatten, verbrachten wir die nächste halbe Stunde damit, uns Pinguine, Seehunde und Walrösser anzuschauen. Ich glaube, ich hatte noch nie so viel Spaß in einem Aquarium.

»Wir schreiben immer mal«, sage ich und schaue über die Schulter zur Eingangstür in der Hoffnung, dass er hereinkommt. Ich würde ihm gern noch einmal über den Weg laufen, bevor Anne und ich nach Georgia fahren, aber bisher haben unsere Tagesabläufe einfach nicht zusammengepasst. Jedoch nehme ich an, dass es mittags im Café am wahrscheinlichsten ist, ihm zu begegnen.

»Du verrenkst dir noch den Hals, wenn du ihn immer so drehst«, bemerkt Anne. »Wir könnten wirklich darauf verzichten, dass du die Wetternachrichten mit Halskrause moderierst. Außerdem habe ich den direkten Blick auf die Tür. Ich sag dir schon Bescheid, wenn er reinkommt.«

Ich drehe mich wieder zu ihr um und lächle. »Du passt immer auf mich auf. Was würde ich nur ohne dich tun?«

»Ich weiß es wirklich nicht«, sagt sie und pustet einen Seufzer durch die Lippen. »Wenn ich nicht wäre, hättest du mitten in den Wetternachrichten von Fleischwurst gesprochen.«

»Ich habe es ernsthaft erwogen«, sage ich. »Heute Morgen habe ich noch darüber nachgedacht.« Ich räuspere mich und sage mit meiner Moderatorenstimme: »Heute ist es so heiß, dass man eine Fleischwurst auf dem Bürgersteig braten könnte.«

»Das hättest du gesagt?«

Ich nicke. »Seit einer Woche habe ich nichts mehr von ihm gehört.«

»Der meldet sich schon noch«, sagt sie. »Glaubst du im Ernst, dass es das jetzt war?«

»Schon.«

Sie verdreht die Augen. »Du gibst viel zu leicht auf.«

Nach dem Essen gehe ich zurück in meine Wohnung. Ich sage Hallo zu Joel und hole dann meine Post. Oben ist es ganz still, als ich in die Wohnung komme. Meine Post werfe ich einfach auf die Küchenablage, dann gehe ich zum Schrank, in dem ich die Kiste mit Lucas Briefen aufbewahre. Eine Weile blättere ich hindurch und ziehe diejenigen heraus, die Anne auf unserem Flug morgen lesen soll. Schließlich finde ich auch die Briefe, die er mir geschrieben hat, als er in Georgia stationiert war. Damals waren wir Anfang zwanzig. Ich war in meinem letzten Jahr an der University of Oklahoma, und er absolvierte sein letztes Jahr im Militär. Einmal hatte er den Fehler gemacht, mir zu gestehen, dass er nur zur Armee gegangen sei, damit er nach vier Jahren umsonst studieren könne. Darauf habe ich immer wieder herumgehackt und ihn verlogen genannt, außerdem habe ich behauptet, er sei gar kein richtiger Held, weil er ja nie in einem Einsatz gewesen war. Ich bin mir sicher, dass er meine Witze nicht besonders lustig fand, aber das war ja auch nichts Neues.

Ehe ich's mich versehe, habe ich ein paar Stunden damit verbracht, auf dem Fußboden zu sitzen und alte Briefe zu lesen. Sie liegen in kleinen Stapeln um mich herum, geordnet nach den Phasen, in denen sie geschrieben wurden. Da sind die Briefe von der Junior High, aus der Highschool und die Briefe vom College und dann die Briefe, als meine Karriere gerade begann und Luca aus der Armee kam und zur Uni ging. Mir fällt auf, dass sich seine Handschrift im Laufe der Zeit verändert hat. Sein erster Brief war noch schwierig zu entziffern, aber danach wurde seine Handschrift immer ordentlicher und leichter zu lesen.

Liebe Naomi,

in Georgia leben die nettesten Menschen, die ich je kennengelernt habe. Überall sonst grummeln die Leute ungeduldig, wenn man direkt hinter ihnen in einen Laden geht. Sie fühlen sich dann unter Druck gesetzt, einem die Tür aufhalten zu müssen. In Georgia ist das anders. Hier lächeln sie immer und grüßen freundlich, manchmal überholen sie einen sogar, um die Tür aufzuhalten. Es wirkt, als wären alle hier miteinander befreundet.

Ich würde dich ja einladen, damit du das auch erleben kannst, aber ich glaube, sogar die freundlichsten Menschen in Georgia haben ihre Standards und würden so jemanden wie dich nicht anlächeln. Vermutlich wäre der ganze Staat schlecht gelaunt, sobald du da wärst, und zwar für immer. Niemand würde je wieder lächeln.

Alles Liebe

Luca

Lieber Luca,

ich finde die Vorstellung echt absurd, dass jemand so höflich zu dir ist. Vermutlich kannst du dich sehr gut verstellen. Außerdem hast du eh keine Ahnung, was

freundlich bedeutet, bis du mal in Oklahoma warst. Die
Menschen hier sind die nettesten auf der Welt.
Alles Liebe
Naomi

Liebe Naomi,
ist das etwa eine Einladung nach Oklahoma? Scheint so.
Jedenfalls sind die Leute in Oklahoma nur so nett zueinander, weil sie Angst haben, sonst bei dem nächsten Familien-
treffen enterbt zu werden. Und ich frage mich sowieso,
woher du wissen willst, dass sie netter sind als irgendwo
anders, wo du deinen Bundesstaat doch noch nie verlassen
hast. Ich war schon im ganzen Land unterwegs und kann
dir garantieren, dass die Menschen in Georgia die allernet-
testen sind.
Alles Liebe
Luca

Lieber Luca,
warum sollte ich Oklahoma verlassen, wenn doch alle hier
so nett sind? Du warst noch nie in meinem Bundesstaat,
also glaube ich kaum, dass du dir so sicher sein kannst.
Aber gut, belassen wir es einfach dabei. Agree to disagree.
Alles Liebe
Naomi

Liebe Naomi,

auf gar keinen Fall belassen wir es dabei. Tatsächlich möchte ich mich noch so lange mit dir darüber streiten, bis du zumindest einmal deinen verdammten Staat verlassen hast. Nächsten Monat gehe ich für ein paar Wochen nach Dallas, da kann ich dir eine Weile nicht schreiben. Du bist an der University of Oklahoma, oder? Ich glaube, Dallas ist nur drei Stunden weit weg.

Alles Liebe

Luca

Ich starre diesen Brief an und überlege, was ich darauf geantwortet habe. Ich kann mich überhaupt nicht mehr daran erinnern, was mir damals durch den Kopf ging, denn erst jetzt, Jahre später, begreife ich, dass er versucht hat, die Tür für ein Treffen zu öffnen. Der nächste Brief kam erst wieder aus Georgia, und da hatte die Unterhaltung schon eine andere Richtung eingeschlagen.

Ich sitze inmitten der verstreuten Briefe und stelle mir vor, wie alles ganz anders gelaufen wäre, wenn ich ihn eingeladen oder mir einen Ruck gegeben hätte und übers Wochenende nach Dallas gefahren wäre. Ich frage mich, wie wir wohl im wahren Leben miteinander klargekommen wären. Vielleicht wäre es total seltsam gewesen, und wir hätten herausgefunden, dass wir uns nichts zu sagen haben, wenn wir uns nicht hinter Papier und Stift verstecken können.

Vielleicht wäre es aber auch so gewesen, wie ich es mir immer wieder ausgemalt hatte. Wir hätten uns gegenseitig irgendwelche Sprüche an den Kopf gehauen, genau wie in unseren Briefen, doch dabei wäre klar gewesen, dass wir es eigentlich nicht so meinen. Manchmal dachte ich, dass so ein Treffen vielleicht alles kaputt machen würde, was wir uns mit den Briefen aufgebaut hatten. Aber in den zwei Jahren, in denen ich nichts von ihm hörte, schien mir diese Sorge irgendwann unbegründet. Denn das, was wir hatten, war auch so zu Ende gegangen, und vielleicht hätte ein persönliches Treffen das verhindern können. Vielleicht hätte es alles besser gemacht.

Ich fühle einen Kloß im Hals, während ich darüber nachdenke, was hätte sein können. Einerseits komme ich mir dumm vor, dass ich um etwas trauere, das es nie gegeben hat. Andererseits erinnern mich diese Briefe jetzt wieder daran, was es *hätte geben können*, wenn ich weniger Angst gehabt hätte.

Ich sammele die Briefe aus Georgia zusammen und lege sie zurück in die Kiste. Es fühlt sich nicht mehr richtig an, sie Anne zu zeigen.

Mein Handy summt. Eine Essensbestellung, die ich ganz vergessen hatte, wurde unten am Empfang abgegeben. Ich ziehe meine Schuhe an und laufe nach unten, um sie zu holen. Als ich aus dem Treppenhaus komme, fällt mir draußen auf der Straße vor dem Fenster eine Familie auf. Ich stutze. Nein, das ist keine Familie. Es sind Raupenkind und eine Frau, die wohl ihre Mutter ist. Neben ihr steht Jake. Ich bleibe stehen und beobachte die drei. Raupenkind hat irgendein Insekt auf der Handfläche und zeigt es Jake. Bestimmt wieder so eine haarige Raupe, aber aus der Entfernung kann ich es nicht erkennen. Jake hält eine Plastiktüte in der Hand. Das Mädchen gibt ihm das Insekt auf die andere, und er lacht. Der Klang ihrer Stimmen und ihres Lachens klingt gedämpft durch das Fenster, aber trotzdem muss ich lächeln. Jake sagt etwas, und jetzt lacht auch das Mädchen. Er dreht sich um und zeigt der Frau das Insekt. Sie kreischt auf und tritt einen Schritt zurück. Er sagt etwas zu ihr, und dann lacht sie auch.

Es erstaunt mich, wie sehr die drei aussehen wie eine Familie, wie sie da stehen und zusammen lachen. Ich weiß, dass ich nicht eifersüchtig sein sollte, aber ich bin es trotzdem. Einen Augenblick stehe ich noch so und beobachte sie. Ich frage mich, ob Jake diese Frau wohl auch zum Abendessen eingeladen hat oder spontan mit ihr frühstücken gegangen ist. Oder ob er wohl mit ihr im Aquarium war. Sie ist hübsch. Ich könnte es ihm nicht verdenken. Aber seine Aufmerksamkeit gilt dem Kind, nur hin und wieder wechseln sie ein paar Worte. Die Frau lächelt ihn an und streicht sich die Haare aus dem Gesicht. Ich bin mir sicher, dass sie total in ihn verknallt ist. Vielleicht gehen sie nicht miteinander aus, aber eins ist sicher: Dieser Typ kann jede haben, die er will.

Endlich wendet er sich von ihnen ab und geht zur Eingangstür. Plötzlich wird mir klar, dass ich gleich von ihm beim Spitzeln erwischt werde, und gerate in Panik. Schnell drücke ich auf den Knopf, damit sich der Aufzug öffnet, dann husche ich hinein und drücke mehrfach auf das Symbol für »Türen schließen«, bis das Ding endlich tut, was ich will. Zu meinem Glück sitzt Joel gerade nicht hinter seinem Tresen. Sonst würde er sehen, wie peinlich ich mich aufführe. Ich warte mit angehaltenem Atem, dass der Aufzug sich in Bewegung setzt, und dann begreife ich meinen Fehler. Jake hat – im Gegensatz zu mir – keine Angst, den Aufzug zu benutzen. Außerdem habe ich gar kein Stockwerk ausgewählt, also steht der Aufzug hier im Erdgeschoss in Warteposition. Gerade, als mir das dämmert, gleitet die Tür auf. Jake zieht die Brauen hoch, als er mich erkennt.

Dann lächelt er. »Na sieh mal einer an, du fährst Fahrstuhl.«

Okay, immerhin verdächtigt er mich offenbar nicht der Spitzelei. Ich muss hier raus, aber er steht mir im Weg. Also ziehe ich stattdessen leicht am Kragen meines Shirts, weil ich plötzlich das Gefühl habe, dass er viel zu eng an meinem Hals sitzt. »Ich versuche einfach, mich meinen Ängsten zu stellen.«

Er schiebt sich neben mich und drückt auf den Knopf seines Stockwerks. Ich bin zu panisch, um genießen zu können, wie nah er mir ist oder wie gut er riecht. Zu meiner Ablenkung werfe ich einen Blick in die Tüte in seiner Hand. Darin ist offenbar etwas zu essen, was mich wiederum an meine eigene Essensbestellung erinnert. Gerade als sich die Tür wieder schließt, strecke ich die Hand aus, um sie aufzuhalten. »Eigentlich wollte ich aussteigen. Mein Essen ist gerade gekommen.«

Ich stolpere aus dem Aufzug und haste zum Empfangstresen, wo meine Essenstüte auf mich wartet. Als ich mich wieder umdrehe, sehe ich, dass Jake die Tür für mich aufhält. Kurz überlege ich, seiner stillen Einladung nachzukommen, bringe es aber einfach nicht über mich. Schnell deute ich aufs Treppenhaus. »Ich geh dann mal hier lang.«

Er verdreht die Augen, aber ein Lächeln umspielt seine Mundwinkel. »Wer zuerst oben ist.«

Er nimmt die Hand aus der Aufzugstür, und sie schließt sich, so dass ich allein in der Eingangshalle stehe. Den ganzen Weg nach oben ärgere ich mich. Ich hätte einfach den Aufzug nehmen und mich meinen Ängsten stellen sollen, so wie ich es behauptet habe. Es gäbe auch wirklich Schlimmeres, als noch einmal mit ihm dort drinnen eingesperrt zu sein. Diesmal hätten wir sogar beide was zu essen, wir wären also versorgt, während wir auf die Feuerwehr warten.

Der Duft meiner Bestellung steigt mir in die Nase, und mein Magen beginnt zu knurren. Der Aufzug öffnet sich genau in dem Augenblick, in dem ich aus dem Treppenhaus in den Flur meines Stockwerks trete.

»Unentschieden«, sagt er.

»Ich bin extra langsam gegangen, um dir einen Vorsprung zu lassen.«

»M-hm. Na klar.« Er deutet auf meine Tüte. »Isst du allein?«

Ich lächle. »Nicht unbedingt« Allerdings will ich nicht, dass er das Chaos in meinem Wohnzimmer sieht, also setze ich mich einfach auf den Boden. Dann hole ich die Plastikschüssel mit dem Essen aus der Papiertüte und stelle sie vor mich hin. »Picknick?«

Er lächelt ein bisschen breiter.

»Bei mir herrscht das reinste Chaos«, erkläre ich. »Ich packe für die nächste Reise mit Anne. Ich kann dich auf keinen Fall in mein Wohnzimmer lassen, so, wie es da aussieht.«

»Das wäre mir egal«, sagt er, setzt sich mir gegenüber auf den Boden und öffnet seine eigene Essenstüte. Chinesisch. Es riecht so gut, dass ich sofort bereue, Italienisch bestellt zu haben.

»Ich war ganz überrascht, dass ich dich heute nicht im Café gesehen habe«, sage ich.

»Du warst da?«

Ich nicke.

»War ja klar«, sagt er. »Da lasse ich ein Mal das Essen ausfallen.«

»Warum hast du das Essen denn ausfallen lassen?«

»Ich musste eine Notoperation an einem Walross durchführen«, antwortet er.

»An einem Walross? Das arme Ding. Was war denn los?«

»Es hat sich seine Flosse bei einem Unfall in einem anderen Zoo verletzt. Der Zoo hatte nicht die richtigen Tierärzte und auch nicht genug Geld, um für seine Behandlung aufzukommen, also haben sie es uns geschickt. Aber es wird schon wieder. Es geht ihm schon viel besser.«

»Wow. Du bist wirklich ein echter Held für die Walross-Community.«

»Danke. Vielleicht kannst du ja noch mal im Aquarium vorbeikommen und es dir anschauen.«

Ich lächle. »Das würde ich gern.«

»Wohin fährst du denn mit Anne?«

Der plötzliche Themenwechsel kommt unerwartet. Ich habe den Mund voller Pasta, daher brauche ich einen Augenblick zum Antworten. »Wir fliegen nach Georgia.«

Er runzelt die Stirn: »Echt? Warum nach Georgia? Erzähl mir nicht, dass ihr da auch Strände vergleichen wollt.« Sein Ton klingt nicht so scherzhaft, wie ich es erwartet habe. Irgendwie kann ich ihn nicht so richtig einordnen. Er wirkt beinahe verärgert. Ich verdränge den Gedanken. Sicher hatte er einfach einen stressigen Tag mit dem Walross.

»Wir gehen gar nicht an den Strand.« Ich überlege kurz, ihm den wahren Grund für unsere Reise zu verraten, aber ich finde die richtigen Worte nicht. Es klingt einfach zu bekloppt.

»Es ist einfach ein Mädelstrip. Anne wollte immer schon mal nach Albany.«

»Albany ist aber gar nichts Besonderes.« Sein Ton klingt immer noch ganz flach und wenig begeistert.

»Warst du schon mal da?«

Er zuckte die Achseln. »Hab ich gehört.«

»Ich glaube, Anne und ich schauen uns das dann mal selbst an. Was machst du morgen?«

»Ich muss mit den Kätzchen zu einer Adoptionsveranstaltung«, sagt er. »Ich wollte dich eigentlich fragen, ob du mitkommen willst, aber du wirst wohl mehr Spaß haben als ich.«

»Oh. Tut mir leid.« Jetzt verstehe ich, warum er sich so verhält.

»Schon okay.«

Ich drehe die Gabel in meinen Nudeln. »Bist du traurig, dass du sie weggeben musst?«

Er nickt. »Ein bisschen. Aber ich freue mich natürlich, dass sie ein neues Zuhause bekommen.«

Der Aufzug öffnet sich, und eine meiner Nachbarinnen tritt heraus. Sie schaut zweimal hin, als sie uns auf dem Fußboden sitzen sieht. Dann seufzt sie übertrieben, schüttelt den Kopf und geht wortlos in ihre Wohnung. Ich gucke zu Jake, sehe seinen belustigten Gesichtsausdruck und pruste beinahe das Essen wieder aus.

»Man könnte glauben, sie hätte noch nie zwei Menschen im Flur picknicken sehen«, sagt er. Da ist ein Funkeln in seinen Augen, das mir sagt, dass seine schlechte Laune verflogen ist. Oder dass er zumindest versucht, sie zu überwinden.

»Meinst du, sie ruft jetzt Joel an, damit der uns wegscheucht? Ich kann mich nicht erinnern, dass in meinem Mietvertrag irgendetwas über Picknick im Flur steht.«

Er lacht. »Ich glaube, uns passiert nichts.« Er nimmt noch einen Bissen von seinem Essen und fragt dann: »Wann musst du denn morgen früh aufstehen?«

»Anne holt mich um vier Uhr ab, was ziemlich früh klingt, aber für mich bedeutet das, dass ich ein wenig ausschlafen kann.«

»Meistens bin ich um vier Uhr wach, um joggen zu gehen. Vielleicht sehe ich dich noch, wenn du gehst?«

Ich weiß nicht, wie ich vergessen konnte, dass er auch so früh unterwegs war, als Anne und ich aus San Diego zurückkamen. Offenbar bin ich nicht die einzige Frühaufsteherin in diesem Haus. Ob das wohl bedeutet, dass ich ihn noch einmal ohne Oberteil sehen kann? Ich schaue auf sein Shirt, ziehe es ihm in Gedanken aus und versuche, mich daran zu erinnern, wie er darunter aussieht. Das Bild in meinem Kopf zeigt die nackte Haut seines Oberkörpers im goldenen Licht der Straßenlaterne. Er sieht aus wie eine Statue. Das Licht hier im Treppenhaus kann da auf jeden Fall nicht mithalten.

Als ich ihm wieder in die Augen schaue, merke ich, dass er mich beobachtet hat. Prompt fühle ich, wie mein Gesicht warm wird. Ob er mir ansieht, dass ich an seinen perfekten Körper denke? Aber dann fällt mir wieder ein, dass er ja auf eine Antwort wartet.

»Äh, ja, klar.«

»Ich will dich immer noch zum Abendessen einladen«, sagt er. »Wann bist du wieder da?«

Seine Frage lässt mein Herz einen Hüpfer machen. »Es ist nur ein Tagesausflug. Morgen Abend sind wir zurück.«

»Perfekt. Dann gegen wir am Sonntag aus. Und wehe du schmiedest schon wieder andere Pläne.«

»Keine Sorge.«, sage ich. »Wir haben ein Date.«

FÜNFZEHN

Penny Pickles

Am Morgen stehe ich auf, setze den Kaffee auf und gehe zurück in mein Schlafzimmer, um mich anzuziehen. Weil es ja nur ein Tagesausflug ist, reicht mir meine Handtasche. Ich weiß, dass Anne enttäuscht sein wird, wenn ich die Briefe nicht mitnehme, aber es fühlt sich einfach nicht mehr richtig an. Der Ton der erwachseneren Briefe ist so anders, und ich glaube, das habe ich erst begriffen, als ich sie gestern noch einmal gelesen habe. Vielleicht wollte ich einfach glauben, dass wir die ganze Zeit immer nur fies zueinander waren, aber mittlerweile glaube ich, dass da noch etwas anderes war, das unter uns bleiben sollte.

Ich bin fast fertig, als ich eine Nachricht von Anne bekomme. Sie ist auf dem Weg und bringt mir einen Becher Kaffee mit. Dabei sind wir gar nicht bei der Arbeit, und trotzdem versorgt sie mich mit mehr Koffein, als ich brauche.

Um vier klopft es leise an meine Tür. Ich nehme meine Tasche, werfe einen Blick in den Spiegel und öffne dann die Tür.

Jake wartet auf mich. Er trägt ein T-Shirt und Laufshorts, so ähnlich wie das Outfit, das er letztes Wochenende getragen hat, als wir frühstücken waren. Seine Lider wirken etwas schwer, als wäre er gerade erst aus dem Bett gerollt – was sein zerzaustes Haar bestätigt. Ich muss all meine Willenskraft aufbringen, um nicht die Hand auszustrecken und hindurchzufahren.

»Ich dachte schon, ich hätte dich verpasst«, sagt er.

»Nein. Aber Anne müsste jede Sekunde hier sein. Ich wollte gerade nach unten gehen.«

Ich schließe meine Wohnung ab, und dann gehen wir zum Treppenhaus. Er geht schneller als ich, aber das macht mir nichts, weil ich so die Gelegenheit habe zu begutachten, wie seine Rückenmuskeln das Shirt füllen. Und seine Shorts … ich glaube, es ist inzwischen wirklich zu lange her, dass ich flachgelegt wurde. Und irgendwie klingt das eher wie etwas, das Anne sagen würde. Offenbar färbt sie auf mich ab.

Wir sind jetzt an der Haustür angekommen, und er hält sie mir auf. Seine Hand streift meinen unteren Rücken, als ich hindurchgehe. Die Berührung überrascht mich, aber ich habe nichts dagegen. Er schließt die Tür und kommt neben mich. Anne ist noch nicht zu sehen, daher haben wir noch etwas Zeit. Ich bin es gar nicht gewohnt, so früh am Morgen hier zu sein und dabei nicht dringend irgendwohin zu müssen. Der Himmel ist noch dunkel, die Stadt ganz still. Statt des üblichen Brausens des Verkehrs hört man nur hin und wieder ein Auto vorbeifahren.

Ich breche das Schweigen. »Läufst du nicht normalerweise ohne T-Shirt?«

Meine Frage trifft ihn offenbar unvorbereitet. Er runzelt die Stirn und lächelt dann. »Normalerweise ja. Es ist oft einfach zu heiß für ein Shirt.«

»Ach, deswegen.«

Er zieht eine Braue hoch. »Was hast du denn gedacht?«

»Ich dachte, das ist vielleicht Teil deines Paarungstanzes.« Ich flattere mit den Armen, eine schlechte Imitation eines männlichen Vogels, der ein Weibchen verführen will.

Er lacht und hält meine Arme fest, damit ich mich nicht weiter zum Affen – beziehungsweise Vogel – mache. »Ja. Da hast du mich erwischt«, neckt er mich. »Ständig muss ich hier draußen oberkörperfrei herumrennen und hoffen, dass mir irgendein Mädchen nach Hause folgt.«

»Und? Klappt es?«

Er sieht mich an, und seine Mundwinkel umspielt ein Lächeln. »Na ja, letzte Woche ist das Mädchen, auf das ich es abgesehen habe, sogar direkt in mich hineingerannt.« Sein Blick gleitet zur Haustür, dann zurück zu mir. »Genau hier in der Lobby.«

Ich zucke mit den Schultern und tue so, als wüsste ich nicht, wovon er spricht. »Ich hoffe, du hast dir ihre Nummer geklärt.«

Bevor er etwas sagen kann, hält Annes Auto am Bürgersteig. Ich kann sie durch die verdunkelten Scheiben kaum sehen, aber ich weiß, dass sie uns beobachtet.

»Da ist sie.« Ich drehe mich zu ihm um, um mich zu verabschieden. Er steht irgendwie deutlich näher bei mir als vorher, so dass ich den Kopf in den Nacken legen muss, um ihm in die Augen zu schauen. Und dann nimmt er mein Gesicht in die Hände und küsst mich. Jetzt bin ich verblüfft. Das hier ist kein kleiner, unschuldiger Kuss. Sein Mund bleibt auf meinem, und es fühlt sich an wie ein Versprechen. Ein Versprechen wofür, das weiß ich nicht, aber ich bin bereit, es anzunehmen. Ich vergesse, dass wir vor unserem Wohnhaus stehen und ein Ein-Frau-Publikum haben, das uns aus dem Auto zuschaut. Er vertieft den Kuss, teilt meine Lippen mit der Zunge. Seine Hände liegen sich auf meinen Rücken, und er zieht mich fest an sich. Jetzt, da unsere Körper aneinandergeschmiegt sich, unsere Herzen im selben Takt schlagen, habe ich das Gefühl zu schmelzen. Ich kralle mich in sein Shirt, ohne dass ich etwas dagegen tun kann.

Schließlich zwinge ich mich, mich wieder von ihm zu lösen, denn wenn ich das nicht tue, verpasse ich meinen Flug. Seine Brust hebt und senkt sich schnell. Da liegt jetzt etwas anderes in seinen Augen. In seinem Blick lodert eine eisblaue Flamme.

»Ich muss gehen, bevor Anne hupt und eine Szene macht.«

»Wir sehen uns morgen«, sagt er. Seine Stimme ist weich und tief, und ich wünschte, ich müsste nicht bis morgen warten, um ihn wiederzusehen. Am liebsten würde ich ihm noch einen letzten Kuss geben, aber ich fürchte, wenn ich das tue, schaffe ich es nicht zum Flughafen. Ich spüre seinen Blick im Rücken, als ich in Annes Auto einsteige. Sie starrt mich mit weit aufgerissenen Augen und offen stehendem Mund an. So habe ich sie noch nie gesehen.

»Und es war dir nicht möglich, mir vielleicht ein Update zur Husky-Augen-Situation zu schicken? Was zum Teufel, Gnom?«

Sie tritt aufs Gaspedal und fährt ein bisschen zu schnell unsere Straße hinunter. Ich betaste meinen Sicherheitsgurt und vergewissere mich, dass er fest sitzt.

»Ich habe dir doch schon von der Sache im Aquarium erzählt«, erinnere ich sie. »Muss ich dir jedes Mal Bericht erstatten, wenn er mich küsst?«

»Du hättest mir zumindest sagen können, dass du jetzt mit ihm schläfst.«

Ich lache. »Das tue ich gar nicht.«

Sie stöhnt. »Im Ernst? Warum lässt du den armen Kerl zappeln?«

Darüber denke ich kurz nach. »Ich lasse ihn nicht zappeln. Er hat nur noch keine Anstalten gemacht, mir die Klamotten auszuziehen. Er ist irgendwie ein Gentleman.« Ich lächle. »Das gefällt mir.«

»Was ist aus dem Plan geworden, nur ein bisschen Spaß mit ihm zu haben, bis du ausziehst?«

Ich zucke die Achseln. »Ich bin mir nicht mehr sicher, ob das alles ist, was ich von ihm will.«

Wir erreichen den Flughafen. Als wir durch die Sicherheitsschleuse gehen, komme ich mir richtig albern vor, dass ich mich letztes Wochenende so sehr davor gefürchtet habe. Ich kann immer noch nicht glauben, dass Luca mich davon überzeugen konnte, dass ich auf der Liste gesuchter Terroristen stehe.

»Hast du uns was zu lesen mitgebracht?«, fragt Anne, als wir im Flugzeug sitzen.

»Sorry. Hab ich vergessen.«

»Im Ernst?«

»Ich wollte eigentlich die Briefe mitbringen, die er geschickt hat, als er in Georgia stationiert war, aber … ich hab sie einfach vergessen.«

»O Mann.«

»Es ist ja kein langer Flug. Du wirst es schon überleben.«

»Das glaube ich nicht.«

Sie greift in die Tasche an der Rückenlehne vor ihr und zieht ein Magazin heraus. Nachdem sie ein paar Seiten umgeblättert hat, seufzt sie und steckt es wieder zurück.

»Wie lautet denn der Plan?«, fragt sie. »Wie in San Diego?«

»Wir klingeln an jeder Haustür in seiner Straße, bis wir eine Antwort haben.«

»Äh, Naomi? Ich glaube, wir haben ein Problem.«

Wir fahren schon seit ungefähr einer Viertelstunde mit dem Auto, das wir in Albany beim Autoverleih geholt habe. Annes Bemerkung lässt mich nach vorn auf die Straße schauen, dann auf das Navi. Ich muss nicht fragen, ich weiß auch so, was das Problem ist. Vor uns ist ein Tor aufgetaucht, an dem Männer in Militäruniformen Autos anhalten und Ausweise kontrollieren, bevor sie die Autos durchwinken. Aber es scheint der einzige Weg zur Adresse von Lucas Briefen aus Georgia zu sein.

»Was machen wir jetzt?«, fragt Anne.

»Ich weiß auch nicht, wir fahren einfach dort an den Posten und fragen.«

»Du willst, dass ich zu denen da fahre?« Ihre Stimme klingt schrill, als hätte ich von ihr verlangt, das Auto über den Rand einer Klippe zu lenken.

»Es ist ein Marinestützpunkt, Anne. Sie werden dich nicht verhaften, wenn du freundlich nach dem Weg fragst.«

Anne packt das Lenkrad fester, lässt dann das Fenster herunter und hält am Tor. Einer der Männer tritt ans Fenster.

»Hallo«, sagt Anne. »Brauchen wir einen Militärausweis, um hier durchfahren zu dürfen?«

»Haben Sie einen Besucherausweis?«, fragt der Mann.

»Nein. Wie bekommen wir einen?«

»Sie brauchen einen Termin im Besucherzentrum, um hier reinzudürfen. Wollen Sie ein Familienmitglied besuchen?«

»Nicht ganz.«

Ich beuge mich zu Anne hinüber, damit ich den Mann sehen kann. »Wir suchen nach einem alten Freund. Ich wusste nicht, dass seine Adresse auf diesem Stützpunkt ist. Wir wollten nur wissen, ob irgendwelche Nachbarn wissen, wo er vielleicht jetzt ist.«

Der Mann wirft einen Blick auf die Autoschlange hinter uns und sieht mich dann ungeduldig an. »Wen suchen Sie denn?«

»Luca Pichler. Kennen Sie ihn zufällig?«

Er kratzt sich am Kopf. »Kann ich nicht behaupten.« Er wirft wieder einen Blick auf die Autoschlange und ruft dann einem der anderen Männer zu: »Hey, Gibson. Kennst du jemanden namens Luca Pichler?«

Der Mann, den er Gibson genannt hat, schüttelt den Kopf, aber jetzt ist ein älterer Marine aufmerksam geworden, der neben ihm steht. »Pickles?«, fragt der Mann.

»Kennst du ihn, Gunny?«

»Ich kenne Pickles.« Der Mann namens Gunny tritt ans Auto. »Seid ihr Ladys mit ihm befreundet?«

Er hat den schwersten Südstaaten-Akzent, den ich je gehört habe. Anne wirft mir unter zusammengezogenen Brauen einen Blick zu. Ich nicke. »Äh, ja. Luca Pichler? Kann ich Ihnen zu ihm ein paar Fragen stellen?«

Er zeigt auf einen kleinen Parkplatz und sagt: »Fahrt einfach dorthin. Wir treffen uns da.«

Anne fährt auf den Parkplatz, und einen Moment später steht schon der Marine neben dem Auto. Wir steigen aus, er schüttelt uns die Hände. »Maxwell«, stellt er sich vor.

»Ich heiße Naomi. Das hier ist Anne«, sage ich. »Es klingt vermutlich ein bisschen schräg, aber wir versuchen, Luca zu finden. Ich war früher mit ihm, äh, befreundet, aber wir haben vor einer Weile den Kontakt verloren.«

»Pickles ist nicht mehr hier«, sagt Maxwell. »Er war weg, nachdem seine vier Jahre vorbei waren. Das Letzte, was ich von ihm gehört habe, war, dass er mit Hayes nach Texas gezogen ist.«

»Hayes?«

»Penny Hayes«, sagt Maxwell. »Obwohl sie inzwischen vermutlich Penelope Pichler heißt. Die Kleine wollte immer schon einen Doppel-P-Namen. Wollte unbedingt Penny Pickles heißen.«

Plötzlich spüre ich meinen eigenen Herzschlag. Er fühlt sich schwer an. Ich fürchte, dass dieser Typ jeden Augenblick beschließen könnte, genug gesagt zu haben, und uns keine Informationen mehr geben will. Jetzt wirkt er noch ganz offen. Also beschließe ich, mein Glück zu versuchen.

»Sie haben den Kontakt zu ihnen gehalten?«

»O ja. Ich habe sogar eine Einladung zu ihrer Hochzeit bekommen, konnte aber nicht hin. Ich bin mit ihnen auf Facebook befreundet. Habt ihr dort mal gesucht?«

»Ja, aber ich konnte ihn nicht finden. Darf ich mal schauen?«

Er zieht sein Handy aus der Tasche und tippt ein paar Mal aufs Display. »Oh«, sagt er. »Offenbar habe ich ihn hier gar nicht mehr.«

»Er muss seinen Account deaktiviert haben.« Weil er nicht will, dass ich ihn finde, aber das sage ich nicht. »Wann hat er denn geheiratet? Als ich das letzte Mal mit ihm Kontakt hatte, sagte er, er sei verlobt.«

Er pustet durch die Lippen. »Meine Güte ... vermutlich ungefähr vor einem Jahr. Ich wäre hingegangen, wenn ich nicht gerade zu einem Einsatz geschickt worden wäre.«

»Sie kennen Penny also auch? Hat sie hier mit ihm zusammen gewohnt?«

Er runzelt die Stirn. »Ne. Wir haben mit Hayes zusammen gedient. Sie hatten so eine On-off-Beziehung. Ich wusste gar nicht, dass sie wieder zusammen waren, bis ich die Einladung bekommen habe.«

»Also wohnen sie jetzt in Texas. Wissen Sie zufällig auch, wo?«

Er zuckt mit den Schultern. »Dallas, glaube ich.«

Ich schaue Anne an. Sie hat die Lippen zusammengepresst, aber ich merke, dass sie versucht, sich das Lächeln zu verkneifen. Das hier ist mehr, als wir uns von dieser Reise erhofft hatten.

»Danke«, sage ich zu Maxwell. »Das hat uns sehr geholfen.«

»Kein Problem«, sagt er. »Ihr könnt einfach dort umdrehen und wieder rausfahren.«

Wir steigen wieder ins Auto. Anne fährt die Straße hinunter und hält auf dem Parkplatz eines Einkaufszentrums an. »Hat Luca dir jemals aus Texas geschrieben?«, fragt sie.

»Nein«, antworte ich und versuche, mich daran zu erinnern, was ich gestern Abend in den Briefen gelesen habe. »Er ist einmal nach Dallas gefahren, aber er hatte dort nie eine Adresse. Er muss nach meinem letzten Brief an ihn dort hingezogen sein.«

»Das waren echt riesige Hinweise«, sagt sie. »Kanntest du den Namen seiner Frau denn schon? Schau mal in dieser Datenbank nach ihr.«

Ich öffne mein Handy und logge mich bei PeopleFinder ein. Ich tippe »Penelope Pichler« ein und warte, bis die Ergebnisse aufploppen. Nichts davon sieht vielversprechend aus. Vielleicht hat sie ihren Namen doch nicht geändert. Oder sie haben doch nicht geheiratet. Ich weiß auch nicht, warum ich darauf hoffe, dass es Letzteres ist. Ich tippe »Penelope Hayes« ein, und diesmal spuckt die Website eine Adresse in Dallas, Texas aus.

»Hab sie gefunden«, sage ich. Mein Herz hämmert. Ich höre, wie es in meinen Ohren wummert. Ich kann es kaum glauben, dass ich vielleicht gerade Luca gefunden habe.

»Das ist seine Adresse«, sagt Anne, die mir über die Schulter schaut. »Das muss sie sein. Heilige Scheiße, Gnom, wir haben es geschafft.«

»Was jetzt?«

»Wie was jetzt? Jetzt kannst du ihm zurückschreiben und ihn so richtig überraschen.«

»Aber was, wenn er da gar nicht mehr wohnt?« Ich denke

an die Briefe, die ich vor zwei Jahren geschickt habe und die zurückkamen. Ich weiß nicht, ob ich das noch einmal aushalte.

»Du hast doch diesen Typen von den Marines gehört. Er wohnt in Texas mit ihr zusammen.«

»Sicher wissen wir es nicht. Sein Name steht da auch gar nicht.«

»Sie sind verheiratet. Natürlich wohnt er dort auch.«

Es fällt mir schwer zu glauben, dass sie noch verheiratet sind, zumal sie Hayes mit Nachnamen heißt, obwohl sie, wenn man Maxwell Glauben schenken kann, unbedingt Lucas Nachnamen haben wollte. Außerdem will ich nicht, dass Luca verheiratet ist. Ich weiß auch nicht, warum.

»Vielleicht sollten wir das erst mal überprüfen.«

»Überprüfen? Wie denn?«

Mit zitternden Fingern wähle ich die Nummer, die neben dem Namen Penelope Hayes steht. Es klingelt ein paar Mal, dann geht der Anruf auf eine Voicemail, aber es ist klar, dass die Nummer alt ist, denn ich höre eine Stimme von einem Mann, der sich Bruce nennt. Ich beende den Anruf und starre einen Moment lang mein Handy an. Dann drehe ich mich zu Anne um.

»Wir müssen nach Dallas fliegen.«

»Bist du verrückt? Und was dann? Einfach vor seiner Tür auftauchen? Ich dachte, du hättest Angst vor Leuten, die dich mit Pfefferspray angreifen könnten.«

»Ich will nur … ich weiß auch nicht. Ich habe so ein Gefühl, dass wir noch nicht am Ziel sind.«

»Nur weil es leicht war, muss es ja nicht falsch sein«, sagt Anne. »Freu dich doch einfach über den Erfolg. Schreib ihm.«

Ich schüttele den Kopf. »Kann ich nicht. Ich muss mir sicher sein. Auf keinen Fall schicke ich noch einen Brief, nur damit er wieder zurückkommt.«

als sie wieder ein paar Monate später schlief war sie unterschiedlich sich und sagte sie könne es so nicht läuft so nicht wieder schlafen

SECHZEHN

Komm, wir hauen zusammen ab

Luca

Es war vermutlich ziemlich peinlich, dass ich Naomi Light einfach nicht aus dem Kopf bekommen konnte. Während meiner Zeit in der Marine datete ich nur wenige Frauen, mit keiner von ihnen hatte ich eine ernsthafte Beziehung. Weil ich mich nicht bereit fühlte. Ich hing einfach noch zu sehr an einem Mädchen, das ich nie gesehen hatte. Natürlich kannte ich sie eigentlich gar nicht, und trotzdem stellte ich sie auf ein Podest. Kein anderes Mädchen konnte ihr auch nur annähernd das Wasser reichen.

Als ich Penny kennenlernte, hätte ich nicht gedacht, dass unsere Beziehung zu so viel mehr werden würde als das, was ich mit den anderen gehabt hatte. Ich glaube, ich merkte lange Zeit einfach nicht, wie sehr sie mich mochte. Sie wusste, dass ich emotional nicht erreichbar war, doch den Grund dafür kannte sie nicht. Der Sex war gut, aber das reichte nicht. Mehrere Male machte sie mit mir Schluss, immer weinte sie dabei und fragte, warum ich mich nicht einfach so verhalten könne, als sei sie mir wichtig. Ein paar Monate später dann war sie wieder da, entschuldigte sich und sagte, sie könne jetzt mit einer rein körperlichen Beziehung klarkommen. So ging es immer wieder, sogar als wir die Armee schon verlassen hatten.

Penny kam mit mir nach San Diego. Zu der Zeit war unsere On-off-Beziehung mehr on als off. Wir gingen aufs selbe College und wohnten schließlich auch zusammen. Ich lernte ihre Familie kennen, und sie nahm mich sehr freundlich auf. Ich war schon so lange allein gewesen, dass es schön war, unter Menschen zu sein, denen ich wichtig war. Ihre Eltern behandelten mich wie ihren eigenen Sohn. Ihre Schwestern behandelten mich wie einen Bruder. Ich hatte das Gefühl, endlich wieder Teil einer Familie zu sein.

Eine Zeitlang war alles gut. Ich war nicht der Freund für Penny, den sie sich gewünscht hätte, aber sie blieb. Von meinen Briefen an Naomi wusste sie nichts. Ich war ziemlich gut darin, Geheimnisse zu bewahren, jedenfalls für eine ganze Weile. Manchmal beschwerte Penny sich über irgendwas und nörgelte herum, aber mit der Zeit lernten wir, miteinander zurechtzukommen.

Und dann, eines Tages, aus heiterem Himmel, begann sie unsere Hochzeit zu planen. Ich hatte ihr noch nicht einmal einen Heiratsantrag gemacht, aber sie trug plötzlich einen riesigen Diamantring und gab damit bei all ihren Freundinnen an. Ich hatte keine Ahnung, woher dieser verdammte Ring kam, bis ich die Abrechnung von meiner Kreditkarte sah.

Zuerst überlegte ich, sie darauf anzusprechen, sie dazu zu zwingen, den Ring zurückzubringen. Ihr zu sagen, sie solle ausziehen. Um ehrlich zu sein, machte es mir eine Riesenangst, was sie da tat. Aber es machte mir auch eine Riesenangst, die Sache zu beenden. Ich hatte mich schon damit abgefunden, dass ich nichts Besseres mehr finden würde. Immerhin war da eine wunderschöne Frau, die mich heiraten wollte. Der Sex war immer noch gut, und die meiste Zeit kamen wir miteinander klar. Manchmal fragte ich mich, ob unsere Beziehung nicht perfekt sein könnte, wenn ich keine Angst hätte, mich ihr völlig zu öffnen. Vielleicht brauchte ich jetzt einfach diesen Schubs.

Das mit Naomi führte ins Nichts. Ich hatte mich viel zu lange an dieser Phantasie festgehalten. Sie hatte mehrfach deutlich klargemacht, dass sie mich nicht treffen wollte. Offenbar schrieb sie gern gemeine Briefe, aber mich wollte sie nicht, und ich verschwendete meine Zeit damit zu hoffen, dass sie mich irgendwann doch wollen würde. Ich hatte ihr nie viel von meinen Beziehungen geschrieben, aber schließlich beschloss ich, ihr von Penny zu erzählen.

Liebe Naomi,
ich glaube, ich werde mich verloben. Meine Freundin hat
sich mit meiner Kreditkarte einen Ring gekauft, und jetzt
plant sie unsere Hochzeit. Ich weiß nicht so richtig, wie das
passieren konnte, ich habe ihr nämlich nie einen Antrag
gemacht. Was mach ich denn jetzt? Soll ich es vielleicht
einfach beenden und abhauen, oder soll ich mich nicht so
anstellen und sie heiraten?
Alles Liebe
Luca

Ich glaube, ich hoffte, dass Naomi die Antwort wissen würde. Dass sie mir entweder sagen würde, ich solle Penny verlassen, oder dass ich dumm sei und sie einfach heiraten solle, weil ich ein Leben in Kummer und Elend verdiene. Allerdings hätte ich nicht damit gerechnet, dass sie einfach nicht zurückschreiben würde. Ich wartete Wochen, dann Monate, hörte aber nichts von ihr. Je länger ich wartete, desto näher rückte der Hochzeitstermin, den Penny für uns angesetzt hatte. Nach sechs Monaten war es längst zu spät einzuwenden, dass wir ja eigentlich gar nicht wirklich verlobt waren. Sie hatte schon den Ort für die Feier gebucht, einen Pfarrer engagiert und ihr Traumkleid gekauft.

Außerdem hatte sie in Texas ein Haus gefunden, in dem wir leben sollten. Sie wollte nicht so weit weg von ihrer Familie wohnen, und weil ich in San Diego außer Ben niemanden kannte, war es nur logisch, dass wir nach Texas zogen. Ihr Vater leistete die Anzahlung für den Kredit, und dann packten wir unsere Kisten und die Möbel in einen Umzugswagen.

Als wir in Dallas ankamen, war mein letzter Brief an Naomi bereits ein halbes Jahr her. Da erwartete ich schon nicht mehr, dass sie mir zurückschreiben würde, aber trotzdem wollte ich den Kontakt zu ihr nicht verlieren. Ich schickte also einen weiteren Brief, um ihr zu sagen, dass ich die Hochzeit durchziehen würde, und damit sie meine neue Adresse hatte.

Ich wusste, dass sie mir nie etwas versprochen hatte. Sie hatte nie etwas anderes als unfreundliche, verstörende oder lustige Briefe geschrieben, aber es tat trotzdem weh, dass ich gar nichts mehr von ihr gehört hatte.

Wir wohnten schon ungefähr einen Monat lang im neuen Haus, als Penny anfing, alle Schränke im Haus zu durchwühlen. Als ich sie fragte, was sie dort tue, sagte sie, sie suche ein gutes Versteck für ihr Hochzeitskleid. Dabei fand sie die Kiste mit den Briefen. Ich saß im Wohnzimmer, als sie mit der Kiste hereingestürmt kam. Und dann kippte sie mir Hunderte Briefe über den Kopf.

»Was zum Teufel ist das hier?«, schrie sie.

»Wonach sieht es denn aus? Das sind Briefe.«

»Von Naomi«, sagte sie und sprach den Namen aus, als wäre er vergiftet. »Warum hast du die?«

»Sie war meine Brieffreundin in der Grundschule«, sagte ich. »Entspann dich mal.«

Offenbar war »entspann dich mal« aber nicht unbedingt das, was sie hatte hören wollen, denn jetzt schrie sie so laut, dass ich Angst hatte, meine Trommelfelle würden platzen.

»Verdammt, was ist los, Penny?«

»Ein paar der Briefe sind aus diesem Jahr, Luca. Wie kannst du da irgendwas von Grundschule faseln? Warum hast du mir nie davon erzählt?«

»Da gibt es nichts zu erzählen«, sagte ich. »Hast du die Briefe überhaupt gelesen?«

»Du betrügst mich mit ihr.«

»Okay. Du hast die Briefe also nicht gelesen.«

Sie nahm ein paar Briefe in die Hand und las nur das Ende. »Alles Liebe, Naomi. Alles *Liebe*, Naomi. Liebe, Liebe, Liebe.«

»Na und?«

»Also sagst du das Wort zu ihr, aber ich muss dich praktisch auf Knien anflehen, dass du es zu mir sagst.«

»Ich würde an dieser Stelle gern darauf hinweisen, dass sie das hier geschrieben hat. Nicht ich.«

»Ach so? Und was ist das?« Sie zog einen weiteren Brief aus ihrer Tasche und bewarf mich damit. Ich hob ihn auf und schaute ihn verwirrt an. Es brauchte einen Moment, bis ich begriff, dass es der letzte Brief war, den ich Naomi geschrieben hatte – der, den ich vor einem Monat mit meiner neuen Adresse losgeschickt hatte. Penny musste ihn abgefangen haben. Sie riss mir den Brief wieder aus der Hand. »Alles Liebe, Luca«, las sie laut vor. »Wie kannst du das zu ihr sagen und nicht zu mir?«

Ich wollte sagen, dass man das einfach so machte, dass ich meine Briefe immer so beendete, aber das schien gerade gar nicht mehr so wichtig zu sein.

»Wie lange hast du diesen Brief schon?«, fragte ich.

Sie schaute auf den Brief in ihrer Hand, dann zu mir. In ihren Augen loderte es. So wütend hatte ich sie noch nie gesehen. »Darum geht es hier nicht, Luca.« Sie betonte jedes einzelne Wort und wedelte mit dem Umschlag. »Wir müssen wohl der Post danken, dass sie diesen Brief wieder zurückgeschickt hat. Du hättest ihn überhaupt nicht schreiben dürfen. Wir heiraten in zwei Monaten, verdammt noch mal.«

»Ich habe nie zugestimmt, dich zu heiraten«, sagte ich.

»Willst du mich verarschen?« Sie hob die Hand und hielt mir ihren Ringfinger vor die Augen. »Was ist dann das hier?«

»Den hast du dir selbst gekauft«, sagte ich.

»Wir planen diese Hochzeit seit Monaten«, sagte sie. »Ich habe den Saal schon gebucht. Ich habe mein Kleid. Du kannst jetzt keinen Rückzieher machen.«

»Wenn du dich mal beruhigen würdest, könnten wir ...«

»Es liegt an ihr, oder? Ihretwegen willst du mich plötzlich nicht mehr heiraten.«

»An ihr? Ich habe seit Monaten nichts mehr von ihr gehört.«

»Hör auf, mich anzulügen. Ich dachte, ich hätte das schon vor Monaten unterbunden, aber jetzt zeigt es sich, dass du nie aufgehört hast, ihr zu schreiben. Wo versteckst du die anderen Briefe?«

»Ich lüge dich nicht an. Und was meinst du damit, du hast es unterbunden?«

»Du laberst nur Scheiße. Ich habe doch gesehen, was sie über eure Hochzeit geschrieben hat. Deswegen versuchst du jetzt, dich da wieder rauszuwinden.«

Ich hatte ein ganz übles Gefühl im Bauch. Ich dachte an den Brief, den ich Naomi geschrieben hatte – auf den sie nie geantwortet hatte.

»Wovon redest du eigentlich?«

»Du hast ihr geschrieben, dass wir heiraten werden.«

»Das stimmt. Aber sie hat nie zurückgeschrieben.«

Da lächelte Penny nur, aber es war kein fröhliches oder auch nur ein freundliches Lächeln. Es war ein teuflisches Lächeln. Es war richtig gruselig. Sie zog noch einen Brief aus ihrer Tasche. Ich stand auf, ließ die anderen Briefe von mir hinunterfallen und nahm ihn ihr aus der Hand. Ich hatte ihn noch nie gesehen. Laut dem Datum hatte Naomi ihn vor sieben Monaten geschrieben. Ein paar Tage, nachdem ich ihr von der Verlobung erzählt hatte.

Lieber Luca,

ich glaube, du solltest die arme Frau verlassen, bevor sie den Fehler begeht, dich zu heiraten, und begreift, was du für eine furchtbare Arschgeige bist.

Lass uns zusammen abhauen, wenn du willst. Holst du mich ab? Du weißt ja, wo ich wohne.

Alles Liebe

Naomi

»Lass uns zusammen abhauen?«, las Penny durch die zusammengebissenen Zähne vor. Dann beschimpfte sie mich weiter wegen der Briefe, aber ich hörte schon nicht mehr zu. Ich war so wahnsinnig wütend.

»Du hast den Brief vor mir versteckt?«, fragte ich.

»Ich hätte ihn verbrennen sollen«, antwortete sie. »Ich hätte alle Briefe verbrennen sollen. Ach, weißt du was?« Sie sprach nicht weiter und ging stattdessen aus dem Wohnzimmer in die Küche. Ich folgte ihr. Sie riss ein paar Schubladen auf, fand ein Feuerzeug, lächelte breit und hielt es hoch. »Bye-bye Naomi.«

Ich schnappte ihr das Feuerzeug aus der Hand, bevor sie etwas Dummes damit anstellen konnte. Wütend warf ich es auf den Boden und zertrat es mit meinem Schuh. Dann stürmte ich zurück ins Wohnzimmer und sammelte die Briefe ein, die auf dem Sofa und dem Boden gelandet waren. Ich stopfte sie alle zurück in die Kiste, und es war mir egal, dass sie nicht mehr geordnet waren. Das konnte ich später ändern. Jetzt musste ich hier raus. Ich musste von ihr weg.

»Die Hochzeit findet nicht statt, Penny.«

»Das kannst du nicht einfach so entscheiden«, sagte sie. »Du schuldest mir die Hälfte des Geldes für alles.«

»Ich habe nie gesagt, dass ich dich heiraten will. Du hast die ganzen Pläne gemacht, ohne mich auch nur einmal zu fragen.«

Sie schnaubte. »Ach so. Als hättest du nicht gewusst, dass wir heiraten. War wohl einfach praktisch für dich, umsonst in diesem Haus zu wohnen, was? Und in der Zwischenzeit hast du mir vorgegaukelt, wir hätten eine Zukunft zusammen. Du bist echt krank, Luca.«

Ich hatte jetzt alle Briefe beisammen und richtete mich auf. Ihre Augen waren rot, ihre Wangen tränenüberströmt. Obwohl ich wütend auf sie war, obwohl die ganze Verlobungs- und Hochzeitssache nicht auf meinem Mist gewachsen war, wusste ich, dass ich sie ohne eine ordentliche Verabschiedung und ohne Erklärung nicht verlassen konnte. Ich wollte nicht so sein wie mein Vater. Also atmete ich tief durch, um mich zu beruhigen, und dann hielt ich ihr die rechte Hand hin. Sie nahm sie zögernd mit ihrer linken.

»Es tut mir leid, dass ich dir nicht früher gesagt habe, dass ich gar nicht heiraten will. Ich war so überrumpelt, als du damit angefangen hast, unsere Hochzeit zu planen. Wenn ich ganz ehrlich bin, habe ich einfach mitgemacht, weil ich nicht wusste, was ich sonst tun sollte. Menschen heiraten eben, wenn sie an einem bestimmten Punkt in ihrer Beziehung angelangt sind, oder? Sie heiraten, gründen eine Familie. Ich dachte, ich hätte vielleicht bloß Angst davor, mich darauf einzulassen. Dass du mir einfach den Schubs gibst, den ich brauche, um das zu tun, was man von mir erwartet. Was die Gesellschaft erwartet. Es tut mir leid, dass ich nicht eher begriffen habe, dass das ein Fehler war. Schließlich beeinflusse ich mit meiner Unentschlossenheit nicht nur mein Leben, sondern auch deins. Ich hatte nie die Absicht, dich zu verletzen. Ich glaube nur, dass der Mensch, den ich heirate, jemand sein sollte, den ich liebe. Und es tut mir sehr leid, aber dieser Mensch bist nicht du.«

Ich zog den Ring von ihrem Finger, als ich meine Hand von ihrer löste. Sie schrie erschrocken auf. Aber ich steckte den Ring einfach in meine Tasche und nahm dann die Kiste mit den Briefen.

»Ich packe jetzt«, sagte ich. »Und ich nehme mein Auto, meine Klamotten und meine Briefe mit. Den Rest kannst du behalten.«

SIEBZEHN

Die Beziehungszerstörerin

Naomi

»Ich kann nicht glauben, dass du mich dazu überredet hast, nach Dallas zu fliegen.«

Anne und ich stehen vor einem Haus, das in Miami vermutlich ein paar Millionen Dollar kosten würde. Es ist ein wunderschönes Anwesen und wirkt deutlich pompöser als das kleine hellblaue Strandhaus, in dem Luca aufgewachsen ist. Dieses hier steht stolz in einem Viertel voller prachtvoller Häuser mit perfekt gepflegten Vorgärten.

Jetzt, da wir hier sind, fürchte ich mich, an der Tür zu klingeln. Ich glaube, ich habe Angst, dass Luca die Tür öffnen könnte. Dann weiß ich nämlich, dass er noch verheiratet ist.

»Na los«, sagt Anne. Sie packt mich am Arm und zieht mich über den Rasen zur Tür. Bevor ich mich losreißen kann, hat sie schon geklingelt.

Einen Augenblick später öffnet eine Frau die Tür. Sie ist ungefähr in unserem Alter, hat dunkle Augen und schwarze Haare. Sie lächelt. »Hallo. Kann ich euch helfen?«

Anne knufft mich mit dem Ellenbogen in die Rippen.

»Du musst Penelope sein«, sage ich.

Ihr Lächeln bleibt an Ort und Stelle. »Das bin ich. Kann ich euch helfen?«, wiederholt sie.

»Wir suchen Luca Pichler. Ist er hier?«

Kaum habe ich seinen Namen ausgesprochen, verschwindet das Lächeln aus Penelopes Gesicht. »Soll das ein Witz sein? Ihr sucht Luca?«

»Man hat mir gesagt, dass er hier wohnt. Seid ihr nicht verheiratet?«

Sie verdreht theatralisch die Augen, dann kehrt das Lächeln in ihr Gesicht zurück, und sie kichert. »Kommt doch kurz rein«, sagt sie. »Ich mache euch eine Tasse Tee.«

Ich wechsele einen Blick mit Anne. Sie nickt knapp. Wir wissen beide, dass wir mitspielen müssen, wenn wir Antworten wollen. Also treten wir in die große Eingangshalle mit Marmorboden. Eine Treppe mit einem Mahagonigeländer windet sich an der Seite des Raums nach oben. Direkt über uns hängt ein Kronleuchter. Bei einem Erdbeben würde ich hier ungern stehen.

Wir folgen Penelope durch den nächsten Raum in die Küche. Jedes Zimmer ist eleganter als das davor. Sie schenkt uns beiden je ein Glas Eistee ein. Ich habe ein bisschen Angst, von meinem zu trinken, aber Anne nimmt einen Schluck, und es scheint ihr nach wie vor gut zu gehen. Irgendetwas an Penelope macht mich unruhig. Ich kann gar nicht genau sagen, was.

»Luca!«, ruft sie, und ich schrecke zusammen. Dann, noch lauter: »Luca! Du hast Besuch. Luca!«

Meine Haut wird ganz kalt, und gleichzeitig schwitze ich wie in einer Sauna. Ich war mir so sicher, dass Luca nicht hier ist, dass ich ganz vergessen habe, wie ich mich verhalten wollte, wenn er doch hier wäre. Ich kann mir nicht einmal vorstellen, was er denkt, wenn er gleich herunterkommt und mich mit seiner Frau in seiner Küche sieht.

Wir alle warten für einen Moment, der sich wie eine Ewigkeit anfühlt. Im Haus ist es ganz still. Ich kann mir kaum vorstellen, dass er Penelopes laut durch das Haus hallenden Ruf nicht gehört hat. Für einen Moment glaube ich, dass sie es noch mal probiert, aber das tut sie nicht. Stattdessen wendet sie sich an Anne und mich, immer noch mit diesem beunruhigenden Lächeln im Gesicht.

»Oh, stimmt ja. Luca wohnt hier nicht mehr«, sagt Penelope. Sie verdreht wieder die Augen und lacht.

Anne zieht eine Braue hoch. Sie nimmt das Glas von den Lippen und betrachtet es, als hätte sie erst jetzt gemerkt, dass diese Frau durchgeknallt genug sein könnte, um zwei vollkommen unbekannte Menschen zu vergiften.

»Dieser fremdgehende Dreckskerl hat nur einen Monat hier gewohnt, dann habe ich ihn rausgeworfen«, fährt Penelope fort. »Wer seid ihr eigentlich, und was wollt ihr von ihm?«

Ich werfe Anne einen Blick zu. Ich bereue es zutiefst, auch nur einen Schritt in dieses Haus gesetzt zu haben. Nach ihrem Gesichtsausdruck zu schließen, denkt sie dasselbe wie ich. Ich wende mich an Penelope, dabei überlege ich, wie ich erklären soll, wer ich bin und warum ich ihren Ex-Ehemann suche. Oder Ex-Verlobten. Schließlich weiß ich nicht genau, wann sie sich getrennt haben. Bevor ich ihr meinen Namen sagen kann, legt Anne eine Hand auf meine Schulter und sagt: »Wir sind Kopfgeldjägerinnen. Mr. Pichler hat eine Straftat begangen und ist dann untergetaucht. Wir versuchen, ihn zu finden.«

Ich bin beeindruckt, wie schnell sie sich das ausgedacht hat. Penelope lächelt, als freute es sie zu hören, dass Luca verhaftet werden soll. Dann zuckt sie die Achseln. »Vermutlich habt ihr in San Diego mehr Glück. Das Letzte, was ich von ihm gehört habe, ist, dass er bei Ben Toole wohnt. Aber sucht besser gleich nach Naomi Light. Das ist die Schlampe, mit der er mich betrogen hat.«

Ich erstarre. Einen Moment lang glaube ich, dass sie weiß, wer ich bin, und mich nur auf die Probe stellt. Aber sie sieht mich dabei nicht an, und dann begreife ich, dass sie wirklich glaubt, dass Luca sie mit dieser ominösen Naomi Light betrogen hat. Ich schaffe es, die Fassung zu bewahren.

»Wow«, sage ich. »Das scheint ja wirklich ein Arschloch zu sein.«

»Ist er auch«, stimmt sie zu. »Also, was hat er denn getan, dass ihr ihn sucht? Ich wusste eigentlich immer, dass er irgendwann mal so richtig Scheiße bauen wird.«

Ich will mir gerade irgendetwas ausdenken, als Anne sagt: »Wir sind leider nicht befugt, das zu sagen. Unser Job ist es lediglich, ihn aufzuspüren. Über seine Straftaten zu sprechen könnte die Ermittlungen beeinträchtigen.«

»Klar. Natürlich«, sagt Penelope. »Ich hoffe, er kriegt, was er verdient.«

Sie sieht mich an, dann gleitet ihr Blick zu Anne. Ein bisschen habe ich das Gefühl, dass sie uns abcheckt. Dann zieht sie eine Braue hoch. »Ihr seht gar nicht aus wie Kopfgeldjägerinnen.«

»Ach, die gibt's in allen Formen und Farben«, erwidert Anne. »Sie kommt den Leuten auf die Spur, und ich bring sie zur Strecke.«

Ich drehe mich verblüfft zu Anne. Sie und ich sind gleich groß. Ich bezweifle, dass irgendjemand uns anschaut und auch nur für eine Sekunde glaubt, dass wir einen erwachsenen Mann hopsnehmen könnten. Als ich Penelope ansehe, merke ich, dass sie dasselbe denkt. Sie verengt die Augen und schaut zwischen uns hin und her.

»Ich habe den schwarzen Gürtel, seit ich siebzehn bin«, plappert Anne weiter. »Ich bin stärker, als ich aussehe.«

»Wir sollten mal wieder weiter«, sage ich. Ich will unbedingt hier weg, bevor Penelope begreift, wer ich bin, und mich in ihrem Keller einsperrt. »Danke für den Tee.«

Penelope wirft einen Blick auf mein volles Glas. Sie lächelt, aber es erreicht ihre Augen nicht. »Klar.«

An der Haustür gibt sie uns beiden eine Visitenkarte. »Ruft mich an, wenn ihr ihn findet«, sagt sie. »Er schuldet meinem Vater hunderttausend Dollar für die Hochzeit, die wir absagen mussten.«

»Machen wir«, sage ich und nehme die Visitenkarte.

Ich weiß wirklich nicht, warum ich so erleichtert bin, dass sie die Hochzeit nicht durchgezogen haben. Vermutlich bin ich froh, dass Luca keine lange, schwierige Scheidung mit dieser Frau erleben musste. Trotzdem frage ich mich, was er überhaupt in ihr gesehen hat und wie es dazu kam, dass er sie beinahe geheiratet hätte. Ich war nur ein paar Minuten mit ihr in einem Raum und habe schon Angst vor ihr.

Anne hält sich an meinem Arm fest, und wir gehen hastig über den Rasen zum Mietwagen. Keine von uns sagt ein Wort, bis wir sicher im Auto sitzen.

»Okay. Das war wirklich abgefahren«, sagt Anne.

»Wem sagst du das. Kannst du dir vorstellen, was passiert wäre, wenn ich versucht hätte, ihm hierher einen Brief zu schicken? Dann hätte sie vermutlich Jagd auf mich gemacht und mich schließlich im Schlaf ermordet.«

»Sie denkt, dass Luca sie mit dir betrogen hat. Habt ihr euch irgendwelche Sexbriefe geschrieben oder so? Hast du sie deswegen nicht mitgebracht?«

»Nein! Nie. Wir waren immer nur sehr fies zueinander.«

Ich frage mich, ob Penelope wusste, dass er mich kennenlernen wollte. Vielleicht kam er eines Tages nach Hause und roch nach einer anderen Frau, und dann hat sie die Briefe entdeckt und vermutet, dass ich es war. Oder vielleicht hat er ihr auch von mir erzählt. Aber das kann ich mir schwer vorstellen.

»Wir müssen Ben Toole finden«, sage ich.

»Sie hat gesagt, dass er wieder in San Diego ist.«

Ich hole mein Handy heraus und suche Ben Toole in People-Finder. Sein Name und die Stadt, in der er wohnt, ploppen auf. Es ist tatsächlich San Diego. Aber alle anderen Informationen über ihn sind verschwunden. Ich frage mich, ob Luca und er unter einer Decke stecken.

»Keine Adresse oder Telefonnummer«, sage ich. »Er hat sie wohl löschen lassen.«

Anne beugt sich über meine Schulter. »Da müssen wir nächstes Wochenende wohl noch mal nach San Diego fliegen.«

Ich fühle mich unentschlossen, weil ich gar nicht weiß, wo wir überhaupt anfangen sollen. Über Ben Toole weiß ich noch weniger als über Luca, und San Diego war schon einmal eine Sackgasse. Es muss einen besseren Weg geben, ihn zu finden.

Ich schaue auf die Uhr im Cockpit des Wagens. Es wird spät. So sehr ich Luca auch finden möchte, dieser Tag war anstrengend, und ich will nur noch nach Hause. Wenn wir es bis zum Morgen nach Miami zurück schaffen wollen, müssen wir jetzt zum Flughafen fahren.

»Ja. Nächstes Wochenende«, sage ich und seufze.

ACHTZEHN

Die Erstes-Date-Regel

Es ist Sonntagnachmittag, als Jake an meine Tür klopft. Ich hatte noch gar nicht mit ihm gerechnet, aber da ist er und lehnt sich gegen meinen Türrahmen.

»Du bist zu früh«, sage ich.

»Wirklich?« Er schaut auf sein Handgelenk, obwohl er gar keine Uhr trägt. Er runzelt die Stirn und tut so, als wäre er überrascht von der Uhrzeit auf dem imaginären Ziffernblatt. »Ich wollte dich erwischen, bevor du zu Abend isst, für den Fall, dass du vergessen hast, dass wir ausgehen wollen. Bin ich noch rechtzeitig?«

»Es ist erst drei Uhr. Ich habe noch nicht gegessen.«

»Ich dachte, wir könnten so in einer Stunde gehen.«

»Ist vier Uhr nicht ein bisschen früh fürs Abendessen?«

»Du hast neulich gesagt, du gehst immer schon ins Bett, wenn die meisten Leute noch beim Abendessen sind. Da habe ich gedacht, dass du sicher auch früher als andere Menschen isst.«

Ich spüre, wie sich auf meinem Gesicht ein Lächeln ausbreitet. Wer hätte gedacht, dass dieser Mann so umsichtig ist? Ich war nicht auf vielen Dates, seit ich die Frühschicht im Sender mache, aber die wenigen Typen, mit denen ich ausgegangen bin, fanden es völlig in Ordnung, mich um acht Uhr abends zum Essen abzuholen.

»Wo essen wir denn?«, frage ich.

»Ich habe in diesem japanischen Restaurant unten am Strand einen Tisch reserviert.«

Überrascht ziehe ich eine Braue hoch. »Wirklich? Da war ich noch nie. Ich habe gehört, dass es sehr schön sein soll.« Und teuer.

»Na hoffentlich. Unser erstes Date soll doch etwas Besonderes sein.«

»Unser erstes Date?« Ich schnaube. »Wohl eher unser drittes. Oder sogar viertes.«

Seine Mundwinkel heben sich. »Wir waren auf noch gar keinem Date.«

Ich runzle die Stirn und unterdrücke ein Lächeln. »Was war das dann letzten Sonntag?«

»Das war nur ein Frühstück. Kein Date.«

»Es war ein Frühstücksdate.«

»Es war ein Frühstück.«

»Es wäre nur ein Frühstück gewesen, wenn du nicht darauf bestanden hättest, für mich zu bezahlen.«

»Sag nicht, dass du die Sache im Flur auch für ein Date gehalten hast. Warte, wenn das das zweite Date war, wann war dann unser drittes?« Er ist ganz eindeutig amüsiert.

»Das war ein Picknick-Date.« Ich pieke ihm mit dem Finger

in die Brust. »Und es war unser drittes Date. Das zweite war im Aquarium.«

Er umschließt meine Hand mit seiner und nimmt sie sanft von seiner Brust, lässt sie aber nicht los. »Okay. Und wie kommst du darauf, dass *das* ein Date war? Du hast mich bei der Arbeit besucht, und ich habe dir nicht einmal irgendwas gekauft.«

»Es wurde ein Date, als wir im romantischen Licht vom Lachsbecken geknutscht haben. Und warum muss man Geld ausgeben, wenn man ein Date hat?«

»Naomi. Wir waren noch auf gar keinem Date.«

»Na ja, dafür haben wir aber schon ziemlich viel geknutscht.«

Sein Blick fällt auf meine Lippen und gleitet dann langsam wieder zu meinen Augen hinauf. »Ja, das ist ungewöhnlich. Ich küsse eine Frau nie vor dem ersten Date. Manchmal nicht mal beim zweiten.«

Ich finde das ein bisschen schwer zu glauben. Jetzt fällt mein Blick auf seine Lippen. Er hat sich vor Kurzem rasiert. Ich mochte seine Bartstoppeln letzte Woche, aber er hat die Sorte Gesicht, die auch glatt rasiert gut aussieht.

»Also«, sage ich.

»Also«, wiederholt er. Er hält immer noch meine Hand fest. Seine Finger verschränken sich mit meinen.

Ich räuspere mich und berühre seinen Handrücken mit meinen Fingern. »Hast du schon mal jemanden kurz vor dem ersten Date geküsst?«

»Ich glaube nicht.«

»Oh. Dann müssen wir wohl warten, bis …«

Er tritt durch die Tür, und bevor ich realisiere, was passiert, liegen seine Lippen schon auf meinen, und er drückt mich gegen die Wand. Seine Zunge umspielt meine, und ein Geräusch entfährt mir. Ich weiß nicht genau, ob es ein Keuchen oder Stöhnen ist. Vielleicht eine Mischung aus beidem. Ich spüre seine Hände auf meinen Hüften, er zieht mich noch näher an seinen Körper heran. Meine Hände sind in seinem Haar, ich ziehe sein Gesicht zu mir, so dass seine Lippen auf meinen bleiben.

Unser letzter Kuss war nur ein Vorgeschmack, der mich mehr wollen ließ, aber ich wusste nicht, was mich erwarten würde. Von allen Küssen, die ich je hatte, ist dieser bei Weitem der beste. Unsere Lippen harmonieren so perfekt miteinander, als hätten wir seit Jahren nichts anderes getan. Er scheint genau zu wissen, was ich mag. Es ist sinnlich, aber es liegt nicht nur reine Begierde darin. Da ist noch etwas anderes. Und das will ich um jeden Preis haben.

Er lässt seine Hände hinunter zu meinem Hintern gleiten und hebt mich hoch, so dass ich meine Beine um seine Taille schlingen kann. Ich kann es kaum ertragen, ihm so nah zu sein, seine Hüften an meinen zu spüren. Er drängt sich an mich, und ich spüre ihn, alles von ihm. Ich bewege mich gegen seine Hüften, flehe damit wortlos nach ein bisschen mehr. Eigentlich gibt es nichts, was uns daran hindert, noch einen Schritt weiter zu gehen.

»Können wir das Abendessen ausfallen lassen?«, hauche ich. Ich kralle mich in sein Hemd. »Wir könnten einfach hier bleiben.«

Er lächelt, was mich ein bisschen verrückt macht. »So gut sich das anhört, ich habe uns einen Tisch reserviert.«

»Oh. Ach so. Um wie viel Uhr?«

»Vier.«

Erst jetzt erinnere ich mich, dass er mir das schon gesagt hat. Sein Kuss scheint mein Kurzzeitgedächtnis blockiert zu haben.

»Ich gebe dir ein bisschen Zeit, damit du dich fertig machen kannst.«

»Ich brauche nicht so viel Zeit.« Als ich das Kinn hebe, drückt er seine Lippen wieder auf meine. Dort, wo unsere Körper aufeinandertreffen, ist diese Hitze, und eine Wölbung, die mir sagt, dass er das hier genauso dringend will wie ich. Ich bewege mich etwas, aber unsere Kleider sind im Weg. Ich will sie ausziehen, alle Barrieren zwischen uns loswerden.

»Gibt es bei dir die Regel, dass man vor dem ersten Date keinen Sex haben darf?«, frage ich.

Er atmet langsam aus, als müsste er sich bemühen, sich zu beherrschen. Einen Augenblick lang fürchte ich, dass er sich von mir lösen wird, aber das tut er nicht. »Was dich angeht, habe ich gar keine Regeln.«

»Gut zu wissen.« Ich ziehe mit den Zähnen sanft an seiner Lippe. Er knurrt, dann gibt er mir einen kleinen neckischen Kuss auf die Lippen. Ich erwidere ihn, und dann küsst er mich wieder richtig, öffnet meine Lippen mit der Zunge, so dass er mich schmecken kann. Ich vergesse, dass ich gegen die Wand gedrückt bin. Ich fühle mich völlig schwerelos, als würde ich in der Luft schweben. Das Einzige, was ich spüre, sind seine Lippen, sein Geschmack. Es ist die Sorte Kuss, die einen den eigenen Namen vergessen lässt, zumindest für einen kurzen Moment.

»Willst du?«, frage ich.

»Es ist sehr schwer, Nein zu dir zu sagen.«

»Willst du denn Nein sagen?«

»Nein. Das ist ja das Problem.«

»Bin ich zu schnell?« Ich spiele mit dem Reißverschluss über seinem gewölbten Hosenstall.

Er saugt scharf die Luft ein und drückt sein Becken wieder gegen meins, und einen Augenblick lang denke ich, dass es jetzt passieren wird. Bevor ich seine Hose öffnen kann, lässt uns eine Stimme aus dem Hausflur zusammenfahren.

»Ihr wisst schon, dass in diesem Haus auch Kinder wohnen.«

Jake lässt mich los, und meine Beine gleiten an seinen hinunter, bis ich wieder stehe. Wir drehen uns beide um – ich hatte ganz vergessen, dass die Tür noch offen ist – und sehen dieselbe Frau, die uns schon neulich bei unserem Flur-Picknick so missbilligend angesehen hat.

Mein Gesicht wird ganz heiß, und ich bin mir sicher, dass es gerade knallrot anläuft. Ich lehne mich hinüber und ziehe die Tür zu, aber der Moment ist vorbei.

»Vielleicht sollten wir doch warten«, sagt er.

Mein Blick fällt auf seine Jeans, unter deren Stoff sein Körper eine ganz andere Sprache spricht als sein Mund. »Gut.«

»Es ist nicht so, dass ich nicht will. Ich will. Glaub mir.«

»Du musst dich nicht erklären«, versichere ich ihm.

Wir stehen uns in meinem Wohnungsflur gegenüber. Seine Brust hebt und senkt sich mit jedem Atemzug. Ein Lächeln umspielt seine Lippen.

»Vielleicht möchtest du noch deine Haare kämmen, bevor wir gehen«, sagt er.

Ich lache schnaubend auf, die Anspannung löst sich. Ich betaste mein Haar, dann sehe ich ihn an. Sein Haar steht ab, weil ich hineingegriffen habe. »Du vielleicht auch«, sage ich.

Sein Lächeln wird breiter, er beugt sich zu mir herunter und küsst mich. »Mach dich fertig«, sagt er. »Ich bin gleich wieder da.«

————

Ich war seit Jahren nicht mehr in einem Hibachi-Restaurant. Das letzte Mal, bevor ich Oklahoma verlassen habe. Jakes Hand liegt auf meinem unteren Rücken, als wir auf das Gebäude zugehen. Seine Berührung fühlt sich warm an, und er lässt die Hand auch dort, als wir durch die Tür treten. Die Dame an dem Rezeptionspult schaut hoch.

»Wir haben eine Reservierung auf den Namen ...«

»Naomi Light!«, unterbricht ihn die Frau. »Die Wetterfee! Ich sehe Sie jeden Morgen in den Nachrichten.« Ihr Gesicht strahlt, als wäre ich ein Promi oder so.

Ich lache unsicher.

»Als ich Ihren Namen auf der Reservierungsliste gesehen habe, dachte ich, das muss doch ein Witz sein«, fährt sie fort. Sie nimmt ein paar Speisekarten und geht vor. »Kommen Sie, ich bringe Sie zu Ihrem Platz.«

Als wir sitzen, beuge ich mich zu Jake und flüstere: »Du hast meinen Namen für die Reservierung benutzt?«

Er zuckt mit den Schultern. »Ich habe beide genannt. Aber für sie war offenbar nur deiner relevant.«

Der Koch kommt zu unserem Tisch und beginnt, unser Essen zuzubereiten. Er macht eine richtige Show daraus, indem er hohe Flammen auflodern lässt und mit den Eiern jongliert. Jake hat ein Steak bestellt, ich bekomme Huhn und Shrimps. Als unser Essen serviert und der Koch gegangen ist, sehe ich Jake an.

»Ich habe ganz vergessen zu fragen, wie die Katzenadoption lief. Haben die beiden ein neues Zuhause bekommen?«

Er schüttelt den Kopf. »Keiner wollte sie. Ich muss sie also wohl noch eine Woche behalten.«

»Wirklich? Das hätte ich nicht gedacht. Wer will denn nicht zwei Kätzchen adoptieren, die kegeln können?«

Er zuckt mit den Schultern. »Dieses Wochenende gibt es eine neue Runde. Ich glaube, niemand wollte sie, weil ich darauf bestanden habe, dass sie nur zu zweit vermittelt werden. Und viele Leute wollen nicht zwei Katzen auf einmal nehmen. Aber die beiden mögen sich so gerne, und ich will sie nicht trennen.«

Wir essen ein paar Minuten genüsslich. Gerade will ich mir einen Shrimp in den Mund schieben, als ich merke, wie Jake mich beobachtet.

»O Gott, es tut mir leid«, sage ich und lasse den Shrimp auf den Teller zurückfallen. »Soll ich lieber mich lieber mit einer Serviette von dir abschirmen, wenn ich die esse?«

Er lacht. »Ich hab dir doch gesagt, dass ich nichts gegen Meeresfrüchte habe. Wenn du jetzt allerdings Delfin essen würdest ...«

Ich runzele die Stirn. »Gibt es Menschen, die das machen?«

»In einigen Gegenden der Welt schon«, sagt er und zuckt mit den Schultern.

»Willst du einen probieren?« Ich spieße den Shrimp mit der Gabel auf und halte ihn ihm hin. Er zuckt zurück und schüttelt den Kopf. Ich verdrehe die Augen. »Ich dachte, du hättest nichts gegen Meeresfrüchte.«

»Gegen Meeresfrüchte allgemein nicht, nein. Aber Shrimps? Das sind praktisch Meeresgrillen. Nein danke.«

Ich betrachte den Shrimp, dann lasse ich ihn wieder auf den Teller fallen. »Na toll. Jetzt krieg ich den auch nicht mehr runter.«

Er lacht. »Tut mir leid.«

»Das reicht nicht als Entschuldigung«, sage ich und verschränke die Arme vor der Brust. »Du hast mir gerade das Abendessen verdorben.«

Er langt über den Tisch, nimmt die Gabel und hält mir den Shrimp vor den Mund. »Na komm. Iss ihn einfach. Ich bin mir sicher, dass Grillen gar nicht so ungesund sind.«

Ich schiebe die Gabel weg. »Das hilft mir jetzt aber nicht.« Ich versuche, dabei wütend auszusehen, doch es fällt mir schwer, das Lachen zu unterdrücken, während er den Shrimp gegen meinen Mund drückt.

»In manchen Ländern sind Grillen eine Delikatesse«, sagt er.

»Na, das ist ja sehr beruhigend.« Ich schnappe mir die Gabel und esse den Shrimp, wobei ich mich sehr bemühe, dabei nicht an ein Insekt zu denken.

»Ich kann nicht glauben, dass du gerade eine Meeresgrille gegessen hast!«

Ich werfe meine Serviette nach ihm. »Ich esse nie wieder mit dir zusammen.«

Er lacht. »Wir werden sehen.«

Ich verdrehe die Augen und muss immer noch gegen ein Grinsen ankämpfen. »Erzähl mir von deiner Familie«, sage ich. »Wie viele Geschwister hast du?«

»Drei«, sagt er. »Zwillingsschwestern und einen Bruder.«

»O wow. Zwillinge? Ich habe mir immer eine Zwillingsschwester gewünscht. Hatten sie immer dieselben Kleider an, und haben sie versucht, deine Eltern zu verwirren, als ihr noch klein wart?«

Er lächelt. »Manchmal. Sie sind eineiig, aber wenn man sie gut kennt, sieht man viele Unterschiede.«

»Ich bin so neidisch, dass du in einer großen Familie aufgewachsen bist. Du stehst ihnen bestimmt sehr nahe?«

Er kaut und schluckt, bevor er antwortet. »Ja, das kann man wohl so sagen. Ich sehe meinen Dad jeden Tag. Meinen Bruder und meine Schwestern treffe ich mehrmals im Monat. Und einmal im Monat haben wir ein Familienessen. Es wird dann immer ziemlich chaotisch mit all den Kindern, Cousins und Cousinen und der erweiterten Familie. Die meisten von ihnen haben aber auch Jahrestickets für das Aquarium und besuchen mich da oft.«

»Das klingt toll. Ich bin mit meinen Cousins und Cousinen aufgewachsen, also weiß ich, wie wild es da zugehen kann. Hast du auch Nichten und Neffen? Oder eigene Kinder?« Ich schaue von meinem Teller auf. Ich hoffe, dass ich mit meiner Neugier nicht allzu aufdringlich bin.

Er zieht die Brauen hoch, als wäre er überrascht, dass ich überhaupt diese Frage stelle. »Ich? Nein.«

»Und du warst nie verheiratet?«

Er schüttelt den Kopf. Er lächelt leicht. »Du?«

»Nein. Und auch keine Kinder.«

»Aber du kannst gut mit Kindern umgehen.«

»Wie kommst du darauf?«

»Ich habe dich ein paar mal mit Caitlin draußen gesehen.« Ich runzle die Stirn. »Mit wem?«

»Caitlin«, wiederholt er. »Sie ist echt ein lustiges Kind. Liebt Insekten.«

»Oh! Raupenkind? So heißt sie?«

Er zieht eine Braue hoch. »Du hast sie Raupenkind genannt?«

»Sie hebt immer Raupen auf und hat ein Raupen-Malbuch«, sage ich. »Ich hätte sie vielleicht einfach fragen sollen, wie sie heißt.«

Nach dem Essen fährt Jake uns zurück zu unserem Haus. Als wir aus der Parkgarage kommen, streife ich mit meiner Hand versehentlich seine. Er nimmt sie und hält sie für den Rest des Weges fest. Als wir die Eingangstür erreichen, zieht er mich zu sich und gibt mir einen Kuss, so dass sich mein Herzschlag beschleunigt. Ich lächele ihn an, und wir gehen zusammen durch die Tür. Mein Blick fällt auf Joel am Eingangstresen, und mir fällt sein missbilligender Blick auf, der von unseren Gesichtern zu unseren Händen gleitet. Ob Jake wohl auch bemerkt hat, dass unser Sicherheitsmann ein Problem damit hat, dass wir miteinander ausgehen?

»Hat Joel eigentlich auch mal frei?«, frage ich, als wir im Treppenhaus ankommen.

»Er hat außerhalb der Arbeit kein richtiges Leben.«

221

»Trotzdem. Er arbeitet wirklich viel für sein Alter. Eigentlich für egal welches Alter.«

»Ich denke mal, er mag seinen Job einfach sehr.«

Als wir in meinem Stockwerk ankommen, folgt Jake mir zu meiner Wohnungstür.

»Normalerweise wäre das jetzt der Teil des Dates, an dem wir uns zum ersten Mal küssen«, sagt er.

»Aber das haben wir doch irgendwie schon abgehakt.«

Er lächelt. Sein Blick wandert zu meinen Lippen. Mein ganzer Körper wird heiß, weil ich mich daran erinnere, wie er mich in meiner Wohnung an die Wand gedrückt hat. Wie er meinen Mund mit seinem verschlossen hat. Wie sich sein Körper an meinem angefühlt hat, wie mein Herz gerast hat, als ich an seinen Jeans gesehen habe, dass er erregt war. Ich sehne mich nach mehr. Seit langer Zeit hat niemand mehr so viel Lust in mir geweckt. Ich würde mich vermutlich wieder kaum beherrschen können, sollte er mich noch mal so küssen.

Seine Finger streichen über meine Arme, und eine Gänsehaut breitet sich auf meinem Körper aus. Ich will ihn gerade fragen, ob er mit reinkommen will, aber in diesem Moment beugt er den Kopf herunter und küsst mich. Der Kuss ist nicht so intensiv wie beim letzten Mal, aber seine Lippen fühlen sich so gut und warm auf meinen an, dass ich trotzdem mehr will.

»Gute Nacht, Naomi«, sagt er, als er sich wieder von mir löst. Meine Schultern sacken nach unten, die drei Worte sind das Enttäuschendste, was ich je gehört habe.

»Gute Nacht.« Meine Stimme ist nur noch ein Flüstern, das selbst ich kaum hören kann.

Ich gehe in die Wohnung und ziehe die Tür hinter mir ins Schloss. Ich merke erst, wie aufgeregt ich bin, als ich mich innen gegen die Tür lehne und nach Atem ringe. Es ist sehr lange her, dass jemand mein Herz so zum Rasen gebracht hat wie Jake. Um ehrlich zu sein, weiß ich nicht, ob das überhaupt je der Fall war. Und trotzdem muss ich auch daran denken, wie häufig Luca in letzter Zeit wieder in meinem Kopf auftaucht – jetzt, da ich weiß, dass er nicht geheiratet hat, sogar noch öfter. Ich weiß überhaupt nicht, warum ich es zulasse, dass ein Mann, den ich nicht einmal kenne, so eine Macht über meine Gedanken hat. Es fühlt sich an, als hätte ich darüber überhaupt keine Kontrolle. Vermutlich ist es also das einzig Richtige, dass Jake nicht mit hereingekommen ist. So sehr ich ihn auch will, ich muss erst einen Weg finden, Luca zu vergessen, bevor die Sache zwischen Jake und mir größer wird.

NEUNZEHN

Dressed to impress

Ich wache irgendwann in der Nacht auf, weil ich Durst habe. Leise stehe ich auf und gehe auf Zehenspitzen in die Küche, obwohl ich ja alleine wohne. Vermutlich versuche ich einfach, die Nachbarn unter mir nicht zu stören. Ich schalte das Licht in der Küche an und schenke mir ein Glas Wasser ein. Während ich trinke, fällt mein Blick auf den Stapel Post, den ich am Freitag achtlos auf den Küchentresen geworfen habe. Diese ganze Sache mit Luca hat mich abgelenkt, dann auch noch das Flurpicknick mit Jake, und irgendwie bin ich einfach nicht dazu gekommen, sie mir anzusehen.

Jetzt ziehe ich die Werbung zwischen den Briefen hervor und werfe sie in den Papierkorb, dann blättere ich durch die Briefe und lege die Rechnungen auf einen eigenen Stapel. Bei dem letzten Umschlag stocke ich. Es steht kein Absender auf dem Umschlag, mein Name und die Adresse sind mit der Hand geschrieben. Ich erkenne die Schrift. Immerhin habe ich ihre Evolution nun schon fast zwanzig Jahre beobachten können.

Irgendwie erschreckt es mich ein wenig, Lucas Brief mit meiner Adresse darauf zu sehen. Die anderen Briefe hatte er immer an den Sender geschickt. Mittlerweile weiß er offenbar, wo ich wohne. Was weiß er sonst noch über mich?

Ich reiße den Umschlag auf und ziehe den Brief heraus. Er ist länger als die, die er sonst schickt.

Liebe Naomi,

ich habe bis jetzt damit gewartet, dir wieder zu schreiben, weil ich gehofft habe, dass mein Brief vielleicht einfach verspätet bei dir ankam und du deswegen noch nicht das Zauberwort in deiner Wettersendung gesagt hast. Aber dann hast du es diese Woche auch nicht gesagt. Ich muss zugeben, dass ich ziemlich enttäuscht bin. Hast du so wenig Spielraum, von deinem Script abzuweichen, oder hast du einfach gar kein Interesse mehr daran, mir zurück schreiben zu können? Immerhin ist es jetzt schon zwei Jahre her, seit du das letzte Mal von mir gehört hast. Vielleicht findest du meine Briefe einfach nicht mehr so lustig wie früher. Vielleicht bist du sogar genervt, dass ich dir schreibe. Erinnerst du dich daran, als ich dich gefragt habe, ob wir auf Facebook befreundet sein wollen? Wenn ich mich richtig erinnere, waren wir damals beide in der elften Klasse. Ich hab dir nie gesagt, dass ich dich damals schon auf Facebook gefunden hatte. Und eigentlich wollte ich dir da schon eine Freundschaftsanfrage schicken, wusste aber nicht, wie du reagieren würdest. Deswegen habe ich zuerst gefragt. Für mich warst du auf diesen Fotos das schönste Mädchen auf der ganzen Welt. Also wollte ich dich außerhalb dieser

Briefe kennenlernen, aber du warst einfach nur abweisend.
Von allen Briefen, die du mir im Laufe der Jahre geschickt
hast, war das der erste, der mich wirklich verletzt hat.
Das zweite Mal hast du mich verletzt, als ich dich zu
meiner Abschlussfeier im Ausbildungslager eingeladen habe
und du nicht gekommen bist. Vielleicht dachtest du, das
war alles nur ein Witz, aber ich meinte es wirklich ernst.
Ich habe mir gewünscht, dass du da bist. Vermutlich
wusstest du nicht, dass ich an diesem Tag der Einzige dort
ohne Familie war. Aber klar, woher solltest du es auch
wissen? Ich hab es dir schließlich nie gesagt, weil ich kein
Mitleid wollte. Ich wollte, dass du kommst, weil du es
wolltest. Selbst nachdem du mir in der Highschool mal
wieder einen Korb gegeben hast, habe ich mir immer noch
gewünscht, dass du deine Meinung irgendwann änderst
und mich doch persönlich kennenlernen willst.
Ich habe mich immer gefragt, ob du vielleicht auch mal bei
Facebook nach mir gesucht hast. Bis heute frage ich mich,
ob du je an mich denkst, wenn du nicht gerade einen
meiner Briefe liest oder gerade an deiner Antwort sitzt. Ich
frage mich, ob ich genau so einen Einfluss auf dein Leben
habe wie du auf meins.
Du hältst mich vielleicht für verrückt oder findest es
unangebracht, dass ich all das sage. Scheiße. Jetzt, wo ich
meinen Brief noch einmal gelesen habe, finde ich ihn auch
ein bisschen drüber. Andererseits kann er wohl auch nicht
schlimmer sein als die anderen Briefe, die du all die Jahre
von mir bekommen hast. Immerhin habe ich diesmal nichts
Gemeines geschrieben.

Okay, ich kann diesen Brief unmöglich so lahm beenden,
wie er bisher klang, also pass auf: Ich hoffe, dass du in der
nächsten Wettersendung aus Versehen etwas Grünes trägst,
so dass es mit dem Green Screen hinter dir so aussieht, als
würde dein abgehackter Kopf in der Luft schweben. Das
würde deine stinklangweilige Sendung immerhin ein
bisschen spannend machen.
Alles Liebe
Luca

Ich versuche zu verdauen, was ich gerade gelesen habe, und lese den Brief dann noch mal von vorn. Es stimmt, dass er mich damals zu seiner Abschlussfeier eingeladen hatte. Natürlich habe ich den Brief noch, aber ich erinnere mich auch so noch grob daran, was drin stand. Und ich erinnere mich auch, dass ich dachte, er hätte die Einladung als grausamen Witz gemeint, weil er mir ja eingeredet hatte, dass ich als gesuchte Terroristin gar nicht in ein Flugzeug steigen könne. Einen kurzen Moment lang hatte ich mir damals sogar gewünscht, dass Luca die Einladung ernst meinte. Vielleicht wäre ich sogar hingegangen, wenn ich verstanden hätte, dass er mich wirklich dabeihaben wollte.

Und jetzt das. Ich starre den Brief an und frage mich, was ich damit anfangen soll. Ich habe mir eine Menge Mühe gegeben, Luca zu finden, aber nach diesem Brief weiß ich, dass nichts mehr sein wird, wie es war, wenn ich seine Adresse tatsächlich herausbekomme. Eigentlich wollte ich ihm doch einfach nur nicht kampflos das Feld überlassen und mich am Ende vielleicht sogar als Gewinnerin fühlen.

Aber dieses Gefühl hier hat damit überhaupt nichts zu tun – wobei ich nicht einmal genau greifen kann, was ich fühle.

Ich gehe zurück ins Bett und starre an die Decke. Es sind noch ein paar Stunden, bis ich aufstehen muss, aber ich weiß, dass ich jetzt nicht mehr einschlafen kann.

———

»Da ist wohl jemand flachgelegt worden«, sagt Anne und stellt einen Becher Kaffee vor mich hin.

Erschrocken drehe ich mich auf meinem Stuhl um. »Was? Nein, bin ich nicht!«

Das Lächeln auf ihrem Gesicht verschwindet. Stattdessen reißt sie die Augen auf, dann lächelt sie erneut. »Moment, ernsthaft? Ich habe eigentlich über Patrick gesprochen. Er ist heute Morgen so verdächtig gut gelaunt. Aber das hier ist ja noch viel interessanter.« Sie zieht einen Stuhl heran. »Erzähl mir alles. Es war Husky-Augen, oder?«

Ich verdrehe die Augen. »Es ist nichts passiert. Wir sind nur ausgegangen.«

Sie verengt die Augen zu Schlitzen. »Dein Gesichtsausdruck sagt mir alles, was ich wissen muss.«

Anne kann meistens tatsächlich direkt in mich hineinschauen, aber sie weiß nicht, dass heute zur Abwechslung nicht Jake der Grund dafür ist, dass ich sofort in Verteidigungshaltung gehe.

Ich zucke mit den Schultern. »Wir haben geknutscht. Das war's.«

»Ach komm schon. Erzähl mir die Wahrheit«, bohrt sie nach. »War es so gut, wie ich es mir vorstelle?«

Ich lache und pruste dabei den Kaffee aus. »Hör sofort auf, dir vorzustellen, wie ich mit ihm schlafe. Das ist mega komisch.« Schnell nehme ich eine Serviette, um den Kaffee wegzuwischen, der auf meinem Wollmantel gelandet ist.

Anne runzelt die Stirn, ohne mich aus den Augen zu lassen. »Was ist das für ein langer Mantel? Erzähl mir nicht, dass es heute noch einen Schneesturm gibt.«

»In diesem Sender übertreiben sie einfach total mit der Klimaanlage. Morgens ist es immer eiskalt.«

Sie sieht mich skeptisch an, dann geht ein Ruck durch sie. »Zurück zu Husky-Augen. Ich will Einzelheiten, Gnom. Ich lebe gerade durch dich. Wie oft?«

Mein Gesicht wird rot. »Hör auf, Anne. Irgendjemand hört dich bestimmt.«

»Einmal? Zweimal? Wart ihr die ganze Nacht wach? Hattet ihr Sex unter der Dusche?«

Sie reibt sich die Hände und wartet darauf, dass ich all die pikanten Details preisgebe. Leider gibt es da nichts preiszugeben. Zumindest nicht das, was sie sich erhofft.

Ich nehme einen Stift vom Schreibtisch und werfe damit nach ihr. »Wenn du nicht aufhörst, sage ich unseren nächsten San-Diego-Trip ab.«

Sie duckt sich und lacht. »Okay. Gut. Ich frage nicht nach Einzelheiten. Aber …«

Ich seufze und wappne mich. »Aber was?«

»Meinst du immer noch, dass es nur eine lockere Sache ist, oder wird es ernst mit ihm?«

Darüber denke ich einen Augenblick lang nach. Ich wollte eigentlich nur Spaß haben, aber jetzt kann ich mir nur noch schwer vorstellen, es dabei zu belassen.

»Du denkst viel intensiver über die Frage nach, als ich gedacht hätte«, sagt Anne.

»Ja. Ich will, dass es etwas Ernstes wird.«

»Meinst du, es war dann richtig, so schnell zur Sache zur kommen? Was, wenn er denkt, dass du nur Sex willst?«

Ich vergrabe das Gesicht in den Händen. Für eine solche Unterhaltung hatte ich noch nicht genug Kaffee. »Zum millionsten Mal, Anne, ich hatte keinen Sex mit ihm.«

Natürlich spaziert Patrick ausgerechnet in diesem Augenblick in den Raum. Sein Gesicht wird ganz rot, aber netterweise tut er so, als hätte er uns nicht gehört. Anne und ich wechseln einen Blick, dann steht sie auf und geht. Patrick erinnert mich daran, dass ich gleich auf Sendung bin.

»Bin gleich da«, sage ich zu ihm. »Ich muss nur noch eine Sache fertig machen.«

Er lässt mich allein, damit ich mich vorbereiten kann. Ich bin aufgeregt wegen der heutigen Wettervorhersage. Die Unterhaltung mit Anne war eine gute Ablenkung, aber jetzt, da ich wieder allein bin, fange ich an zu schwitzen. Irgendwie kann ich selbst kaum glauben, dass ich meinen Plan durchziehen werde. Dann ist es eine Minute vor Beginn der Sendung, und ich stehe auf und lasse den Wollmantel auf meinen Stuhl fallen. Darunter trage ich ein grünes, langärmeliges Rollkragenkleid. Gleich werde ich die wichtigste Moderegel für Live-Wettervorhersagen brechen.

Ich trete vor die Kamera und sage meinen Bericht auf, als

wäre alles in bester Ordnung, aber ich kann das leise Gemurmel hinter den Kameras hören. Es muss wirklich kurios aussehen. Und ich kann nur hoffen, dass Luca zuschaut.

Als ich fertig bin und die Kameras ausgeschaltet sind, stürmt Patrick zu mir auf das Podest und packt den Stoff meines Kleides. »Was zum Teufel, Naomi? Was haben Sie sich dabei gedacht, diese Farbe anzuziehen?«

»Hä?« Ich schaue an meinem Kleid hinunter und tue so, als wüsste ich gar nicht, was er will. »O Gott. Habe ich das gerade wirklich angehabt?«

»Kommen Sie in mein Büro«, sagt er. »Wir müssen reden.«

Ich folge ihm, und im Flur kommen wir an Anne vorbei. Sie wirft mir einen fragenden Blick aus weit aufgerissenen Augen zu. Ich zucke mit den Schultern. Als wir in seinem Büro sind, schließt Patrick die Tür hinter mir.

»Wie lautet die erste Regel, die Sie sich verpflichtet haben einzuhalten, als Sie Emmanuels Stelle übernommen haben?«

Ich beiße mir auf die Unterlippe. Über die Regel, die er meint, wird im Sender immer gelacht, weil sich niemand vorstellen kann, dass irgendwer wirklich so dumm ist, sich vor einer Green Screen wie ein Brokkoli zu kleiden. Und doch: Hier bin ich und sehe aus wie ein riesiges grünes Gemüse.

»Kein Grün tragen.« Ich sage es so leise, dass Patrick mich nicht hören kann. Er legt eine Hand ans Ohr und beugt sich vor – eine Geste, bei der ich am liebsten die Augen verdrehen würde. »Kein Grün tragen«, wiederhole ich etwas lauter.

»Und doch tragen Sie …« Er zeigt auf mein Outfit.

»Grün.«

»O nein. Sie tragen nicht nur etwas Grünes, Naomi. Ihr ganzer Körper ist in Grün gehüllt. Wissen Sie, wie Sie gerade in der Sendung ausgesehen haben? Wie ein Kopf, der vor einer Wetterkarte umherhüpft, und darunter haben zwei Hände herumgewedelt. Was zum Teufel ist los mit Ihnen?«

»Tut mir leid«, sage ich. »Ich hatte ein hartes Wochenende. Ich bin spät nach Hause gekommen und musste mich heute Morgen im Dunkeln anziehen. Da habe ich gar nicht gesehen, wonach ich gegriffen habe. Bitte schmeißen Sie mich nicht raus.«

Er seufzt schwer, als müsse er gut darüber nachdenken, ob er mich behalten soll oder nicht. So viel zum Thema gute Laune, wie Anne behauptet hat. »Sie bewegen sich auf sehr dünnem Eis, Naomi. Zu ihrem Glück sind die Quoten hochgegangen, seit Sie Vollzeit hier arbeiten. Jetzt ziehen Sie sich um, bevor die nächste Sendung beginnt. Suchen Sie sich was im Fundbüro raus oder so.«

»Danke, Mr. Facey.«

Er gibt ein Geräusch von sich, das wie ein Knurren klingt. Ich verlasse sein Büro, so schnell ich kann. Anne wartet im Flur auf mich und begleitet mich zurück zu meinem Arbeitsplatz.

»Willst du mir vielleicht verraten, was du dir dabei gedacht hast?«, fragt sie.

»Nur, wenn du mit mir die Kleider tauschst.«

»Lustig. Das hätte ich als Nächstes vorgeschlagen.«

Wir gehen zur Damentoilette und schließen sie von innen ab. Sobald wir allein sind, müssen wir beide lauthals lachen. Als wir uns wieder beruhigt haben, ziehen wir uns aus und die Sachen der jeweils anderen an. Zum Glück hat Anne ungefähr dieselbe Figur wie ich. Ich hatte darauf gepokert, dass sie bereit sein würde, die Kleider zu tauschen. Wenn ich Wechselkleidung mitgebracht hätte, hätte meine Nummer vielleicht zu geplant gewirkt.

»Er hat dir gesagt, dass du das machen sollst, oder?«, fragt Anne, als wir wieder angezogen sind.

»Hä?«

»Tu nicht so dumm. Du wolltest Bologna sagen, bis ich es dir ausgeredet habe. Wann hast du denn noch einen Brief von ihm bekommen?«

Ich seufze. Es hat keinen Zweck, sie anzulügen. »Am Wochenende.«

»Und er hat dir eingeredet, dass du Grün tragen sollst? Ich kann einfach nicht glauben, dass du das echt gemacht hast, Naomi. Ein grüner Rock oder eine grüne Hose: meinetwegen. Aber dieses Kleid hat deinen ganzen Körper bedeckt.« Sie deutet auf das kitschige alte Wollkleid, das sie jetzt tragen muss. »Man hat nur deinen Kopf und deine Hände gesehen.«

»Er hat mir das gar nicht eingeredet.«

»Das glaubst du doch wohl selber nicht. Hat er versprochen, dir im Gegenzug seine Adresse zu geben?«

»Er hat mir gar nichts versprochen. Und er hat es mir auch nicht eingeredet. Nicht wirklich.«

»Wie jetzt?«

Ich atme tief durch und überlege, wie viel von dem Brief ich erzählen kann. »Er weiß, wo ich wohne, Anne.«

»Das habe ich bereits angenommen, zumal der Brief nicht hierhergekommen ist.«

»Wir sind durchs ganze Land geflogen und haben nach ihm

gesucht, wir haben einen Haufen Geld für Flugtickets und Hotels und Flughafenessen ausgegeben, und er weiß längst, wo ich arbeite und wo ich wohne, schickt mir fröhlich Briefe, und ich kann ihm nicht einmal zurückschreiben. Ich weiß, für dich ist das alles nur ein Abenteuer, aber weißt du, wie frustrierend es für mich ist? Ich musste doch irgendwie mit ihm kommunizieren.«

»Indem du dich auf Sendung zum Clown machst? Wenn du schon was Dummes tun willst, dann sag doch einfach, draußen ist es so heiß wie Fleischwurst.«

»Das ist doch gar nicht, was ich …« Ich schüttele den Kopf und sammle mich. »Er hat mir geschrieben, dass meine langweilige Show viel besser wäre, wenn ich etwas Grünes anziehen würde.«

»Im Ernst? Mehr brauchst du nicht, um deine Karriere in Gefahr zu bringen? Du kannst von Glück reden, wenn du jetzt nicht zum Gespött aller Meteorologen geworden bist.«

»Weißt du was? Ich bereue es nicht. Patrick hat mich nicht gefeuert. Meine Karriere läuft. Ich bin mir sicher, dass es ohnehin nicht so viele Leute gesehen haben.«

Anne folgt mir aus der Damentoilette.

»Warum hast du mir nicht gleich etwas von dem Brief erzählt? Hast du das das ganze Wochenende über geplant?«

Ich bringe sie mit einem Pst! zum Schweigen, weil ich mal wieder nicht will, dass jemand mithört. »Ich habe die Idee ganz spontan gehabt.«

»Ich glaub das einfach nicht. Wann hast du den Brief gelesen? Wir haben das ganze Wochenende zusammen verbracht, und es ging bei der Reise ja einzig und allein darum, Luca zu finden. Wie konntest du da vergessen zu erwähnen, dass du wieder einen Brief von ihm bekommen hast?«

»Ich habe ihn erst gestern Nacht gelesen. Er kam schon am Freitag, aber ich habe ihn erst gestern gesehen.«

»Was steht denn drin?«

Ich zögere. »Nichts. Es war ein Brief wie alle anderen.«

»Und was ist mit den Briefen, die du eigentlich mit nach Georgia bringen wolltest? Gibt es zufälligerweise auch eine Erklärung dafür, dass du sie praktischerweise vergessen hast?«

Es nervt, wie leicht sie mich durchschauen kann. Sie wäre bestimmt eine gute Detektivin oder Handleserin. Ob es wohl auch handlesende Detektivinnen gibt?

»Können wir das fürs Erste lassen?«, frage ich. »Du hast doch bestimmt was zu tun.«

»Na gut. Erzählst du mir später im Café mehr?«

»Ich kann nicht. Ich habe … Pläne.«

Eigentlich habe ich gar keine Pläne, aber ich versuche, das Thema so lange hinauszuschieben, bis sie es vergessen hat.

Den Rest des Vormittags halte ich mich von Anne fern. Sie bringt mir auch keine Post, aber das überrascht mich nicht. Ich habe das Gefühl, dass Luca seine Briefe ohnehin ab sofort an meine Privatadresse schicken wird. Nach der Arbeit gehe ich direkt nach Hause und schaue in den Briefkasten. Tatsächlich ist da ein neuer Brief. Ich warte, bis ich oben bin, um ihn in Ruhe zu öffnen. Er muss ihn übers Wochenende geschickt haben, wenn er heute angekommen ist.

Als ich drinnen bin, lege ich meine Sachen ab und reiße den Umschlag auf.

Liebe Naomi,

super Wetterbericht heute Morgen. Ist es seltsam, dass es mich irgendwie angemacht hat, deinen Kopf ohne Körper auf dem Bildschirm schweben zu sehen? Ich kann kaum glauben, dass du das wirklich getan hast. Das bedeutet dann wohl, dass dich mein letzter Brief nicht völlig verschreckt hat. Neulich hat mich ein alter Freund angerufen. Wenn du wieder nach Georgia fährst, grüß doch Maxwell von mir. Wer hätte gedacht, dass du so weit gehen würdest, mich zu finden? Du musst mich wohl auch mögen oder so.

Alles Liebe

Luca

Ich weiß nicht genau, ob mir heiß oder kalt ist. Natürlich hat dieser Marine in Georgia Luca angerufen, um ihm zu erzählen, dass wir nach ihm suchen. Es ärgert mich allerdings, dass dieser Mann mir nicht einfach Lucas Nummer gegeben hat, obwohl er sie die ganze Zeit hatte. Außerdem ging es bei meiner Suche ja eigentlich darum, dass es eine Überraschung sein sollte, wenn ich seine Adresse finde und ihm zurückschreibe. Jetzt weiß er, was ich vorhabe, und noch schlimmer: Er freut sich, dass ich mir solche Mühe gebe, ihn zu finden.

Wie seinen letzten Brief lese ich auch diesen ein zweites Mal und analysiere jede einzelne Zeile. Es braucht eine Weile, bis mir aufgeht, dass er ihn heute geschrieben haben muss. Ich frage mich, wie der Brief es von San Diego nach Miami in weniger als einem Tag geschafft hat.

Und dann dämmert es mir: Luca ist ganz eindeutig nicht mehr in San Diego.

ZWANZIG

Das körperlose Wettermädchen

Die Erkenntnis, dass Luca viel näher sein könnte, als ich dachte, macht mir eine Gänsehaut. Jetzt wünsche ich mir mehr denn je, dass ich zurückschreiben könnte, obwohl ich gar nicht weiß, was ich ihm dann sagen würde. Vielleicht würde ich ihn fragen, ob er mit mir Kaffee trinken will, nur um zu sehen, wie er in Wirklichkeit ist. Ich will ihn so viel fragen. Zum Beispiel warum er doch nicht geheiratet hat, wieso es ihn hier nach Miami verschlagen hat – falls er wirklich hier ist – und ob er ernst meint, was er in seinem Brief von letzter Nacht geschrieben hat.

Vor allem aber will ich wissen, warum er zwei Jahre lang von der Bildfläche verschwunden ist. Wo war er, warum waren ihm unsere Briefe plötzlich nicht mehr wichtig?

Mein Handy summt, und ich reiße mich von dem Brief los. Ich schaue aufs Display. Anne ruft an.

»Was ist?«

»Ich hab noch dein Kleid.«

»Wir können die Sachen morgen wieder zurücktauschen«, sage ich. Ich überfliege noch mal den Brief in meiner Hand; vielleicht habe ich etwas übersehen.

»Okay. Warst du schon online?«

Ich konzentriere mich wieder auf das Gespräch mit Anne. »Was meinst du damit?«

»Deine Sendung von heute Morgen geht viral. Das körperlose Wettermädchen ist ein Riesenhit.«

Ich stöhne. »Im Ernst?«

»Alles halb so wild. Die Leute finden's mega. Würde mich nicht wundern, wenn du von nun an Fanpost bekommen würdest. *Richtige* Fanpost. Nicht nur die Hasspost von deinem Breind.«

»Super. Genau das, was ich brauche.«

»Das hast du dir selbst eingebrockt, ich will also keine Klagen hören. Ich schicke dir einen Link zum Video.«

Ich beende das Gespräch, und einen Augenblick später schickt mir Anne den Link. Ich klicke darauf und schaue mir bei meiner eigenen Show zu. Zuerst ist mir die ganze Sache furchtbar unangenehm, aber je länger ich schaue, desto heftiger muss ich lachen. Keine Ahnung, wie Patrick es geschafft hat, so ernst zu bleiben, als er mich ermahnt hat. Ich sehe wirklich aus wie ein schwebender Kopf mit zwei kleinen Händchen, die wie blasse Vögelchen auf die Grafiken deuten. Ich scrolle hinunter, um die Kommentare zu lesen, und bin verblüfft, wie viele es schon sind.

Ein paar Minuten lang verbringe ich mit Lesen, bis es an meine Tür klopft. Ich vermute, dass es Anne mit meinem Kleid ist, die nur überprüfen will, ob ich wohl gelogen habe, als ich meinte, dass ich Pläne habe, also lasse ich das Handy und den Brief auf dem Küchentresen liegen und gehe zur Tür. Ich bin überrascht, als ich Jake davor stehen sehe.

Er lächelt, und das Lächeln wird noch breiter, als er mich sieht. Mein Herz setzt einen Schlag aus. Ich wusste gar nicht, wie gut es sich anfühlen kann, wenn ein Mann einen so ansieht.

»Weißt du, halb habe ich einen schwebenden Kopf erwartet, als du die Tür aufgemacht hast.«

»O Gott. Du hast das Video gesehen?«

»Das Video?«, fragt er zurück. »Ich habe es live gesehen.«

»Du hast mich live gesehen?«

»Ich schaue jeden Morgen deinen Wetterbericht«, sagt er. »Ist meine Lieblingssendung.«

Ich verdrehe die Augen. »Ja, sicher.«

»Darf ich reinkommen?«

»Klar.« Ich öffne die Tür ganz und trete einen Schritt zurück, damit er an mir vorbeigehen kann.

Im Wohnzimmer bleibt er neben der Kücheninsel stehen, die den Wohnbereich von der Küche trennt. Unauffällig werfe ich einen Blick in Richtung Lucas Brief, der auf dem Tresen am anderen Ende der Küchenzeile liegt.

»Ich habe den ganzen Morgen an dich gedacht«, sagt er, und ich schaue ihn an.

Ich lächle, aber innerlich fühle ich mich zerrissen. Er hat keine Ahnung, dass ich den Green-Screen-Auftritt nur gemacht habe, um die Aufmerksamkeit eines anderen Mannes zu bekommen.

»Und ich habe den ganzen Morgen ans Wetter gedacht.«

»Sexy«, sagt er.

»Heiß wäre wohl treffender.«

»Touché.«

Er schaut zu meinem Küchentresen. Ein kleines Stück Papier erregt seine Aufmerksamkeit. Er greift danach. »Was ist das?«

Ich trete näher an ihn heran. »Ach, nur eine Visitenkarte.«

»Penelope Hayes«, liest er vor. »Personal Trainerin.« Er zieht eine Braue hoch und sieht mich an.

Ich zucke die Achseln. »Ich habe sie am Samstag kennengelernt.«

Er dreht die Karte um und liest die Rückseite. »Du bist nach Dallas geflogen?«

»Es war eine spontane Idee. Anne liebt Abenteuer.«

Er lässt die Visitenkarte wieder auf den Küchentresen fallen. »Sind sonst noch irgendwelche spontanen Trips geplant, oder kann ich mich mit dir am Wochenende verabreden?«

Ich beiße mir auf die Unterlippe. »Anne will noch mal nach San Diego.«

»Hast du beim ersten Mal noch nicht genügend Muscheln gesammelt?«

Ich lächle. »So ungefähr.«

»Sind die Tickets schon gebucht?«

»Noch nicht.«

»Dann verschieb es. Verbring Zeit mit mir.«

»Das wird erst mal der letzte Trip sein. Und wir sind nur einen Tag lang weg.«

Seine Mundwinkel heben sich. »Und wenn eure Rückflüge gecancelt werden?«

»Dann werde ich mich zum Cockpit vorkämpfen und das Flugzeug eigenhändig fliegen.«

»Wow. Du würdest für mich ein Flugzeug kapern?«

»Natürlich. Hast du nicht dieses Wochenende ohnehin wieder eine Katzenadoptionsveranstaltung?«

Er lehnt sich gegen den Küchentresen. »Ja, aber nur Samstagmorgen. Den ganzen Nachmittag habe ich frei.«

»Vielleicht könntest du die viele freie Zeit nutzen, um an den Strand zu gehen.«

»Ich dachte, wir könnten jetzt vielleicht an den Strand.«

Ich ziehe eine Augenbraue hoch. »Jetzt? Ich dachte, du musst arbeiten.«

»Ich habe beschlossen, den Rest des Nachmittags freizunehmen.«

»Wirklich? Aber wer soll denn die Walrösser retten, wenn du nicht da bist?«

»Die Walrösser schaffen das schon ohne mich. Ich habe ja mein Handy, falls was ist. Also, was meinst du? Wollen wir an den Strand?«

Ich lächle. »Okay. Lass mich nur schnell meinen Bikini anziehen.«

Auf dem Weg zum Schlafzimmer bleibe ich abrupt stehen, weil mir der Brief auf dem Küchentresen einfällt. Ich drehe mich um, nehme ihn und stecke den gefalteten Brief in die Gesäßtasche der Hose, die mir Anne geliehen hat. Ich muss sie unbedingt fragen, wo sie die her hat. Eine mit solchen Taschen finde ich sonst nie.

Jake wartet im Wohnzimmer, während ich mich umziehe. Ich ziehe mir ein lockeres weißes Tanktop und Shorts über

241

meinen Bikini, dann nehme ich noch eine Flasche Sonnencreme mit.

»Musst du dich nicht auch umziehen?«, frage ich, als ich
wieder im Wohnzimmer bin.

Er schüttelt den Kopf. »Ich hab meine Badeshorts schon
an.«

Ich schaue auf seine Beine. Mir war gar nicht aufgefallen,
dass er wirklich nicht wie jemand aussieht, der zurück zur
Arbeit will. Mein Blick bleibt eine Weile an seinen muskulösen
Waden hängen. Ich habe ihn schon halb nackt laufen sehen,
aber seinen Anblick in Badeshorts weiß ich trotzdem zu schätzen.

Wir fahren mit seinem Auto zum Strand. Montags sind nie
viele Menschen dort, daher finden wir sofort einen Parkplatz.

Als wir den Sand erreichen, hole ich die Sonnencreme aus
meiner Tasche und halte sie ihm hin.

»Nein danke«, sagt er und zieht sich das Shirt aus. »Ich bekomme keinen Sonnenbrand.«

Seine Haut hat einen hübschen goldenen Ton, aber ich habe
schon dunklere Männer mit Sonnenbrand gesehen. Ich ziehe
die Brauen hoch.

»Wirklich«, versichert er mir.

Ich quetsche einen großen Klecks Sonnencreme in meine
Handfläche und klatsche sie ihm auf die Brust. Er schaut an
sich hinunter, dann mit schmalen Augen in mein Gesicht.

»Jetzt bekommst du keinen Sonnenbrand.« Ich beginne die
Lotion auf seiner Brust und seinen Schultern zu verreiben.
Seine Haut fühlt sich ganz warm unter meinen Händen an. Er
atmet tief ein, den Blick auf mich geheftet. Ich lächle ihn an

und konzentriere mich dann wieder auf meine Hände, mit denen ich seine Arme einreibe.

»Wow«, sage ich und betaste seine Muskeln. »Gehst du auch noch ins Fitnessstudio, oder bekommt man solche Muskeln vom Tiere-Operieren?«

»Das ist die Wasseraerobic, die ich immer mache«, sagt er grinsend.

Ich drehe ihn um, damit ich seinen Rücken einschmieren kann. Als ich fertig bin, nimmt er die Flasche.

»Mit Top oder ohne?«, fragt er mich.

»Hm?«

Er zeigt auf mein Top. »Du bist dran. Ich will ja nicht, dass du im Fernsehen aussiehst wie eine Erdbeere.«

Ich lächle, ziehe das Shirt aus und werfe es neben uns in den Sand. Als ich ihn wieder ansehe, merke ich, dass seine Wangen ganz rosig sind. Er räuspert sich und schaut zur Seite.

»Was?«, hake ich nach.

Mit einem Lächeln auf den Lippen sieht er mich wieder an. Ich muss lachen, er ist einfach zu süß, wenn er durcheinander ist.

Er drückt ein wenig Sonnencreme in seine Handfläche und reibt meine Schultern ein, dann meine Arme. Als er damit fertig ist, nimmt er sich noch mehr Sonnencreme und schaut auf meine Taille. Langsam blickt er zu mir auf.

»Ist das in Ordnung für dich?«, fragt er.

Es würde ihn vermutlich verschrecken, wenn er wüsste, wie sehr ich seine Hände auf meinem Körper spüren will. Also nicke ich nur und schaffe es irgendwie, weiterhin einigermaßen cool zu wirken. »Nur zu.«

Seine Hände legen sich erst an meine Taille, dann arbeitet er die Lotion in meinen Bauch ein. Ich bekomme Gänsehaut. Mein Bauch spannt sich an, ich halte den Atem an. Jetzt, wo er so nah vor mir steht und mich so berührt, wünschte ich, wir hätten meine Wohnung gar nicht verlassen. Mir wird klar, dass ich nicht widerstehen könnte, etwas ausgesprochen Verbotenes am Strand zu tun, wenn er so weitermacht, also nehme ich selbst etwas Sonnencreme und verreibe sie auf meiner Brust. Er kümmert sich unterdessen um meinen Rücken.

»Ich kann wirklich nicht glauben, dass du nach einem ganzen halben Jahr hier zum ersten Mal am Strand bist«, sage ich zu ihm. Seine Hände streichen über meinen Rücken, und ich schließe einen Moment lang die Augen und atme die salzige Meeresluft ein.

»Ich auch nicht.«

Als er mit meinem Rücken fertig ist, drehe ich mich zu ihm um. »Bist du einer von denen, die ganz weit rausschwimmen, oder hast du Angst vor Haien?«

Er zieht eine Augenbraue hoch, und erst da merke ich, wie dumm die Frage war.

»Wow«, sage ich. »Wirklich clever. Ich habe gerade den Tierarzt des Aquariums gefragt, ob er Angst vor Haien hat.«

Er lacht. »Hey, so schlimm ist das nicht. Ich finde, jeder sollte eine gesunde Angst vor wilden Tieren haben. Ich meine, nur weil du das Wetter ansagst, heißt das ja nicht, dass du beim Gewitter mit einem Stück Alufolie über dem Kopf hinausrennst.«

»O nein. Du weißt schon, dass Aluminium den Blitz nicht leitet, oder?«

Er runzelt die Stirn. »Nicht?«

Jetzt muss ich wiederum lachen. »Nope.«

»Verdammt. Alles, was man mir als Kind über Blitze beigebracht hat, ist eine Lüge.«

Ich ziehe die Sandalen aus, damit ich den Sand zwischen meinen Zehen spüren kann. Sofort bereue ich es. Der Sand ist verdammt heiß, und meine Füße fühlen sich an, als rösteten sie in einer heißen Pfanne. Ich kreische auf und hüpfe von einem Fuß auf den anderen, aber das hilft überhaupt nicht.

Er schaut mich überrascht an. »Was ist los?«

»Der Sand! Meine Füße!«

Ohne Vorwarnung hebt er mich hoch und trägt mich wie eine Jungfrau in Nöten über einen Berg knirschenden Seetangs, der von den Wellen an den Strand gespült worden ist. Auf der anderen Seite ist der Sand weich, feucht und kühl. Er stellt mich wieder auf die Füße, und ich atme erleichtert durch. Allerdings ist meine Erleichterung sofort verflogen, als ich sehe, dass er mich auslacht. Ich versuche, ihn zu schubsen, aber er weicht mir rechtzeitig aus.

»Du hattest recht mit dem Tang«, sagt er und dreht sich zu dem Haufen um, den wir gerade überquert haben. »Hier gibt es wirklich viel davon.«

»Früher war das anders, soweit ich gehört habe. Ich habe immer gedacht, die Strände hier wären total schön, aber mittlerweile ist überall so viel Seetang, dass man die weißen Strände gar nicht so sehr genießen kann, wie man sollte.«

»Vielleicht solltest du nach San Diego ziehen.«

»Ach wirklich? Willst du mich loswerden?«

»Verdammt. Du hast meinen perfiden Plan sofort durchschaut.«

Ich knuffe ihn mit dem Ellenbogen in die Seite.

»Wenn ich versuchen würde, dich loszuwerden, dann hätte ich bestimmt nicht an deine Tür geklopft und dich gefragt, ob du mit mir an den Strand gehen willst.«

»Hm. Auch wieder wahr.«

»Na komm. Wir gehen schwimmen«, sagt er.

Zögernd folge ich ihm ins Wasser. Ich bin keine gute Schwimmerin, also gehe ich nicht tiefer als bis zu den Knien hinein. Jake aber nimmt meine Hand und zieht mich sanft ins tiefere Wasser, bis ich kaum noch den Sand unter den Zehen spüren kann.

»Woher weißt du, dass es hier keine Haie gibt?«, frage ich.

»Weiß ich gar nicht, aber falls es welche gibt, passiert uns eh nichts. Haie stehen mehr auf Rothaarige. Die Farbe erinnert sie an Blut.«

»Was? Aber ich bin rothaarig!«

Er nimmt eine Haarsträhne von mir zwischen die Finger und betrachtet sie. »Verdammt. Stimmt. Aber keine Sorge. Während die Haie mit dir beschäftigt sind, schwimme ich an Land und hole Hilfe.«

»Na, vielen Dank auch.« Ich ziehe mich zu ihm ran, schlinge die Beine um seine Taille und die Arme um seine Schultern. »Wenn sie mich erwischen, erwischen sie dich auch.«

Genau in diesem Moment bricht eine Welle über unseren Köpfen und wirft ihn um. Wir beide tauchen unter. Als wir wieder nach oben kommen, sind meine Nase und mein Mund voller Salzwasser, und meine Augen brennen. Hastig spucke ich das Wasser aus und ringe nach Luft. Da spüre ich, wie sich seine Arme um mich schließen. Seine Haut ist warm im Gegensatz zum kalten Meerwasser. Einen Moment später habe ich wieder Sand unter den Füßen. Er ist mit mir zurück zum Strand geschwommen. Sofort wate ich aus dem Wasser, laufe zu meinem Top und wische mir damit die Augen aus. Jetzt, da meine Augen nicht mehr brennen, kann ich ihn wieder ansehen, und er lacht schon wieder.

»Deswegen gehe ich nicht tiefer als bis zu den Knien hinein«, sage ich.

»Was? Schon ein bisschen Salzwasser in den Augen ist dir zu viel?«

»Ja. Es brennt. Wie kann es sein, dass dir das nichts ausmacht?«

Er zuckt mit den Schultern. »Ich bin früher ständig im Meer geschwommen. Da habe ich mich ans Salzwasser gewöhnt.«

»Im Ernst? Ich dachte, du warst noch nie am Strand.«

»Ich bin praktisch am Strand aufgewachsen«, sagt er. »Nur nicht an diesem.«

»Oh. Und ich dachte, ich hätte dir die Strandjungfräulichkeit genommen.«

Er lacht. »Da muss ich dich leider enttäuschen.«

Ich setze mich in den feuchten Sand, gerade nah genug am Wasser, dass die Wellen meine Füße umspülen. Jake setzt sich neben mich.

»Ich bin wirklich überrascht, dass ich dich noch nicht verschreckt habe«, sage ich.

Er grinst. »Warum solltest du mich verschrecken?«

»Oh, da könnte ich einen ganzen Haufen Gründe anführen.« Ich zähle an den Fingern ab: »Meine Aufzug-Phobie, dass ich ohne Körper im Fernsehen aufgetreten bin, meine geschmacklosen Witze über Meeresfrüchte …«

»Klingt in meinen Ohren wie ein Haufen süßer Marotten. Wenn du wirklich versucht hast, mich abzuschrecken, war das ne ziemlich schwache Leistung. Da brauche ich mehr von dir.«

Ich hebe die Arme und deute auf meinen Körper. »Du hast mich doch.«

»Ich will aber nicht nur deinen Körper.« Er rutscht ein bisschen näher an mich heran. Mein Puls beschleunigt sich, und mir wird noch wärmer als ohnehin schon. Er beugt sich zu mir und küsst mich sanft auf die Lippen. »Ich will alles von dir.«

»Auch meinen Kopf?«

Er lächelt und zeigt dabei seine weißen Zähne. »Ja. Auch deinen Kopf. Aber noch lieber mit dem restlichen Körper dran.«

Aus irgendeinem Grund muss ich dabei an Lucas Brief denken, und das zerstört mir den Moment. Ich brauche einen Augenblick, um mich wieder zu sammeln, mich daran zu erinnern, mit wem ich gerade zusammen bin. Es ist das erste Mal, dass ich an Luca denken muss, seit Jake vor meiner Tür aufgetaucht ist. Er hat diese Art, die meinen Geist in der Gegenwart hält, genau dort, wo er hingehört – nur jetzt nicht, jetzt dringt Luca ganz unwillkommen in meine Gedanken.

»Keine Sorge. Ich bemühe mich, nicht geköpft zu werden«, sage ich.

»Gut zu wissen.« Er küsst mich erneut, wieder ein leichter, süßer Kuss auf die Lippen.

»Sagst du das zu jeder Frau?«

Er löst sich von mir und sieht mich an. Einen Moment lang fürchte ich, etwas Falsches gesagt zu haben. Dann lacht er. »Ich nehme mal an, dass du über den ›Ich will alles von dir‹- Teil sprichst, denn über Enthauptungen habe ich mich bisher mit Frauen eher selten unterhalten. Aber nein. Und ich treffe auch niemand anderen, wenn du das wissen willst. Du?«

Ich schüttele den Kopf, aber trotzdem denke ich an die beiden letzten Briefe von Luca. Überraschenderweise fühle ich mich dabei ein wenig schuldig. Das sollte ich eigentlich nicht. Schließlich habe ich Luca nichts versprochen. Ich kann ja nicht einmal auf seine Briefe antworten.

»Also denken wir da dasselbe?«, fragt er vorsichtig nach.

Will er damit fragen, ob wir jetzt beide niemand anderen mehr daten werden? Ich kann nicht wirklich Nein sagen, immerhin bin ich diejenige, die das Thema angeschnitten hat. Ich will auch gar nicht Nein sagen. Also öffne ich den Mund, um »Ja« zu sagen, aber dann zögere ich, weil mir etwas einfällt. »Ich weiß, wie wir das offiziell machen können.«

Er zieht eine Braue hoch. »Wie denn?«

»Du musst unsere Namen in den Sand schreiben. Und ein Herz drumherum malen.«

Er denkt kurz darüber nach, schaut auf den nassen Sand, auf dem wir sitzen und sagt: »Ich weiß noch was Besseres. Dreh dich um.«

»Was?«

»Dreh dich um. Es soll eine Überraschung sein.«

Ich stehe auf und drehe mich um, mit dem Rücken zu ihm und dem Meer. »Was für eine Überraschung?«, frage ich.

»Wirst schon sehen.«

»O Gott. Du machst mir jetzt aber keinen Antrag, oder? Ich meine, ich mag dich und so, aber ich habe ja noch nicht mal deine Eltern kennengelernt.«

Ich höre das Lachen in seiner Stimme, als er antwortet. »Wenn wir schon von Abschrecken sprechen, das wäre eine gute Methode dafür.«

»Das oder enthauptet in einer Live-Sendung aufzutauchen«, schlage ich vor.

»Ich glaube kaum, dass du irgendwas tun könntest, was mich abschrecken würde, Naomi.«

»Und wenn ich dir sage, dass ich eigentlich ein Roboter bin?«

»Dann würde ich sagen, wer auch immer dich gebaut hat, hat hervorragende Arbeit geleistet.«

Ich höre, wie seine Hand durch den Sand fährt.

»Und wenn ich dir sage, dass ich Kinder hasse?«

»Dann hasse ich sie auch.«

»Und wenn ich dir sagen würde, dass ich sofort ein Baby will?«

»Dann würde ich sagen: Lass es uns probieren, aber falls du wirklich ein Roboter bist, müssen wir vielleicht adoptieren.«

Ich schnaube, weil ich versuche, mir das Lachen zu verkneifen. Noch nie habe ich jemanden wie ihn kennengelernt. Langsam frage ich mich, wo dieser Typ eigentlich mein ganzes Leben lang gewesen ist. Ich denke an den letzten Typen, mit dem ich auf einem Date war. Der fand gar nichts von dem lustig, was ich gesagt habe. Dann wandern meine Gedanken wieder zu Luca und an all die albernen Briefe, die wir einander im Laufe der Jahre geschickt haben. Wie er wohl in Wirklichkeit ist? Ich frage mich, ob wir auch so gut miteinander auskämen. Aber dann verdränge ich die Gedanken. Ich sollte nicht an Luca denken, wenn ich gerade so viel Spaß mit Jake habe.

»Kann ich mich jetzt umdrehen?«

»Fast. Noch eine Sekunde.« Ich höre, wie er den Sand festklopft. »Okay. Dreh dich um.«

Ich bin überrascht, dass er nicht unsere Namen geschrieben, sondern stattdessen ein schreckliches Porträt von uns in den Sand gemalt hat. Genauer gesagt sind da jetzt zwei große lächelnde Gesichter: eins mit Haaren aus rotem Seetang, und das andere soll wohl er sein. Er hat unter sein eigenes Gesicht einen Strichmännchenkörper gemalt. Drumherum hat er ein riesiges Herz gezeichnet, mit vielen kleineren Herzchen darin.

»Das ist doch noch gar nicht fertig«, sage ich und zeige auf das Gesicht, das mich darstellen soll. »Ich hab ja gar keinen Körper.«

»Es ist fertig«, sagt er. »Jeder, der es sieht, wird sofort wissen, wer gemeint ist.«

»Wer hätte gedacht, dass du so ein großartiger Künstler bist?«, sage ich. »Du hättest auf die Kunsthochschule gehen sollen.«

»Stimmt, aber wer soll dann die Walrösser retten?«

»Bestimmt könntest du ihnen auch einfach ein hübsches Bildchen zeichnen.«

Eine Welle kommt herein, spritzt über unsere Füße, und als sie sich wieder ins Meer zurückzieht, nimmt sie mein Seetanghaar mit sich und hinterlässt nur noch eine schwache Spur von Jakes Zeichnung.

Ich berühre seine Schulter, die jetzt leicht rosa gefärbt ist. »O nein. Ich habe offenbar eine Stelle vergessen. Ich dachte, du meintest, dass du keinen Sonnenbrand bekommst.«

Er schaut überrascht auf seine Schulter. »Das passiert mir zum ersten Mal.«

»Vielleicht sollten wir langsam gehen«, schlage ich vor. »Außer natürlich, du möchtest noch eine Sandburg bauen.«

»So gut, wie das klingt, muss ich leider nach Hause. Ich habe den Kätzchen versprochen, mit ihnen kegeln zu gehen.«

Ich ziehe meine Sandalen an, um über den heißen Sand zum Parkplatz zu gehen. »Kätzchen darf man nicht enttäuschen. Ich habe übrigens schon eine ganze Weile keinen Krach mehr von oben gehört. Ich dachte schon, dass ihr vielleicht das Kegeln aufgegeben habt.«

»Ich habe mir Mühe gegeben, sehr leise zu kegeln.«

»So rücksichtsvoll.«

Er nimmt meine Hand und hält sie, bis wir beim Auto angekommen sind. Als wir vor unserem Wohnhaus halten, sitzt Joel am Eingangstresen.

»Guten Abend, Joel.«

Er reagiert mit einem halb geknurrten »Hallo« und einer gerunzelten Stirn. Mein Lächeln fällt ein wenig in sich zusammen. Ich bin mir nicht sicher, ob ich es mir einbilde, aber er wirkt nicht besonders erfreut in letzter Zeit, wenn er mich sieht. Als ich mich zu Jake umdrehe, sehe ich, dass er Joel ebenfalls finster ansieht. Immerhin bemerkt er jetzt, was für Blicke der alte Mann uns zuwirft. Kurz frage ich mich, ob er noch irgendwas dazu sagen wird, aber das tut er nicht.

»Musst du gar nicht an die Briefkästen?«, frage ich.

Sein finsterer Blick löst sich auf, und er lächelt mich an. »Nein. War ich schon vorhin.«

Als wir auf meinem Stockwerk ankommen, bleibt er stehen, und ich habe das Gefühl, dass er auf etwas wartet.

»Es war ein schöner Tag heute«, sage ich.

Jake beugt sich zu mir hinunter und berührt meine Lippen sanft mit seinen. Dann löst er sich langsam von mir, ohne den Blick von meinem Mund zu wenden. »Fand ich auch.« Er wirft einen Blick auf meine Wohnungstür und sieht mich dann wieder an. »Kann ich mit reinkommen?«

So sehr ich mich danach gesehnt habe, diese Frage von ihm zu hören, so zerrissen fühle ich mich jetzt. Ich will mich voll auf ihn konzentrieren können, wenn wir zusammen sind, und das kann ich nicht, wenn ich ständig an Luca und seine Briefe denken muss.

»Vielleicht sollten wir es langsam angehen lassen.« Es bringt mich fast um, meine eigenen Worte zu hören. »Ist das okay?«

Er lächelt. »Natürlich.«

Er küsst mich noch einmal und geht dann den Flur hinunter auf die Treppe zu. Ich gehe allein in meine Wohnung. In der Küche nehme ich Penelopes Visitenkarte vom Tresen, schaue sie kurz an und werfe sie dann in den Müll.

Etwas über mir rollt und rumpelt. Unwillkürlich stelle ich mir vor, wie Jake dort oben mit den Kätzchen spielt, und muss lächeln.

EINUNDZWANZIG

Fanpost

»Sie sind ein Genie!«

Das sind die ersten Worte, die Patrick Facey zu mir sagt, als er mich am Dienstagmorgen sieht. Sein Gesicht ist gerötet, seine Augen leuchtender, als ich sie je gesehen habe. Es macht mir ein bisschen Angst. Ich wusste nicht, dass der Mann so begeistert aussehen kann.

»Können Sie mir das bitte schriftlich geben?«, frage ich. »Denn gestern waren Sie noch ziemlich kurz davor, mich zu feuern.«

»Unser Sender war noch nie beliebter«, sagt er. »Wir haben seit gestern Tausende neue Follower auf unseren Social-Media-Kanälen, und stündlich werden es mehr. Alle haben Ihren schwebenden Kopf geliebt.«

»Super. Meinetwegen nehme ich die Gehaltserhöhung, wenn Sie so darauf bestehen.«

»Sehr witzig. Ich wollte eigentlich mit Ihnen darüber sprechen, Ihre Sendezeit auszuweiten. Sie müssten dafür nicht länger bleiben, aber die Zuschauer würden mehr von Ihnen und Ihrer strahlenden Persönlichkeit sehen.«

Mir ist klar, dass das nicht seine Idee war. Ich habe die Kommentare bei Social Media schließlich auch gesehen, in denen die Follower den Sender anflehen, mir mehr Sendezeit zu geben.

Ich lehne mich zurück, schlage die Beine übereinander und tue so, als müsste ich ganz genau darüber nachdenken. »Über wie viel mehr Sendezeit sprechen wir denn?«

Er zuckt die Achseln. »Vielleicht eine Minute oder zwei pro Segment. Sie könnten sich einen kleinen Schlagabtausch mit den Nachrichtenmoderatoren liefern. Ich habe gehört, wie Anette und Sie miteinander sprechen. Wenn Sie wollen, können Sie ja offenbar echt lustig sein, und ich könnte mir vorstellen, dass unsere Zuschauer das auch gern erleben würden.«

»Eine Minute oder zwei zusätzlich erfordern aber mehr Planung von meiner Seite. Und dafür hätte ich gleichzeitig weniger Zeit. Klingt also nach mehr Arbeit. Was ist für mich drin?«

»Sie würden sichtbarer werden. Ganz Miami würde Ihnen zusehen.«

»Stimmt. Mehr Sichtbarkeit könnte gut sein. Vielleicht bekomme ich so sogar ein neues Jobangebot mit mehr Gehalt und kann unsere neuen Zuschauer mit zum neuen Sender nehmen.«

Er presst die Lippen zusammen, und seine Halbglatze färbt sich noch röter. »Wir können bestimmt einen Deal finden, der uns beide froh macht. Woran denken Sie, an fünf Prozent mehr?«

Ich schaue hoch zur Decke und tue so, als dächte ich zum ersten Mal darüber nach. Dann schaue ich ihm in die Augen und sage: »Eher so zwanzig Prozent.«

»Zw-, zwanzig Prozent? Ernsthaft?«

»Zwanzig Prozent«, wiederhole ich in ruhigem Tonfall und ziehe eine Augenbraue hoch.

»Okay. Gut. Ich sehe, was ich tun kann.«

Er verlässt den Raum, und ich drehe mich auf dem Stuhl zurück zu meinem Schreibtisch. Ein paar Sekunden später marschiert Anne mit meinem grünen Kleid über dem Arm in mein Büro. In der anderen Hand hält sie einen Kaffee für mich.

»Was ist denn mit Patty-Boy los? Der wirkte ja völlig aufgebracht.«

»Er will, dass ich mehr Zeit auf Sendung verbringe, damit unsere neuen Fans weiter zuschauen. Ich habe ihm gesagt, dass ich das nur mache, wenn er mein Gehalt erhöht. Glaube nicht, dass er von meiner Forderung so begeistert war.«

Sie stellt den Kaffeebecher vor mir ab und legt dann das Kleid zusammengefaltet daneben. »Sie haben dir nicht viel mehr Geld gegeben, als du Vollzeit auf Sendung gegangen bist. Ich bin mir sicher, dass sie eine Erhöhung gut verschmerzen können, jetzt, wo auch Emmanuel weg ist.«

»Wenn er sich und den Nachrichtensprechern mal nicht schon eine ordentliche Gehaltserhöhung gegeben hat, als Emmanuel gegangen ist.«

»Stimmt.« Sie schaut in die Tasche, in der ihre Kleider liegen. »Sind das meine?«

»Entschuldige, dass ich sie nicht gewaschen habe.«

»Kein Problem. Ich habe dein Kleid auch nicht gewaschen.

Auf dem Etikett stand, nur chemisch reinigen. Und ich hätte auch nicht von dir erwartet, dass du dein ganzes Kleingeld für so eine kleine Waschladung ausgibst.«

»Darauf freue ich mich besonders in meinem neuen Haus. Auf die Waschmaschine mit Trockner. Na ja, die muss ich noch anschaffen, aber immerhin gibt es schon die Anschlüsse dafür.«

»Ja. Das ist echt ein Must-have. Sag Bescheid, wenn du den Waschtrockner gekauft hast, dann komme ich einmal die Woche, um meine Wäsche zu waschen.«

»Vielleicht vergesse ich auch versehentlich, dir meine Adresse zu geben.«

»Kein Problem. Ich folge dir einfach nach Hause.«

»Stalkerin.«

Anne nimmt die Tasche mit ihren Kleidern und lässt mich allein, damit ich mich konzentrieren kann. Später gehe ich in einem normalen Outfit auf Sendung und frage mich, ob wohl einige Zuschauer enttäuscht sind, dass ich nicht wieder als schwebender Kopf auftrete. Vielleicht erklärt Patrick mein grünes Kleid ja noch zu meiner neuen Arbeitsuniform.

Ich beende meinen letzten Bericht für den Tag und gehe dann zurück zum Schreibtisch. Zu meiner Überraschung wartet dort Anne neben einem Blumenstrauß auf mich. Sie hält einen Papierstapel in der Hand.

»Sind die etwa für mich?« Ich klatsche übertrieben enthusiastisch in die Hände. »Oh, Anette. Das wäre doch nicht nötig gewesen.«

»Du hast außerdem eine Tonne Fanpost bekommen. Und zwar nicht von deinem Breind. Echte Fanpost.«

»Schon? Es ist doch erst einen Tag her.«

»Das ist ja das Magische am Internet«, sagt sie. »Man kann Emails schreiben. Ich glaube, du bist der einzige Mensch auf der Welt, der noch die Schneckenpost benutzt«

Sie gibt mir den Papierstapel. »Du hast die Mails ausgedruckt?«, frage ich. »Warum hast du sie mir nicht einfach weitergeleitet?«

»Ich dachte, es wäre lustiger, sie so zu lesen.«

Ich überfliege die erste Mail, in der ungefähr dasselbe steht wie in den Kommentaren zur körperlosen Moderation, dann drücke ich Anne den Stapel wieder in die Hände und wende mich den Blumen zu.

»Wer hat die denn geschickt?« Ich beuge mich vor und atme tief ein, um den Duft zu genießen. Es ist lange her, dass ich von jemandem Blumen bekommen habe. Ob sie wohl von Jake sind?

Ich ziehe den kleinen weißen Umschlag heraus, öffne ihn und nehme die Karte heraus. Die Handschrift erkenne ich sofort.

»Luca«, sage ich laut und beginne dann zu lesen.

Liebe Naomi,
eine Million mikroskopisch kleiner Käfer lebt in diesen
Blumen, und wenn du daran riechst, saugst du all die
kleinen Käfer ein, die dann dein Knorpelgewebe auffressen,
bis du keine Nase mehr hast.
Xoxo
Luca

»Er hat dir Blumen geschickt? Interessant.«

»Er hat mir auch geschrieben, dass ich meine Nase verlieren werde.«

Ich gebe ihr die Karte. Sie liest sie und lacht. Dann dreht sie die Karte um und runzelt die Stirn.

»Was?«

Sie gibt mir die Karte zurück. »Das ist ein Blumenladen in Miami.«

»Und?«

»Und das hier ist seine Handschrift, oder?«

Ich betrachte die Karte genau. Seine Handschrift war das Erste, was mir aufgefallen ist. »Vielleicht hat er angerufen, und der Florist hat zufällig die gleiche Handschrift wie er.«

Schon als ich das ausspreche, merke ich, dass das nicht sehr wahrscheinlich ist. Ich erinnere mich an den Brief, den er gestern geschickt hat und den ich noch am selben Tag bekommen habe. Aber davon will ich Anne nichts sagen, denn dann will sie wissen, was drin stand. Doch ich sehe an ihrem Blick, dass sie mich schon wieder durchschaut.

»Was weißt du, was ich nicht weiß?«, fragt sie. »Hat er dir noch einen Brief geschickt?«

Es nervt mich, wie schwierig es ist, ein Geheimnis vor ihr zu bewahren. »Ich glaube nicht, dass er in San Diego ist.«

»Meinst du, er ist in Miami?«

»Ich weiß nicht. Gestern kam ein Brief. Der kann auf keinen Fall in einem Tag aus San Diego gekommen sein. Er hat darin nämlich meinen schwebenden Kopf erwähnt. Und dass ich das wirklich mache, hätte er vorab ja gar nicht wissen können.«

»Und das hast du allen Ernstes für dich behalten? Wann wolltest du mir davon erzählen?«

»Ich erzähle es dir jetzt.«

Sie macht die Augen schmal, und ihre Lippen verziehen sich zu einem misstrauischen Lächeln. »Was verschweigst du mir?«

»Nichts!« Mein Gesicht wird ganz heiß. Ich trinke etwas Wasser und hoffe, dass davon meine Röte weggeht.

»Er hat dir Blumen geschickt. Das bedeutet etwas.«

»Die hat er mir nur als Witz geschickt. Du hast doch gehört, was er geschrieben hat.«

Sie berührt eine der Blüten. »Das ist ein wirklich wunderschöner Strauß. Der kann nicht billig gewesen sein. Ein ziemlich teurer Witz, oder?«

»Sieht ihm aber total ähnlich.«

Als ich höre, was ich da sage, bin ich mir direkt nicht mehr sicher, ob ich das selbst glaube. Ich stelle mir vor, wie Luca in einen Blumenladen geht und einen Strauß für mich aussucht. Ob er wohl den erstbesten genommen hat, oder hat er sich extra Mühe gegeben, ihn zusammenzustellen? So sehr ich das nicht glauben will, so sehr frage ich mich, ob Anne wohl doch recht hat. Ich fürchte, dass Luca mehr will, als nur Briefe zu schreiben.

»Hast du den Umschlag behalten, in dem er den Brief geschickt hat?«, fragt Anne. »Vielleicht sieht man an der Briefmarke, wo er eingeworfen wurde.«

»Ich behalte die Umschläge nie. Den hier habe ich auch schon weggeworfen, und dann habe ich den Müll rausgebracht. Und nein, ich werde auf keinen Fall den Müll durchwühlen, um ihn wiederzufinden.«

Anne seufzt tief, als wäre ich ihr langsam ein wenig lästig.

»Warte auf den nächsten. Wenn wir herausfinden, wo die Briefe herkommen, müssen wir vielleicht am Wochenende nicht nach San Diego fliegen.«

»Gut, denn all diese Trips fangen langsam an, mein Konto zu belasten. Außerdem will Jake mich dieses Wochenende für sich haben.«

»Das kann ich mir vorstellen.« Sie wackelt mit den Brauen. »Wollen wir Mittag essen?«

———

Joel sitzt hinter dem Empfangstresen, als ich nach dem Mittagessen in die Eingangshalle komme. Er lächelt, als er mich sieht. »Guten Tag, Naomi.«

Ich bin überrascht von der freundlichen Begrüßung. Die letzten paar Male war er ziemlich kühl zu mir.

»Hallo, Joel. Wie geht es Ihnen?«

»Einfach großartig.« Er nickt in Richtung Briefkästen, die der Postbote gerade befüllt. »Sie kommen genau rechtzeitig. Heute gibt's wirklich viel Post.«

»Sehr gut.«

Ich öffne meinen Briefkasten und hole einen kleinen Stapel Briefe heraus. Ich blättere hindurch: Rechnungen, Werbung und noch mehr Rechnungen. Als ich zum Ende komme und meinen Namen samt Adresse in der vertrauten Handschrift sehe, macht mein Herz einen begeisterten Sprung. Dann erinnere ich mich an das, was Anne gesagt hat. Ich wende mich an den Postboten, der fast fertig ist, und zeige ihm den neuesten Umschlag von Luca.

»Können Sie mir vielleicht sagen, wo dieser Brief losge-schickt wurde?«

Er beugt sich vor, um besser sehen zu können, runzelt die Stirn und nimmt ihn mir dann aus der Hand. Er dreht ihn um, zuckt mit den Schultern und gibt ihn mir dann wieder. »Der ist nicht mit der Post geschickt worden«, sagt er. »Kein Stem-pel. Nicht mal eine Briefmarke.«

»Was?« Ich schaue auf beide Seiten des Briefs und merke, dass er recht hat. »Aber er war ja in meinem Briefkasten. Wie kann das sein? Vielleicht, weil kein Absender draufsteht?«

Er schüttelt den Kopf. »Dann hätten die ihn in der Post be-halten, und Sie hätten eine Aufforderung bekommen, das Porto zu zahlen und ihn abzuholen. Den hier muss jemand einfach so in Ihren Briefkasten geworfen haben.«

Irritiert schaue ich den Umschlag einen Moment lang an. Im Augenwinkel nehme ich wahr, dass der Postbote mich wei-ter mustert. Dann dreht er sich um und verlässt das Gebäude. Mir fällt nur eine einzige Erklärung für das alles ein: Luca war in meinem Wohnhaus. Oder er hat jemand anderen gebeten, den Brief einzuwerfen. Jedenfalls muss er in Miami sein.

»Ist etwas passiert, Naomi?«

Ich schaue zu Joel hoch; erst jetzt fällt mir wieder ein, dass ich nicht allein bin. Dann habe ich eine Idee. »Sie sind so ziemlich den ganzen Tag hier, oder?«

»So ziemlich.«

»Haben Sie jemanden ins Gebäude gehen sehen, der nicht hier wohnt? Vielleicht jemanden, der sich irgendwie in der Nähe der Briefkästen herumgetrieben hat?«

»Kann mich nicht erinnern, nein«, sagt er. Sein Blick fällt

auf den Stapel Post in meiner Hand. »Könnten Sie die Person vielleicht beschreiben?«

Ich schüttele den Kopf. »Keine Ahnung.« Mir fällt auf, wie lächerlich ich klingen muss. »Könnten Sie aufpassen, ob in nächster Zeit jemand kommt, der nicht hier wohnt, und etwas in meinen Briefkasten steckt? Ich will gar nicht, dass derjenige Ärger bekommt. Ich will nur wissen, wer es ist.«

Er lächelt. »Kein Problem. Ist schließlich mein Job.«

»Gut. Danke sehr.«

Ich gehe nach oben, und als ich in der Wohnung bin, lege ich den Strauß auf meinen Esstisch und reiße den Umschlag auf.

Liebe Naomi,
habe ich schon erwähnt, dass es mir leidtut, dir zwei Jahre lang nicht geschrieben zu haben? Das tut es nämlich. Als ich deinen letzten Brief gefunden habe, warst du bereits umgezogen, und die Briefe, die ich dir dann geschickt habe, kamen zurück. Vermutlich war es bei dir genauso. Das nehme ich zumindest an. Vielleicht hast du auch gar nicht versucht, mir noch mal zu schreiben. Ich hoffe aber schon. Deinen letzten Brief hab ich immer noch. Meine Ex hat ihn abgefangen und sieben Monate lang vor mir versteckt. Ich glaube, sie fand es relativ scheiße, dass du mir geraten hast, sie nicht zu heiraten, und auch, dass du mir angeboten hast, zusammen abzuhauen. Ich wünschte, ich hätte den Brief früher bekommen. Dann wäre ich nicht so lange bei ihr geblieben und hätte dein Angebot angenommen.
Wo wir schon beim Thema sind: Gilt das noch? Denn ich

würde gern mit dir abhauen, wenn du mich lässt. Ein Wort
von dir, und ich bin da.
Alles Liebe
Luca

Ich habe keine Ahnung, warum meine Knie plötzlich so weich sind. Wie können diese Worte nach all den Jahren so eine Wirkung auf mich haben? Ich erinnere mich an den letzten Brief, den ich ihm vor zwei Jahren geschickt habe. Ich hatte mich darauf vorbereitet, dass er sich über mich lustig machen würde, weil ich ihn zu mir eingeladen hatte. Weil ich gesagt habe, dass wir zusammen abhauen können. Als ich das geschrieben habe, hab ich es ernst gemeint. Ich glaube, ich habe nicht wirklich erwartet, dass er mein Angebot annehmen würde, aber ich fühlte mich damals einsam und irgendwie auch ein wenig abenteuerlustig.

Ich wünschte mir einen Tapetenwechsel und begann, mich nach Jobs in anderen Städten umzuschauen. Mein damaliger Freund wollte nicht mitziehen, also beschlossen wir gemeinsam, die Beziehung zu beenden. Es war einfach logisch. Wir waren auch noch nicht so lange zusammen. Ein paar Tage später bekam ich Lucas Brief, in dem er mir von seiner Verlobung erzählte. Es war eine Zeit, in der sich viele in meinem Umfeld trennten, und bei ihm klang es auch nicht so, als wollte er wirklich heiraten. Vielleicht fürchtete ein egoistischer Teil in mir aber auch, er würde aufhören, mir zu schreiben, wenn er verheiratet war. Und diese Angst schien sich zu bestätigen, weil ich in den nächsten zwei Jahren nichts mehr von ihm hörte.

Eine Weile fragte ich mich, ob er vielleicht irgendwann einfach vor meiner Tür stehen würde. Aber dann zog ich nach Miami und wusste, dass das nicht passieren würde, weil er meine neue Adresse nicht hatte. Ich brauchte länger zu akzeptieren, dass Luca offenbar mit mir abgeschlossen hatte, als ich gern zugeben würde.

Wieder wünsche ich mir, ich könnte ihm jetzt zurückschreiben. Ich wünschte, ich müsste meine Wetterberichte nicht dazu nutzen, ihm Nachrichten zukommen zu lassen. Das ist doch einfach nur lächerlich. Nachdenklich betrachte ich den aufgerissenen, nicht abgestempelten Umschlag und habe eine Idee.

Ich bin es viel zu kompliziert angegangen.

Hastig suche ich mir einen Notizblock und einen Stift, gehe dann zurück an den Küchentisch und beginne zu schreiben.

Lieber Luca,
seit wann bist du denn in Miami? Ich weiß, dass du in
meinem Wohnhaus warst. Nur bin ich mir nicht ganz
sicher, ob mich das zutiefst verstören sollte oder ob ich
einfach glücklich bin, dass ich dir endlich zurückschreiben
kann. Vielleicht wolltest du auch, dass ich das herausfinde,
damit ich nicht schon wieder nach Georgia fliege und deine
alten Freunde nerve. Hast du deswegen keine Briefmarke
auf den Umschlag geklebt?
Ich habe versucht, dir meine neue Adresse zu schicken, als
ich damals hierhergezogen bin, aber da musst du gerade
weggezogen sein, denn der Brief kam zurück. Ich hatte all
die Jahre gehofft, dass du vielleicht irgendwann vor

meiner Tür stehen würdest. Eigentlich hoffe ich das noch
immer.
Alles Liebe
Naomi

Ich falte den Zettel und stecke ihn in einen Umschlag. Meine Hände zittern jetzt. Eine ganze Weile starre ich den Umschlag an und versuche zu entscheiden, ob ich wirklich will, dass er das liest. Ich habe Angst davor, dass er eines Tages vor meiner Tür steht. So richtig in echt. Gleichzeitig weiß ich auch nicht, warum. Was soll schon passieren? Außerdem hatte er meine Adresse jahrelang und kam nie vorbei, um mich umzubringen. Aber davor habe ich eigentlich auch keine Angst. Ich weiß auch nicht, was mich so unruhig macht.

Schließlich schreibe ich Lucas Namen auf den Umschlag. Sonst nichts, keine Adresse.

Dann ziehe ich die Schuhe an und gehe nach unten. Ich gehe an Joel vorbei und pinne den Umschlag an das Bord über den Briefkästen, wo Luca ihn sehen wird, wenn er hierher zurückkommt.

Joel sieht mich stirnrunzelnd an, als ich mich umdrehe. »Was ist das?«

»Ein Köder«, sage ich. »Sagen Sie es mir, wenn Sie sehen, wer ihn mitnimmt.«

Er antwortet mit einem Brummen. Ich gehe wieder nach oben.

ZWEIUNDZWANZIG

Denk an mich

In der Nacht träume ich von Luca. Es fängt ganz unschuldig an. Ich komme aus dem Haus, und er steht auf dem Bürgersteig, mit dem Gesicht zur Straße. Keine Ahnung, woher ich weiß, dass er es ist, aber ich weiß es. Ich rufe seinen Namen, und er dreht sich um, aber bevor ich sein Gesicht erkennen kann, bin ich in meiner Wohnung, und er ist auch da. Es ist dunkel, so dass ich ihn nicht sehen kann, ich spüre seine Anwesenheit nur. Er ist irgendwo um mich herum, weicht mir aus. Einen Moment lang ist er direkt neben mir, dann greife ich nach ihm, aber es ist, als versuche ich, Rauch anzufassen. Meine Hände gleiten immer ins Leere, und auf einmal steht er hinter mir und lacht. Ich falle zu Boden, und dann sind meine Beine plötzlich mit seinen verschlungen. Ich versuche, ihn mit den Händen zu greifen, aber er bewegt sich weg, und ich fühle nur Laken. Mein ganzer Boden ist mit Laken bedeckt.

Dann gleiten seine Hände über meinen Körper, er flüstert mir ins Ohr, wie heiß er es fand, meinen Kopf in der Wettersendung schweben zu sehen. Ich greife erneut nach ihm, und obwohl er mir so nah ist, fühle ich nur den Stoff des Lakens. Er lacht mich aus, dann fragt er, warum ich nicht früher versucht habe, ihn zu finden. Ich werde immer frustrierter. Ich will ihn doch nur anfassen, wissen, dass er echt ist, aber je mehr ich es versuche, desto mehr verheddere ich mich in diesen Laken, bis ich ihn überhaupt nicht mehr fühlen kann.

Ein Klopfen an meiner Tür reißt mich aus dem Schlaf. Meine Verdunkelungsvorhänge sind zugezogen, daher habe ich das Gefühl, dass es mitten in der Nacht ist, aber ein Blick auf den Wecker auf meinem Nachttisch sagt mir, dass es erst sieben Uhr abends ist. Ich habe erst eine Stunde lang geschlafen. Ich stöhne. Mein erster Impuls ist, denjenigen durch die Tür anzuschreien, der meinen Traum unterbrochen hat. Ich war so nah dran, Luca zu finden. Was wäre passiert, wenn ich ihn im Traum hätte berühren können? Zwischen meinen Beinen fühle ich ein warmes Ziehen, und jetzt begreife ich: Ich wollte, dass er hier in meinem Bett ist. Ich war kurz davor, einen Sextraum zu haben. Mit Luca.

Im Grunde kommt das Klopfen an der Tür genau rechtzeitig, aber zufrieden macht mich das nicht. Ich vergrabe das Gesicht in den Händen, aber als ich die Augen schließe, sehe ich die Bilder aus meinem Traum wieder. Mein Körper ist ganz heiß, und eine dünne Schweißschicht liegt auf meiner Haut. So wenig ich darüber nachdenken will, was gerade in meinem Kopf los war, so genau weiß ich, warum es passiert ist. Es liegt an der Zeit, die ich mit Jake verbracht habe – an all den Berührungen, dem Flirten, ohne dass es je weiterging –, zusammen mit den Briefen von Luca, die so klingen, als wollte er mehr. Mein Körper ist verwirrt und bringt mein Hirn dazu, Gedanken zu produzieren, die ich nicht haben sollte.

Als ich wieder einen halbwegs klaren Kopf habe, überlege ich, wer wohl geklopft hat. Gedanklich erstelle ich eine Liste mit den Möglichkeiten. Vielleicht ist im Gebäude ein Feuer ausgebrochen, und der Alarm hat nicht funktioniert. Vielleicht gibt es einen Notfall, den nur eine Meteorologin lösen kann. Allerdings gehe ich davon aus, dass sie in beiden Fällen noch einmal klopfen würden. Oder es ist jemand, der nicht in diesem Gebäude wohnt und der nicht weiß, dass ich jetzt schon im Bett liege.

Ruckartig setze ich mich auf und werfe die Decke ab. Ich denke an den Brief, den ich über den Briefkästen für Luca ans Bord geheftet habe. Kann es sein, dass er es war? Ist er schon wieder dagewesen?

Ich schalte alle Lichter in meiner Wohnung ein und gehe zur Wohnungstür. Kurz überlege ich, noch einmal schnell ins Badezimmer zu gehen, um mich ein wenig präsentabler zu machen, entscheide mich dann aber dagegen und streiche mir nur vor dem Spiegel im Flur die Haare glatt. Dann atme ich tief durch und öffne die Tür.

Ich weiß auch nicht, warum ich so überrascht bin, dass Jake dort steht. Das war natürlich total wahrscheinlich. Sofort habe ich ein schlechtes Gewissen wegen meines Traums.

»Tut mir leid, dass ich so spät noch klopfe«, sagt er. »Aber ich hatte einen schlimmen Tag und wollte dich nur ... sehen.«

Ich öffne die Tür ein wenig weiter und lasse ihn herein. Er bleibt am Ende meines Flurs stehen und schaut sich um. Jetzt, da ich weiß, dass er einen schlimmen Tag hatte, nagt das schlechte Gewissen noch mehr an mir, so als hätte ich irgendwie dazu beigetragen. Dabei kann er ja gar nicht wissen kann, was in meinem Kopf vorgegangen ist. Vielleicht hat Joel ihm gegenüber erwähnt, dass ich für einen anderen Mann in der Lobby einen Brief hinterlassen habe?

»Warum war dein Tag denn so schlimm?«, frage ich und lehne mich gegen die Wand ihm gegenüber.

Er reibt sich den Nacken. »Familienangelegenheiten«, sagt er und seufzt.

Er hat ja schon einmal erwähnt, dass er eine große Familie hat. Eigentlich habe ich Leute mit Geschwistern immer beneidet, aber vermutlich birgt das auch so seine Herausforderungen.

»Das tut mir leid zu hören. Willst du darüber reden?«

Er schüttelt den Kopf. Als er weiterspricht, ist seine Stimme so leise, dass ich ihn kaum verstehen kann. »Ich will nur eine Weile länger so leben, als wäre alles in Ordnung.«

Mitfühlend schaue ich ihn an. Ich weiß vielleicht nicht, was los ist, aber ich glaube, ich weiß, wie ich es zumindest ein bisschen besser machen kann. In dem Moment, in dem ich das denke, gleitet sein Blick über meinen Körper, und ich muss an das letzte Mal denken, als wir in diesem Flur standen. Der Funken, der in meinem Traum von Luca entzündet wurde, flammt auf. Vielleicht ist es das, was ich brauche, um diesen Traum und die unwillkommenen Gedanken an Luca zu beenden.

Ich mache einen Schritt auf Jake zu und lege die Hände an seine Taille. Er zieht scharf die Luft ein, als mache selbst eine so zarte Bewegung schon etwas mit ihm. Ich stelle mich auf die Zehenspitzen, um ihn besser erreichen zu können. Er neigt den Kopf, und unsere Lippen berühren sich. Der Kuss ist weich und sanft, aber es bleibt nicht lange so. Jakes Arme schlingen sich um mich, seine Hände gleiten von meiner Taille zu meinen Hüften und tiefer. Ich weiß nicht, wann genau er mich an die Wand drückt, aber das Nächste, was ich spüre, ist sein Körper, der sich an mich presst. Diesmal hält Jake sich nicht zurück. Ich spüre sein Gewicht, spüre, wie perfekt er zwischen meine Beine passt. Als er beginnt, die Hüften zu bewegen, fühle ich seine Wölbung.

Ich greife nach unten und spüre ihn durch seine Jogginghose hindurch.

»Was ist mit ›Es langsam angehen lassen‹?«, fragt er.

»Ich habe meine Meinung geändert. Ist das okay?«

Er nickt und haucht ein fast unhörbares »Ja.«

»Ich nehme die Pille«, sage ich. »Bist du gesund?«

Er nickt. »Ich habe mich testen lassen.«

»Ich auch.« Ich ziehe sein Bündchen hinunter und … »Oh wow. Er ist …«

Ich will sagen, dass er groß ist, aber an seinem selbstgefälligen Lächeln sehe ich, dass er das bereits weiß. Ich umfasse ihn mit meiner Hand und bewege sie sanft. Seine Haut ist weich und heiß, und er ist so hart, dass allein der Gedanke daran, was er mit mir machen könnte, durch meinen Körper und zwischen meinen Beinen pulsiert.

»Das fühlt sich gut an«, murmelt er. Er drückt sein Gesicht in meine Haare. Ich spüre seinen heißen Atem an meinem Hals.

Seine Hand streicht über mein Bündchen. Sanft gleiten seine Finger darunter, aber dann hält er inne. Ich nehme seine

Hand und führe sie ein wenig weiter, bis sie ganz allein nach unten gleitet und die empfindliche Stelle zwischen meinen Beinen erreicht. Seine Finger krümmen sich, und mein Körper reagiert mit einem Schauder. Er tut es erneut, und diesmal keuche ich auf.

»Zieh das aus«, sagt er und zieht mit der anderen Hand an meinem Shirt.

Ich lasse ihn los, um mein T-Shirt auszuziehen, aber ich kann nicht tun, was er sagt, weil er in diesem Moment in mich eindringt, so dass ich aufschreie und mich unwillkürlich an seinen Schultern festklammere. Ich versuche es erneut, aber wieder muss ich es aufgeben, als er weitermacht.

»Ich kann das nicht ausziehen, wenn du immer …« Ich beiße ihn in die Schulter, damit ich nicht so laut bin.

Er lässt von mir ab und zieht mir das Shirt über den Kopf. In einer fließenden Bewegung zieht er sein eigenes aus und lässt beide zu Boden fallen. Dann hebt er mich hoch und stemmt mich gegen die Wand, meine Mitte an seine gedrückt. Ich schlinge die Beine um seine Hüften. Er küsst mich vom Ohr über meinen Kieferknochen, meinen Hals hinunter zu meiner Brust. Dann konzentriert er sich eine Weile auf meine Brüste, wobei er beiden dieselbe Aufmerksamkeit zukommen lässt. Ich kralle mich in seinem Haar fest, und als er meinen Nippel in den Mund nimmt, packe ich fest zu und drücke ihn mit den Beinen weiter an mich. Er macht weiter, seine Zunge streicht über meinen anderen Nippel, bis ich es kaum noch aushalten kann. Auf diese Weise bin ich noch nie so nah an einen Orgasmus gebracht worden. Ehrlich gesagt wusste ich gar nicht, dass das möglich ist.

Ich kann es nicht länger ertragen, daher löse ich mich von seinem Mund. Sein Blick ist animalisch.

»Ich will dich«, sage ich. »Jetzt.« In meinem Kopf überlege ich, wie weit es bis ins Schlafzimmer ist. Zu weit weg. »Trag mich zum Sofa.«

Er tut es. Als wir dort ankommen, legt er mich auf den Rücken und zieht mir die Pyjamashorts und den Slip aus. Als er mich ganz nackt sieht, atmet er zittrig durch.

»Bist du dir sicher?«, fragt er.

»Ja. Komm her.« Ich setze mich auf und ziehe ihn aufs Sofa. Er legt sich zwischen meine Beine, und ich kann seine Spitze spüren. Aber er dringt nicht sofort in mich ein, sondern verharrt einen Augenblick. Seine Lippen sind an meinem Hals, an meinem Ohr, wandern zurück zu meinem Mund. Mit seinen Zähnen zieht er sanft an meiner Unterlippe.

Ich schlinge die Beine um ihn, ziehe ihn näher heran und versuche, ihn in mich aufzunehmen. Aber er zieht sich leicht zurück, und ich werde fast verrückt.

»Bitte«, flüstere ich an seinem Ohr. Er kommt ein winziges bisschen näher. Dringt gerade genug in mich ein, um mich flehen zu lassen: »Mehr.«

Er nimmt sich Zeit, und mit jedem Zentimeter, den er mir gibt, drängt er mich näher an eine Kante, an der ich noch nie zuvor war. Niemand hat mich je so erregt wie er, hat je auf diese Weise mit mir gespielt. Als er endlich in mir ist, bin ich schon fast gekommen. Meine Finger krallen sich in seine Schultern und fühlen seine Muskeln, während er sich gegen mich bewegt.

Er vergräbt sein Gesicht an meinem Hals, sein Atem fühlt

sich heiß auf meiner Haut an. Zum ersten Mal schlafen wir miteinander, aber es fühlt sich nicht so an, als wäre es das erste Mal. Er bewegt sich so, als wüsste er ganz genau, was mir gefällt. Dabei bin ich mir selbst nicht einmal sicher, was ich wirklich mag, bis er in mich eintaucht, mich höher und höher trägt, bis ich mich nicht mehr zurückhalten kann. Als ich komme, hört er nicht auf. Mit jeder weiteren Bewegung seiner Hüften trägt er mich noch eine Ebene höher. Ich verliere jede Kontrolle, und trotzdem bekomme ich nicht genug. Meine Arme schlingen sich fester um seine Schultern, meine Beine ziehen ihn näher heran, und mein Körper pulsiert um seinen herum. Ich schreie auf, es ist mir völlig egal, dass meine Nachbarn mich hören können. Das Einzige, was in diesem Moment zählt, ist er, und wie gut sich das hier anfühlt und dass ich den Rest meines Lebens in diesem Moment verbringen könnte.

Gerade, als das Gefühl abzuflauen beginnt, küsst er mich und drückt sich tiefer in mich hinein, so dass eine letzte Welle Lust über mich hinwegrollt.

Einen Moment lang liegen wir da, sein Gewicht auf mir, meine Beine immer noch um seinen Körper geschlungen. Wir atmen beide schwer, beruhigen uns nur langsam. Schließlich löst er sich von mir und lässt sich dann neben mich sinken.

Als ich mich ein wenig erholt habe, seufze ich, aber es klingt eher wie ein Lachen. Er lächelt, offenbar amüsiert ihn meine Reaktion.

»Das war gut«, sage ich. »So verdammt gut.«

Wir sehen einander an. Selbst im schwachen Licht des Wohnzimmers leuchtet das Blau seiner Augen. Ich glaube, von diesen Augen werde ich niemals genug kriegen.

Mein Blick wandert an ihm vorbei zum Tisch, auf den ich den Blumenstrauß gelegt habe. Gerade, als ich überlege, ob er ihn wohl auch bemerkt hat, folgt er meinem Blick und sieht ihn. Ich warte, dass er fragt, von wem er ist, aber das tut er nicht.

»Tut mir leid, dass ich dich aufgeweckt habe«, sagt er, indem er sich wieder mir zuwendet.

»Ach, ich kann mich nicht beschweren. Wobei ich sagen muss, dass es vor noch einer Minute gar nicht so gewirkt hat, als würde es dir leidtun.«

Er schüttelt den Kopf. »Erwischt. Ich glaube, so leid tut es mir doch nicht.«

»Jetzt muss ich aber wirklich ins Bett. Du kannst gern bleiben, wenn du nichts dagegen hast, mir beim Schlafen zuzuschauen.«

»Hast du einen Stuhl, damit ich mich an dein Fußende setzen kann?«

Ich lache schnaubend. »Habe ich, aber es wäre mir lieber, wenn du mir vom anderen Kissen aus Gesellschaft leisten würdest. Das ist ein bisschen weniger gruselig.«

»Gut«, sagt er. »Ich bin eh noch nicht mit dir fertig.«

Er folgt mir ins Schlafzimmer, hält mich aber davon ab, das Licht auszuschalten.

»Ich sehe dich gern an«, sagt er. »Alles von dir.«

Erst jetzt fällt mir auf, dass wir einander bis eben so nah waren, dass ich seinen Anblick gar nicht so richtig genießen konnte. Ich habe ihn zwar schon zweimal ohne Shirt gesehen, aber dass er jetzt so in meinem Schlafzimmer vor mir steht, lässt mir den Atem stocken. Ich streiche mit den Fingern über seine feste Brust und seinen muskulösen Bauch. Seine Augen verdunkeln sich bei meiner Berührung.

»Bist du überhaupt echt?«, frage ich, und er lächelt.

»Dasselbe könnte ich dich fragen«, sagt er. Er umfasst meine Brust, streicht meine Seiten hinunter zu meiner Hüfte, fährt meine Kurven mit seinen Fingerspitzen nach. »Sieh dich doch mal an.«

Als wir es endlich ins Bett geschafft haben, lässt er sich Zeit mit mir, aber diesmal ist er nicht so quälend langsam wie das erste Mal. Stattdessen erkundet er meinen Körper mit den Händen und dem Mund, er küsst jeden Quadratzentimeter meiner Haut, bis ich mich winde und ihn um mehr anflehe. Sanft teilt er meine Beine und dringt in mich ein, gibt mir, was ich so sehr will.

Es ist langsamer und süßer als beim ersten Mal, aber nicht weniger leidenschaftlich. Als es vorbei ist, sinkt er neben mich ins Kissen und schlingt die Arme um mich. Ich lehne den Kopf gegen seine Brust und schließe die Augen. Ich fühle das rhythmische Schlagen seines Herzens, den gleichmäßigen Takt, der den Rest der Welt ein wenig stiller wirken lässt. Eigentlich konnte ich nie gut in den Armen eines Mannes einschlafen, aber jetzt ist es ganz leicht.

Diesmal träume ich von blauen Augen, von Flugzeugen und unbeantworteten Briefen.

Etwas später wache ich auf, weil er aufgestanden ist, um das Licht auszuschalten. Es ist noch nicht ganz Mitternacht, ich habe noch ein paar Stunden. Einen Moment lang denke ich, dass er gehen will, aber dann spüre ich, wie die Matratze nachgibt und sich die Decken bewegen, weil er zurück ins Bett kommt. Seine Arme um meine Taille, sein Kopf an meiner Brust.

In der Dunkelheit atme ich ihn ein. Ich streichle über die glatte Haut seines Rückens, über seinen festen Arm. Er fährt mit den Fingerspitzen auf meinem Schenkel auf und ab, und es kribbelt wohltuend zwischen meinen Beinen. Im Grunde sollte ich vor der Arbeit wirklich noch etwas schlafen, aber so, wie er mich berührt, ist das unmöglich. Ich will ihn. Bis jetzt hatte ich keine Ahnung, wie sehr ich ihn brauchte.

Er rückt ein wenig näher und stupst mich mit dem Schenkel. Ich spreize die Beine für ihn. Seine Hand gleitet dazwischen, und er berührt mich. Erst ist es ein sanftes Streicheln, dann massiert er tiefer, als wüsste er genau, was er tun muss, damit ich zum Höhepunkt komme. Ich versuche, die Decke aus dem Weg zu schaffen, aber sie ist um ihn herumgewickelt, und ich mache es nur noch schlimmer. Fast fühlt es sich an, als wäre ich wieder in dem Traum, den ich hatte, bevor er kam, nur dass er jetzt noch viel realer ist.

Er berührt mich, aber ich kann ihn nicht erreichen, wegen dieser Decke. Er atmet ein paar Mal schnell und abgehackt, lacht, weil ich die Decke nicht wegbekomme. Er berührt mich weiter, hilft mir nicht. Ich keuche, weil meine Erregung stärker und stärker wird, und ich bin schon kurz davor zu kommen, als Lucas Name aus meinem Mund kommt. Es ist ein geflüstertes Stöhnen, so verzerrt, dass selbst ich mich nicht genau verstehe. Aber ich höre es. Es ist das einzige Geräusch im ansonsten stillen Zimmer, und ich weiß, dass er es auch gehört hat, denn seine Finger hören auf, sich zu bewegen. *Fuck.*

Einen Moment lang liege ich einfach so in der Dunkelheit. Ich fühle immer noch seinen Körper an meinem, seine Hand, die zwischen meinen Beinen ruht. Dann regt er sich, und ich will mich schon entschuldigen und erklären, bis ich merke, dass er sich auf mich rollt. Wahrscheinlich hat er mich nicht verstanden. Wahrscheinlich dachte er, es war einfach ein komisches Stöhnen. Er schiebt die Decke von mir, und das Nächste, was ich spüre, ist, dass er meine Beine noch weiter spreizt und in mich eindringt. Er bewegt sich langsam und liebevoll, nicht so wie jemand, der wütend ist, weil man ihn beim falschen Namen genannt hat. Nach und nach bringt er mich wieder dorthin, wo ich gerade war, als er mich noch mit der Hand berührt hat. Als ich zum Höhepunkt komme, beiße ich ihn in die Schulter, weil ich Angst vor dem habe, was aus meinem Mund kommen könnte.

Er kommt kurz danach und bleibt auf mir liegen. Sein Körper drückt meinen aufs Bett. In der Dunkelheit kann ich sein Gesicht nicht sehen, aber seinen Atem spüren, und ich weiß, dass er mich ansieht. Unsere Brustkörbe heben und senken sich mit jedem schweren Atemzug. Ich warte, dass er fragt, wer Luca ist, oder zumindest, was ich da gesagt habe, aber das tut er nicht. Schließlich rollt er sich zur Seite und schläft ein.

DREIUNDZWANZIG

Es ist ein Problem

Liebe Naomi,

ich bin schon eine ganze Weile in Miami und war total
überrascht, als ich gehört habe, dass du auch hier wohnst.
Die Welt ist klein. Ich freue mich, dass du endlich einen Weg
gefunden hast zurückzuschreiben. Vorher war ich schon kurz
davor nachzugeben und meine Absenderadresse auf den
Umschlag zu schreiben. Aber jetzt muss ich das ja nicht mehr.
Ist das eine Herausforderung oder eine Einladung? Denn
wenn es eine Einladung ist, will ich, dass du sie ganz deutlich
formulierst. Ich will, dass du mir sagst, dass du mich willst.
Alles Liebe
Luca

Lieber Luca,

es tut mir leid, wenn ich dir falsche Hoffnungen gemacht
habe. Es ist vermutlich an der Zeit, dir zu sagen, dass ich

jemanden treffe. Ich wollte nicht mit dir flirten, und ich bitte dich, auch damit aufzuhören, mit mir zu flirten.
Alles Liebe
Naomi

Liebe Naomi,
ich wette, der Typ ist nicht so heiß wie ich. Ich kann dir ja ein Foto schicken, falls du mal vergleichen willst?
Xoxo
Luca

Lieber Luca,
ich sehe, du bist immer noch so selbstüberzeugt wie früher. Bist du im wirklichen Leben auch so pervers oder nur, wenn du dich hinter Papier und Stift verstecken kannst?
Alles Liebe
Naomi

Liebe Naomi,
ich meinte doch nur ein harmloses Bild von meinem Gesicht. Hast du wirklich an ein Dick Pic gedacht? Komm schon! Wir sind doch nicht mehr in der Highschool. Aber Spaß beiseite, weiß eigentlich dein neuer Freund von unseren Briefen? Denn das kann eine Beziehung wirklich zerstören, wie ich auf brutale Weise gelernt habe. Ich

fürchte, jeder, der sie liest, würde sofort wissen, dass ich
dich liebe.
Alles Liebe
Luca

Lieber Luca,
wie kannst du behaupten, du liebst mich, obwohl wir uns
noch nie gesehen haben? Wenn du das wirklich glaubst,
dann hättest du mir das schon viel früher sagen müssen.
Jetzt ist es zu spät.
Alles Liebe
Naomi

Liebe Naomi,
es ist nicht zu spät.
Alles Liebe
Luca

———

Die Briefe kommen jetzt häufiger, weil ich weiß, wie ich
antworten kann. Am Freitagmorgen denke ich noch über
den letzten Brief nach, den er mir in den Briefkasten gesteckt hat. Ich weiß nicht, was ich zurückschreiben soll. Es
ist offenbar egal, wie gemein oder abwehrend ich bin. Er
schreibt trotzdem weiter, und ich kann nicht aufhören, an
ihn zu denken.

»Ich habe etwas Interessantes gefunden, als ich die Wäsche gemacht habe.«

Eigentlich dachte ich, Anne könnte mich nicht mehr zu Tode erschrecken, aber als ich ihre Stimme höre, kreische ich und falle fast vom Stuhl. Ich drehe mich um und sehe sie böse an.

»Es reicht. Ich kaufe dir ein Paar Stilettos mit Metallabsätzen«, sage ich zu ihr. »Deine Schuhe sind einfach zu leise.«

»Ja, es stimmt, ich bin eine hinterlistige Schlange«, antwortet sie. »Aber du bist noch viel hinterlistiger.«

»Wovon redest du?«

»Hiervon.«

Sie wirft mir einen zerknitterten Notizblockzettel zu. Er segelt auf meinen Schoß zu, aber dann daran vorbei und landet auf dem Boden. Ich hebe ihn auf und glätte ihn. »Shit.«

Ich hatte vergessen, den Brief aus Annes Hosentasche zu holen, bevor ich ihr die Klamotten zurückgegeben habe. jetzt erinnere ich mich wieder, wie ich ihn heimlich in der Gesäßtasche verstaut hatte, damit Jake ihn nicht sieht.

»Das ist auf gleichem Level wie all die gruseligen Nachrichten, die ich auf meinen Dating-Apps bekomme. Es hat ihn angemacht, deine Wettervorhersage zu schauen? Und du findest nicht, dass diese kleine Entwicklung erwähnenswert war? Was ist mit den anderen Briefen, die er an deine Adresse geschickt hat? Was sagt er sonst noch so?«

Ich falte den Brief wieder zusammen und stecke ihn unter die Tastatur. »Geht dich nichts an.«

»Ich bin mit dir in drei verschiedene Bundesstaaten gereist, um diesen Typen finden. Du hast mich alle Briefe lesen lassen, die er dir in der Highschool geschickt hat. Seit wann geht mich das nichts an?«

Ich stöhne. »Seit es zu einem Problem geworden ist.«

»Was meinst du damit? Was ist los?«

Ich seufze und überlege, wie viel ich ihr verraten will. »Ich habe ihm zurückgeschrieben.«

Sie reißt die Augen auf. »Er hat dir seine Adresse gegeben? Wo wohnt er denn?«

»Keine Ahnung. Ich habe herausgefunden, dass die Briefe an meine Privatadresse keine Briefmarke hatten. Er ist irgendwo in Miami.«

»Okay. Und wie schreibst du ihm zurück?«

»Ich hänge die Briefe ans Board bei den Briefkästen in meinem Wohnhaus. Er holt sie da ab und schreibt zurück.«

Ihre Augen sind jetzt so kugelrund, dass ich schon fürchte, sie könnten ihr aus dem Kopf fallen. »Machst du Witze? Er war in deinem Wohnhaus? Heilige Scheiße, Gnom. Wie lange behältst du diese völlig unbedeutende Randinfo schon für dich?«

»Das ist noch nicht einmal das Schlimmste«, sage ich und schließe die Augen. Ich kann kaum glauben, dass ich es ihr erzähle, aber es fühlt sich auch gut an, dass ich es mir endlich von der Seele reden kann. Ich habe ja sonst niemanden, dem ich mich anvertrauen kann.

»Red weiter«, bohrt sie nach.

»Ich muss ständig an ihn denken.«

Sie schürzt die Lippen: »Auf welche Weise?«

Ich winde mich etwas und wappne mich für ihre Reaktion auf das, was ich sagen will. »Ich hatte einen Sextraum. Oder nicht wirklich einen Sextraum, aber nah dran.«

»Von *Luca*?« Ihre Stimme ist so hoch und laut, dass ich mir sicher bin, dass uns jeder im Gebäude hören kann.

»Und das ist noch nicht alles. Jake ist gleich danach rübergekommen, und wir, du weißt schon …«

»Ihr hattet Sex«, sagt sie.

»Ich habe seinen Namen gesagt.«

Sie runzelt die Stirn. »Wessen Namen?«

»Ich habe Lucas Namen gestöhnt. Keine Ahnung, was mich da gepackt hat. Es ist ja nicht so, dass ich dabei an ihn gedacht hätte. Jedenfalls habe ich deswegen ein mega schlechtes Gewissen.«

»Autsch. Das hat bestimmt sein Ego verletzt.«

»Ich glaube, er hat es nicht so genau gehört. Gott sei Dank!« Ich seufze.

Sie sieht mich ernst an. »Also ist das nichts rein Körperliches? Mit Jake?«

Ich schüttele den Kopf. »Es ist mehr als das. Ich habe Gefühle für ihn, aber warum kann ich nicht aufhören, an Luca zu denken?«

»Weil du auch für Luca Gefühle hast«, schlägt Anne vor.

Ich lache verzweifelt auf. »Ich kann doch nicht für zwei Typen gleichzeitig Gefühle haben.«

»Viel wichtiger ist: Was willst du dagegen tun? Wenn du weiter mit Jake zusammen bist und Luca schreibst, dann wirst du seinen Namen vermutlich immer wieder in unangemessenen Situationen sagen.«

Ich seufze. Sie hat recht. Darüber habe ich ja auch selbst schon nachgedacht. Aber nach zwei Jahren Funkstille bringe ich es jetzt, da ich ihm endlich zurückschreiben kann, nicht über mich, ihn gehen zu lassen.

»Ich werde einfach das Gefühl nicht los, dass ich irgendwas noch nicht ganz verstanden habe. Luca und ich schreiben seit der fünften Klasse. Und irgendwie sind wir beide in Miami gelandet. Ich glaube eigentlich nicht an Schicksal, aber was, wenn es das doch gibt? Was, wenn das Universum mir sagen will, dass ich ihm eine Chance geben soll?«

Insgeheim hoffe ich, dass Anne mir nun sagt, das alles sei lächerlich und ich solle alles einfach beim Alten lassen. Schließlich habe ich Luca nie kennengelernt und weiß überhaupt nicht, wie er wirklich ist. Außerdem habe ich schon zugegeben, dass ich mich langsam in Jake verliebe. Anders als Luca, der immer nur Worte auf Papier war, ist Jake echt, er ist hier, und ich kenne ihn.

»Ich glaube, dass Schicksal und Seelenverwandtschaft und all das purer Blödsinn sind«, sagt Anne. »Aber trotzdem, Naomi. Du schreibst Luca schon länger, als die meisten Leute verheiratet sind. Versteh mich nicht falsch, ich rate dir nicht, Jake loszuwerden. Aber vielleicht gibst du Luca eine Chance? Trefft euch.«

»Du hast seinen Brief gerade mit den schmierigen Typen von den Dating-Apps verglichen, und jetzt sagst du mir, ich solle ihn treffen?«

Sie zuckt mit den Schultern. »Du wirst nie darüber hinwegkommen, wenn du es nicht tust. Und wer weiß? Vielleicht magst du ihn ja tatsächlich lieber als Jake.«

»Ich weiß nicht. Es kommt mir irgendwie falsch vor. Ich habe Jake gesagt, dass ich niemand anderen date. Wir haben uns praktisch darauf geeinigt, uns nur aufeinander zu konzentrieren. Und ich werde nicht mit ihm Schluss machen, nur um dann herauszufinden, dass Luca im wahren Leben ein totales Arschloch ist. Außerdem mag ich Jake wirklich. So eine Verbindung habe ich nicht mehr zu jemandem gespürt, seit … also seit immer.«

»Dann sag Luca, dass du ihn rein freundschaftlich treffen willst. Ich komm auch mit, wenn du eine Anstandsdame brauchst. Aber du musst dich entscheiden, Gnom. Du kannst nicht Sex mit dem einen Typen haben und dabei an den anderen denken. Das ist nicht richtig.«

Hinter uns räuspert sich jemand. Ich drehe mich um, und Patrick steht dort, sein Gesicht röter denn je.

»Ich habe ganz eindeutig den falschen Teil dieses Gesprächs mit angehört«, sagt er. »Anette. Gehen Sie bitte zurück an die Arbeit.«

»Ja, Boss«, sagt sie und salutiert. Sie beugt sich zu mir und flüstert: »*Entscheide dich.*« Dann folgt sie Patrick aus dem Raum.

VIERUNDZWANZIG

Komm nach Miami

Luca

Als ich Dallas verließ, wusste ich nicht so recht, wohin ich gehen sollte, und landete dann wieder in San Diego. Ich hatte nur noch meine Klamotten, ein paar Dinge, die man so fürs Überleben braucht, und eine Kiste mit Briefen von Naomi. Den Großteil meiner Möbel hatte ich noch vor dem Umzug verkauft, und den Rest ließ ich zurück, weil ich keine Lust hatte, mich mit Penny darum zu streiten. Ich schaffte es, in meinen alten Job zurückzukehren. Im Endeffekt war ich ja nur einen Monat fort gewesen, und in der kurzen Zeit hatten sie noch keinen Ersatz für mich gefunden.

Allerdings war jemand anderes in meine Wohnung gezogen, daher wohnte ich fürs Erste in Bens und Yvettes Gästezimmer.

Es war keine ideale Situation. Ben und Yvette hatten gleich nach dem College geheiratet und neun Monate später ihr erstes Kind bekommen. Als ich einzog, war gerade erst das dritte geboren worden. Es wurde viel geschrien und geweint, überall lagen Spielsachen herum, und irgendwie schien ständig irgendwer dringend irgendwo hin zu müssen. Es war das reinste Chaos.

Über die Trennung von Penny war ich nicht traurig, auch wenn alle anderen das seltsam fanden. Eigentlich war es mehr eine Erleichterung als irgendetwas anderes. Ich hätte die Sache schon viel früher beenden sollen.

Sobald ich mich in meinem Übergangsheim eingerichtet hatte, schrieb ich Naomi zurück. Ich saß am Küchentisch, in einem der seltenen Momente, in denen alle drei Kinder und ihre Mom gleichzeitig ein Nickerchen machten. Ben kam ins Zimmer und musste zweimal hinschauen, als er mich mit Papier und Stift dasitzen sah.

»Sag mir nicht, dass du immer noch diesem Mädchen aus der fünften Klasse schreibst.«

Ich schaute nicht hoch, hörte aber gleich an seinem Tonfall, dass er nur einen Witz machte.

»Naomi Light«, sagte ich.

»Moment. Im Ernst? Du schreibst ihr immer noch?«

»Ich habe nie damit aufgehört.«

»Schreibt sie immer noch so verstörende Scheiße über Niednägel und verlorene Finger?«

Ich zuckte mit den Schultern. »Manchmal.«

»Du bist echt so schräg. Unglaublich, dass du ihr immer noch schreibst.« Er setzte sich mir gegenüber. »Was hat denn Penny dazu gesagt?«

»Sie war nicht begeistert. Naomis letzten Brief hat sie vor mir versteckt. Das ist sozusagen der Auslöser dafür, dass wir uns getrennt haben.«

»Hast du Naomi je getroffen?«

Ich schüttelte den Kopf. »Vielleicht irgendwann mal.«

»Ich finde es total krass, dass du ihr schon so lange schreibst, ihr euch aber noch nie getroffen habt. Stalkst du sie immer noch auf Facebook?«

»Ich habe es versucht, aber sie hat alles auf privat gestellt. Ich kann nicht einmal mehr ihre Fotos sehen.«

»Vermutlich wusste sie, dass du ständig auf ihr Profil gehst, und wollte, dass das aufhört.«

In diesem Augenblick fing das Neugeborene an zu schreien. Ben ging, um nach ihm zu schauen, und ich beendete meinen Brief. Dann brachte ich ihn zum Briefkasten und wartete. Und wartete. Ein paar Wochen vergingen, dann kam der Brief zurück. Unzustellbar. Sie war umgezogen.

Ich ließ den Brief ungefähr einen Monat lang liegen, dann versuchte ich es noch mal. Diesmal schickte ich ihn an die letzte Adresse, an der sie als Schülerin gelebt hatte, bevor sie aufs College ging. Ich hoffte, dass ihre Eltern vielleicht noch dort wohnten und ihr den Brief nachschicken würden. Doch ungefähr einen Monat später kam er zurück.

Ich versuchte erneut, sie auf Facebook zu finden, aber ihre Seite war immer noch auf privat gestellt. Es gab dort keine Hinweise darauf, wo sie wohnte oder arbeitete. Ich hatte nicht einmal die Möglichkeit, ihr eine Freundschaftsanfrage zu schicken. Trotzdem wollte ich es einfach nicht aufgeben, auch wenn ich langsam die Hoffnung verlor. Vielleicht war es zu spät. Vielleicht hatte ich einfach zu lange gebraucht, bis ich ihr zurückgeschrieben hatte, und unsere lange Geschichte der fiesen Briefe war hier zu Ende.

Vielleicht war das sogar das Beste. Ich hatte dieses Mädchen auf ein so hohes Podest gestellt, dass niemand anders an sie heranreichte. Wenn ich nicht jede Frau mit meiner Vorstellung von Naomi verglichen hätte, wäre ich jetzt vermutlich glücklich verheiratet.

Und dann, eines Tages, bekam ich einen neuen Brief. Mein Name und Bens Adresse waren allerdings so krakelig darauf geschrieben, dass ich sofort wusste, dass er nicht von Naomi stammte. Ich starrte den Umschlag eine Weile an und steckte ihn dann ungeöffnet in meinen Nachttisch.

Zunächst war ich mir nicht ganz sicher, wie mein Dad meine Adresse herausgefunden hatte. Es war schon mehr als zehn Jahre her, seit er mich und meine Mom verlassen hatte. Seitdem hatte ich kein Wort mehr von ihm gehört. Damals hatte er mir gesagt, er werde nach Montana ziehen, aber eine Adresse hatte er mir nie gegeben, und selbst machte er sich auch nicht die Mühe, mir zu schreiben oder mich auch nur anzurufen. Ich war gegen all das schon längst abgestumpft. Es gab schließlich wichtigere Dinge, um die ich mir Sorgen machen musste.

Ich wollte seinen Brief nicht lesen. Ich wollte nicht das Gefühl haben, ihm plötzlich all die Jahre seiner Abwesenheit vergeben zu müssen. Ich wollte den Brief auch nicht lesen und vielleicht herausfinden, dass er verarmt war und hoffte, dass ich genug Geld hätte, um ihm welches zu leihen. Ich wollte diesen Umschlag nicht öffnen und eine kitschige Einladung zu einer Hochzeit darin finden, auf die ich in einer Million Jahren nicht gehen würde. Ich wollte nicht lesen, dass er Krebs im Endstadium hatte und versuchte, sich mit mir vor seinem Tod noch zu versöhnen. Es machte mich wütend, dass er offenbar glaubte, er könne in mein Leben zurückkehren, indem er einen mickrigen Brief schrieb.

Ich ließ den Brief also ungeöffnet in meinem Nachttisch liegen, ein paar Monate lang. Anfangs hatte ich noch kurz überlegt, ihn zu verbrennen oder zu zerreißen und wegzuwerfen, ohne ihn zu lesen, aber dann beschloss ich, ihn doch zu behalten. Vielleicht würde ich mich eines Tages bereit fühlen, ihn zu lesen.

Ich wohnte bereits zehn Monate lang bei Ben und Yvette, als mir klar wurde, wie mein Dad meine neue Adresse herausgefunden haben musste. Denn Penny hatte sie auf dieselbe Weise herausgefunden. Sie begann, Bens Festnetznummer anzurufen und beunruhigende Nachrichten auf der Mailbox zu hinterlassen. Auf meinem Handy hatte ich ihre Nummer ja blockiert und deswegen nicht auf ihre Anrufe oder Textnachrichten reagiert. Schließlich hatte sie mich in einer Online-Datenbank gefunden, in der Bens Adresse als mein Wohnsitz gelistet war, zusammen mit Bens Festnetznummer.

Ich bezahlte jede Datenbank, von der ich wusste, damit sie meine Informationen löschten, und dann deaktivierte ich auch meinen Facebook-Account. Ich wollte auf keinen Fall das Risiko eingehen, dass Penny mich darüber fand, selbst nachdem ich sie blockiert hatte. Ben schaffte es ebenfalls, ihre Nummer zu blockieren, aber bald danach schickte sie vulgäre Briefe und Postkarten an seine Adresse. Yvette gab mir den Tipp, ›Annahme verweigert‹ auf die Briefe zu schreiben, die kamen, und endlich hörte es auf. Sollte sie mich noch mal in einer Datenbank suchen, würde sie hoffentlich sehen, dass mein Name nicht mehr unter Bens Adresse gelistet war, und dann annehmen, dass ich weggezogen war.

Schon bevor Penny begann, uns zu belästigen, hatte ich das Gefühl, die Gastfreundschaft meiner Freunde zu lange in Anspruch genommen zu haben. Ben und Yvette beschwerten sich niemals darüber, dass ich dort war, und sie baten mich auch nie weiterzuziehen. Ich bezahlte Miete für mein Zimmer und passte einige Male im Monat auf die Kinder auf, damit sie zusammen ausgehen konnte. Und doch wusste ich, dass sie irgendwann ihr Haus wieder für sich allein haben wollen würden. Ich beschloss, nach einer Wohnung zu suchen, und packte alles zusammen, damit ich bereit wäre, wenn sich die Gelegenheit ergab.

Als ich meine Nachttischschublade öffnete, fiel mir der Brief wieder in die Hände, den ich darin vor Monaten verstaut hatte. Die Wut, die ich empfunden hatte, als ich ihn damals bekam, war verraucht. Ich nahm ihn in die Hand und betrachtete ihn einen Augenblick lang. Zum ersten Mal war ich neugierig darauf, was so wichtig war, dass mein Dad mir nach all den Jahren endlich schrieb. Ich schob den Finger unter die Lasche und riss ihn auf.

Lieber Luca,
ich weiß, dass Worte nicht ausreichen, damit du mir vergibst, dass ich dich verlassen habe, als du klein warst. In gewisser Weise habe ich mich damals fast selbst noch wie ein Kind gefühlt, aber ich weiß, dass das keine Entschuldigung ist. Es sind damals Dinge zwischen mir und deiner Mutter geschehen, die du nicht verstanden hättest. Ich weiß

nicht, ob sie dir je erzählt hat, was passiert ist, aber wenn, dann hat sie dir vermutlich nicht die ganze Geschichte erzählt. Das werfe ich ihr auch nicht vor.

Wenn ich etwas an der Vergangenheit ändern könnte, dann würde ich viel mehr darum kämpfen, dich mitnehmen zu können. Der einzige Grund, warum ich das nicht gemacht habe, war, dass ich wusste, dass sie zwar keine gute Ehefrau für mich, aber eine gute Mom für dich war. Du willst das vermutlich nicht hören. Ich weiß auch, dass es falsch ist, schlechte Dinge über Verstorbene zu sagen, daher belasse ich es dabei. Sie hatte Glück, dich zu haben, als sie krank wurde. Ich kann die Zeit nicht zurückdrehen und alles wieder gutmachen. Ich war nicht da für dich, und das bereue ich jeden Tag. Trotzdem hoffe ich, dass wir unsere Probleme eines Tages lösen und wieder ein Teil im Leben des anderen werden können. Aber ich verstehe natürlich, wenn es dafür zu spät ist.

Ich habe dir im Laufe der Jahre sehr viele Briefe geschickt. Ich weiß nicht, ob das irgendetwas ändert, aber ganz egoistisch hoffe ich es dennoch. Es war gar nicht so leicht, dich zu finden, weil du so oft umgezogen bist. Ich kann nur hoffen, dass dieser Brief dich erreicht. Ich möchte dir noch so viel mehr erzählen, als in einen Brief passt, der vielleicht wieder zurückkommt, wie all die anderen.

Solltest du diesen Brief hier aber gerade wirklich lesen, hoffe ich, dass du mir noch eine Chance gibst, dein Dad zu sein. Ich habe dich sehr lieb,
Joel Pichler

FÜNFUNDZWANZIG

Mr. Pickles wird vorgestellt

Naomi

Ich erreiche den Fuß der Treppe im selben Moment, in dem sich die Tür des Aufzugs öffnet und Raupenkind und ihre Mom herauskommen. Okay, vielleicht sollte ich sie ab jetzt lieber Caitlin nennen, wo ich schon ihren echten Namen kenne. Caitlin trägt ein Glas mit eingelegten Gurken, und ihre Mom hat das Raupen-Malbuch gegen ihre Brust gedrückt. Ich gehe langsamer, damit sie an mir vorbei zum Empfangstresen gehen können, hinter dem Joel sitzt. Der Mann muss wirklich unfassbar viele Überstunden auf dem Konto haben.

»Pickles für Mr. Pickles!«, verkündet Catalin und schiebt ihm das Glas zu.

Ich sehe zu ihnen herüber, als ich an ihnen vorbei zu den Briefkästen gehe. Ihr Spitzname für Joel erinnert mich an unsere Reise nach Georgia. Maxwell hatte denselben Spitznamen für Luca, und er hatte gesagt, dass seine Ex-Verlobte gern Penny Pickles heißen wollte.

Der letzte Brief, den ich für Luca hinterlassen hatte, ist verschwunden, aber in meinem Briefkasten liegt keine Antwort. Ein wenig enttäuscht schaue ich aus dem Fenster, um zu sehen, ob Anne immerhin schon da ist, aber das ist sie nicht. Aus dem Augenwinkel sehe ich Caitlin, ihre Mom und Joel. Ich lausche, versuche aber, es nicht so auffällig zu tun.

»Du bist die Beste«, sagt Joel zu Caitlin und nimmt das Gurkenglas.

»Nein, Sie sind der Beste«, sagt Caitlins Mom. Sie klingt ein wenig atemlos. Das Kind ist sicher anstrengend. »Ich bin in einer Stunde wieder unten. Vielen Dank, dass Sie auf sie aufpassen.«

»Das mache ich gerne«, sagt Joel. Er öffnet den Deckel und fischt eine Gurke heraus. Caitlin beobachtet ihn mit großen Augen, und als er krachend in die Gurke beißt, kichert sie.

Ihre Mom gibt Caitlin das Malbuch und geht dann zum Aufzug. Das kleine Mädchen rennt zur Eingangstür. Joel ruft ihr hinterher: »Bleib aber beim Fenster, wo ich dich sehen kann!«

Jetzt, da wir im Eingangsbereich nur noch zu zweit sind, gehe ich auf ihn zu. Er isst die Gurke auf, schließt dann das Glas und lächelt zu mir herauf.

»Ist das die Bezahlung für Ihre Babysitterdienste?« Ich deute auf das Glas.

Sein Lächeln wird breiter. »Das ist wohl so.«

Ich zwinge mich zu einem Lachen, von dem ich hoffe, dass es einigermaßen natürlich klingt. »Warum Gurken?«

Er zuckt die Achseln. »Wer weiß? Ich glaube, Ms. Bayer kauft sie im Großhandel. Vermutlich hat sie zu viele Gläser davon gekauft.«

»Oh«, sage ich. Offenbar habe ich zu viel in den Spitznamen hineininterpretiert. »Ich dachte, es hätte vielleicht etwas
damit zu tun, wie die Kleine Sie genannt hat.«

»Wie denn?«

»Sie hat Sie Mr. Pickles genannt«, erinnere ich ihn.

»Hat sie das?«

So, wie er zurückfragt, so lässig und etwas gleichgültig, will
er vermutlich, dass ich das Thema wechsele. Vielleicht kommt
mir das aber auch nur so vor.

Ich lächle. »Ja.«

»Oh. Na ja. Kinder sagen manchmal lustige Dinge.«

Ich schaue über die Schulter zu den Briefkästen. »Ich habe
gestern Abend wieder einen Brief an das Bord gehängt. Sie
haben nicht zufällig gesehen, wer ihn genommen hat, oder?«

Er zuckt mit den Schultern. »Tut mir leid. Mir ist bisher
nichts Ungewöhnliches aufgefallen.«

»Und Sie haben auch keinen Fremden im Gebäude gesehen?«

»Niemand, der in der Nähe der Briefkästen gewesen wäre.«

Die Eingangstür schwingt auf, bevor ich noch etwas sagen
kann, und Caitlin streckt den Kopf hindurch. »Gnom! Deine
Freundin ist da.«

Ich schaue durchs Fenster und sehe Annes Auto an der
Bordsteinkante. Ich verabschiede mich von Joel, folge Raupenkind – oder Caitlin – nach draußen und steige auf der Beifah-
rerseite ein. Anne hat die Musik so laut gestellt, dass ich nicht
einmal mehr denken kann. Ich schalte das Radio aus.

»Kein neuer Brief von Luca bisher.«

»Hast du geschrieben, worüber wir gesprochen haben?«

»Ja.«

Gestern nach der Arbeit sind Anne und ich zum Mittagessen ins Café gegangen und haben überlegt, wie ich es angehen soll, Luca nach einem Treffen zu fragen. Den Brief habe ich ganz direkt und sachlich verfasst. Ich habe ihm gesagt, dass ich ihn an einem öffentlichen Ort treffen will und dass ich nicht möchte, dass er mehr als Freundschaft von mir erwartet.

»Der Brief war weg, als ich gerade geschaut habe«, berichte ich. »Also war er irgendwann zwischen gestern Abend und jetzt im Gebäude.«

»Aber nichts Neues von ihm.«

»Nein.« Ich kaue auf meiner Unterlippe herum und überlege, ob ich das andere erzählen soll, das mir im Kopf herumschwirrt. »Hey, erinnerst du an diesen Typen, den wir in Georgia getroffen haben, der Luca kannte?«

»Maxwell. Der war irgendwie hot.«

»War klar, dass das dein Typ ist. Erinnerst du dich auch noch daran, wie er Luca genannt hat?«

Sie denkt darüber nach. »Pickles, oder? Weil sein Nachname Pichler ist.«

»So nennt Caitlin Joel. Pickles. Na ja, Mr. Pickles, aber trotzdem.«

»Wer? Wen?«

»Caitlin ist der Name vom Raupenkind. Und Joel ist der Sicherheitsmann am Eingang. Ich hab dir doch von ihm erzählt.«

»Du glaubst, Joel könnte Luca sein?«

»Nein. Der ist doch viel zu alt. Aber er ist so ziemlich den ganzen Tag lang am Tresen, und trotzdem bemerkt er nicht, wer reinkommt, meine Briefe nimmt und etwas in meinen Briefkasten tut.«

»Vielleicht ist Luca der Postbote.«

Ich lache. »Das bezweifle ich. Das ist immer derselbe, schon bevor ich hier eingezogen bin.«

»Ich würde in den Spitznamen nicht allzu viel hineininterpretieren. Raupenkind nennt dich Gnom.«

»Ja, aber das klingt wenigstens ein bisschen wie Naomi.«

Wenig später hält Anne vor dem Tierladen, wo das Katzen-Adoptions-Event stattfinden soll. Der Tierschutzbund hat gleich vorn ein paar Käfige aufgestellt. Vermutlich haben sie hierfür die süßesten Hunde ausgesucht, die nun aufgeregt die ankommenden Leute begrüßen. Wir gehen an einem Käfig mit ungefähr acht braunweißen Welpen vorbei. Sie wirken nicht älter als zwei Monate und bekommen mit Abstand die meiste Aufmerksamkeit.

Wir gehen hinein und ganz nach hinten, wo die Käfige mit den Katzen und Kätzchen jeden Alters stehen. Ich sehe Jake neben einem der Käfige. Darin befindet sich ein orange getigertes Kätzchen und ein weiteres, das fast vollständig weiß ist, abgesehen von ein paar grauen und orangefarbenen Flecken auf dem Rücken. Jake spricht gerade mit einer der Freiwilligen. Als er mich erkennt, lächelt er und wendet all seine Aufmerksamkeit mir zu.

»Du bist gekommen«, sagt er.

»Das sind die zwei?« Ich stecke den Finger durch die Gitterstäbe des Käfigs. Beide Katzen kommen und schnuppern daran.

»Das sind die berühmten Kegelkätzchen«, bestätigt er. Er

zeigt auf die orangefarbene. »Das ist Roland. Die gefleckte heißt Phoebe.«

Anne kommt dazu und streckt ihm die Hand hin. »Ich glaube, wir wurden einander noch nicht richtig vorgestellt. Ich heiße Anne.«

Er streckt die Hand über den Käfig, um ihre zu schütteln. »Schön, dich endlich kennenzulernen, Anne.«

»Und wer bist du?«

Er lacht und lässt ihre Hand los. »Sehr witzig.«

Ich schaue sie finster an und forme mit den Lippen: »Warum bist du so komisch?«

Jake kümmert sich derweil wieder um die Katzen.

»Hat sich schon jemand für die beiden interessiert?«, frage ich.

»Ein paar Leute sind vorbeigekommen und haben mit ihnen durch die Gitterstäbe gespielt, aber niemand hat eine Adoptionsbewerbung ausgefüllt.«

»Sie sind so süß. Wie können die Leute nur so herzlos sein?«

Er zuckt mit den Schultern. »Willst du mit ihnen spielen?«

»Darf ich?«

Er führt Anne und mich in einen kleinen Raum, in dem die Familien die Tiere kennenlernen können, die adoptiert werden sollen. Einen Augenblick später bringt er die beiden Katzen herein. Anne und ich setzen uns auf den Boden und beobachten, wie sie um uns herumhüpfen und miteinander ringen.

Jake stellt uns eine Kiste mit Spielzeug hin, dann setzt er sich neben mich. Anne holt einen Plastikstab mit Federn an der Spitze heraus und lässt sie über den Kätzchen schweben. Sie springen beide gleichzeitig nach oben, um sie zu erreichen, krachen ineinander und fallen zu Boden.

Ich lache. »Wie alt sind sie eigentlich?«

»Vier Monate«, sagt er.

In diesem Moment springt der orangefarbene Kater in meinen Schoß und schlägt nach meinem Haar.

»Na, das ist wohl noch ein viel besseres Spielzeug, hm?«, sage ich. Ich wedele mit meinem Zopf, und er schlägt erneut danach, aber diesmal erwischt er ihn und lässt nicht wieder los. Er zieht daran und meinen Kopf gleich mit.

»Oh. Autsch.«

»Seine Kralle hängt fest«, sagt Jake. Er beugt sich über mich und hebt das Kätzchen hoch, wobei er vorsichtig die kleine Pfote aus meinem Haar windet.

Aus dieser Perspektive sehe ich nur Jakes Kinn und Hals. Auf seinem Kiefer zeichnen sich Bartstoppeln ab. Sein Adamsapfel hüpft einmal hoch und runter. Ich weiß, wie sich die Haut seines Halses an meinen Lippen, zwischen meinen Zähnen anfühlt. Wenn ich jetzt nicht gerade ein Kätzchen in den Haaren hätte – oder Anne, die uns beobachtet –, würde ich ihn vielleicht fragen, ob es hier irgendwo ein ungestörtes Plätzchen für uns beide gibt.

Als er den kleinen Kater aus meinen Haaren befreit hat und zu sich nimmt, treffen sich unsere Blicke für einen Moment. Seine Augen verengen sich ein wenig, gerade eben so, dass ich glaube, er weiß genau, was ich denke. Ich frage mich, ob ich wirklich so leicht zu durchschauen bin oder ob er dieselben Gedanken im Kopf hat.

Er stellt Roland wieder auf seine Pfoten, und der hüpft sofort wieder auf meinen Schoß. Diesmal legt er sich hin, statt mit meinem Haar zu spielen.

»Er mag dich«, sagt er und knufft mich leicht mit dem Ellenbogen.

»Bist du eifersüchtig?« Ich wackele mit den Brauen.

Er grinst. »Ein bisschen.«

Die kleine Gescheckte hüpft herbei und jagt Roland von meinem Schoß herunter. Ich schaue amüsiert zu, wie die beiden Geschwister miteinander ringen. Dann endet der Kampf so schnell, wie er begonnen hat, und die beiden lecken sich stattdessen gegenseitig die Gesichter ab und schnurren dabei.

»Sind die immer so drauf?«, frage ich und deute auf die Katzen. Ihre Gesichter sind jetzt ganz nass.

»O ja. Wenn sie nicht miteinander kämpfen, knutschen sie. Das ist vielleicht ein bisschen merkwürdig, wenn man bedenkt, dass sie Geschwister sind.«

Ich lache, was die beiden Fellknäule erschreckt, die mich anstarren, nur um dann den nächsten Kampf miteinander anzufangen.

»Es ist unglaublich, dass du mir die zwei die ganze Zeit vorenthalten hast«, sage ich zu ihm.

»Wenn ich mir dein Gesicht so ansehe, war das wohl die richtige Entscheidung. Du hättest sie vermutlich entführt, und dann hätten wir es nie zu dieser Adoptionsveranstaltung geschafft.«

Er hat recht. Ich kann mir nicht vorstellen, ohne diese beiden nach Hause zu gehe. »Wäre es verrückt, wenn ich sie nehmen würde?«, frage ich.

Anne fährt zu mir herum und runzelt die Stirn. »Hast du schon mal eine Katze gehabt?«, fragt sie knapp.

»Nein. Aber ich habe mir immer eine gewünscht.«

»Du musst dich jetzt aber nicht dazu genötigt fühlen, sie zu nehmen, nur weil sie sonst niemand wollte«, sagt Jake. »Das war nicht der Grund, warum ich wollte, dass du kommst.«

Ich strecke die Hand aus und streichle Phoebe, die mit meinen Schnürsenkeln spielt. Sie beißt in einen und zieht daran, so dass sich die Schleife löst. »Ich mache das nicht aus Mitleid. Ich habe wirklich schon lange darüber nachgedacht, mir ein Haustier zuzulegen. Und ich wollte schon eine Katze, als ich noch ganz klein war. Hast du im Ernst geglaubt, du könntest mich mit diesen beiden in einem Zimmer lassen, ohne dass ich mich rettungslos in sie verliebe?«

Ich schaue hoch und sehe Jake direkt in die Augen, als ich das sage. Erst als ich die kleine Falte zwischen seinen Brauen sehe, merke ich, dass meine Wortwahl vielleicht etwas seltsam war – vor allem ihm gegenüber. Einen Augenblick lang herrscht eine solch durchdringende Stille im Raum, dass ich alles infrage stelle und überlege, ob ich zurückrudern soll. Vielleicht würde das aber alles auch nur noch schlimmer machen.

Bevor ich mich weiter blamieren oder die Situation tatsächlich noch unangenehmer machen kann, glättet sich die Falte wieder, und er lächelt dieses etwas schiefe Lächeln, das ich so mag. »Wenn du sie wirklich adoptieren willst, hole ich jetzt jemanden für den Papierkram.«

Als ich wieder zu Hause ankomme, bin ich die stolze Besitzerin von zwei Kätzchen, einer Transportbox, einem Katzenklo, einem Sack Futter und viel mehr Spielsachen, als diese Kätzchen je brauchen würden. Anne hilft mir dabei, alles hineinzutragen. Als sie sieht, dass ich aufs Treppenhaus zusteuere, hält sie mich auf.

»He, Entschuldigung? Gnom? Meinst du nicht auch, der Aufzug wäre einfacher?«

Ich drehe mich zu ihr um. Sie trägt den größten Teil der Sachen, die ich gekauft habe. Ich habe nur die Transportbox mit Roland und Phoebe. Sofort erinnere ich mich an das letzte Mal, als ich im Aufzug stecken geblieben bin. Ich will ihn wirklich nicht noch mal benutzen, aber ich will auch nicht, dass Anne stolpert und rückwärts die Treppe hinunterfällt, weil sie die Arme voll mit meinen Sachen hat.

»Nimm du den Aufzug. Ich freue mich über die Bewegung.«

Wir kommen gleichzeitig auf meinem Stockwerk an.

»Du bist echt so komisch«, sagt sie, als wir vor meiner Tür stehen. »Hat Luca dir einen traumatisierenden Brief über Fahrstühle geschrieben, als du klein warst?«

»Nein. Aber ich bin einmal darin stecken geblieben. Na ja, zweimal. Seitdem bin ich nicht mehr damit gefahren.«

Ich öffne meine Tür, und sie folgt mir hinein.

»Wo soll das ganze Zeug denn hin?«, fragt sie.

»Stell es einfach irgendwo ab. Ich finde schon ein Plätzchen dafür.«

Ich stelle die Transportbox auf den Boden, öffne sie aber noch nicht. Ich muss noch ein paar Dinge aus Annes Auto holen, doch zuerst will ich noch etwas erledigen. Ich hole meinen Notizblock und einen Stift und gehe zum Küchentresen.

»Was machst du da?«, fragt Anne, als sie sieht, wie ich zu schreiben beginne.

»Ich schreibe einen Brief an Luca.«

»Jetzt?«

Sie kommt und schaut mir über die Schulter.

»Im ersten Brief, den ich ihm je geschrieben habe, habe ich erwähnt, dass ich mir eine Katze wünsche. Er hat darauf geantwortet, dass Katzen langweilig sind. Vermutlich findet er es toll, wenn ich ihm sage, dass ich gerade zwei davon adoptiert habe.«

Ich beende den Brief und stecke ihn dann in einen Umschlag.

»Das Katzenklo und das Streu sind noch in meinem Auto«, sagt Anne. »Ich kann schnell nach unten gehen und beides holen.«

»Ich komme mit«, sage ich. »Ich muss diesen Brief ohnehin bei den Briefkästen deponieren. Dann helfe ich dir tragen.«

Ich lasse die Kätzchen weiterhin in der Box, damit sie sicher sind, und dann gehe ich zurück in den Flur und auf das Treppenhaus zu.

»Im Ernst?«, sagt sie. »Der Fahrstuhl geht garantiert nicht kaputt.«

Ich höre nicht auf sie und gehe zur Treppe. Erst als sie zu reden beginnt, merke ich, dass sie mir hinterhergekommen ist. Irgendwie geht sie immer völlig geräuschlos, sogar, wenn sie direkt hinter mir die Treppe hinunterläuft.

»Hast du deswegen solche Killer-Waden?«, fragt sie. »Zwei

Stockwerke mindestens zweimal am Tag hinaufzulaufen, scheint ein ziemlich gutes Workout zu sein.«

»Ich bin daran gewöhnt. Außerdem bin ich mir ziemlich sicher, dass es ohnehin schneller geht als der Fahrstuhl.«

Wir erreichen die Eingangshalle. Ich gehe an Joel vorbei und pinne den Umschlag an das Bord über den Briefkästen, wie immer. Anne ist schon draußen und versucht, das Katzenklo zusammen mit einem schweren Sack Streu hineinzutragen. Schnell laufe ich hinaus, um ihr zu helfen.

Als wir wieder oben in der Wohnung sind, lasse ich die Katzen heraus. Wir spielen ein paar Minuten mit ihnen, dann geht Anne nach Hause. Die Kätzchen schauen neugierig zu, wie ich ihr neues Klo aufbaue. Es ist eins dieser selbstreinigenden Dinger. Anne hat mich überredet, so eins zu kaufen, weil sie sich nicht vorstellen konnte, dass sich irgendwer vor eine Katzentoilette knien und die Drecksarbeit selbst machen wollen würde. Das erinnert mich an die ersten paar Briefe von Luca und mir damals in der fünften Klasse. Bei der Erinnerung daran muss ich lächeln. Ich war damals so wütend gewesen.

Meine Gedanken schweifen zu dem Brief, den ich gerade bei den Briefkästen gelassen habe. Ich frage mich, was Luca wohl von dieser Neuigkeit hält. Vermutlich sagt er mir, dass schon damals abzusehen war, dass ich mal eine verrückte Catlady werden würde. Ich ziehe meine Schuhe wieder an und gehe nach unten. Mir ist klar, dass er noch gar nicht dagewesen sein kann, um den Brief abzuholen, aber ich habe heute sowieso noch nicht in den Briefkasten geschaut, und das kann ja nicht schaden.

Ich komme aus dem Treppenhaus und habe schon halb die Eingangshalle durchquert, als ich abrupt stehen bleibe. Joel steht neben den Briefkästen und hält den Umschlag für Luca in der Hand.

»Was machen Sie da? Legen Sie den zurück.«

Joel rührt sich nicht. Er schaut vom Umschlag in seiner Hand zu den Briefkästen.

»Joel?«

»Ich, äh …« Seine Schultern sacken herunter, und er seufzt.

»Haben Sie all die Briefe genommen, die ich dort oben hingelegt habe?«

Ich versuche, die Sache irgendwie zu begreifen, aber ich kann es nicht. Joel ist zu alt, um Luca zu sein. Aber wenn er derjenige ist, der die Briefe nimmt, wer schreibt mir dann zurück? Und dann fällt es mir wie Schuppen von den Augen. Es fühlt sich an, als hätte man mir den Boden unter den Füßen weggezogen. Der Raum beginnt sich zu drehen. Luca war gar nicht in meinem Wohnhaus, wie ich geglaubt hatte.

»Sie kennen ihn.« Ich will es eigentlich als Frage formulieren, aber es kommt als Feststellung heraus. Ich sehe an seinem Gesichtsausdruck, dass ich recht habe. »Wo ist er? Woher kennen Sie ihn?«

Er schüttelt den Kopf, offenbar ist sein Schreck darüber, ertappt worden zu sein, bereits verflogen. Ich habe so viele Fragen, vor allem dazu, warum der Sicherheitsmann in meinem Wohnhaus als Mittelsmann agiert, der Luca und mir die Briefe des jeweils anderen ausliefert.

»Hat er Ihnen etwas bezahlt, damit Sie das tun?«, frage ich.

Joel räuspert sich. »Nein. Er hat mich nicht bezahlt.«

»Woher kennen Sie ihn?«, wiederhole ich.

Wieder zögert er. Dann wendet er den Blick ab und schaut lieber auf den Umschlag statt in meine Augen.

»Er ist mein Sohn«, sagt er schließlich.

SECHSUNDZWANZIG

Die berüchtigten Kegelkätzchen

»Sie sind Lucas *Dad*?«

Statt einer Antwort schiebt Joel den Umschlag in seine Gesäßtasche und geht um mich herum zurück zu seinem Tresen.

»Also … was? Haben Sie meine Briefe an ihn weitergeleitet?«

Er schaut für den Bruchteil einer Sekunde zu mir hoch, dann widmet er sich wieder seinem Arbeitsplatz. Mit geschäftiger Miene klopft er einen Stapel Papiere zurecht, der bereits vollkommen gerade war.

»Haben Sie sie etwa auch gelesen?«, frage ich. »Und wo ist er?«

Er ignoriert meine Fragen und schaut diesmal nicht einmal mehr hoch. Stattdessen öffnet er eine Schublade und wühlt darin herum, als suche er etwas. Ich schaue ihm zu und warte, dass er mir antwortet, obwohl klar ist, dass er das nicht vorhat. Vermutlich schaut er Jake und mir deswegen immer missbilligend hinterher, wenn wir zusammen ausgehen. Er ist auf der Seite seines Sohns, und Jake kommt ihm in die Quere.

»Ich weiß nicht, was Luca Ihnen von mir erzählt hat, aber es geht Sie nichts an, mit wem ich ausgehe. Ich bin mit Jake zusammen, und es ist ziemlich ernst. Das können Sie Luca sagen. Mir egal.«

Er hört auf, in seiner Schublade herumzuwühlen, und schaut zu mir hoch. Ich habe immer geglaubt, gut darin zu sein, Leute zu durchschauen, aber den Blick, den er mir jetzt zuwirft, kann ich nicht deuten. Er murmelt etwas davon, jetzt seine Runde machen zu müssen, und verschwindet im Aufzug. Ich grübele immer noch darüber, als ich wieder nach oben gehe.

Caitlins Spitzname für ihn ergibt jetzt viel mehr Sinn. Ich wusste doch, dass noch mehr dahintersteckt. Aber ich habe so viele Fragen, die ich stellen will. Ich will wissen, woher Joel wusste, dass ich diejenige bin, der ihr Sohn all die Jahre geschrieben hat. War Luca hier, um ihn zu besuchen, und hat mich dabei gesehen? Ich weiß immer noch nicht, ob Luca in Miami wohnt oder nur zu Besuch ist. Vielleicht hat er mir deswegen keine Adresse gegeben.

Die Kätzchen untersuchen gerade ihr neues Zuhause, als ich ein Klopfen an der Tür höre. Ich öffne sie, und Jake kommt herein. Es ist schon ein paar Stunden her, seit ich begriffen habe, dass Joel Lucas Dad ist. Deswegen bin ich mittlerweile ein wenig ruhiger, aber trotzdem dankbar für die Ablenkung durch Jake.

Kaum dass die Tür hinter uns ins Schloss gefallen ist, drückt er mich nur mit seinem Körper gegen die Wand. Die plötzliche Bewegung raubt mir den Atem. Seine Nähe lässt Wärme in mir aufsteigen. Seine Lippen schweben direkt vor meinen, fordern mich heraus. Ich hebe mein Kinn nur ein wenig. Meine Lippen berühren seine ganz sacht, aber ich will ihn noch nicht küssen. Die zarte Bewegung lässt seine Augen dunkel werden, sie macht ihn ganz verrückt. Jetzt drückt er seine Lippen auf meine. Es fühlt sich fast wie unser erster Kuss an. Zwar ist es erst ein paar Stunden her, seit ich ihn gesehen habe, aber es fühlt sich an wie Tage, Wochen.

Als er sich endlich von mir löst, merke ich, dass der Grund dafür, dass er mich nicht anfasst, der ist, dass er etwas hinter seinem Rücken versteckt. Ich recke den Hals, um zu sehen, was es ist, aber er dreht sich weg, so dass ich nichts sehen kann.

»Wie leben sich denn die Kätzchen ein?«, fragt er.

»Sie tun schon so, als gehörte ihnen die Wohnung. Jetzt brauche ich nur noch eine kleine Kegelbahn, damit sie sich so richtig zu Hause fühlen können.«

»Ich muss dir etwas sagen, Naomi.«

»Was denn?«

Er atmet tief ein, als bräuchte er Kraft für das, was er jetzt sagen muss. Dann lässt er den angehaltenen Atem wieder heraus. »Die Kätzchen können gar nicht kegeln.«

»Was?« Ich stampfe auf. »Das ist ja Beschiss. Ich will mein Geld zurück.«

Er lächelt, dann holt er ein kleines Skateboard hinter seinem Rücken hervor. Es ist ungefähr halb so groß wie ein normales, wie für ein Kind.

»Du fährst Skateboard?«, frage ich.

»Nein. Das hat meinem Bruder gehört. Er ist rausgewachsen, und als ich damit angefangen habe, Kätzchen aufzunehmen, hat er es mir geschenkt. Wir haben ihnen beigebracht, Skateboard zu fahren.«

Ich starre das kleine Board an. »Die Katzen fahren Skateboard?«

»Sozusagen. Sie lieben es, darauf zu sitzen, wenn ich das Skateboard über den Boden schubse.«

Um mir zu zeigen, was er meint, stellt er das Skateboard auf den Boden. Roland und Phoebe kommen sofort angerannt. Er setzt sie nebeneinander auf das Skateboard und schubst es dann sanft an. Die beiden bleiben darauf sitzen, und ihre kleinen Köpfchen drehen und wenden sich, weil sie sich all die neuen und interessanten Dinge in meiner Wohnung anschauen.

»Im Ernst? Als ich also gefragt habe, ob du da oben eine Kegelbahn betreibst, war es das hier, was ich gehört habe? Und du hast es nicht für nötig gehalten, mir zu sagen, dass du da oben zwei winzige Katzenversionen von Tony Hawk beherbergst?«

»Ich dachte, du würdest mich bestimmt für verrückt halten. Oder dass ich mir das ausdenke. Jedenfalls brauche ich das Skateboard nicht mehr. Ich dachte, es bleibt besser bei den beiden.«

Sprachlos schaue ich den Kätzchen dabei zu, die sich jetzt damit abwechseln, vom Skateboard aufeinander zu springen und das Board dadurch durch den Raum rollen zu lassen. Ich sehe ihn an. »Ich kann dir jetzt schon sagen, dass die Nachbarn unter mir mich dafür hassen werden.«

»Schon okay. Vielleicht können sie den Lärm mit lauter Musik übertönen.«

»Das ist eine ziemlich effektive Methode«, stimme ich zu.

Er nimmt meine Hand und zieht mich in Richtung Schlafzimmer. »Und jetzt lass uns beenden, was wir vor ein paar Minuten angefangen haben.«

———

Lieber Luca,

ich habe herausgefunden, dass Joel dein Vater ist, und weiß wirklich nicht, wie ich das finden soll. Ich hasse es, angelogen zu werden und herauszufinden, dass Joel mir das wochenlang verschwiegen hat, tut ziemlich weh. Ich bin mir nicht sicher, ob er dir den Brief gegeben hat, den ich dir Freitag an das Bord über gehängt habe. Jetzt habe ich das Gefühl, dass ich ihm nicht mehr trauen kann, aber hoffentlich hast du ihn bekommen. Ich will dich treffen. Zeigst du mir dein Gesicht, oder hast du Angst, dass ich herausfinde, wie hässlich zu bist?

Alles Liebe

Naomi

———

Ich bin bei der Arbeit und starre konzentriert in den Computer, als ich das beunruhigende Gefühl bekomme, dass mich jemand beobachtet. Die Haut an meinem Nacken prickelt. Ich drehe mich um, und Anne steht hinter mir. Irgendwie schaffe ich es, nicht zu zeigen, wie sehr ich mich erschrocken habe.

»Du Creep«, sage ich. »Warum stehst du einfach so da?«

Sie schürzt die Lippen. »Wie war denn der Rest deines Wochenendes?«

Ich zucke mit den Schultern und wende mich wieder meinem Computer zu. »Es war gut. Gestern habe ich mit Roland und Phoebe ein langes Nickerchen auf dem Sofa gemacht.«

»Hast du mit Luca gesprochen?«

»Mit ihm gesprochen? Nein. Ich habe das ganze Wochenende nichts von ihm gehört, also habe ich noch einen Brief geschrieben.«

»Oh. Also ist er nicht an deiner Tür aufgetaucht oder so?«

Ich runzele die Stirn. »Meinst du nicht auch, dass das vermutlich das Erste wäre, was ich dir erzählen würde?«

Sie lässt sich auf den Stuhl neben mir fallen und stellt den Kaffeebecher für mich ab. »Bei dir weiß man ja nie, Gnom. Du kannst so geheimnistuerisch sein, wenn du willst.«

»Ich habe aber keine Geheimnisse vor dir.«

Während ich das sage, fällt mir ein, was ich über Joel herausgefunden habe. Ich überlege kurz, ob ich es ihr sagen soll oder nicht. »Übrigens.«

Sie zieht eine Braue hoch.

»Dieses Wochenende habe ich tatsächlich etwas Neues herausgefunden«, fahre ich fort.

»Spuck's aus«, sagt sie und beugt sich vor.

»Luca war gar nicht in meinem Wohnhaus.«

Sie runzelt die Stirn. »Aber was ist mit den Briefen, die du da hinterlegt hast?«

»Sein Dad hat sie genommen.«

»Sein Dad? Ich dachte, sein Dad hätte ihn verlassen, als er noch klein war.«

»Das hat seine alte Nachbarin Carol Bell gesagt. Wir wissen nicht genau, ob sie nicht trotzdem Kontakt zueinander hatten.

Außerdem, selbst wenn das stimmt, können sie sich natürlich irgendwann wieder versöhnt haben.«

»Aber woher weißt du, dass es sein Dad war?«

»Erinnerst du dich daran, dass du zu mir gesagt hast, ich interpretiere zu viel in den Spitznamen von Caitlin für Joel hinein?«

»Ja«, sagt sie langsam.

»Tja, es hat sich herausgestellt, dass sie einen guten Grund dafür hatte, ihn Mr. Pickles zu nennen.«

»Warte mal. Lucas Dad ist der Sicherheitsmann in deinem Wohnhaus?«

Ich nicke. »Stell dir mal mein Gesicht vor, als ich nach unten kam und ihn dabei erwischt habe, wie er meinen Brief an Luca in der Hand hatte.«

»Das ist ja krass. Meinst du, er gibt die Briefe immer noch an Luca? Vielleicht hast du deswegen nichts mehr von ihm gehört?«

Ich denke kurz darüber nach. »Ich weiß es nicht. Mein erster Gedanke war, dass er vielleicht nur ein paar Wochen in der Stadt war und jetzt nicht mehr schreibt, aber das ergibt überhaupt keinen Sinn. Er hat meine Adresse. Er kann mir immer noch schreiben. Und er hat angedeutet, dass er in Miami wohnt.«

»Vielleicht kannst du Joel nächstes Mal einfach beschatten, wenn er deinen Brief nimmt. Irgendwann muss er dich ja zu Luca führen.«

»Findest du das nicht ein bisschen grenzüberschreitend?«

Sie verdreht die Augen. »Du bist den ganzen Weg nach San Diego gefahren, um ihn zu finden. Du hast versucht, auf eine

Militärbasis zu kommen, und du bist nach Texas geflogen und hast seiner Ex-Verlobten etwas vorgelogen. Erklär mir also bitte, warum es plötzlich zu weit gehen soll, wenn du seinem Dad ein wenig hinterher spionierst?«

»Okay. Du hast recht.« Ich seufze. »Ich habe es nur so satt, all diese Spielchen spielen zu müssen, um ihn zu finden. Und ich fürchte, dass es ihm nur darum geht. Um die Spielchen.«

»Wie kommst du darauf?«

Ich denke an den letzten Brief, den ich ihm geschickt hatte, bevor er für zwei Jahre verschwand. Ich hatte ihm angeboten, mit mir abzuhauen, nachdem er sich bei mir über seine Verlobte beschwert hatte. Monate, nachdem ich diesen Brief verschickt hatte, ohne dass eine Reaktion kam, habe ich darüber nachgedacht, ob es richtig war, diese Einladung auszusprechen, auch wenn ich sie scherzhaft formuliert hatte. Ich glaube, dass ich eigentlich wusste, dass ich sie ernst meinte. Ich hätte es damals nicht vor mir selbst zugegeben, aber dennoch gehofft, dass er meine Einladung annehmen würde. Als er nie reagierte, fühlte ich mich schon irgendwie zurückgewiesen.

Und jetzt passiert das wieder. Kaum sage ich ihm, dass ich ihn treffen will, schreibt er nicht mehr zurück. Ich weiß gar nicht, wie ich all das Anne erklären soll. Also halte ich es möglichst einfach.

»Ich glaube, er will mich gar nicht wirklich treffen.«

Sie runzelt die Stirn und sieht mich zweifelnd an. »Ich glaube schon.«

Ich verdrehe die Augen. »Du bist ja auch nicht diejenige, die ihm all die Jahre geschrieben hat. Aber du hast die Briefe gelesen. Das war nie mehr als ein Scherz zwischen uns. Wir haben einander seit der fünften Klasse immer mit dummen Witzen überboten. Er wollte mich nie treffen. Er wollte nur, dass ich zugebe, ihn treffen zu wollen.«

Ich will mir vor Anne nicht eingestehen, dass ich mich so zerrissen fühle zwischen ihm und Jake. Vielleicht ist es sogar ganz gut, wenn ich nie wieder von ihm höre. Denn wie kann ich etwas Richtiges mit Jake aufbauen, wenn meine Gedanken ständig zu Luca zurückkehren? Ich habe viel Zeit darauf verwendet, ihn zu finden – Zeit, die ich auch mit Jake hätte verbringen können, der diese kindischen Spielchen nicht spielt.

Vielleicht ist es gut, dass ich all das hinter mir lasse, bevor ich in ein paar Wochen mein Haus kaufe und umziehe. Noch bis vor Kurzem wäre mir es nicht zu viel Mühe gewesen, Joel hinterher zu spionieren. Aber jetzt, da es mit Jake ernst wird, fühlt es sich falsch an, zumal aus all der Zeit und Energie, die ich dafür aufwende, Luca zu finden, nur folgt, dass er mir in den unpassendsten Situationen in den Kopf kommt.

»Ich glaube nicht, dass er dich nicht treffen will«, sagt Anne. »Und ich glaube, du glaubst es auch nicht wirklich.«

»Warum nicht?«

Sie zögert und überlegt. »Er hat dir Blumen geschickt«, sagt sie.

»Du erinnerst dich aber auch an das, was auf der Karte stand?«

»Ich glaube, du bist gerade ein bisschen durch den Wind. Vielleicht war er nur überrascht, dass du ihn treffen willst. Er überlegt vermutlich gerade nur, wie ihr das bewerkstelligen sollt.«

»Ich werde auf keinen Fall weiter hoffen, während er sich alle Zeit der Welt lässt.«

»Willst du ihm denn wieder schreiben?«

»Ich habe heute Morgen noch einen Brief bei Joel gelassen. Wenn ich wieder nach Hause komme, und da ist kein neuer, dann belasse ich es dabei. Außerdem sollte ich ohnehin nicht so viel Energie wegen Luca verschwenden, zumal ich einen Freund habe, den ich sehr mag.«

Einen Freund, der es nicht verdient hat, das ich den falschen Namen stöhne, auch wenn er es offenbar nicht gehört hat. Ich hatte gedacht, dass die Aufregung um die Jagd nach Luca verpuffen würde, sobald ich ihm zurückschreiben könnte. Dass ich ihn so aus dem Kopf bekommen würde. Stattdessen nimmt er mehr Raum ein denn je. Ihm zu schreiben ist das eine, aber in meinem Schlafzimmer hat er nun wirklich keinen Platz. Da sind nur Jake und ich.

»Bist du sicher, dass er dich auch so sehr mag? Er wirkt auf mich einigermaßen verschlossen. Ich weiß nicht, ob ich ihm vertrauen würde.«

»Verschlossen?«, wiederhole ich und runzele die Stirn. »Wie kommst du denn darauf?«

»Ich glaube, du solltest ihm von Luca erzählen«, sagt Anne und übergeht meine Frage.

Ich pruste beinahe meinen Kaffee aus. »Was? Warum das denn?«

»Du willst eure Beziehung doch nicht mit einer Lüge beginnen, oder?«

»Es ist doch keine Lüge. Es ist nur ...«

»Das Weglassen einer Wahrheit?«, beendet sie meinen Satz.

»Genau.«

»Das ist immer noch eine Lüge. Du hast Luca jahrelang geschrieben. Willst du wirklich, dass das über deinem Kopf schwebt, wenn ihr jetzt in eine Beziehung startet? Und was, wenn Luca derjenige ist, mit dem du eigentlich zusammensein solltest? Du willst doch Husky-Augen nicht mit ihm betrügen. Du musst ehrlich bleiben.«

»Er heißt Jake«, sage ich und verdrehe die Augen. »Ich glaube nicht, dass er das gut aufnehmen würde. Wir haben beide schon gesagt, dass wir niemand anderen daten. Eigentlich haben wir uns auf etwas Monogames geeinigt.«

»Ach, echt? So lange seid ihr doch noch gar nicht zusammen.«

»Du willst ja bloß, dass ich mit ihm Schluss mache, damit du mit ihm zusammen sein kannst.«

»Ihh. Dieser Zug ist schon lange abgefahren. Seit ihr angefangen habt, euch zu daten, ist er für mich tabu. Girl-Code, weißt du?«

»Jedenfalls glaube ich nicht, dass das so unkompliziert wäre, wie du denkst.«

»Vielleicht ist er ja ein hoffnungsloser Romantiker.« Sie faltet die Hände und legt sie an die Wange. »Vielleicht sagt er dir, du sollst deinen verlorenen Breind wiederfinden.«

»Ich weiß gar nicht, ob ich das will.«

»Womöglich steht er sogar drauf, und du könntest einen flotten Dreier mit beiden haben.«

Ich bemerke eine Bewegung aus den Augenwinkeln. Patrick steht in der Tür und beobachtet uns. Sein Gesicht ist bis zum Haaransatz tomatenrot.

»Schon wieder beim falschen Teil der Unterhaltung rein-
geplatzt, Patrick?«

Annes Augen werden so groß, dass sie aussehen wie Golf-
bälle. Sie fährt herum, um sicherzugehen, dass ich sie nicht
auf den Arm nehme.

»Herrgott, Mr. Facey, haben Sie meine Schuhe geklaut oder
so?«, fragt sie. »Eigentlich bin ich doch diejenige, die sich an
die Leute heranschleicht.«

»Sie haben bestimmt viel zu tun, Anette«, sagt er.

Sie will aufstehen, aber ich lege ihr die Hand auf den Arm,
um sie daran zu hindern. Es reicht mir, dass er ständig unsere
Namen falsch ausspricht.

»Anne«, sage ich und sehe dabei Patrick an.

Anne sieht zu ihm, und dann starren mich beide erwartungsvoll an.

»Wie bitte?«, sagt Patrick.

»Sie heißt Anne.«

Er runzelt die Stirn. »Hab ich doch gesagt, oder?«

»Dann muss ich Sie wohl falsch verstanden haben. Können
Sie ihren Namen noch einmal sagen?« Ich glaube nicht, dass
ich je gehört habe, dass er ihren Namen korrekt gesagt hat.
Und ich weiß nicht, ob das irgendeine schräge Machtstrategie
ist oder ob er sich wirklich keine Namen merken kann, aber
scheint mir ein guter Moment, um das herauszufinden.

»Annie … Anna. Anette«, stammelt er.

»Nichts davon war korrekt.«

»Schon okay«, sagt Anne mit einem gezwungenen Lächeln.
»Mr. Facey kann mich nennen, wie er will.«

»Anita«, sagt er.

»Anne«, wiederhole ich laut, und Anne sagt gleichzeitig: »Ja, klar, das ist in Ordnung.

Er runzelt die Stirn. »Arnie?«

»Okay, jetzt haben Sie da einen ganz neuen Buchstaben reingeschmuggelt. Was ist eigentlich los mit Ihnen?«

»Was meinen Sie? Was ist mit *Ihnen* los?«

»Sie sprechen uns beide seit zwei Jahren falsch aus. Hören Sie den Unterschied nicht?«

Er besitzt doch tatsächlich die Dreistigkeit, überrascht dreinzuschauen. »Warten Sie, im Ernst? Ich dachte, das wäre eine Art Scherz zwischen uns.«

Keine von uns beiden reagiert. Dann zuckt er mit den Schultern und sagt: »Nennen Sie mich nicht deswegen die ganze Zeit Mr. Facey?«

Anne und ich wechseln einen Blick. Als wir Patrick wieder ansehen, scheint er etwas zu begreifen. »Ich heiße Pacey«, sagt er und betont die erste Silbe mit einem ploppenden P. »Patrick Pacey.«

Er sieht uns unverwandt an. Keiner von uns sagt ein Wort. Es ist das betretenste Schweigen, das ich je erlebt habe. Patrick bricht es schließlich. »Haben Sie wirklich geglaubt, ich hieße Facey? *Facey*? Was soll das überhaupt für ein Name sein?«

»Ich bin mir sicher, dass irgendwer irgendwo so heißt«, sage ich.

Anne sieht keinen von uns an. Ihre riesigen Augen sind auf die Wand zwischen mir und Patrick gerichtet.

»Herrgott noch mal«, murmelt Patrick. »Anne, machen Sie sich an die Arbeit. Naomi, bestimmt müssen Sie noch Ihren Bericht fertig stellen, bevor Sie auf Sendung gehen.«

Ich glaube, dass ich ihn das erste Mal meinen Namen richtig aussprechen höre. Er dreht sich um und verlässt den Raum. Erst da sieht mich Anne wieder an. Ihr Gesicht ist so rot wie Patricks, nachdem er mit anhören musste, wie sie mir einen flotten Dreier vorgeschlagen hat.

»Du hast wirklich geglaubt, er heiße Facey?«

Ich bin verwirrt. »Was meinst du damit? Du hast doch dasselbe geglaubt.«

Sie schüttelt den Kopf und grinst. »Du bist wirklich total schlecht mit Namen, oder?«

»Du hast doch auch gedacht, dass er Facey heißt!«

»Nein, habe ich nicht. Er heißt Patrick Pacey. Er hieß immer schon Patrick Pacey. So steht es auch auf dem Schild neben seiner Bürotür.«

»Und warum nennst du ihn dann immer Mr. Facey?«

»Weil du ihn an deinem ersten Tag hier so genannt hast. Ich fand das wahnsinnig witzig. Und seitdem hat er damit angefangen, mich Anette zu nennen.«

»Du meinst, das hier war wirklich so ein Insider-Witz, und ich habe überhaupt nicht begriffen, dass ich Teil davon war? Willst du mich verarschen?«

Sie zuckt mit den Schultern und wendet sich zum Gehen. »Ich gehe dann mal besser zurück an die Arbeit, bevor er hier reinkommt und mich wieder anschreit.«

»Warte mal. Warum sagst du das eigentlich erst jetzt? Warum hast du ihn glauben lassen, du dachtest wirklich, dass das sein Name sei?«

»Weil du dich schon genug blamiert hattest. Ich wollte nicht, dass du allein untergehst.«

Ich bin seltsam gerührt. Anne ist schon fast aus dem Raum, als ich merke, dass ich nicht reagiert habe.

»Du bist eine gute Freundin, Anne«, sage ich.

Sie schaut über die Schulter zurück und lächelt mich an. »Hör auf herumzudaddeln und mach deinen Bericht fertig«, sagt sie, indem sie Patricks Tonfall nachmacht.

SIEBENUNDZWANZIG

Doppelleben

Es sind bereits ein paar Tage vergangen, und ich habe immer noch nichts von Luca gehört. Jeden Tag frage ich Joel nach neuen Briefen, aber er schüttelt immer nur den Kopf und tut so, als sei er sehr beschäftigt. Ich frage mich, ob er Luca meinen letzten Brief überhaupt gegeben hat. Von Jake habe ich in den letzten Tagen auch nicht viel zu Gesicht bekommen. Neulich, als ich nach Hause kam, habe ich ihn zufällig durchs Fenster gesehen, aber als ich drinnen war, war er schon im Fahrstuhl auf dem Weg in den dritten Stock.

Am Freitag gehe ich nach dem Mittagessen mit Anne nach Hause. Ich weiß nicht genau, was ich tun soll. Ich habe keine Briefe mehr, auf die ich mich freuen kann. Anne und ich haben unsere zweite Reise nach San Diego gecancelt. Jetzt, da ich weiß, wer Lucas Dad ist, ist es sinnlos, Ben Toole zu finden. Also sitze ich stattdessen mit einem Laserpointer auf dem Boden und lasse die Kätzchen dem roten Fleck hinterherjagen.

Langsam habe ich das Gefühl, Jake verloren zu haben. Vielleicht war er letztendlich nur hinter dem einen her, aber irgendwie kann ich mir das nicht vorstellen. Das, was wir miteinander hatten, bekommt man nicht in einem One-Night-Stand. Vielleicht hatte er mir auch bloß die Katzen andrehen wollen. Aber der Gedanke ist einfach zu lächerlich, also schiebe ich ihn nach kurzer Überlegung wieder beiseite. Das Einzige, was mir sonst noch einfällt, ist, dass Joel ihm vielleicht von Luca und den Briefen erzählt hat. Ich kann mir vorstellen, dass ihn verletzt, dass ich ihm das verschwiegen habe, aber ich wünschte mir, er würde wenigstens mit mir reden.

Ich fange an, eine Nachricht an ihn zu tippen, obwohl er schon auf meine letzten beiden nicht geantwortet hat. Plötzlich werde ich von einem Heulen, einem Aufschrei von oben unterbrochen. Perplex schaue ich hoch zur Decke, Roland und Phoebe ebenfalls. Das herzzerreißende Geräusch muss aus Jakes Wohnung kommen. Erst versuche ich, es zu ignorieren und die beiden wieder für den Laserpointer zu begeistern. Aber sie haben kein Interesse mehr. Stattdessen lauschen sie gebannt auf ein weiteres Geräusch von oben.

Eine weitere Minute lang sträube ich mich innerlich dagegen, der Sache auf den Grund zu gehen, aber als das Geräusch erneut markerschütternd durch meine Glieder fährt, stehe ich auf, schlüpfe in meine Schuhe und gehe hinaus auf den Flur. Der Gang ist leer. Offenbar scheint sonst niemand von dem Geräusch beunruhigt zu sein. Ich muss die Einzige sein, die es gehört hat. Ich nehme die Stufen in den dritten Stock und folge dem Kreischen zu Jakes Wohnung. Zwar war ich noch nie hier oben, aber ich weiß ja, dass es die Wohnung direkt über mir ist. Also klopfe ich an die Tür. Das Heulen hört nicht auf. Ich klopfe erneut. Keiner reagiert. Das furchtbare Geräusch bleibt. Ich versuche es mit der Klinke, aber die bewegt sich nicht.

Mit zusammengezogenen Brauen wähle ich Jakes Nummer, und der Anruf geht direkt zur Voicemail. Ich weiß allerdings, dass ich mich auf nichts werde konzentrieren können, solange hier oben so gejault wird. Also gehe ich hinunter in die Eingangshalle. Joel isst eingelegte Gurken aus einem Glas. Ich schaue durch das Fenster und sehe, dass Caitlin auf dem Bürgersteig ein Rad nach dem anderen schlägt.

»Joel«, sage ich. Er schaut hoch, offenbar erschrocken, dass ich seinen Namen sage. Seine Wangen sind ganz dick, weil er sich gerade den Mund vollgestopft hat. »In der Wohnung über meiner ist ein Tier, das eine Menge Krach macht.«

Er kaut und schluckt seine Gurke herunter, dann wischt er sich den Mund mit einer Serviette ab. »Das ist ein Welpe. Sind Sie gekommen, um eine Beschwerde einzureichen?«

Ich schüttele den Kopf. »Kann ich einen Ersatzschlüssel haben?«

»Oh, ich weiß nicht, ob das eine gute Idee ist. Ich habe gehört, dass Sie beide eine Auszeit nehmen, weil Sie jemand anderen treffen.«

Na prima. Ich hatte mir schon gedacht, dass Jake mir deswegen aus dem Weg geht, aber es von jemand anderem zu hören, macht es erst so richtig real. Es fühlt sich an wie ein Schlag in die Magengrube. Irgendwie hatte ich mir gewünscht, vielleicht doch zu viel in die Sache hinein zu interpretieren.

Ich dachte, er wäre erwachsen genug, um mir persönlich zu sagen, dass es vorbei ist.

»Hat er das gesagt?«

Joel grunzt vage.

»Sie haben ihm von Luca erzählt, oder? Wissen Sie, jetzt weiß ich auch, warum Sie uns immer so finster angeschaut haben, wenn wir zusammen waren. Ich weiß, dass Sie glauben, Ihrem Sohn damit einen Gefallen zu tun, aber Sie können sich nicht einfach so in mein Privatleben einmischen.«

Er verdreht die Augen, was mich nur noch wütender macht. »Genau deswegen kann ich Ihnen den Schlüssel nicht geben.«

»Ach hören Sie doch auf, Joel. Ich werde ganz sicher nicht seine Wohnung verwüsten. Ich gehe nur mit dem Welpen Gassi, bevor er mich und alle Nachbarn in den Wahnsinn treibt.«

Er sieht mich mit schmalen Augen an, als misstraue er meinen Absichten, doch dann wandert sein Blick zum Schlüsselkasten, der auf seinem Tresen steht. »Wehe, ich muss das bereuen«, sagt er. Er öffnet den Kasten, durchsucht ihn und holt dann den mit Jakes Wohnungsnummer daran heraus.

Ich nehme ihn und gehe nach oben. Als ich den dritten Stock erreiche, höre ich schon von Weitem das Wimmern und Heulen des Welpen. Wieder bin ich überrascht, dass sich sonst noch niemand beschwert oder wenigstens den Kopf aus der Wohnung gestreckt hat, aber vermutlich sind die meisten Nachbarn zu dieser Tageszeit einfach bei der Arbeit.

Ich öffne die Wohnungstür und gehe hinein. Der Grundriss ist derselbe wie der meiner Wohnung, aber diese hier ist sparsamer eingerichtet. Ich entdecke die Quelle des Lärms in einer

Hundebox in einer Ecke des Wohnzimmers. Der Welpe hört sofort auf zu weinen, als er mich sieht. Er springt an der Wand der Box hoch, winselt und wedelt mit dem Schwanz, als wüsste er genau, dass ich gekommen bin, um ihn zu retten.

Ich glaube, ich habe ihn auch schon auf der Adoptionsveranstaltung letztes Wochenende gesehen. Sein Körper ist fast ganz weiß. Er hat einen braunen Fleck um das eine Auge herum, und ein zweiter bedeckt seinen halben Rücken. Er sieht aus wie einer der Welpen aus dem Wurf, der letzten Samstag am meisten Aufmerksamkeit bekommen hat. Seltsam, dass dieser hier nicht auch adoptiert worden ist.

»Du armes Ding«, sage ich und knie mich hin, um die Box zu öffnen. Der Welpe stolpert heraus, springt an meinen Beinen hoch und bettelt um Aufmerksamkeit. »Du bist ja ein süßes Kerlchen! Und so weich.« Ich streichele seinen Körper. »So weich.«

Ich nehme ihn auf den Arm, bevor er auf den Boden pinkeln kann, und drehe mich dann um, um nach einer Leine zu suchen. Ich finde ein Geschirr und eine Leine auf dem Küchentresen. Es ist schwierig, dem Welpen die Gurte anzulegen. Ich hatte noch nie einen Hund, daher weiß ich nicht, welcher wohin soll, aber schließlich bekomme ich es doch heraus. Ich hake die Leine ein, und dann gehe ich nach unten, immer noch mit ihm auf dem Arm, weil ich später nicht den Flur putzen will. Vielleicht hatte ich noch nie einen Hund, aber ich weiß, dass so kleinen Welpen wie diesem ein Malheur passiert.

Draußen angekommen setze ich ihn auf den Bürgersteig. Caitlin kreischt begeistert und kommt sofort angerannt, und der Welpe senkt das Hinterteil und pinkelt. Caitlin scheint das gar nicht zu bemerken, oder es ist ihr völlig egal. Dem Welpen scheint ihr Kreischen auch nichts auszumachen.

»Du hast einen kleinen Hund!«, ruft sie. »Wie heißt er denn?«

»Der gehört mir nicht«, sage ich. »Ich gehe nur mit ihm Gassi.«

»Kann ich mitkommen?«

»Du musst doch vor dem Fenster bleiben, wo Joel dich sehen kann.«

»Ich frage, ob ich mit dir gehen kann«, sagt sie.

»Aber ...«

Bevor ich meine Einwände vorbringen kann, ist sie bereits durch die Tür und spricht mit Joel. Als sie wieder herauskommt, hüpft sie zu mir. »Mr. Pickles sagt, ich darf mitkommen, wenn wir nicht so weit weggehen. Wie weit gehen wir weg?«

Ich seufze. »Nicht weit. Nur bis zum Ende des Blocks und wieder zurück.«

»Darf ich die Leine halten?«

»Das sollte ich wohl besser tun, zur Sicherheit, verstehst du? Auf der Straße ist eine Menge Verkehr, und ich will nicht, dass dem Welpen etwas passiert.«

»Okay. Ich habe gehört, wie Mr. Pickles und Fischmann über dich geredet haben.«

Ich runzle die Stirn. »Fischmann?«

Sie zuckt die Achseln. »Dein Freund.«

Es dauert einen Moment, bis ich begreife, dass sie Jake Fischmann nennt, weil er in einem Aquarium arbeitet. Ich bin überrascht, dass sie weiß, dass ich mit ihm zusammen bin –

oder eher mit ihm zusammen *war*. Aktuell bin ich mir nämlich nicht mehr so sicher, wo wir jetzt stehen. Aber das Caitlin jetzt plötzlich davon weiß, scheint meine Theorie zu bestätigen, dass es Joel war, der ihm von den Briefen erzählt hat. Ich bin so frustriert, dass ich heulen könnte, aber vor dem Kind reiße ich mich zusammen.

»Wie alt bist du eigentlich, Caitlin?«

»Bin gerade acht geworden.«

»Herzlichen Glückwunsch nachträglich. Warum nennst du die beiden eigentlich Fischmann und Mr. Pickles?«

Sie zuckt die Achseln. »Ich kann mir Namen nicht so gut merken. Es ist leichter, wenn ich mir welche ausdenke.«

Ich habe das Gefühl, mit einer jungen Version von mir selbst zu sprechen. »Aber niemand weiß, von wem du redest, wenn du alle nur bei den Spitznamen nennst, die du dir ausgedacht hast. Machst du das in der Schule auch?«

»Oh. Manchmal. Ich weiß einfach nicht, wie ich mir die ganzen Namen merken soll.«

»Du musst sie dir ja nicht sofort merken. Es ist überhaupt nicht schlimm, wenn man sagt: ›Entschuldige, ich habe deinen Namen nicht mitbekommen, könntest du ihn mir bitte noch einmal sagen?‹ Das ist besser, als sich einen auszudenken und den richtigen dann nie zu lernen.« Ich weiß, dass das heuchlerisch ist, zumal ich sie selbst so lange Raupenkind genannt habe und keine Ahnung hatte, dass mein Boss Pacey und nicht Facey heißt. Aber vielleicht kann ich ihr mit meiner Erfahrung helfen, so dass sie nicht dieselben Fehler machen muss wie ich.

»Du kennst aber meinen richtigen Namen, oder?«

»Äh. Naomi?« Sie stolpert über die Silben.

»Genau. Und Mr. Pickles heißt …?«

»Joel«, sagt sie. »Aber sein Nachname klingt fast wie Pickles. Darf ich ihn nicht mehr so nennen?«

Darüber denke ich kurz nach. Joel schien es nicht zu stören, dass sie ihn Mr. Pickles genannt hat. »Ach, ich glaube, das ist schon in Ordnung. Was ist mit dem Fischmann?«

Sie lächelt mich kleinlaut an. »Ich weiß nicht mehr.«

»Der heißt Jake«, sage ich.

»Oh, und wie heißt der Welpe?«, fragt sie.

»Ich weiß nicht. Wie würdest du ihn nennen?«

»Darf ich einen aussuchen?«

»Klar.«

»Bruno«, sagt sie.

Ich sehe den Welpen an. Er tapst vor uns her und bleibt alle paar Schritte stehen, um ein Blatt zu jagen oder an einem alten, festgetretenen Kaugummi auf dem Bürgersteig zu schnüffeln. »Stimmt, er sieht wirklich wie ein Bruno aus«, stimme ich zu.

»Willst du nicht wissen, was sie gesagt haben?«, fragt Caitlin.

»Wer denn?«

»Mr. Pickles und, äh …« Sie zögert und schaut mich hilfesuchend an. »Jake«, sage ich.

»Ach ja. Mr. Pickles und Jake. Willst du es gar nicht wissen?«

Ich will zwar eigentlich wirklich nicht mit einer Achtjährigen darüber sprechen, aber meine Neugier überwiegt dann doch. »Was haben sie denn gesagt?«

»Sie haben über dich und deinen Brief gesprochen. Ich glaube, Fisch … ups, ich meine Jake, war sauer, denn er hat nicht mal Hallo zu mir oder meiner Mom gesagt. Sie haben sich gestritten. Und sie haben noch eine Menge anderer Dinge gesagt, aber die hab ich vergessen. Was hast du denn in deinem Brief geschrieben, dass er so sauer geworden ist?«

Ich weiß nicht, welchen Brief Joel ihm gezeigt hat, aber im Grunde ist da einer eh schlimmer als der andere. Kein Wunder, dass er mir aus dem Weg geht. Mir ist so übel, dass ich mich übergeben möchte. Ich schwitze, gleichzeitig ist mir kalt, obwohl die Sonne Miamis auf mich herunterknallt. Anne hatte recht. Verdammte Scheiße, ich hätte ihm einfach von Luca erzählen sollen. Jetzt ist es zu spät, und ich habe vermutlich beide verloren.

Wir erreichen das Ende des Blocks. Ich stehe einen Moment an der Ecke, schaue zu, wie der Verkehr an uns vorbeirauscht, und denke darüber nach, was Caitlin gesagt hat. Ich kann so sehr sauer sein auf Joel, wie ich will, es bleibt doch meine Schuld, dass das hier jetzt passiert.

»Bedeutet das, dass du mit ihm Schluss machst?«, fragt sie.

»Es ist kompliziert«, antworte ich. »Du bist zu klein, um das zu verstehen.«

»Das hat meine Mom auch gesagt, als sie sich von meinem Dad getrennt hat, und auch, als sie mit ihrem letzten Freund Schluss gemacht hat. Ich verstehe aber gar nicht, was daran so kompliziert sein soll und warum ich immer angeblich zu klein bin für alles. Langsam glaube ich, die Leute sagen das, weil sie es selbst nicht kapieren.«

»Da könntest du recht haben«, sage ich. »Manchmal wollen wir vielleicht auch einfach nicht, dass du eine schlechte Meinung von dem jeweils anderen bekommst.«

In diesem Fall bin ich diejenige, über die sie eine schlechte Meinung bekommen könnte. Die Erkenntnis tut weh. Sie sieht mich stirnrunzelnd an, als wir uns wieder umdrehen. »Meinst du, mein Dad hat meiner Mom schlimme Dinge angetan?«

»Vielleicht nicht. Ich kenne ja beide nicht, daher kann ich es nicht wissen. Aber wenn du ein bisschen älter bist, kannst du bestimmt deine Mom fragen, und sie erzählt dir dann, warum es zwischen ihnen nicht geklappt hat.«

Als wir wieder vor unserem Wohnhaus ankommen, lasse ich Caitlin draußen, damit sie wieder ein bisschen auf dem Bürgersteig herumturnen kann. Dann bringe ich den Welpen hinein und bleibe an Joels Tresen stehen. Ich überlege, mit ihm über den Brief zu reden, den er Jake gezeigt hat, aber ich fürchte, dass ich dann ausflippen könnte. Er sieht mich müde an.

Wortlos drehe ich mich um und gehe mit dem Welpen zur Treppe. Der kleine Kerl kämpft mit jeder Stufe, deshalb brauchen wir eine Weile hoch zum dritten Stock. Ich hätte ihn auch tragen können, aber ich will, dass er müde ist, so dass er sofort einschläft, wenn ich ihn wieder in die Hundebox setze.

Diesmal habe ich mehr Zeit, mich in Jakes Wohnung umzusehen, weil ich mich nicht so beeilen muss, den winselnden Hund zu befreien. Seine Wohnung ist nicht so unordentlich, wie ich sie mir vorgestellt habe. Seine Möbel sehen nicht besonders schick aus, aber sie wirken auch nicht billig oder schäbig. Nichts weist darauf hin, dass eine Frau an der Einrichtung beteiligt war oder dass er ein Doppelleben führt. Wie ironisch, dass Anne sagt, dass Jake verschlossen auf sie wirke, und dabei bin ich diejenige, die ein Doppelleben führt.

Ich setze den Hund zurück in seine Box und gehe dann wieder in den Flur, ohne vorher die Wohnung zu verwüsten. Kaum dass die Tür hinter mir ins Schloss fällt, beginnt das Jaulen, Weinen und Winseln erneut. Ich warte eine Minute in der Hoffnung, dass der Welpe sich beruhigt, aber das tut er nicht. Für einen Moment überlege ich, wieder hineinzugehen und Bruno mit in meine Wohnung zu nehmen. Dann muss Jake kommen und ihn holen, und ich kann ihm alles erklären.

Ich lege die Hand auf die Klinke, doch dann zögere ich. Eigentlich will ich ja, dass er *meinetwegen* kommt, nicht, weil ich ihn dazu zwinge, indem ich seinen Hund klaue. Aber wenn das meine einzige Möglichkeit sein sollte, würde ich es tun. Ich weiß, dass ich diejenige bin, die im Unrecht ist, aber er ist derjenige, der mich einfach so ignoriert. Es ist nicht fair, dass ich den Grund dafür, warum ich geghostet werde, von einem Kind erfahren musste.

Der Welpe beruhigt sich ein wenig, und ich nehme die Hand von der Klinke. Ich beschließe, fürs Erste zu gehen. Erst einmal muss ich mir darüber klar werden, was ich will.

ACHTUNDZWANZIG

Der Erpresserbrief

»Ich hab's dir doch gesagt.«

Anne ist nicht besonders gut darin, meine Gefühle zu schonen. Sie hatte mich ermahnt, dass ich Jake von dem Brief erzählen solle, und jetzt muss sie sichergehen, dass ich auch wirklich begreife, dass sie recht hatte.

»Du hast mir auch gesagt, er würde etwas vor mir verbergen. Da lagst du aber falsch. Ich war in seiner Wohnung.«

Ich denke an den Welpen und frage mich, ob er wohl wieder weint. Am Wochenende habe ich ihn ein paar Mal gehört, aber das Jaulen dauerte nie lange, weil Jake zu Hause war, um sich um ihn zu kümmern. Manchmal hatte ich sogar gehofft, den kleinen Hund etwas länger winseln zu hören, dann hätte ich nämlich einen Vorwand gehabt, nach oben zu gehen und Jake wiederzusehen. Ich bringe es einfach nicht über mich, ohne einen guten Grund nach oben zu gehen und so zu tun, als wäre alles in Ordnung. Ich weiß nicht, ob ich es schaffe, vor ihm zu stehen und zu lügen, indem ich sage, dass Luca und seine

Briefe mir gar nichts bedeuten. Denn wenn ich ehrlich zu mir bin, habe ich Gefühle für beide, und deswegen fühle ich mich zerrissen. Doch so schlimm ich die Art und Weise finde, wie Jake den Kontakt zu mir abgebrochen hat, verdient er dennoch eine Erklärung. Ich habe nur keine. Keine, die ihm gefallen wird, jedenfalls.

»Da wir gerade davon sprechen, sollte ich vermutlich nach Hause gehen und nach dem Welpen sehen.«

Sie verdreht die Augen. »Meinst du wirklich, du kannst ihn zurückgewinnen, indem du mit seinem Hund Gassi gehst? Ich meine, du hast den Namen eines anderen gestöhnt, als du mit ihm Sex hattest. Vielleicht ist es sogar am besten so, um ehrlich zu sein. Jetzt, wo er aus dem Spiel ist, kannst du sehen, wohin die Sache mit Luca führt.«

»Die Sache mit Luca führt nirgendwohin, weil er mir nicht mehr antwortet.«

»Hast du versucht, ihm noch mal zu schreiben?«

Ich seufzte. »Wie oft soll ich ihm denn noch schreiben, bevor ich aufgeben darf? Es fühlt sich genauso an wie vor zwei Jahren. Ich lade ihn ein, mich zu treffen, und er ghostet mich. Ich wäre nicht überrascht, wenn ich erst in ein paar Jahren wieder etwas von ihm höre.«

»Das bezweifle ich. Vielleicht muss er nur wissen, dass du das mit dem Treffen ernst meinst.«

»Mittlerweile weiß ich gar nicht mehr, ob ich das noch will. Ich dachte, ich wollte ihn treffen, aber jetzt habe ich Angst, dass ich das verlieren könnte, was ich mit Jake habe.«

»Spoiler Alert. Du hast bereits verloren, was du mit ihm hattest. Schreib einfach Luca noch einmal.«

Ich trinke meinen Kaffee aus. »Ja, ich denke darüber nach. Jetzt muss ich erst einmal nach Hause.«

Ich höre Bruno schon weinen, als ich die Treppe erreiche. Den Schlüssel habe ich Joel noch nicht wieder zurückgegeben, also gehe ich direkt nach oben in den dritten Stock. Vorsichtshalber klopfe ich an die Tür, um sicherzugehen, dass Jake nicht in der Wohnung ist. Als sich drinnen niemand rührt, schließe ich auf und gehe hinein.

In der Küche reiße ich einen Zettel von einem Notizblock und kritzele darauf:

Ich habe deinen Hund.

Die Nachricht hefte ich mit einem Magneten an den Kühlschrank, dann lese ich sie noch einmal durch. Dabei merke ich, dass sie ein bisschen mysteriös klingt. Fast wie ein Erpresserbrief. Im Grunde fehlt nur noch eine Lösegeldforderung. Also nehme ich den Stift und füge hinzu: *Du kannst ihn abholen.*

Ich lese die Notiz noch mal, aber es fühlt sich immer noch nicht richtig an. Die kurzen, abgehackten Sätze lassen es so klingen, als wäre es für mich eine Last, mich um Bruno zu kümmern. Vermutlich mache ich mir wirklich zu viele Gedanken, aber ich füge trotzdem noch hinzu: *Wie heißt er eigentlich? Ich nenne ihn Bruno.*

Nachdem ich den Stift wieder weggelegt habe, gehe ich zu Brunos Box, um ihn herauszulassen. Kurze Zeit später stehe ich mit ihm draußen, damit er sein Geschäft machen kann, aber er scheint gar nicht zu müssen. Offenbar war er schon

Gassi. Also gehe ich wieder mit ihm rein. Joel wirft mir einen Blick zu, sagt aber nichts dazu, dass ich den Welpen bei mir habe.

Bruno ist begeistert, die Kätzchen kennenzulernen, als wir in meiner Wohnung sind. Und auch Roland und Phoebe scheinen sich an seiner unendlichen Energie nicht zu stören. Sie spielen eine Weile, dann hält Bruno ohne Vorwarnung inne, senkt die Hüften und pinkelt auf meinen Boden.

»Bruno!«, rufe ich. »Nein!«

Der Welpe scheint nicht zu finden, dass er etwas falsch gemacht hat. Kaum dass er mit dem Pinkeln fertig ist, trottet er von der Pfütze weg und zurück zu den Kätzchen. Ich wische alles weg und setze mich dann aufs Sofa, um den dreien beim Spielen zuzusehen. Keine fünf Minuten später setzt sich Bruno wieder hin und macht ein kleines Häufchen direkt auf meinen Teppich. Ich seufze. Glücklicherweise habe ich extra ein spezielles Spray gekauft, um Tierflecken zu beseitigen, als ich die Katzen zu mir genommen habe. Allerdings habe ich es bisher noch nicht gebraucht. Als ich das Häufchen weggeputzt und mir die Hände gewaschen habe, setze ich mich wieder aufs Sofa, erleichtert, dass ich mich nun entspannen kann, weil der Welpe jetzt ja alles rausgelassen hat.

Damit hätte ich nicht falscher liegen können. Nur wenig später pinkelt Bruno wieder auf meine Dielen, und noch während ich das wegmache, pinkelt er ein drittes Mal. Ich stöhne, dann ziehe ich ihm wieder das Geschirr über, hake die Leine ein und bringe ihn nach draußen. Wir gehen den Block ein paar Mal auf und ab, bis ganz klar ist, dass er seine gesamte Notdurft schon in meiner Wohnung verrichtet hat.

»Du machst mich kirre«, sage ich zu ihm, als wir wieder reingehen.

Wieder bringe ich ihn dazu, die Treppen hinaufzuklettern. Letztes Mal hat der Extra-Sport ihn nicht allzu müde gemacht, aber diesmal schläft er ein, kaum dass wir in der Wohnung sind. Ich sitze auf dem Sofa, und er liegt in meinem Schoß, also habe ich es wenigstens gemütlich.

Ein Hämmern an der Tür reißt mich aus dem Schlaf. Ich habe gar nicht bemerkt, dass ich eingenickt bin. Roland und Phoebe liegen am anderen Ende des Sofas aneinander geku-schelt und schlafen. Einen Moment lang genieße ich den süßen Anblick, dann schiebe ich den schlafenden Welpen vom Schoß, um an die Tür zu gehen. Ich weiß schon, dass es Jake ist. Ob er wohl mit mir reden wird? Oder sagt er nur das, was unbedingt nötig ist, um seinen Hund zurückzubekommen?

Er lehnt am Türrahmen, als ich die Tür öffne. Sofort fühle ich mich an den Tag erinnert, an dem er mit mir essen gegan-gen ist. Bilder tauchen in meinem Kopf auf davon, wie er he-reinkam, mich an die Wand drückte und küsste. Bei der Er-innerung wird mir ganz warm. Ich wünschte, wir könnten zu diesem Augenblick zurückkehren.

»Bruno?« Es klingt zweifelnd. Immerhin weiß ich, dass er meine Nachricht gelesen hat. Das, und dass er wieder mit mir redet.

Ich zucke die Achseln. »Caitlin hat ihn so genannt.«

»Natürlich hat sie da ihre Finger im Spiel. Wo ist er denn?«

»Auf dem Sofa. Und wie heißt er jetzt wirklich?«

Ich mache einen Schritt zurück, damit er eintreten kann. Er zögert und schaut auf die Schwelle, als wäre sie eine nur schwer überwindbare Barriere, die ihn davon abhält, meine Wohnung zu betreten.

»Er hat keinen Namen«, sagt er. Dann, als müsste er sich dazu zwingen, tritt er doch über die Schwelle, bleibt aber im Flur vor mir stehen. Einen Moment lang ist er mir so nah, dass ich glaube, dass vielleicht doch alles in Ordnung ist und ich mir die letzten Tage nur eingebildet habe. Mein Herz schlägt ein wenig schneller. Ich sehe, wie sich seine Brust hebt und senkt, weil er tief einatmet. Als er den Atem wieder herauslässt, hat er sich bereits von mir abgewandt hat und sich auf den Weg ins Wohnzimmer gemacht.

»Wie kann es sein, dass er keinen Namen hat?«, frage ich.

»Ich habe ihn nur zur Pflege, und er ist taub, also ist es egal, ob er seinen Namen kennt oder nicht.«

»Er ist taub?« Ich bin überrascht. »Sicher?«

»Deswegen hat die Familie, die ihn adoptiert hatte, ihn wieder ins Tierheim zurückgebracht. Sie konnten sein ständiges Gewinsel nicht ertragen. Nichts, was sie versucht haben, hat funktioniert. Er hat einfach nicht auf ihre Kommandos reagiert.«

»Aber wenn sie ihn nicht lange bei sich hatten ... Vielleicht ist er ja auch nur ein bisschen stur. Hat man denn schon sein Gehör überprüft?«

»Nein. Aber schau mal.« Er klatscht in die Hände. Roland und Phoebe schauen beide hoch, aber Bruno reagiert nicht. Er liegt auf dem Sofa und schläft tief und fest.

»Das bedeutet doch nicht, dass er taub ist«, wende ich ein. »Vielleicht ist er nur richtig müde. Man muss einen Hörtest mit ihm machen.«

339

»Das Tierheim kann sich so etwas nicht leisten, also behandeln wir ihn, als wäre er taub. Ich pflege ihn, bis er stubenrein ist und genügend Handzeichen kennt. Dann kann ihn jemand adoptieren kann, der Erfahrung mit tauben Hunden hat.«

So, wie er mir das alles erklärt, klingt es, als wäre er nicht mehr wütend auf mich. Als fiele die Mauer in sich zusammen, die er um sich herum aufgebaut hat, nachdem er herausgefunden hatte, dass ich gelogen habe. Ich spüre, wie meine eigenen Schutzwälle bröckeln.

»Apropos stubenrein«, sage ich. »Er hat heute fünfmal in meine Wohnung gemacht.«

Ich versuche, es scherzhaft klingen zu lassen, und lache, aber sein Gesicht wird ganz ernst. Und schon steht die Mauer wieder.

»Das passiert eben, wenn man nicht aufpasst. Deswegen trainiere ich ihn ja, in der Hundebox zu bleiben. Wenn du ihn einfach oben gelassen hättest ...«

»Ich habe aufgepasst«, unterbreche ich ihn. »Und wenn ich ihn da oben gelassen hätte, hätte irgendwer sich früher oder später wegen Lärmbelästigung beschwert.«

»Dann pass nächstes Mal besser auf. Wenn du siehst, dass er anfängt, im Kreis zu laufen oder herumzuschnüffeln, musst du mit ihm rausgehen.«

Er geht zum Sofa und stupst Bruno an. Der Welpe schreckt auf und erkennt dann seinen Pflegedad. Ich schaue zu, wie Jake den kleinen Hund auf den Arm nimmt und nach Geschirr und Leine sucht. Ich zeige auf den Sessel, auf dem ich beides habe liegen lassen. Jake setzt den Welpen gerade lange genug auf den Boden, um ihm das Geschirr anzuziehen, dann nimmt er ihn wieder auf den Arm und verlässt wortlos die Wohnung.

Sobald ich wieder allein bin, atme ich tief ein und aus. Vielleicht ist er noch nicht bereit, mir eine zweite Chance zu geben, aber immerhin verlangt er nicht, dass ich aufhöre, mich um Bruno zu kümmern, wenn er bei der Arbeit ist. Oder vielleicht interpretiere ich zu viel in die Art hinein, wie er »nächstes Mal« gesagt hat. Eine Weile starre ich die Tür an und wünschte, sie könnte meine Fragen beantworten.

Ich höre, wie sich die Aufzugtür am Ende des Flurs öffnet und schließt, und meine Gedanken wandern zu Luca. Ich muss an all die Male denken, die ich seine Einladungen abgelehnt habe, an all die Male, die ich ihm eine Chance gegeben hätte, wenn ich nicht gerade mit jemand anderem zusammen gewesen wäre. Vielleicht hat Anne recht. Vielleicht ist das ein Zeichen, dass ich Luca treffen soll.

Wenn es je eine Zeit gibt, in der es funktionieren kann, ohne dass ich ein schlechtes Gewissen haben muss, dann jetzt. Ich werfe einen Blick auf meinen Notizblock, der aufgeschlagen auf dem Couchtisch liegt. Dann setze ich mich und nehme meinen Stift.

NEUNUNDZWANZIG

Gute Eindrücke

Lieber Luca,
komm, lass uns zusammen abhauen.
Alles Liebe
Naomi

Ich wollte keinen weiteren Brief schreiben, aber die Tatsache, dass ich immer noch nichts von ihm gehört habe, macht mich langsam echt verrückt. Bewusst benutze ich dieselben Worte, die ich auch gewählt habe, als ich ihn vor zwei Jahren eingeladen und dazu ermutigt habe, seine Verlobte zu verlassen. Ich weiß, dass es vermutlich weit hergeholt ist, aber irgendwie hoffe ich, dass er nur darauf wartet, dass ich die Worte erneut schreibe.

Mittlerweile mache ich mir nicht mehr die Mühe, den Brief über den Briefkästen anzupinnen, stattdessen lasse ich ihn einfach auf Joels Tresen fallen. Er wirft einen Blick darauf, dann schaut er zu mir hoch.

»Bitte sorgen Sie dafür, dass er ihn heute bekommt.«

Joel nickt. Ich gehe wieder hinauf in meine Wohnung. Dort füttere ich die Katzen, dann spielen sie zu meinen Füßen, während ich das Abendessen koche. Das Skateboard, das mir Jake mitgegeben hat, habe ich im Schrank versteckt. Ich bin noch unentschlossen, ob ich es herausholen und die Nachbarn unter mir dem Lärm aussetzen soll, den diese Kätzchen mit dem Skateboard verursachen können.

Gerade habe ich fertig gegessen, als ich ein Klopfen an der Tür höre. Ich weiß, dass es unwahrscheinlich ist, dass Joel meinen Brief Luca schon gegeben hat, doch trotzdem schlägt mein Herz sofort schneller. Schnell kämme ich mir mit den Fingern durchs Haar, weil mir plötzlich bewusst wird, dass ich in der letzten Stunde kein einziges Mal in den Spiegel geschaut habe. Dann fahre ich mir mit der Zunge über die Vorderzähne, damit kein Essen dazwischen klebt. Ich weiß auch nicht, warum ich das mache. Seit wann will ich einen guten Eindruck auf Luca machen?

Als ich die Tür öffne, steht Jake mir gegenüber. Ich bin überrascht, dass er wiedergekommen ist.

»Hey«, sage ich.

Wortlos öffnet er meine Tür weiter, kommt herein und küsst mich.

»Es tut mir leid, dass ich so distanziert war«, sagt er, als er sich wieder von mir löst.

»Du musst dich nicht entschuldigen«, sage ich. »Ich hätte dir von den Briefen erzählen sollen. Ich habe das Gefühl, dass ich …«

Ich verstumme, und er geht an mir vorbei ins Wohnzimmer.

»Lass mich das alles erklären«, sage ich und folge ihm.

Er lässt sich aufs Sofa fallen. Ich zögere. Irgendwie habe ich das Gefühl, er will meine Erklärung gar nicht, aber ich schulde ihm nun mal eine. Also setze ich mich neben ihn.

»Ich weiß, dass du gesagt hast, wir wollten niemand anderen mehr sehen, aber ich habe das Gefühl, ich sollte dir sagen, dass ich …«

»Wer ist Jake?«, unterbricht er mich.

Ich runzele die Stirn, diese Frage verblüfft mich vollkommen. »Was meinst du damit?«

»Joel hat mir gesagt, dass du jemanden namens Jake triffst.«

Ich schüttele den Kopf. Jetzt bin ich noch verwirrter. »Ich habe von dir geredet. Hast du geglaubt, es gäbe noch einen anderen Jake?« Ich reiße die Augen auf, als ich begreife. Am liebsten würde ich lachen, aber ich weiß nicht, ob das unpassend ist, also unterdrücke ich es. »Deswegen bist du mir aus dem Weg gegangen?«

Er starrt mich an, sein Gesicht ist vollkommen ernst. Mein Lächeln löst sich auf, weil ich angestrengt nachdenke, was hier los ist.

Schließlich räuspert er sich. »Ich heiße nicht Jake.«

Einen Moment lang glaube ich, dass er mich auf den Arm nimmt, aber in seinem Gesicht liegt keine Spur von Humor.

»Ich verstehe nicht.« Mir fällt das Namensschild ein, das er getragen hat, als wir uns das erste Mal über den Weg gelaufen sind. Ich weiß ganz sicher, dass ich es nicht falsch gelesen habe. »Wie heißt du denn dann?«

Sein Blick fällt auf den Sofatisch, wo der Notizblock liegt, in den ich meine Briefe an Luca geschrieben habe. Er greift danach und zieht den Stift aus der Spiralbindung heraus. Die Hälfte der Seiten im Block sind bereits herausgerissen, und die wenigen, die noch darin sind, sind leer. Ihn zu sehen, wie er den Block in den Händen hält, in den ich so viele Briefe an Luca geschrieben habe, gibt mir ein unbehagliches Gefühl. Stumm sehe ich zu und warte, während er etwas auf die erste leere Seite schreibt. Ich bin neugierig, was es wohl ist, das er nicht laut aussprechen kann.

Er hält den Notizblock so, dass ich nicht sehen kann, was er schreibt. Als er fertig ist, reißt er die Seite heraus, faltet sie und gibt sie mir. Für einen Moment halte ich den Zettel einfach nur in der Hand. Ich weiß auch nicht, warum ich solche Angst habe zu lesen, was er geschrieben hat. Unsicher schaue ich zu ihm hoch und sehe, dass er mich beobachtet und wartet. Dann entfalte ich den Zettel.

Liebe Naomi,
ich hoffe, dass du heute Abend vergisst, das Katzenklo
sauberzumachen und Roland in deinen Wäschekorb
macht.
Alles Liebe
Luca

Ich starre den Brief an und versuche zu begreifen, was ich da vor mir habe. Eine Sekunde lang glaube ich, dass das hier irgendein komischer Trick sein muss, aber es ist definitiv dieselbe vertraute Handschrift, die ich schon seit Jahren lese. Langsam hebe ich den Blick. Jetzt verstehe ich, warum er mich unterbrochen hat.

Ich habe das Gefühl, als hätte man mir den Boden unter den Füßen weggezogen.

»Du bist Luca.«

»Ja. Ich weiß, dass ich dir das hätte sagen sollen …«

»Raus«, sage ich, bevor er weiterreden kann. Mein ganzer Körper zittert vor Wut. Ich rappele mich vom Sofa auf und deute zur Tür. Ich kann nicht glauben, dass ich wirklich so dumm war. Er bleibt auf dem Sofa und beobachtet mich, als wäre er nicht ganz sicher, ob ich das ernst meine.

»Raus«, wiederhole ich. »Geh. Jetzt.«

»Willst du nicht darüber reden?«

»Nein. Ich weiß ja gar nicht, wer du bist. Raus aus meiner Wohnung.«

»Ich bin's, Naomi. Daran hat sich doch nichts geändert. Alles, worüber wir je gesprochen haben, was wir zusammen getan haben – das war mein wahres Ich.«

Ich mustere ihn von Kopf bis Fuß, von seinem dunklen Haar über seine eisblauen Augen, seinen Körper, der auf meinem Sofa sitzt, und obwohl ich schon mit ihm einiges an Zeit verbracht und ihn berührt habe, habe ich das Gefühl, dass da ein Fremder vor mir sitzt. Es geht mir einfach nicht in den Kopf, dass dies derselbe Mensch sein soll, mit dem ich jahrelang Briefe geschrieben habe. Das hier ist nicht Luca, er ist …

Eine neue Wutwelle überkommt mich. Er muss die ganze Zeit gewusst haben, dass ich seinen richtigen Namen nicht gekannt habe. Er hat die Tatsache ausgenutzt, dass ich nicht wusste, wer er ist. Er hat mich angelogen.

Jetzt steht er auf, was sich irgendwie unfair anfühlt, weil er mich nun überragt.

»Bitte, Naomi. Lass uns darüber reden.«

Sein Ton klingt vernünftig, was mich nur noch wütender macht.

»Wie soll ich dir noch irgendwas glauben, nachdem du mich von Anfang an angelogen hast?«

Er macht einen Schritt auf mich zu und streckt die Hand aus. Seine Fingerspitzen berühren meinen Arm, und ich spüre, wie meine Entschlossenheit ein wenig aufweicht. Ich trete einen Schritt zurück, weil ich nicht von ihm umarmt werden will. Ich muss in der Lage sein, klar zu denken, damit ich nicht auf noch mehr Lügen hereinfalle.

»Fass mich nicht an«, warne ich ihn. »Woher hattest du überhaupt dieses falsche Namensschild?«

Er runzelt die Stirn. »Welches Namensschild?«

Dass er so tut, als wüsste er gar nicht, wovon ich spreche, macht mich nur noch wütender. »Dieses Namensschild, das du an deinem Kittel hattest, als wir uns das erste Mal gesehen haben. Das, was mich dazu gebracht hat zu glauben, du heißt Jake Dubois.«

Seine Stirn bleibt gerunzelt. Man könnte beinahe glauben, er wüsste wirklich nicht, wovon ich spreche. Dann reißt er die Augen auf. »Jake Dubois ist der andere Tierarzt im Aquarium. Ich habe mir mal seinen Kittel ausgeliehen, als meiner komplett schmutzig war, weil ich mich um einen verletzten ...« Er bricht ab und schüttelt den Kopf. »Egal. Ich wollte dich jedenfalls nicht reinlegen. Ich habe gar nicht bemerkt, dass sein Namensschild an dem Kittel war.«

Ich glaube ihm gar nichts mehr. »Du solltest jetzt wirklich gehen.«

»Naomi …«

»Geh. *Jetzt!*«

Das letzte Wort schreie ich. Ich spüre Tränen in meinen Augen brennen. Aber ich will nicht, dass er sieht, wie ich weine. Ich will nicht, dass er dann bleibt, um mich zu trösten, obwohl er der Grund ist, dass ich mich betrogen fühle.

»Können wir nicht einfach …«

Er steht immer noch viel zu nah vor mir. Ich drücke ihn mit beiden Händen weg. Natürlich könnte er sich leicht gegen mich wehren, aber er lässt es zu, dass ich ihn zur Tür schiebe. Als wir sie erreichen, öffne ich sie, schubse ihn in den Flur und schlage die Tür hinter ihm zu.

Ausgerechnet dieses Haus

Luca

Als ich nach Miami flog, hatte ich nicht vor, Joel zu vergeben. Ich wollte ihn nicht einmal als meinen Dad sehen, schließlich hatte er mich verlassen und verdiente den Titel nicht. Deswegen wollte ich auch gar nicht lange bleiben. Eigentlich flog ich nur hin, weil ich von Angesicht zu Angesicht mit ihm reden und hören wollte, warum er dachte, es wäre nach all den Jahren in Ordnung, einfach so zurück in mein Leben zu spazieren. Und ich konnte nicht glauben, dass er angedeutet hatte, meine Mutter habe Schuld daran, dass er die Familie verlassen hatte.

Am Flughafen nahm ich mir einen Mietwagen, weil ich die Möglichkeit haben wollte, wieder abzureisen, wann immer mir danach war. Ich wollte mich nicht von irgendjemandem abhängig machen. Joel hatte mir die Adresse eines Coffeeshops geschickt, in dem wir uns treffen sollten. Ich war froh, dass das Treffen nicht bei ihm zu Hause stattfinden sollte, und besonders erleichterte mich, dass er nicht versuchte, mich zu beeindrucken oder mich zurückzugewinnen, in dem er mich in ein Fünf-Sterne-Restaurant einlud.

Er saß bereits in einer Nische, als ich am Coffeeshop ankam. Ich hätte ihn beinahe nicht erkannt. Er hatte ein paar Pfund zugelegt, und sein Haar war grau geworden, aber seine Augen waren noch dieselben. Er trug eine Uniform. Ich merkte, dass er mich erst erkannte, als ich vor seinem Tisch stand.

Er stand auf. »Luca?«

Ich nickte. Er breitete leicht die Arme aus, als wollte er mich umarmen, dann überlegte er es sich anders und streckte die Hand aus, um meine zu schütteln. Wir setzten uns.

»Ich habe dir einen Kaffee bestellt«, sagte er und schob mir den Becher zu. »Ich weiß nicht, wie du ihn trinkst, also …« Er deutete auf die Milch- und Zuckerpäckchen, die er mitgenommen hatte.

Ich nahm einen Schluck von meinem Kaffee, schwarz. Er beobachtete mich mit großen und erwartungsvollen Augen, und ich begriff, dass er keine Ahnung hatte, was er zu mir sagen sollte. Nach einem betretenen Schweigen stellte ich die einzige Frage, die mir einfiel: »Warst du die ganze Zeit hier?«

Er schüttelte den Kopf. »Zuerst war ich in Montana. Ich bin erst vor ein paar Jahren hierhergezogen.«

»Lass mich raten. Du hast eine neue Familie gegründet und die dann auch verlassen.«

»Du bist wütend, das verstehe ich«, sagte er.

Ich schwieg. Ich war fertig mit meinen Fragen. Er war an der Reihe, sich zu erklären.

Er fuhr fort: »Kurz nachdem ich nach Montana gezogen war, lernte ich eine Frau kennen. Cheryl. Wir heirateten und bekamen zusammen drei Kinder. Zwillingsmädchen und einen Jungen.«

Im Laufe der Jahre hatte ich ein paar Mal darüber nachgedacht, ob mein Dad wohl wieder geheiratet oder noch weitere Kinder bekommen hatte. Als ich jünger war, als meine Familie noch heil gewesen war, hätte ich so gern einen Bruder oder eine Schwester gehabt. Aber so hatte ich mir das natürlich nicht vorgestellt.

»Ich habe Geschwister«, sagte ich. Vermutlich dachte ich, wenn ich das laut sagte, würde es sich wirklicher anfühlen, aber so war es nicht.

Er wandte den Blick ab. »Es lief nicht gut mit Cheryl und mir. Sie bekam hier ein Jobangebot, kurz bevor unsere Scheidung durch war. Ich habe beim Umzug geholfen und bin dann nicht mehr nach Montana zurückgezogen.«

Ich grinste, fand es aber überhaupt nicht lustig. »Also, damit ich das richtig verstehe. Du trennst dich von meiner Mom und ziehst von heute auf morgen in einen anderen Staat, auf Nimmerwiedersehen. Du trennst dich von Cheryl, hilfst ihr beim Umzug und stellst dein Leben auf den Kopf, damit du nicht so weit von deinen neuen Kindern entfernt sein musst.«

»Ich weiß, dass ich dir ein schrecklicher Vater war …«

»Nein«, unterbrach ich ihn. »Das warst du nicht. Und das hat mich immer verwirrt. Du bist jeden Tag mit mir an den Strand gegangen. Wir haben uns zu Hause ein Gym eingerichtet und zusammen Sport gemacht. Jede verdammte Erinnerung, die ich an dich habe, ist eine gute. Aber dann bist du abgehauen, ohne auch nur einen verschissenen Grund zu nennen, und dafür habe ich dich immer gehasst. Du hast ja keine

Ahnung, wie oft ich mir gewünscht habe, du wärst ein Arschloch, damit ich dich nicht so verdammt doll vermissen muss. Was ist denn so anders an deiner neuen Familie, dass es mit denen geklappt hat, aber mit mir nicht?«

»Das hatte nichts mit dir zu tun.«

»Aber genauso hat es sich angefühlt. Ich habe fünfzehn Jahre lang nichts von dir gehört.«

»Deine Mutter und ich …«

»Genau. Schieb die Schuld nur auf sie. Sie kann sich ja eh nicht mehr verteidigen, jetzt, wo sie tot ist.«

»Die Nachricht von ihrem Tod hat mich sehr getroffen, unabhängig davon, was sie mir angetan hat.«

Ich starrte ihn an und wartete, dass er sich erklärte, aber das tat er nicht.

Er wartete auf meine Fragen. Ich wollte nicht hören, dass er die Schuld meiner Mutter zuschob, aber ich war den ganzen Weg hierhergekommen, ich musste wissen, was seine Rechtfertigung war.

»Was hat sie dir denn so Schlimmes angetan?« Die Frage schmeckte bitter.

»Das willst du über deine Mutter nicht hören«, sagte er.

»Du hast damit angefangen.«

Er seufzte, schaute aus dem Fenster zum Gebäude auf der gegenüberliegenden Straßenseite und dann wieder zu mir. »Deine Mutter hatte eine Affäre. Wir haben uns deswegen gestritten. Oft. Wir haben es mit einer Eheberatung versucht. Eine Weile lief es besser, aber eines Tages …« Er verstummte und schürzte die Lippen. Dann sagte er: »Sie hat mich mit einer Geschlechtskrankheit angesteckt. Danach konnte ich sie nicht einmal mehr ansehen. Also habe ich die Scheidung eingereicht und sie verlassen. Jeden Tag tut es mir leid, dass ich dich nicht mitgenommen habe. Ich war so wütend, als ich ging, dass ich nur weit, weit weg und mich nie wieder umdrehen wollte. Es gibt so vieles, was ich im Nachhinein anders gemacht hätte. Ich hätte deine Mutter viel früher verlassen sollen. Dann wäre ich vermutlich in San Diego geblieben. Andererseits hätte ich dann nie Cheryl kennengelernt und die Zwillinge und Caden bekommen.«

»Wann bin ich dir denn wieder eingefallen? Du hast fünfzehn Jahre gebraucht, bis du mir geschrieben hast.«

»Ich dachte damals, es wäre am besten zu warten, bis du erwachsen bist. Ich wollte keine Probleme zwischen dir und deiner Mutter verursachen. Und dann hörte ich, was mit ihr passiert war, und als ich dann versucht habe, Kontakt mit dir aufzunehmen, warst du bereits weg. Ich hatte keine Ahnung, wohin du gegangen warst. Vor ein paar Jahren hat mir Cheryl gezeigt, wie man Adressen online finden konnte, aber jedes Mal, wenn ich dir schrieb, warst du schon wieder weggezogen. Es dauerte dann sieben Monate, bis du mich angerufen hast, und ich dachte schon, mein Brief sei in der Post verloren gegangen.«

Ich wollte kein Wort von dem glauben, was er sagte. Ich war bereit, aufzustehen und nach San Diego zurückzufliegen, als ich etwas im Augenwinkel sah. Es waren blonde Haare und blaue Augen. Ich reckte den Hals, um besser zu sehen. Zwei komplett gleiche Gesichter beobachteten mich von ein paar Nischen weiter. Neben den Zwillingsmädchen saß ein Junge, ein bisschen kleiner, und beobachtete mich mit demselben Interesse.

Ich war eigentlich entschlossen, Joels Kinder niemals kennenlernen zu wollen. Es war auch nicht fair, das von mir zu erwarten. Es hätte sich wie ein Betrug an meiner Mutter angefühlt, dieses Leben zu akzeptieren, das mein Vater ohne uns aufgebaut hatte. Aber das alles änderte sich, als ich die drei in dem Coffeeshop sah. Ich sah Joel an, dann wieder die Kinder. Sie wollten sehen, ob ihr älterer Bruder sie akzeptieren würde.

Ich kannte sie nicht einmal, wusste aber bereits, dass ich sie nicht mehr würde verlassen können.

Eine Woche später zog ich in das Wohnhaus, in dem Joel arbeitete. Nur einmal noch flog ich zurück nach San Diego, um meine Sachen zu holen, und fuhr dann durch acht Bundesstaaten zurück nach Miami. Dabei achtete ich darauf, Dallas weiträumig zu umfahren.

Ich hatte nicht viel. Nur meine Kleider, mein Auto und ein paar Kisten mit meinen persönlichen Dingen. Ich öffnete den Kofferraum meines Autos und holte die Kiste mit Naomis Briefen heraus. Während ich zur Eingangstür des Wohnhauses ging, fragte ich mich, ob ich wohl je wieder in der Lage sein würde, ihr zu schreiben. Ich würde Joel fragen müssen, wie er meine Adresse herausgefunden hatte. Vielleicht könnte ich ihre ebenso finden.

Als ich gerade noch darüber nachdachte, trat eine junge Frau durch die Tür und blieb stehen, um sie mir aufzuhalten. Mir fiel ihr rotes Haar auf. Beinahe wäre ich gestolpert und hätte meine Kiste fallen lassen. Dieser Moment fühlte sich an, als passierte er in Zeitlupe. Ich konnte nur diese Frau anstarren und versuchen, mich zu erinnern, wie Naomi aussah. Gleichzeitig wusste ich, dass sie es nicht sein konnte. Naomi war nie aus Oklahoma herausgekommen. Miami war eine große Stadt, und es gab hier vermutlich Tausende Rothaarige. Es war nur ein Zufall, dass ich in genau dem Augenblick an Naomi dachte, in dem diese wunderschöne Frau die Tür öffnete.

»Danke«, sagte ich und trat durch die Tür. Sie ließ sie los und ging ihrer Wege. Ich stand wie angewurzelt mitten in der Eingangshalle und sah zu, wie sie verschwand.

»Die ist ein echter Hingucker, was?«, sagte Joel von seinem Tresen aus.

Ich drehte mich zu ihm um. »Wohnt sie in diesem Haus?«

»Ja. Ist praktisch eine Berühmtheit hier in der Gegend. Sie springt manchmal für den Wetteransager ein, dann sehen wir sie im Fernsehen.«

Ich wusste ja, dass sie es nicht sein konnte, aber fragen musste ich trotzdem. »Wie heißt sie?«

»Naomi Light«, antwortete er.

Ich musste mich verhört haben. »Was?«

»Naomi Light«, wiederholte er.

Ich starrte die Kiste mit den Briefen in meinen Händen an, dann schaute ich aus dem Fenster. Sie war längst weg, aber es war Naomi gewesen. Von allen Wohnhäusern auf der Welt war ich gerade in das gezogen, in dem sie wohnte.

»Das kann doch wohl nicht wahr sein.«

———

Das Knallen der Tür hinter mir bestärkt jeden Zweifel, den ich wegen dieser Sache hatte. Dann höre ich das Klicken des

355

Schlosses, als hätte sie Angst, ich könnte versuchen, zurück in die Wohnung zu kommen. Ich weiß nicht genau, was ich erwartet hatte, aber ich glaube, ich hatte zumindest gehofft, es würde besser laufen als das hier. In ihren Briefen hat sie mich schon einige Male um ein Treffen gebeten. Aber immer, wenn ich auftauche, scheint sie sich nicht daran zu erinnern, mich eingeladen zu haben. Allerdings ist es wohl auch nicht in Ordnung zu sagen, dass sie sich nicht daran erinnert. Denn in Wahrheit weiß sie nicht, dass ich derjenige war, den sie eingeladen hat. Ich war mehrfach kurz davor, es ihr zu sagen, aber bis jetzt bin ich jedes Mal davor zurückgezuckt.

Es bringt mich fast um, dass sie geglaubt hat, sie sei diejenige, die mich betrügt. Ich wollte die Sache nie so lange hinziehen. In den letzten Tagen hatte ich versucht, ein bisschen Distanz zwischen uns bringen, aber da war es schon passiert. Ich hatte sie angelogen.

Es war schon schmerzhaft genug für sie gewesen, dass Joel sie angelogen hatte. Aber was ich getan habe, war noch so viel schlimmer. Ich wusste, dass keine Distanz der Welt die Lüge weniger schmerzhaft machen würde. Ich konnte nur hoffen, dass es nicht zu spät war, ihr die Wahrheit zu sagen. Irgendwie dachte ich, es würde die Sache leichter machen, wenn ich einen Brief schreiben würde. Ich dachte, dass sie mein wahres Ich genug mag, dass sie vielleicht einfach froh sein würde, dass wir ein und dieselbe Person sind. Jetzt weiß ich, dass ich naiv war. Diesen Brief zu schreiben war eine dumme Idee.

Ich drehe mich um und trete zur Tür, damit sie mich hören kann.

»Naomi? Können wir bitte reden?«

»Worüber?«, fährt sie mich an. Ich höre, dass sie direkt hinter der Tür steht. »Darüber, wie du mich angelogen hast? Wie du mich im letzten halben Jahr gestalkt hast?«

»Ich habe dich nicht gestalkt«, sage ich. »Und wenn das der Grund dafür ist, dass du wütend bist, dann sollte ich dich vielleicht daran erinnern, dass du in immerhin drei Bundesstaaten gereist bist, um mich zu finden.«

»Bullshit. Glaubst du ernsthaft, ich nehme dir ab, dass du auch nicht wusstest, wer ich war? Und dass du nur zufällig in dasselbe Haus gezogen bist wie ich? Ist Joel überhaupt dein richtiger Dad? Hast du überhaupt wirklich Geschwister? Ich dachte, du wärst Einzelkind. Ist alles, was du mir gesagt hast, eine Lüge?«

»Er ist mein Dad.«

»Carol Bell hat gesagt, dein Dad hätte dich verlassen, als du noch klein warst.«

»Das hat er auch. Wir haben uns vor einem halben Jahr versöhnt, deswegen bin ich auch hier in Miami. Das war nicht gelogen. Und ich habe tatsächlich Halbgeschwister. Wer zum Teufel ist Carol Bell?«

»Die alte Frau, die in deiner Straße in San Diego wohnt.«

Ich bin drauf und dran, noch einmal nachzuhaken, wer hier wen gestalkt hat, entscheide mich dann aber dagegen. Ich will nicht noch Öl ins Feuer gießen. Ich will nur, dass sie mit mir redet.

»Nichts davon war eine Lüge«, sage ich. »Na ja, abgesehen davon, dass ich dir nicht meinen Namen gesagt habe.«

»Du wusstest die ganze Zeit verdammt genau, dass ich deinen Namen nicht kannte. Wenn es dein Ziel war, mich wie eine absolute Lachnummer dastehen zu lassen, dann hast du das wirklich geschafft.«

Ich muss daran denken, wie sie meinen Namen gestöhnt hat. In diesem Moment hatte ich geglaubt, dass sie wusste, wer ich bin, aber am Morgen wurde dann klar, dass sie es nicht wusste. Ich musste danach noch oft daran denken. Habe mich gefragt, ob ich sie vielleicht einfach missverstanden habe. Aber jetzt ist wohl nicht der richtige Augenblick, um damit anzufangen.

»Ich weiß«, sage ich zu ihr. »Es tut mir leid. Das wollte ich nicht.«

Sie antwortet nicht. Ich weiß nicht genau, ob sie noch auf der anderen Seite der Tür steht. Wenn, dann atmet sie ganz lautlos. Ich beschließe, einfach weiterzureden, in der Hoffnung, dass sie mich immer noch hören kann.

»Es tut mir leid, dass ich dir nicht früher meinen Namen gesagt habe. Um ehrlich zu sein, hatte ich Angst, dass du dann nichts mehr mit mir zu tun haben wollen würdest. Du wolltest mich nie treffen, und dann bin ich nach Miami gekommen und habe herausgefunden, dass du im selben Wohnhaus wohnst wie ich. Ich wusste ja gar nicht so richtig, wie du aussiehst, aber irgendwie habe ich dich trotzdem erkannt. Früher, als ich noch Teenager war, habe ich mich stundenlang durch deine Fotos auf Facebook geklickt. Wie wahrscheinlich war es, dass ich zufällig ins selbe Wohnhaus ziehen würde wie du?«

»Ausgesprochen unwahrscheinlich. Deswegen glaube ich dir ja nicht.«

Ich bin überrascht, ihre Stimme zu hören, aber froh, dass sie mir noch zuhört.

»Ja, ich hätte mich gleich damals vorstellen sollen«, fahre ich fort. »Aber ich hatte einfach Angst.«

»Du hattest genügend Zeit, dich vorzustellen, aber du hast es nicht getan. Warum hat das ein halbes Jahr lang gedauert?«

»Ich hatte Angst.«

»Wovor? Ich kannte dich doch gar nicht.«

»Genau davor hatte ich ja Angst. Dass ich dir sagen würde, wer ich bin, und du nichts mehr mit mir zu tun haben wollen würdest. So wie damals, als du meine Freundschaftsanfrage auf Facebook nicht annehmen wolltest oder als du mir gesagt hast, dass du auf keinen Fall zu meiner Ausbildungs-Abschlussfeier bei den Marines kommen wolltest. Ich glaube, ich dachte, es wäre einfacher, wenn du am Anfang nicht wüsstest, wer ich bin.«

»Weil es so viel besser ist, mich anzulügen.«

»Eigentlich wollte ich dich nicht so lange im Unklaren lassen. Ich wollte dir den ersten Brief zum Sender schicken und dir dann sagen, wer ich bin. Fast jeden Tag habe ich dich in der Mittagspause gesehen. Aber an dem Tag, als ich es dir sagen wollte, saßt du mit Anne an dem Tisch, und ihr habt nach meinem Namen auf Facebook gesucht. Also Planänderung. Stattdessen habe ich dich zum Abendessen eingeladen, da wollte ich es dir sagen, aber dann hast du die Verabredung verschoben …«

»Oh, also ist es meine Schuld, dass du es mir nicht gesagt hast.«

Ihr Tonfall trieft vor Sarkasmus. Ich rede trotzdem weiter. »Nein. Nicht deine Schuld. Du hast mir gesagt, du wolltest

nach San Diego, und da ging mir auf, dass du vielleicht versuchst, mich zu finden.«

»Und statt mir zu sagen, ›Hey, ich heiße Luca, und ich bin
hier in Miami‹, hast du beschlossen, es länger hinzuziehen
und mich durchs ganze Land reisen zu lassen, immer auf der
Suche nach dir?«

»Nein, das war nicht der Grund. Ich hatte Angst, dass ich
schon zu lange gewartet hätte und du wütend auf mich wärst.«

»Ich wäre niemals auch nur annähernd so wütend gewesen
wie jetzt.«

»Es tut mir leid, Naomi.« Ich drücke meine Stirn an die Tür.
Ich wünschte, sie würde mich wieder reinlassen, und wir
könnten darüber sprechen, ohne dass das gesamte Stockwerk
mithört.

»Das hast du schon gesagt.«

»Könntest du mir bitte verzeihen?«

»Nein. Geh weg.«

»Ich will dich nicht verlieren, Naomi.«

»Hast du schon.«

»Bitte. Ich schwöre, dass es keine weiteren Geheimnisse
geben wird.«

»Geheimnisse? So nennst du das? Geheimnisse? Du hast
mich verarscht, und du hast mich ausgenutzt. Woher soll ich
wissen, ob du dir nicht jedes Mal nach dem Sex gedanklich
noch mal einen drauf runtergeholt hast, dass ich keine Ahnung
hatte, mit wem ich da gerade geschlafen habe? Ich wünschte
wirklich, ich hätte dir nie zurückgeschrieben. Oder dass ich
damals in der fünften Klasse einfach einen anderen Namen
aus diesem verdammten Hut gezogen hätte.«

Es tut weh, sie das sagen zu hören.

»Meinst du das wirklich so?«

»Ja.« Ihre Stimme kommt jetzt von tiefer, als säße sie auf dem Boden. Ich setze mich ebenfalls, so dass wir auf gleicher Höhe sind.

»Deine Briefe waren lange Zeit die einzige Konstante in meinem Leben«, sage ich. »Meine Eltern haben sich ständig gestritten, als sie noch zusammen waren. Als mein Dad ging, lief auch mein Hund weg, und wir sahen ihn nie wieder. Dann wurde meine Mom krank. Sie ist an dem Tag gestorben, an dem ich meine Examensfeier an der Highschool hatte. Danach hatte ich nur noch die Marine und deine Briefe. Ich bin innerhalb von vier Jahren ständig umgezogen, aber deine Briefe habe ich immer bekommen. Sie waren das einzig Gute in meinem Leben, und dann … und dann kamen sie eines Tages einfach nicht mehr. Ich weiß nicht, was ich getan hätte, wenn du damals nicht zurückgeschrieben hättest, nachdem ich dir den ersten gemeinen Brief geschickt hatte, oder wenn mir jemand anders geschrieben hätte. Ich glaube nicht, dass auch nur ein anderes Kind in unseren beiden Klassen nach den ersten Monaten den Briefkontakt aufrechterhalten hat. Vermutlich hätte es die großen Dinge nicht geändert. Meine Mom hätte meinen Dad immer noch betrogen. Mein Dad hätte uns trotzdem verlassen, meine Mom wäre gestorben. Aber ich weiß nicht, ob ich zum Militär gegangen oder mit Penny zusammengekommen wäre. Ich hätte viel geringere Ansprüche gehabt, wenn ich nicht gewusst hätte, dass es dich gibt, vielleicht hätte ich jemand anderen geheiratet. Vielleicht auch nicht. Mein Dad hätte trotzdem mit mir Kontakt aufgenommen, und ich wäre nach Miami gefahren und hätte meine drei Halbgeschwister kennengelernt, von denen ich nichts gewusst hatte. Ich wäre trotzdem in dieses Haus gezogen und hätte keine Ahnung gehabt, wer du bist, damals, an dem Tag, als du mir die Tür aufgehalten hast.« Ich warte einen Moment, ob sie etwas zu sagen hat, aber sie ist still. »Und vermutlich hätte ich dich viel früher um ein Date gebeten.«

Ich lehne mich gegen die Tür und warte auf ihre Reaktion, aber es kommt keine. Wahrscheinlich war alles umsonst, und sie ist längst gegangen. Womöglich hat sie kein Wort von dem gehört, was ich gerade gesagt habe. Noch eine ganze Weile bleibe ich vor ihrer Tür sitzen. Ich bereue so sehr, wie alles gelaufen ist. Einen Moment wünschte ich, ich könnte die Zeit zurückdrehen und mich ihr an dem Tag vorstellen, an dem sie mir die Tür aufgehalten hat. Wenn ich das getan hätte, hätte ich allerdings vielleicht nicht die letzten paar Wochen mit ihr gehabt. Letztlich war es nicht richtig, sie anzulügen, aber ich würde die Zeit mit ihr zusammen um nichts in der Welt eintauschen wollen. Ich wünschte, ich könnte ihr das sagen, ohne dass es so klingt, als wollte ich kleinreden, was ich ihr angetan habe. Nach einer Weile beschließe ich, dass es wohl am besten ist, sie in Ruhe zu lassen. Ich stehe auf und gehe zur Treppe.

EINUNDDREISSIG

Sag meinen Namen

Naomi

Es dauert einen Moment, bis ich reagieren kann, weil ich meiner eigenen Stimme nicht traue. Ich bin so wütend auf ihn, aber noch mehr auf mich selbst, dass mich gegen meinen Willen besänftigt hat, was er gerade gesagt hat. Ich wische mir die Tränen aus dem Gesicht und atme dann zittrig durch.

»Wir wären uns in Miami gar nicht über den Weg gelaufen«, sage ich. »Ich habe nie darüber nachgedacht, Meteorologin zu werden, bis du es erwähnt hast. Also wäre ich irgendwo anders mit irgendeinem anderen Job gewesen.«

Mit irgendeinem anderen Job, den ich vermutlich nicht so sehr lieben würde, aber das sage ich nicht laut. Ich bemerke, dass er immer noch nicht reagiert hat. Ich warte noch eine Weile. Immer noch nichts. Schließlich stehe ich auf und öffne die Tür. Er ist nicht mehr da.

In der Nacht habe ich kaum geschlafen. Ich bin mir sicher, dass man mir das ansieht, und trage ordentlich Make-up auf. Aber ich fürchte, dass die dunklen Ringe unter meinen Augen trotzdem die neuen Zuschauer abschrecken werden, die ich mit dem Auftritt im grünen Kleid angelockt habe. An Tagen wie diesem wünschte ich, unser Sender hätte eine Maskenbildnerin.

Ich bin dankbarer denn je für Annes Kaffee. Mir ist klar, dass ich gesagt habe, dass ich ihr sofort erzählen würde, wenn Luca vor meiner Tür auftaucht, aber ich schäme mich zu sehr. Ich kann immer noch nicht glauben, dass ich so dumm war, nicht zu kapieren, dass er es die ganze Zeit war.

»Du siehst müde aus«, bemerkt sie. »Hat dich da etwa jemand die ganze Nacht lang wachgehalten?«

Sie sagt es neckend, in einem etwas anzüglichen Tonfall, und ich weiß nicht, wie ich reagieren soll, ohne mich zu verraten. Also ignoriere ich die Bemerkung. Aber das entgeht ihr natürlich nicht. Sie setzt sich und rollt mit dem Stuhl etwas vor, so dass sie direkt neben mir sitzt.

»Du bist aufgewühlt«, sagt sie. »Erzähl.«

»Nee, ich will wirklich nicht.« Ich starre auf den Computerbildschirm, kann mich aber nicht konzentrieren. Alles verschwimmt vor meinen Augen, und mein Blick landet irgendwo in der Luft zwischen meinem Kopf und dem Bildschirm.

»Hey.« Sie berührt meinen Arm. »Du weißt, dass ich für dich da bin.«

»Ich muss arbeiten.«

»Es ist Luca, oder? Ist er … aufgetaucht?«

Ich drehe mich zu ihr um. Es sollte mich nicht überraschen,

dass sie errät, dass es um Luca geht, zumal wir die letzten Wochen über wenig anderes gesprochen haben. Trotzdem wünschte ich, sie würde mich das hier allein verarbeiten lassen. Aber vielleicht hilft es auch, mit ihr darüber zu sprechen.

»Jake heißt überhaupt nicht Jake«, sage ich. Dann verstumme ich, aber sie bohrt nicht nach, sondern schaut mich nur aufmerksam an. »Er heißt Luca.«

Ihre Augen werden ganz groß, und dann sagt sie flüsternd: »O mein Gott, wirklich?«

Es ist die aufgesetzteste Überraschung, die ich je gesehen habe. Jetzt fühle ich mich noch dümmer und verdrehe die Augen. »Das hast du natürlich längst gewusst, oder?«

Sie zuckt die Achseln. »Vielleicht.«

»Seit wann weißt du es?«

»Ich hatte so eine Ahnung, als du die Katzen adoptiert hast. Irgendetwas war da an ihm. Ich bin gut darin, Leute zu durchschauen.«

Es geht mir auf den Geist, dass sie immer recht hat. »Warum hast du mir nicht gesagt, dass es vielleicht er ist?«

»Ich wollte dich nicht paranoid machen für den Fall, dass ich vielleicht doch nicht recht habe.«

»Ich komme mir so naiv vor.«

»Das bist du aber nicht. Du bist nur – na ja, es überrascht mich schon, dass du es gar nicht in Erwägung gezogen hast, aber ...«

»Jake hat drei Geschwister und einen Dad, den er jeden Tag sieht. Luca ist ein Einzelkind, sein Dad hat ihn verlassen. Wie hätte ich wissen sollen, dass sie ein und derselbe Mensch sind?«

»Wie ist es denn gelaufen, als er es dir erzählt hat? Warst du sauer?«

»Natürlich war ich verdammt noch mal sauer«, fahre ich sie an. »Er hat mich die ganze Zeit lang angelogen. Er hat mit mir geschlafen, er hat es zugelassen, dass ich glaube, er sei jemand anders. Ich weiß selbst jetzt nicht genau, wer er eigentlich ist. Wie soll ich ihm nach all dem noch vertrauen?«

Ich sehe, wie Patrick hinter Anne den Kopf durch die Tür steckt. Er sieht aus, als wolle er etwas sagen, aber ich bringe ihn zum Schweigen. »Jetzt nicht, Facey. Ich rede mit Anne.«

Er murmelt etwas wegen seines Namens, dann dreht er sich um und geht. Anne schaut ihm hinterher und sieht mich dann mit hochgezogener Braue an. »Facey«, wiederholt sie kichernd.

Dann wird sie wieder ernst. »Vielleicht solltest du Luca noch eine Chance geben. Nach all den Jahren gemeiner Briefe hatte er vermutlich nur Angst, dass du ihn nicht treffen wollen würdest.«

»Im Ernst? Du stellst dich auf seine Seite?«

»Nicht ganz. Er ist ein Arschloch, weil er die Lüge so lange aufrechterhalten hat, und ich finde natürlich, dass er auf keinen Fall hätte mit dir schlafen dürfen, bevor er dir die Wahrheit gesagt hat.«

»Ich date keine Lügner«, sage ich. »Und das hier ist so viel schlimmer als jede Notlüge, die meine Ex-Freunde mir je erzählt haben.«

Anne verzieht den Mund, offenbar will sie mir widersprechen. Ich wappne mich dagegen.«

»In gewisser Weise finde ich Notlügen schlimmer«, sagt sie.

»Jetzt gehst du aber zu weit. Er hat seine ganze Identität

verschleiert. Ich kann mir kaum vorstellen, dass das besser ist als eine Notlüge.«

»Lass mich erklären«, sagt sie. »Ich rede nicht davon, wenn ein Typ sagt, dein hässliches Kleid sieht prima aus – wobei, Schande über jeden, der mich in einem schrecklichen Outfit auf die Straße gehen lässt. Ich rede von den kleinen Notlügen, wie zum Beispiel deinem Boss zu sagen, du seist krank, weil du keine Lust hast zu arbeiten, oder jemandem zu erzählen, dein Auto sei kaputt, weil du keine Lust hast, dich mit ihm zu treffen. Eine kleine Lüge hier und da ist keine große Sache, aber jemand, der eine Menge kleiner Lügen erzählt, tut das meist aus Gewohnheit. Ich bin schon mal mit einem pathologischen Lügner zusammen gewesen. Es fing damit an, dass er Ausreden dafür hatte, unsere Dates abzusagen, statt mir einfach zu sagen, dass er nicht genügend Geld hatte. Es waren nur ganz kleine Sachen, und wenn ich ihm das vorhielt, klang das immer ein bisschen paranoid. Aber irgendwann hat er so oft gelogen, dass ich das Gefühl hatte, er würde nie die Wahrheit sagen. Und dafür gab es noch nicht einmal einen Grund. Er hat mir gesagt, er würde seiner Mutter helfen, obwohl er in Wirklichkeit mit einem Freund etwas trinken gegangen ist. Ich wäre gar nicht sauer gewesen, wenn er mir einfach gesagt hätte, was er vorhatte.«

»Ja, ich bin auch mal mit so einem zusammen gewesen. Irgendwann konnte ich ihm überhaupt nicht mehr vertrauen«, sage ich.

»Ich glaube, Luca ist nicht so wie unsere Ex-Freunde. Er ist kein pathologischer Lügner. Oder hast du das Gefühl, er hätte dich wegen etwas anderem als seinem Namen angelogen?«

»Woher soll ich das wissen? Ich habe das Gefühl, ihn überhaupt nicht zu kennen.«

»Du hast dir solche Mühe gegeben, ihn zu finden. Und du hattest so eine gute Verbindung zu ihm. Das hast du mir selbst gesagt. Ich bezweifle wirklich, dass er das alles nur vorgespielt hat. Er hat dir sein wahres Ich gezeigt. Ist es da nicht egal, dass er dir nicht seinen echten Namen gesagt hat? Er hatte Angst, dass du ausflippen würdest. Und tadaaa: Er hatte recht.«

»Ich wäre nicht so ausgeflippt, wenn er mir gleich gesagt hätte, wer er ist.«

»Sicher? Stell dir vor, wie du dich gefühlt hättest, wenn er aus heiterem Himmel vor dir gestanden und gesagt hätte, sein Name ist Luca, und er ist derjenige, dem du all die Jahre geschrieben hast.«

»Wir werden nie erfahren, wie ich reagiert hätte, weil es eben nicht so passiert ist. Stattdessen hat er mich angelogen, und jetzt kann ich ihm nicht mehr vertrauen.«

»Du hast ihn ja auch angelogen.«

»Nein, habe ich nicht.«

»Wie hast du denn unsere Ausflüge nach San Diego und Georgia und Texas erklärt?«

»Okay, das ist aber etwas anderes.«

»Wieso? Ich bin mir sicher, dass du ihm nicht gesagt hast, dass du gerade versuchst, deinen alten Brieffreund zu finden.«

»Aber ich habe nicht wirklich gelogen. Ich habe einfach wenige Einzelheiten verraten. Und ihm gesagt, dass ich sehen wollte, wie die Strände in San Diego sind, was ja auch stimmte.«

»Also hast du gelogen, indem du einfach etwas ausgelassen hast. Genau wie …«

»Untersteh dich, Anne.«

»Genau wie er«, fährt sie jetzt lauter fort, »weil er dir seinen Namen nicht gesagt hat.«

»Das ist nicht dasselbe.«

»Du hast ihm auch nicht von den Briefen erzählt. Du hast mit jemandem geflirtet, den du für jemand anders gehalten hast. Und währenddessen wurde es zwischen ihm und dir immer ernster.«

»Das zählt nicht. Ich hab ihm geschrieben, und es ist seine Schuld, dass ich es nicht wusste. Außerdem habe ich gestern Abend versucht, ihm von den Briefen zu erzählen, aber da hat er mich unterbrochen und mir gesagt, wer er ist.«

»Wenn du ihm früher von den Briefen erzählt hättest, hätte er dir vielleicht auch früher gestanden, wer er ist.«

Ich öffne den Mund, um zu widersprechen, aber sie hat recht. Ich hatte den letzten Brief an Luca in der Hoffnung geschrieben, dass er vor meiner Tür auftauchen würde. Was ich ab da erwartet hatte, weiß ich auch nicht genau. Denn wenn er jemand ganz anderes gewesen wäre, wäre ich jetzt die Schuldige.

»Vielleicht hast du recht«, sage ich mit einem Seufzen. »Aber jetzt lass uns erst mal wieder an die Arbeit gehen. Ich muss hier fertig werden, bevor ich auf Sendung gehe.«

———

Das Letzte, was ich will, ist, Luca über den Weg zu laufen, während ich noch alles verarbeiten muss, was gestern Abend und in den letzten Wochen passiert ist. Aber natürlich kommt es mal wieder anders. Als ich nach der Arbeit in die Eingangs-halle komme, steht er an Joels Tresen. Beide unterhalten sich, verstummen aber, als ich durch die Tür trete. Ich schaue nur kurz zu ihnen hinüber, dann gehe ich zu den Briefkästen. Kurz überlege ich, den Fahrstuhl zu nehmen, um nicht noch einmal an ihnen vorbeigehen zu müssen. In ein paar Wochen werde ich sowieso mein Haus kaufen und ausziehen, dann muss ich sie nie mehr sehen.

Bevor ich meinen Briefkasten öffnen kann, taucht Luca neben mir auf.

»Können wir reden?«, fragt er.

Ohne ihn anzusehen, öffne ich den Briefkasten und hole den Stapel Post heraus, der heute Morgen zugestellt wurde. Ich blättere durch die Umschläge. Als ich ganz unten einen Brief von ihm finde, ziehe ich ihn heraus und drücke ihn an seine Brust. Er erschrickt, dann nimmt er den Umschlag und sieht ihn an, bevor er mir ins Gesicht schaut.

»Du willst ihn nicht einmal öffnen?«

Ohne ihm zu antworten, wende ich mich ab, aber er schiebt sich vor mich und verstellt mir den Weg. Es geht mir furchtbar auf die Nerven, dass sich selbst jetzt mein Puls beschleunigt, als hätte mein Körper noch nicht das Memo bekommen, dass ich sauer auf ihn bin.

»Rede mit mir«, sagt er. »Ich weiß, dass ich Mist gebaut habe, aber das hier kann doch nicht das Ende von dem sein, was wir hatten. Das war etwas Besonderes, Naomi. Ich weiß, dass du das auch spürst.«

Ohne auf mein Herzklopfen zu achten, sehe ich ihn böse an und warte, dass er mir aus dem Weg geht.

»Ich glaube, dass du irgendwo tief in deinem Inneren wusstest, dass ich es war«, fährt er fort. Ich ziehe eine Augenbraue hoch, neugierig, wohin diese Unterhaltung führen soll. Jetzt senkt er die Stimme. »Du hast meinen Namen gestöhnt.«

»Wie bitte?«

»Du hast meinen Namen gestöhnt, als wir Sex hatten. Ich glaube, du hast eigentlich gewusst, dass ich es war.«

Meine Güte, ich habe mir wirklich Mühe gegeben, das zu verdrängen, aber jetzt, da er es erwähnt, spüre ich, wie ich rot werde.

»Ich habe deinen Namen gesagt, weil ich Phantasien von jemandem hatte, den ich nicht kannte«, sage ich und bemühe mich dabei, leise zu reden, weil Joel aussieht, als versuchte er vom anderen Ende der Eingangshalle aus zu lauschen. »Wenn du besser im Bett gewesen wärst, hätte ich das vielleicht nicht tun müssen.«

ZWEIUNDDREISSIG

Schlecht im Bett

»Autsch.«

So reagiert Anne, als ich ihr erzähle, was ich Luca gestern an den Kopf geworfen habe. Ich bin verdammt stolz auf mich, dass mir das so spontan eingefallen ist, aber Anne scheint zu finden, dass ich damit zu weit gegangen bin.

Er war eigentlich gar nicht schlecht im Bett. Ich wollte nur, dass er den Mund hält. Es ist mir egal, wenn es sein Ego verletzt. Er war immer schon eingebildet, und ich weiß, dass er darüber hinwegkommt. Trotzdem ist mir auch klar, dass dieser Satz ziemlich verletzend sein kann. Hoffentlich habe ich keinen dauerhaften Schaden angerichtet.

»Er ist hier nicht das Opfer«, sage ich, eher als Erinnerung an mich als an Anne. »Und er hat mich zuerst verletzt. Was ich gesagt habe, ist ein Witz im Vergleich zu dem, was er mir angetan hat.«

Wir drehen beide den Kopf, als Patrick in den Raum spaziert. Ich merke, dass er ein wenig zögert, Anne herumzukommandieren, seit ich ihn gestern so barsch angefahren habe.

»Vielleicht sollten wir mal die Meinung eines Mannes einholen«, schlägt Anne vor. »Hey, Patty …«

»Nennen Sie mich nicht so«, unterbricht er sie.

Sie macht trotzdem weiter. »Hat Ihnen je jemand gesagt, dass Sie schlecht im Bett sind?«

Ich glaube nicht, dass sie die Sache durchdacht hat. Patrick beginnt zu stammeln, sein Gesicht wird tomatenrot. »Was … warum fragen Sie?«

»Naomi hat ihrem Freund gesagt, dass er schlecht im Bett ist«, erklärt sie. »Ich habe ihr gesagt, dass das eine ziemlich gemeine Bemerkung ist. Was sagen Sie? Hat das schon mal jemand zu Ihnen gesagt?«

»Es ist unangemessen, über so etwas bei der Arbeit zu sprechen«, sagt er.

»Und dann noch mit dem eigenen Chef«, füge ich hinzu.

Anne reißt die Augen auf. »O mein Gott. Es tut mir leid. Ich wollte Sie nicht beschämen. Sie müssen mir nicht sagen, ob das schon mal jemand zu Ihnen gesagt hat.«

»Das hat noch nie jemand zu mir gesagt«, sagt er. »Es ist nur … es ist nur … unangemessen.«

Er murmelt etwas davon, wieder zurück an die Arbeit zu müssen, und geht davon. Anne schaut ihm hinterher. Als er weg ist, sieht sie mich an und lächelt.

»Er ist irgendwie süß, wenn er so aus der Fassung gerät«, bemerkt sie.

Ich verschlucke mich beinahe an meinem Kaffee. »Hast du Patrick gerade süß genannt?«

Sie zuckt die Achseln. »Auf so eine chefige, glatzköpfige Teddybär-Art.«

»Das klingt alles überhaupt nicht süß, abgesehen von dem Teil mit dem Teddybär, und ich glaube, ich habe bei Patricks Anblick noch nie an einen Teddybär gedacht.«

»Du machst es zu kompliziert. Die Sache ist die, dass ihn allein der Gedanke, jemand könnte sagen, er sei schlecht im Bett, völlig aus dem Konzept gebracht hat. Und du hast Luca ins Gesicht gesagt, dass er scheiße ist.«

»Ich glaube nicht, dass Patrick das aus dem Konzept gebracht hat. Er war aufgebracht, weil seine Angestellte ihn nach seinem Sexleben gefragt hat.«

»Du wechselst das Thema, weil du weißt, dass ich recht habe.«

»Ich wechsele überhaupt nicht das Thema. Merkst du gar nicht, wie seltsam das war?«

»So seltsam nun auch wieder nicht. Er hat schon einiges an Peinlichkeiten mit angehört.«

»Klar, aber wir haben ihn nie in die Sache mit reingezogen.«

Anne vergräbt das Gesicht in den Händen und stöhnt. »Oh. Das war wirklich drüber, oder? Meinst du, er feuert mich jetzt?«

»Vermutlich nicht dafür, aber wenn du weiter deine ganzen Morgen damit verbringst, mit mir zu reden, dann hat er einen guten Grund.«

Anne versteht den Wink und steht auf. »Jetzt muss ich ihm den restlichen Tag aus dem Weg gehen. Oder vielleicht besser die restliche Woche.«

———

Ich bleibe auf dem Treppenabsatz des zweiten Stocks stehen und schaue zur Treppe, die in den dritten Stock führt. Normalerweise würde ich hinaufgehen, um nach dem Welpen zu sehen. Jetzt allerdings, da ich weiß, wer Luca ist, zögere ich. Ich bin sauer auf ihn, aber das bedeutet nicht, dass mir Bruno egal ist. Nach kurzem Überlegen gehe ich hoch.

Seine Wohnung ist unordentlicher als die anderen Male, die ich hier oben war. Auf seinem kleinen Küchentisch liegt ein Stapel Papier. Ich gehe näher heran, um zu sehen, was das ist, und erkenne meine eigene Handschrift. Es sind die letzten Briefe, die ich ihm geschrieben habe. Ich nehme ein paar Seiten vom Stapel und merke, dass es *alle* Briefe sind, die ich ihm geschrieben habe. Er hat sie alle aufbewahrt. Ganz unten liegt der erste Brief, den ich ihm in der fünften Klasse geschrieben habe. Während ich ihn durchlese, werde ich ein bisschen traurig. Ich war so nett. So unschuldig. Ich hatte keine Ahnung, dass ich einen so gemeinen Brief zurückbekommen würde und dass die Sache sich zu der seltsamsten jahrelangen Brieffreundschaft entwickeln würde, die es je gegeben hat. Ich hätte nie vorhersehen können, dass alles so enden würde.

Ich lege die Briefe zurück, so wie ich sie gefunden habe, und dann sehe ich einen ungeöffneten Umschlag mit meiner Adresse darauf. Er sieht genauso aus wie der, den er gestern in meinen Briefkasten geworfen hat. Ich beschließe, ihn mitzunehmen. Immerhin steht meine Adresse drauf.

Ich gehe mit Bruno Gassi und setze mich dann mit dem Umschlag auf mein Sofa. Ihn Luca an die Brust zu drücken war eine Reflexhandlung, die ich jetzt bereue. Die Vorstellung, nie zu erfahren, was in diesem Brief steht, hat mich schon den ganzen Tag genervt. Also reiße ich ihn auf und bin überrascht, darin zwei weitere verschlossene Umschläge zu finden. Auf dem ersten steht meine letzte Adresse in Oklahoma City. Die zweite ist die Adresse des Hauses, das meinen Eltern gehörte, bevor ich aufs College ging und sie sich eine kleinere Wohnung suchten. Ein gelber Zettel klebt auf jedem Umschlag. Unzustellbar.

Liebe Naomi,

ich weiß, dass es schon eine Weile her ist, seit du von mir gehört hast. Das Leben war für mich in letzter Zeit wie eine Achterbahn. Es hat damit begonnen, dass du mir nicht zurückgeschrieben hast. Oder zumindest dachte ich das. Meine Ex-Verlobte hat deine Briefe abgefangen und sie ein paar Monate lang vor mir versteckt. Sie war sowieso vollkommen übergeschnappt, aber eine Weile dachte ich, sie sei das Beste, was ich im Leben finden würde. Dann hat sie mir deinen Brief an den Kopf geworfen, und ich begriff, dass du mir doch zurückgeschrieben hattest. Ich soll mit dir zusammen abhauen? Steht die Einladung noch? Denn wenn ja, dann nehme ich den nächsten Flieger.

Ich weiß, dass wir uns gegenseitig gemeine Dinge sagen und die ganze Zeit nur Witze machen (zumindest hoffe ich, dass du nur Witze machst), aber ich will, dass du weißt, dass ich es ernst meine.

Alles Liebe

Luca

Liebe Naomi,

ich glaube, dass du in der Zeit, in der ich nach Dallas und zurück nach San Diego gezogen bin, ebenfalls umgezogen bist. Es ist ein bisschen seltsam, wenn ich daran denke, dass ich keine Ahnung habe, wo du jetzt wohnst. Also schicke ich diesen Brief an die Adresse deiner Eltern, für den unwahrscheinlichen Fall, dass sie noch dort wohnen. Ich hoffe, sie geben ihn dir.

Langer Rede, kurzer Sinn: Ich habe nicht geheiratet.

Deinen letzten Brief habe ich erst Monate, nachdem du ihn geschickt hattest, gesehen.

Kleines Update meines Lebens: Ich wohne derzeit bei dem Typen, der mich dazu genötigt hat, auf deinen ersten Brief in der fünften Klasse zu antworten. Ich wohne außerdem mit drei schreienden Kindern und ihrer Mom zusammen, die sehr oft ein Nickerchen macht. Irgendeinen Vorschlag, wo ich hin soll?

Alles Liebe

Luca

Vorher hatte ich gedacht, ich wäre traurig. Ich dachte, ich wäre wütend. Aber das, was ich jetzt fühle, ist etwas Neues, und ich kann es nicht erklären. Wenn ich diese Briefe doch nur früher gesehen hätte. Ich wünschte, ich hätte sie nicht Luca an die Brust gedrückt, als er mir sie geben wollte, und ich wünschte, ich hätte ihn nicht beleidigt.

Wenn ich damals gewusst hätte, dass es so etwas wie einen Nachsendeauftrag gibt, wären diese Briefe bei mir angekommen. Die Briefmarken auf den Umschlägen zeigen, dass sie genau zu der Zeit geschrieben wurden, als ich die Hoffnung aufgab, wieder von ihm zu hören. Das war, als ich noch hoffte, er würde eines Tages aus heiterem Himmel auftauchen. Ich glaube, ich habe nie aufgehört, das zu hoffen.

Als Luca an meine Tür klopft, lege ich die Briefseiten umgedreht neben mich, als könnte ich Ärger dafür bekommen, sie gelesen zu haben. Dann stehe ich auf und gehe zur Tür, um ihn reinzulassen. Das Blau seiner Augen ist eiskalt, und in seinem Gesicht liegt keine Spur eines Lächelns. Ich glaube, ich habe ihn noch nie so wütend gesehen.

»Ich könnte dich wegen Entführung eines Hundes anzeigen«, sagt er. Er geht an mir vorbei und nimmt Brunos Geschirr und seine Leine. Stirnrunzelnd sehe ich ihn an.

»Ich glaube einfach nicht, dass er taub ist«, sage ich.

Luca reagiert nicht und zieht dem kleinen Hund das Geschirr über.

»Auf mich wirkt er wie ein normaler Hund.«

Er hakt die Leine ein.

»Ignorierst du mich? Das ist es jetzt also?«

»Tut mir leid«, sagt er. »Ich wollte dich nicht noch mehr Mittelmäßigkeit aussetzen.«

Ich verdrehe die Augen. »Oh. Jetzt bist du also sauer auf *mich*? So läuft das also? Du hast mich angelogen, Luca. Du hast mich verarscht. Du hast nicht das Recht, sauer auf mich zu sein.«

Er wendet sich von der Tür ab und geht auf mich zu. Mein Puls beschleunigt sich. Aber ich bleibe fest an Ort und Stelle stehen, ich werde mich nicht in die Ecke drängen lassen. Als er vor mir zum Stehen kommt, muss ich den Hals in den Nacken legen, um zu ihm aufzuschauen. Er hat noch immer den Welpen auf dem Arm, der ihm begeistert das Kinn leckt. Ich presse die Lippen zusammen, damit ich nicht aus Versehen lächle.

»Ich habe jedes Recht dazu, wütend zu sein«, sagt er. »Glaubst du wirklich, du bist die Einzige, die hier leidet? Ich habe mich erst in dich verliebt, und dann habe ich dich verloren.«

Da sind wieder diese Worte, und sie treffen mich unvorbereitet. Mein Herz schlägt so heftig, dass ich schon glaube, es müsse aus meinem Brustkorb springen. Ohne dass ich es will, hebt sich meine Hand. Ich zwinge sie wieder herunter, bevor ich ihn berühre. Sein Blick fällt auf die Hand, dann sieht er mich wieder an. Etwas in seinem Blick lässt mich überlegen, ob er meiner Berührung wohl ausgewichen wäre.

Ich will glauben, dass er das nur sagt, um mich zurückzugewinnen, aber er wirkt gar nicht so, als wollte er das. »Wie kannst du sagen, du hättest dich in mich verliebt? Du kennst mich kaum.«

Er seufzt und hält Bruno von seinem Gesicht weg. »Das stimmt nicht. Ich kenne dich schon fast mein ganzes Leben. Vielleicht war es am Anfang nur eine Vorstellung von dir. Ich habe geglaubt, du müsstest im echten Leben genauso witzig sein wie in deinen Briefen.«

»Das ist nicht Liebe, das ist ...«

Er unterbricht mich und redet weiter. »Ich war so sehr in dich verliebt, dass ich nicht einmal mehr die Gesellschaft von anderen genießen konnte. Ich hatte längst beschlossen, dass du die Eine für mich bist. Gleichzeitig habe ich versucht, mir einzureden, dass ich dich auf ein Podest gestellt hätte, dass du auf keinen Fall so lustig, so wunderschön, so großartig sein könntest, wie ich mir dich vorgestellt hatte. Bevor ich nach Miami zog, war ich mir dann doch wieder sicher, dass ich niemanden lieben konnte, den ich noch nie gesehen hatte. Aber dann habe ich dich wirklich getroffen, und es hat sich herausgestellt, dass es doch so war. Alles, was ich geglaubt hatte zu fühlen, war real. Und dann habe ich mich noch einmal in dich verliebt.«

Bevor ich reagieren kann, wendet er sich schon wieder zum Gehen.

»Luca ...«

Er öffnet die Tür und schaut noch einmal zurück zu mir. »Wie schade, dass du im wahren Leben so verletzend bist wie in deinen Briefen«, sagt er. »Da habe ich den Kopf wohl gerade noch mal aus der Schlinge gezogen.«

Die seltsamste Freundschaft der Welt

Luca

Ich stehe neben dem einzigen Grasfleck im ganzen Block und warte, bis der Welpe sein Geschäft verrichtet hat, damit ich wieder reingehen und ohne Zuschauer in meinem Selbstmitleid versinken kann. Ich habe Naomi gesagt, ich hätte den Kopf gerade noch mal aus der Schlinge gezogen, aber vielleicht stimmt das nicht.

Vielleicht bin ich die Schlinge.

Ich ersticke jede Beziehung, die ich habe, und hinterlasse nur Schmerz und Bitterkeit. So war ich, seit ich denken kann. Aber ich dachte immer, dass alles anders werden würde, sobald ich Naomi persönlich kennenlernte. In meinen Ex-Beziehungen habe ich mir nie Mühe gegeben. Das lag nicht daran, dass ich mich nicht festlegen wollte, sondern daran, dass ich auf die eine Partnerin wartete, die dem gleichkam, wie ich mir Naomi vorstellte.

Ich konnte nicht lügen, so tun als ob, meine Gefühle nicht vorspielen, nur damit ich nicht wie ein herzloses Arschloch wirkte. Ich dachte, wenn ich Naomi träfe, würde alles wahr werden. Und das wurde es, und zwar genau bis zu dem Augenblick, in dem ich ihr meinen Namen verriet.

Wahrscheinlich ist es schon in Ordnung, dass es so früh geendet hat. Besser jetzt als später. Ich kann mir einreden, es tue gar nicht so sehr weh, auch wenn das nicht stimmt.

Ich gehe mit dem Welpen wieder ins Haus. Joel hat heute keinen Dienst, sitzt aber trotzdem am Tresen. Ich glaube, er hat einfach nichts Besseres zu tun. Das ist schon irgendwie traurig. Vermutlich werde ich auch eines Tages so enden.

»Sie hat deine Wohnung aber nicht verwüstet, oder?« Er stellt diese Frage, ohne den Blick von seinem Buch zu heben.

»Nein. Sie hat nur mehrmals meinen Hund geklaut.«

———

Es ist ein halbes Jahr her, seit ich zuletzt mit Ben gesprochen habe, daher bin ich überrascht, als ich aus heiterem Himmel einen Anruf von ihm bekomme. Einen Moment lang frage ich mich, ob Naomi ihn wohl auf ihrer Suche nach mir getroffen hat, aber das hätte ich vermutlich schon erfahren. Ich gehe ran.

»Das klingt jetzt vielleicht vollkommen zusammenhanglos, aber wie weit ist Boca Raton eigentlich von Miami entfernt?«

»Nicht so weit. Bist du gerade in Boca Raton?«, frage ich.

»Ich fliege dorthin, damit ich ein Projekt wieder auf Spur bringe, das mein Team nicht hinbekommt. Was machst du am

Montag? Ich dachte, ich könnte mich da mal kurz wegschleichen, um mit dir Mittag zu essen.«

»Mittagessen geht klar«, sage ich. »Solange es in der Nähe von meiner Wohnung ist. Ich habe gerade einen Pflegehund, und normalerweise gehe ich mittags mit ihm Gassi.«

Wir einigen uns darauf, ins Café zu gehen. Er meinte am Telefon, er habe kurz auf die Speisekarte geschaut und das Essen sehe gut aus, aber ich glaube, dass er einfach meine Wohnung sehen will, um sicherzugehen, dass es nicht das letzte vermüllte Loch ist wie damals im College.

Am Montag komme ich rechtzeitig nach Hause, um mit dem Hund eine Runde zu gehen, bevor Ben auftaucht. Ich beweise ihm, dass meine Wohnung zumindest grundsätzlich in Schuss ist. Es ist ein hübsches Haus, aber meine Möbel stammen aus Second-Hand-Läden. Nach einer kurzen Besichtigung gehen wir nach unten ins Café.

Als wir durch die Tür kommen, sehe ich Naomi zusammen mit Anne in der Nische sitzen, in der die beiden immer zu Mittag essen. Ich dachte eigentlich, sie würde das Café jetzt meiden, nach dem, was zwischen uns passiert ist. Allerdings freue ich mich, dass dem nicht so ist. Ich will nicht, dass sie meinetwegen etwas verliert, das ihr Freude macht. Und vielleicht bin ich noch dazu ein bisschen masochistisch, denn so sehr es auch wehtut, freue ich mich, sie zu sehen, obwohl es nur aus der Entfernung ist.

»Es gibt da etwas, was ich dir erzählen muss«, sage ich zu Ben.

»Geht es um die Rothaarige, die du schon die ganze Zeit anstarrst?«

Er meint es als Scherz.

»Erinnerst du dich an meine Brieffreundin?«

»Wie könnte ich nicht? Du warst immerhin der Letzte, dem ich zugetraut hätte, deiner Brieffreundin auch dann noch zu schreiben, als alle anderen schon längst damit aufgehört haben.« Wir rücken in der Schlange vor. »Warum? Hast du endlich wieder von ihr gehört?«

Ich deute in Richtung Naomi. »Das ist sie. Naomi Light.«

Er reißt den Kopf herum. »Die Rothaarige? Echt jetzt?« Dann sieht er mich mit großen Augen an und senkt die Stimme. »Moment. Bist du ihr irgendwie hierher gefolgt oder so?«

»Nicht wirklich.«

»Was meinst du mit ›nicht wirklich‹? Entweder du bist ihretwegen hierhergezogen oder nicht.«

»Es war nicht ihretwegen. Ich bin in die Wohnung gezogen, und sie war einfach … da.«

»Kennt sie dich?«, fragt Ben. »Bitte sag mir, dass sie weiß, wer du bist.«

»Ja, na ja, den Part der Geschichte hab ich irgendwie verkackt.«

»Du? Verkackt? Das kann ich mir ja gar nicht vorstellen.«

Ich ignoriere seinen Sarkasmus. »Ich hab ihr nicht direkt gesagt, wer ich bin. Jetzt vertraut sie mir nicht mehr.«

Es ist ganz klar, dass er das Ausmaß der Katastrophe nicht versteht, denn er sagt: »Ich will sie kennenlernen«, tritt aus der Schlange heraus und geht zu ihrem Tisch. Ich fluche leise und folge ihm.

»Naomi Light«, sagt er und setzt sich neben Anne an den Tisch, so dass er Naomi gegenüber sitzt. »Du bist eine absolute Legende.«

Sie sieht verwirrt und ein bisschen verängstigt aus. Anne lehnt sich von ihm weg, ganz klar abgeschreckt von dem Fremden, der sich einfach in ihr Gespräch drängt.

»Sie haben vermutlich ihre Wettersendung gesehen«, sagt Anne.

»Wettersendung?« Er sieht erneut Naomi an. »Moment, bist du im Fernsehen?«

Naomi schaut von Ben zu mir. Ich sehe an ihrem Gesichtsausdruck, wie sie begreift, dass wir uns kennen.

»Sie moderiert hier die Wettersendung«, sage ich zu Ben.

Anne schaut über die Schulter zu mir. Ben fährt fort, diesmal an Anne gerichtet: »Diese Frau hier hat meinem Freund Luca seit der fünften Klasse Briefe geschrieben. Unvorstellbar, oder?« Er wendet sich wieder an Naomi und packt dabei mit schmerzverzerrtem Gesicht seine eine Hand mit der anderen. »Ich bin noch immer traumatisiert von dem Brief mit dem Niednagel.«

»Sie haben die Briefe gelesen?«, fragt Naomi.

»Nur ein paar.« Er streckt die Hand über den Tisch. »Ich heiße Ben. Wir können uns duzen, oder?«

Sie nickt und schüttelt seine Hand. »Ben Toole?«, fragt sie.

Ich bin überrascht, dass sie seinen Namen kennt. Er wirkt ebenfalls überrascht. »Ich wusste nicht, dass Luca dir von mir erzählt hat.«

»Penny hat mir deinen Namen genannt.«

Ben zieht die Brauen hoch. Er sieht mich an, dann wieder sie. »Du hast Penny kennengelernt?«

Ich begreife, dass das hier nicht bei einem kurzen Plausch bleiben wird, also setze ich mich auf die Bank neben Naomi.

Sie rutscht weiter und macht mir Platz, aber nicht schnell genug, so dass mein Bein gegen ihres stößt. Sofort weicht sie zurück, aber ich spüre noch immer die Stelle an meinem Bein, an der mich ihres berührt hat. Das reicht beinahe, um mich von dem kurzen, aber intensiven Blick abzulenken, den sie mir von der Seite zuwirft.

»Sie hat Penny gefunden, als sie mich gestalkt hat«, sage ich zu Ben.

»Ich habe dich nicht gestalkt.«

»Doch, eigentlich schon«, versetzt Anne.

»Er hat mir Briefe an meinen Arbeitsplatz geschrieben, ohne Absender«, erklärt Naomi Ben. »Ich habe nur einen Weg gesucht, wie ich ihm antworten kann.«

»Wie war Penny denn so?«, fragt Ben. »Immer noch neben der Spur?«

»Total neben der Spur«, sagt Anne.

»Wir haben nicht besonders lange mit ihr gesprochen«, sagt Naomi. »Nur so lange, bis wir wussten, dass Luca nicht mehr dort wohnt.«

Ich sehe sie nicht an, aber ich nehme jede ihrer Bewegungen wahr. Sie fährt sich mit den Fingern durchs Haar, und ich rieche den vertrauten Duft ihres Shampoos so stark, als hätte ich das Gesicht in ihrem Nacken vergraben. Mit aller Kraft muss ich mich zurückhalten, um mit meinem Bein nicht schon wieder gegen ihres zu stoßen, nur um zu sehen, ob sie wohl wieder zurückweicht.

»Und dass Naomi der Grund dafür ist, dass diese Hochzeit niemals stattgefunden hat«, meldet sich Anne erneut zu Wort.

»Ihr seid aber ziemlich weit gegangen, um eine Adresse zu finden«, sagt Ben.

»Sie sind nach Georgia zu dem Militärstützpunkt gefahren, an dem ich stationiert war«, füge ich hinzu.

»Immerhin habe ich nicht gelogen, was meinen Namen angeht«, sagt sie. Dann wendet sie sich an Ben und sagt: »Er hat mir eine Todesdrohung an den Sender geschrieben.«

Ben reißt den Kopf zu mir herum. Er sieht erschrocken aus.

Ich richte meine Antwort an Ben, weil ich es nicht über mich bringen kann, sie anzusehen, solange sie so nah neben mir sitzt. Irgendwie habe ich Angst, dann etwas sehr Dummes zu tun. »Es war eigentlich keine richtige Todesdrohung«, sage ich. »Ich habe nur gesagt, dass ich hoffe, dass sie von einem Blitz erschlagen wird.«

»Um ehrlich zu sein, hat Naomi den Brief gelesen und gelacht«, sagt Anne. »Ich wollte den Brief schon in die Chefetage weiterleiten.«

»Ihr seid so schräg«, sagt Ben und schüttelt den Kopf. Dann, an Naomi gewandt, sagt er: »Wusstest du, dass Luca auf deinen ersten Brief hin gar nicht zurückgeschrieben hätte, wenn ich nicht gewesen wäre? Du musst wohl mir für die seltsamste Freundschaft der Welt danken.«

»Die sind eindeutig keine Freunde mehr«, sagt Anne. »Spürst du nicht die Spannungen in der Luft?«

Ben sieht mich unter gerunzelten Brauen an, als hätte er noch gar nicht bemerkt, wie peinlich das alles für uns beide ist. Ich wende den Kopf in genau dem Moment, in dem Naomi mich ansieht, aber sie wendet sich sofort wieder ab.

»Wow. Du hast es wirklich verkackt, oder?«, sagt Ben. »Entschuldige dich doch einfach bei ihr.« Er sieht uns beide an, und dann siegt seine Neugier. »Was hast du eigentlich verbrochen? Ihr einen Niednagel vom Finger gerissen? Ihr gedroht, sie eigenhändig umzubringen?«

»Er wohnt seit sechs Monaten hier, hat ihr Briefe geschrieben und ist mit ihr auf Dates gegangen, und sie hat die ganze Zeit geglaubt, er sei jemand anderes«, antwortet Anne für mich.

»Sechs Monate? Verdammt.« Ben sieht Naomi an. Sie schaut wütend aus dem Fenster.

Bevor ich es mir anders überlegen kann, lege ich unter dem Tisch meine Hand auf ihr Bein. Sie schlägt sie nicht weg, aber sie sieht mich auch nicht an.

»Ich hätte wohl wissen müssen, dass er im wahren Leben ein ebenso großes Arschloch ist wie in seinen Briefen«, sagt sie.

Ihre Worte schmerzen mehr als eine Ohrfeige, aber sie haben denselben Effekt. Ich nehme meine Hand von ihrem Bein. Sie sieht mich kurz an und wendet sich dann wieder Ben und Anne zu.

»Ich habe sie nicht ein halbes Jahr lang angelogen«, sage ich zu Ben. »Ich habe einfach erst vor ein paar Wochen den Mut aufgebracht, mit ihr zu reden.«

»Das überrascht mich gar nicht. Du bist ein totaler Feigling, wenn es darum geht, mit Frauen zu reden«, sagt er. Dann, an Anne und Naomi gewandt: »Was wirklich krass ist, weil er bis kurz vor seinem Schulabschluss ein richtiger Player war. Ich habe ihn nie länger als ein paar Tage mit jemandem gesehen, bis Penny kam.«

Aus dem Augenwinkel sehe ich, wie Naomi mich ansieht.

Endlich traue ich mich, meinen Kopf zu drehen, und sehe sie ebenfalls an. Ihre Brauen sind zusammengezogen, ihre Lippen ganz wenig geöffnet, als würde sie darüber nachdenken, etwas zu sagen. Dann scheint sie es sich anders zu überlegen, und ihr Mund schließt sich wieder. Ob sie sich gerade an die elfte Klasse erinnert, als ich sie gefragt habe, ob wir auf Facebook befreundet sein wollen? Und ob sie wohl versteht, dass ich ihretwegen das Interesse an meinen Klassenkameradinnen verloren habe?

Sie hält meinen Blick einen Augenblick lang, dann sieht sie wieder Ben an. »Du kennst Luca wirklich schon seit der fünften Klasse?«

Er nickt. »Eigentlich schon seit der vierten.«

»Aber ihr wart in der fünften in derselben Klasse? Hattest du auch einen Brieffreund?«

»Klar. Sein Name war …« Er kratzt sich das Kinn, als müsste er stark nachdenken. »Andy, glaube ich. So in etwa.«

Es ist klar, dass sie den Namen kennt, denn ihr Gesicht hellt sich auf. »Andy Nicoletti?«

Ben grinst. »Du erinnerst dich an Vor- und Nachnamen von Leuten aus deiner fünften Klasse?«

Sie lächelt jetzt breit. »Nicht von allen, aber ich bin mit Andy aufgewachsen. Wir sind in der Highschool für eine Weile zusammen gewesen.«

Ich weiß, dass die Highschool schon lange her ist, aber trotzdem frage ich mich, warum sie so glücklich aussieht, wenn sie von Andy Nicoletti spricht. Dann gleitet ihr Blick für den Bruchteil einer Sekunde zu mir, und ich glaube, ich weiß warum. Sie versucht, mich eifersüchtig zu machen.

»Ist nicht wahr«, sagt Ben. »Ich hätte nie gedacht, dass ich dem zukünftigen Ex-Freund der legendären Naomi Light geschrieben habe.«

Sie verdreht die Augen, lächelt aber weiter. »Ich bin gar nicht legendär.«

»Du hast diesem Typen hier fast zwanzig Jahre lang geschrieben und bist dabei nicht völlig durchgedreht. Das ist ziemlich legendär, wenn man mich fragt.«

Sie beugt sich vor und stützt das Kinn in die Hand. »Wie lange hast du Andy denn geschrieben?«, fragt sie. »Die meisten anderen Kinder haben es nur ein paar Monate lang durchgehalten.«

»Ich bin mir ziemlich sicher, dass es in unseren letzten Briefen darum ging, was wir uns zu Weihnachten wünschen.« Er sieht mich an und fügt hinzu: »Du warst der Letzte in der Klasse, der noch Briefe bekommen hat, was besonders lustig war, weil du eigentlich überhaupt gar keine schreiben wolltest.« Er wendet sich wieder an Naomi und sagt: »Dieser Typ hier hat eure Briefe bis zur achten Klasse vor mir geheim gehalten. Dann hat er mir den mit dem Niednagel gezeigt.«

»Kein Wunder, dass du darauf so fixiert bist. Dabei ist es nicht einmal der schlimmste«, bemerkt Anne.

»Immer, wenn ich einen Niednagel habe, muss ich an diesen Brief denken. Ich bin nachhaltig geschädigt«, sagt Ben.

»Viel wichtiger finde ich, was mit Andy Nicoletti war«, sagt Anne. Sie wirft mir einen kurzen Blick zu und sagt dann zu Naomi: »Wie lange wart ihr denn zusammen?«

»Ein paar Jahre. Wir haben direkt vorm College Schluss gemacht.«

»War er süß?«

Naomi lehnt sich zurück und seufzt, als erinnerte sie sich gerade an etwas Schönes. Ich weiß, dass die beiden nur über Andy sprechen, um mich eifersüchtig zu machen, aber ich ärgere mich trotzdem, dass Naomi von einem anderen Mann schwärmt.

»Er war *sehr* süß«, sagt sie.

»Uh. Dann ist er für dich vermutlich ›the one that got away‹«, sagt Anne bedeutungsvoll. »Lass uns den als Nächstes suchen.«

»Sagt Bescheid, wenn ihr ihn findet«, sagt Ben. »Vielleicht kann ich ihm dann auch eine Todesdrohung schicken.«

Die beiden Mädchen kichern.

»Ich würde ihm gern eine schicken«, entfährt es mir, bevor ich es verhindern kann.

»Wow, Leute«, sagt Anne. »Das hat ja jetzt eine erschreckende Wendung genommen.«

»Keine weiteren Todesdrohungen«, sagt Naomi. »Und wir suchen ihn auch nicht.«

»Manno, du bist so langweilig«, beschwert sich Anne. »War er etwa schlecht im Bett?«

Kaum hat Anne das gesagt, werde ich rot. Ich dachte, Naomi hätte das nur aus Wut gesagt, aber wenn sie es Anne auch erzählt hat … ich muss hier raus. Bevor irgendwer irgendetwas Weiteres sagen kann, stehe ich auf.

»Weiter unten in der Straße gibt es einen spanischen Diner«, sage ich zu Ben. »Da ist das Essen besser. Komm, wir gehen dahin.«

Die Exhumierung der Naomi Light

Naomi

»Musstest du das jetzt unbedingt sagen?«, frage ich Anne.

»Was denn? Den Schlecht-im-Bett-Kommentar?«

»Ja. Den.«

»Ich kapier's nicht. Ich dachte, du wärst sauer auf Luca.«

»Bin ich auch, aber jetzt denkt er vielleicht, dass ich mit dir über unser Sexleben geredet habe.«

Sie runzelt die Stirn. »Also ist es okay für dich, sauer auf ihn zu sein, aber du willst nicht, dass er sauer auf dich ist?«

»Er ist bereits sauer auf mich. Hast du das nicht gemerkt? Immer, wenn er eigentlich mir etwas zu sagen hatte, hat er es zu Ben gesagt. Als hätte ich nicht direkt neben ihm gesessen.«

»Es war ein bisschen schwierig, ihn zu durchschauen«, gibt Anne zu. »In dem einen Moment hat er dich mit diesen hübschen Husky-Welpenaugen angeschaut, und im nächsten hat er dich angesehen, als wollte seine Todesdrohung wahr machen.«

»Ich glaube, das liegt daran, dass ich ihm gesagt habe, dass er schlecht im Bett ist. Und du hast ihn gerade daran erinnert. Bin ich jetzt das Arschloch?«

»Ihr seid beide das Arschloch.«

»Warum sagst du das?«

»Er hat seine wahre Identität vor dir verborgen. Das machen nur Arschlöcher. Du hast ihm nicht von den Briefen erzählt. Auch etwas, was nur Arschlöcher machen.«

»Ich finde schon, dass es schlimmer ist, jemandem nicht zu sagen, wer man wirklich ist, als ein paar unschuldige Briefe zu verschweigen.«

»Unschuldig? Dann erklär mir mal all die sexy Briefe und das geheime Treffen, das du planen wolltest.«

»Ich wollte da kein heimliches Sextreffen veranstalten. Ich wollte nur den Menschen kennenlernen, mit dem ich die ganze Zeit lang Briefe geschrieben habe. Und ich habe das Gefühl, dass er noch einen Sonder-Arschlochpunkt dafür verdient, dass er diese Briefe komplett ignoriert hat. Er hat mir vorgemacht, mich treffen zu wollen, und dann hat er nicht mehr zurückgeschrieben.«

»Vielleicht hat er die Briefe gar nicht ignoriert«, sagt sie. »Vielleicht ist er deiner Einladung auch gefolgt, indem er vor deiner Tür aufgetaucht ist.«

»Was uns wieder dazu bringt, dass er ein Arschloch ist, weil er mir nicht gesagt hat, wer er ist. Können wir ihm dafür bitte auch noch einen Sonder-Arschlochpunkt geben?«

»Nur, wenn du noch einen Punkt dafür bekommst, dass du ihn wegen unserer Reisen belogen hast. Und noch einen für die Schlecht-im-Bett-Bemerkung.«

Ich seufze. »Dann haben wir einen Gleichstand.«

»Es muss ja nicht alles ein Wettbewerb sein. Macht euch von mir aus in euren Briefen gegenseitig fertig, aber sei ansonsten aufrichtig mit ihm.«

Ich starre aus dem Fenster und sehe von hier aus mein Wohnhaus. Luca und Ben sind vor einer Weile auf dem Weg zu dem anderen Lokal daran vorbeigegangen. Vielleicht hat Anne recht. Das hier ist kein Wettbewerb. Ich will nicht, dass es einer ist. Ich will nur …

Ich halte inne und überlege, was ich eigentlich wirklich will. Klar vermisse ich es, Luca Briefe zu schreiben, aber noch mehr vermisse ich, was ich mit ihm hatte, als er für mich noch Jake war. Dass ich jetzt beide verloren habe, nur weil sie ein und dieselbe Person sind, finde ich schrecklich.

Ich glaube, ich will es einfach zurück. Alles.

———

Als ich wieder nach Hause komme, denke ich immer noch an Luca. Ich hole meine Briefekiste aus dem Schrank und sehe sie mir an. All die Jahre hatte ich mich gefragt, ob Luca meine Briefe wohl auch aufbewahrte. Und als ich die ersten Male in seiner Wohnung war, hatte ich sie nicht gesehen. Das war, bevor ich wusste, wer er ist. Ich frage mich, ob er sie sonst wohl auch in einer Kiste im Schrank aufbewahrt, so wie ich. Aber vermutlich verbrennt er sie sowieso bald.

Egal, wie sauer ich auf ihn bin, ich weiß, dass ich es nie über mich bringen könnte, die Briefe zu vernichten. Ich würde sie nach wie vor bei jedem Umzug mitnehmen. Vermutlich steht die Kiste noch irgendwo auf meinem Dachboden, wenn ich schon eine alte Witwe bin. Wenn ich siebenundneunzig Jahre alt bin und mein verstorbener Ehemann all die Jahre keine Ahnung hatte, was sich in der Kiste befindet. Wenn ich dann sterbe, werde ich meine Villa den Enkeln hinterlassen – ja, in meinem Kopf bin ich irgendwann reich und lebe in einer Villa. Meine Enkel werden dann durch mein Haus gehen und überlegen, was sie verkaufen und was sie behalten wollen, und dann auf meine Kiste stoßen.

Einen Moment lang werden sie glauben, dass sie Grandma Naomis heimliche Liebesbriefe gefunden haben. Dann werden sie einige von ihnen lesen und begreifen, dass dies keine Liebesbriefe sind, nein, sondern etwas viel Pikanteres. Das hier sind Hassbriefe. Grandma Naomi hatte einen Feind, der ihr über Jahrzehnte schreckliche Briefe geschrieben hat. Aber warum hat sie sie alle behalten? Vielleicht hatte sie Angst, dass dieser Mensch sie aufspüren und vergiften würde. Die Enkel werden die Briefe dann zur Polizei bringen, damit sie Ermittlungen über meinen Tod anstellen, von dem sie bisher geglaubt hatten, dass er natürlich gewesen sei. Meine Leiche wird dann exhumiert, und sie werden eine Autopsie an mir vornehmen.

So etwas hätte ich früher in einem Brief an Luca geschrieben. Plötzlich trifft mich die Erkenntnis wie ein Schlag, dass wir einander womöglich nie mehr schreiben werden. Die Vorstellung gefällt mir gar nicht. Ich lasse die Kiste mit den Briefen im Wohnzimmer, gehe wieder aus der Wohnung und nach unten. Dabei weiß ich selbst nicht so richtig, warum überhaupt. Es ist ja nicht so, als würde dort ein neuer Brief auf mich warten.

Als ich in die Eingangshalle komme, sehe ich Luca neben dem Fahrstuhl stehen. Ben ist nicht mehr bei ihm. Er sieht mich einen Moment an, als sich die Tür schon öffnet, dann löst er seinen Blick von mir und geht hinein. Ich atme tief durch, dann folge ich ihm in den Aufzug. Wir stehen nebeneinander, das Gesicht der Tür zugewandt.

»Luca, es tut mir leid«, platze ich heraus, als sich die Tür schließt.

Er dreht sich zu mir um, und ich tue dasselbe. Seine Stirn ist gerunzelt. »Was tut dir leid?«

Es ärgert mich, dass ich das jetzt noch erklären muss. Ich bin nicht sauer auf ihn, sondern vielmehr auf mich selbst, weil ich das Thema überhaupt angeschnitten habe. Ich seufze. »Das, was ich neulich gesagt habe.«

Er zieht eine Augenbraue hoch. »Könntest du bitte etwas deutlicher werden?«

Es ist echt warm im Fahrstuhl. Vielleicht sollte ich meine Entschuldigung einfach wieder zurückziehen, oder ist es dafür schon zu spät? Ich beschließe, die Sache jetzt durchzustehen. »Ich habe vielleicht angedeutet, dass du schlecht im Bett bist. Das habe ich so aber nicht zu Anne gesagt, wenn es das ist, was du gedacht hast, als sie gerade diese Bemerkung gemacht hat. Ich habe ihr nur erzählt, was ich zu dir gesagt hatte.«

Er starrt mich mit unbewegtem Gesicht an. Nur ein winziges Lächeln umspielt seine Lippen. Ich finde es furchtbar, dass er das alles offenbar lustig findet, während ich hier Blut und Wasser schwitze.

»Dafür musst du dich nicht entschuldigen«, sagt er. Einen Augenblick lang glaube ich, dass er sonst nichts mehr sagen wird. Aber nein: »Du warst nur sauer.« Sein Blick wandert meinen Körper hinunter und dann wieder hinauf zu meinem Gesicht. »Ich weiß, dass du es genossen hast.«

Ich bin so wütend, und es ist mir so peinlich, dass ich tatsächlich knurre. Das amüsiert ihn nur noch mehr, und der nur leicht nach oben gebogene Mundwinkel wird zu einem breiten Grinsen. Sein Lächeln lässt mich ihn nur noch mehr hassen, denn verdammt, es steht ihm so unfassbar gut.

»Ich hasse dich«, sage ich.

Er versucht, wieder die Stirn zu runzeln, aber er kann sein Lächeln nicht unterdrücken. »Wieso denn das?«

»Du warst immer schon so verdammt eingebildet und überheblich, schon seit dem allerersten Brief: Ich hatte immer irgendwie gehofft, dass du dich als hässlicher Zwerg herausstellen würdest, aber … ähm. Vermutlich ist dein Ego fast geplatzt, als wir uns kennengelernt haben und du gemerkt hast, dass ich dich toll finde.«

Sein Lächeln verschwindet. »Wenn ich überheblich gewirkt habe, dann nur, weil ich dich beeindrucken wollte. Aber du hattest recht.«

»Womit?«

»Fünfte Klasse«, sagt er. »Da war ich nicht heiß. Ich war nur dünn.«

Die Fahrstuhltür öffnet sich in meinem Stockwerk. Ich mache einen Schritt nach vorn, um auszusteigen, aber er streckt die Hand aus, und seine Finger streifen meinen Unterarm. Ich halte inne und drehe mich zu ihm um. Seine Stirn ist gerunzelt, die Lippen leicht geöffnet, als überlegte er, ob er sagen soll, was ihm im Kopf herumgeht, oder nicht.

»Luca?«

»Du hattest keine Panikattacke«, sagt er.

Erst da fällt mir meine Angst vor dem Fahrstuhl wieder ein. Ich blicke zu den Wänden, dann in den Flur, schließlich wieder zu ihm. »Stimmt«, sage ich mit einem Nicken. »Vermutlich habe mich einfach sicher gefühlt.«

Seine Hand gleitet meinen Arm hinunter, bis er meine Hand erreicht, und er verschränkt seine Finger mit meinen. Ich drücke kurz seine Hand, dann lasse ich sie los und gehe raus in den Flur.

Wir sehen einander an, während die Fahrstuhltür sich schließt, beide wie erstarrt. Ich frage mich, ob er wohl auch nicht richtig weiß, ob er will, dass sie zugeht. Kurz überlege ich, meine Hand hineinzuhalten, um sie daran zu hindern, aber ich weiß nicht, was ich dann sagen soll. Also lasse ich zu, dass sich die Tür schließt, und er ebenso. Einen Augenblick stehe ich noch im Flur, starre die Tür an und spüre immer noch seine Finger auf meinen. In meinem Kopf hallt das Echo von dem nach, was er gesagt hat, bevor die Fahrstuhltür aufging. Ich höre das Rumpeln der Mechanik, die Luca hoch in sein Stockwerk bringt.

Schließlich wende ich mich vom Fahrstuhl ab, und auf dem Weg zu meiner Wohnung denke ich an das erste Jahr mit seinen Briefen. Ich frage mich, ob er sie wohl auch alle gerade erst wieder gelesen hat oder ob meine Worte so denkwürdig waren, dass sie ihm immer im Gedächtnis geblieben sind.

Die Brieffreundzone

Vielleicht bin ich verrückt, aber ich wünsche mir, dass er mir wieder schreibt. Allerdings habe ich keine Ahnung, wie ich das Thema anschneiden soll. Es kommt mir schon etwas ungewöhnlich vor, erst mit jemandem zu schlafen, dann nicht mehr mit ihm zu reden und ihm dann zu sagen, man wolle die Brieffreundschaft wieder aufleben lassen. Es fühlt sich ein bisschen so an, als würde man jemanden in die Friendzone schieben, nur schlimmer. Ich frage mich, ob es wohl so etwas gibt wie eine Brieffreundzone.

Andererseits, nennt man es überhaupt »friendzone«, wenn wir ja quasi schon zusammen waren? Vielleicht wäre da die Ex-Zone treffender. Manche Leute bleiben Freunde, nachdem sie sich getrennt haben. Manche reden nie wieder miteinander. Ich gehöre normalerweise zur letzten Gruppe, aber ich will nicht, dass es zwischen mir und Luca so endet.

Ich strecke die Hand aus und streichele die Kätzchen, die neben mir liegen und sich gegenseitig putzen. Vielleicht sollte ich einfach den ersten Schritt machen und ihm einen Brief schicken, statt ihm das vorzuschlagen. Immerhin wollte ich den letzten Brief nicht annehmen, den er mir gegeben hat. Vielleicht hat er Angst, den nächsten Schritt zu machen. Er weiß ja nicht, dass ich ihm verziehen habe.

Dieser letzte Gedanke lässt mich innehalten. Habe ich ihm verziehen? Darüber habe ich bisher gar nicht richtig nachgedacht. Aber ich merke, dass ich nicht mehr wütend bin. Stattdessen spüre ich, dass ich ihn jeden Tag mehr vermisse. Ich muss nur einen Weg finden, ihm das zu sagen.

———

Ich warte, bis Bruno zu jaulen beginnt, dann gehe ich nach oben, um ihn zu holen. Eigentlich will ich Luca nicht aus dem Weg gehen, aber ich will ihm jetzt auch noch nicht begegnen. Ich fürchte, dass er mich davon überzeugen will, Bruno in Ruhe zu lassen, oder noch schlimmer, dass er mir den Schlüssel wegnimmt und ich dann keine Wahl mehr habe.

Die Nachricht, die ich an seinem Kühlschrank befestigt hatte, ist verschwunden. Ich frage mich, ob er sie weggeworfen oder in seine Kiste getan hat. Kurz überlege ich, in seiner Wohnung herumzuschnüffeln, um nachzusehen, wo er die Briefe aufbewahrt, aber dann entscheide ich mich dagegen. Ich habe eine neue Notiz mitgebracht. Ich hänge sie mit demselben Magneten an seinen Kühlschrank.

Lieber Luca,

ich habe etwas aus deiner Wohnung geklaut. Errätst du,
was es ist?

–N

Ich gehe mit Bruno Gassi und verbringe dann den Nachmittag damit, Taubheit bei Hunden zu googeln. Irgendwie
will ich beweisen, dass er hören kann, aber er reagiert nicht
auf die Geräusche, die ich mache. Ich muss wohl doch akzeptieren, dass dieser Welpe wirklich taub ist. Also schaue
ich mir verschiedene Videos, die zeigen, wie man einem
tauben Hund Handsignale beibringen kann, und dann versuche ich es bei Bruno. Es wird eine Menge Arbeit sein, aber
ich glaube, das schaffe ich. Ich bin schon vollkommen in
meinem Vorhaben aufgegangen, als Luca an meine Tür
klopft.

»Was hast du denn aus meiner Wohnung geklaut?«

Alles klar, keine Zeit für Höflichkeiten; er kommt direkt
zum Punkt. Trotzdem muss ich an das letzte Mal denken, als
wir so nah beieinanderstanden, als seine Hand meine berührt
hat und ich davon eine Gänsehaut bekommen habe, die ich
jetzt noch spüre.

»Du sollst nicht mündlich auf einen Brief antworten«, ta-
dele ich ihn.

»Hätte ich die Frage aufschreiben und dir schweigend über-
reichen sollen?«

Ich zucke mit den Schultern. »Zum Beispiel.« Dann trete
ich beiseite und lasse ihn in die Wohnung.

»Aber im Ernst«, sagt er, und dabei lächelt er ein wenig.

»Was hast du mitgenommen?« Er schaut sich im Wohnzimmer um, wo Bruno mit den Kätzchen spielt. »Bruno?«

»Nein. Ja, schon, aber das meine ich nicht. Ich habe ihm übrigens ›Sitz‹ beigebracht.«

Luca sieht mich skeptisch an. »Wie? Er ist verdammt stur.«

»Er tut alles für ein Stück Käse.«

Ich gehe in die Küche und nehme eine Packung Käse aus dem Kühlschrank. Bruno riecht es sofort und kommt angerannt. Ich mache das Handsignal aus dem Video. Der kleine Hund senkt seinen Hintern auf den Boden und sieht mich erwartungsvoll an. Ich gebe ihm ein Stück Käse. Er frisst es, dann rennt er wieder zu den Katzen.

An Lucas Blick sehe ich, dass er beeindruckt und vielleicht auch einen Hauch eifersüchtig ist.

»Ich wusste gar nicht, dass du mit Hunden aufgewachsen bist«, sagt er.

»Ich hatte nie einen Hund.«

»Im Ernst? Bist du dann einfach von Natur aus Hundeflüsterin?«

»Ehrlicherweise habe ich heute Nachmittag eine Menge Videos geschaut«, sage ich. »Außerdem hatte ich als Kind ein Frettchen. Dem habe ich total gern Tricks beigebracht.«

Luca lächelt. Er lehnt sich gegen die Armlehne meines Sofas. »Dein Traum aus der fünften Klasse ist also wahr geworden. Hast du nicht in deinem ersten Brief an mich erwähnt, dass du dir ein Frettchen wünschst?«

»Tja, ich wollte auch eine Katze. Jetzt habe ich zwei.«

Er lacht schnaubend auf. »Was habe ich damals über Katzen gesagt?«

»Du hast gesagt, Katzen seien langweilig, und dass sie deswegen perfekt zu mir passen würden. So was in der Richtung.«

Wir schauen beide zu Roland und Phoebe hinüber, die sich im Wohnzimmer gegen Bruno zusammengetan haben.

»Vielleicht lag ich da doch falsch.« Er löst sich vom Sofa und geht auf mich zu, dann aber an mir vorbei zur Kücheninsel, so dass ich mich umdrehen muss.

»Du hast bei einer Menge Dingen falsch gelegen«, erinnere ich ihn. »Zum Beispiel sind meine Eltern keine Geschwister.«

Ich folge ihm und ziehe mir einen Stuhl unter dem Tisch hervor, um mich zu setzen. Als ich die Beine übereinanderschlage, berührt mein Fuß sein Knie. Er schaut auf meinen Fuß hinunter, rührt sich aber nicht. Ich mich auch nicht. Mein Fuß ist ganz warm an der Stelle, an der er sein Bein berührt. Ich kann mich auf nichts anderes mehr konzentrieren. Nur noch auf die Hitze, die mein Bein hinaufsteigt und sich in meinem Körper ausbreitet.

Sein Adamsapfel hüpft auf und ab, dann sieht er mir wieder in die Augen. »Ich war damals ein echt nerviger kleiner Scheißer, oder?«

»Damals? Willst du damit sagen, dass du das jetzt nicht mehr bist?«

Sein Lächeln verblasst ein wenig. Einen Augenblick lang frage ich mich, ob ich jetzt zu weit gegangen bin. Ich ziehe meinen Fuß zurück und lenke damit seine Aufmerksamkeit auf meine Beine.

»Du hast die Briefe noch einmal gelesen«, sagt er, ohne aufzuschauen. »Stimmt's?«

»Ja. Du auch.«

»Ich dachte mir schon, dass du meine Kiste gesehen hast.«

»Es hat mich ein wenig überrascht, dass du die ganzen Briefe behalten hast. Ich habe mich immer gefragt, ob nur ich das gemacht habe.«

»Den ersten habe ich weggeworfen«, sagt er. »Dann habe ich es bereut und ihn wieder aus dem Papierkorb geholt. Ich konnte es irgendwie nicht über mich bringen, ihn wegzuwerfen.«

»Im ersten Jahr habe ich wirklich geglaubt, dass du mich hasst«, sage ich. »Erst, als die anderen schon keinen Kontakt mehr zu ihren Brieffreunden hatten, habe ich begriffen, dass du mich gar nicht so sehr hassen konntest. Du hast einfach so getan.«

Er schaut mir ins Gesicht, und ich habe das Gefühl, seine eisblauen Augen seit Ewigkeiten nicht mehr gesehen zu haben. »Warum hast du die Briefe behalten, wenn du dachtest, dass ich dich hasse?«

Ich zucke mit den Schultern. »Schwer zu sagen. Ich würde gern behaupten, weil ich so sentimental war, aber vermutlich war ich einfach nur schlecht darin, Sachen wegzuschmeißen. Ich habe auch jahrelang all meine Geburtstagskarten aufbewahrt, bis meine Mom mich gezwungen hat, sie wegzuwerfen.«

»Ich habe noch zwei Briefe oben, wenn du sie willst«, sagt er. »Das sind die Briefe, die ich dir versucht habe zu schicken, als du schon weggezogen warst. Ich wollte sie dir eigentlich neulich geben, aber ich glaube, du warst da noch ziemlich sauer auf mich.«

Er sagt es vorsichtig, als wüsste er nicht, ob ich es noch immer bin.

»Oh. Ah. Gut, das ist jetzt unangenehm.«

»Was denn?«

»Denn das ist das, was ich aus deiner Wohnung geklaut habe.«

Er runzelt die Stirn. »Du hast die Briefe genommen?«

»Sie waren ja immerhin an mich adressiert.« Ich zucke mit den Schultern.

Er neigt den Kopf, und seine Mundwinkel heben sich. »Komisch, dass ich das gar nicht gemerkt habe. Wann hast du sie denn mitgenommen?«

»An dem Tag, nachdem du versucht hast, sie mir zu geben. Sie lagen direkt neben den anderen Briefen.«

Er zieht eine Augenbraue hoch. »Und warum hast du nichts gesagt?«

»Du warst an dem Tag nicht besonders guter Stimmung, erinnerst du dich?«

Er seufzt. »Vielleicht hat mich deine Bemerkung zu meinen Bett-Skills doch etwas gestört.«

»Ha! Wusste ich's doch.« Ich weiß auch nicht, warum mich das so zufrieden macht. Luca kniet sich hin, um Bruno anzuleinen, da fällt mir etwas ein. »Wollen wir zusammen unsere Briefe lesen?«

Er schaut zu mir hoch. »Was meinst du damit?«

»Ich meine, wir könnten sie alle lesen, gemeinsam. Ich habe in letzter Zeit wieder ein paar von ihnen gelesen, aber natürlich habe ich nur deine. Wir könnten sie abwechselnd in der richtigen Reihenfolge lesen.«

»Ich muss mit Bruno Gassi gehen.«

»Oh. Vergiss es. Ich dachte nur ...«

»Lass uns das direkt nach dem Gassigehen machen«, unterbricht er mich.

Ich lächle. »Dann hole ich mal meine Kiste. Treffen wir uns oben?«

»Klingt nach einem Plan.«

SECHSUNDDREISSIG

Süß und unschuldig

Luca

Als ich wieder nach oben komme, wartet Naomi schon mit einer Kiste in den Händen auf mich. Ich weiß nicht, warum sie nicht einfach reingegangen ist. Schließlich hat sie einen Schlüssel. Ich lasse uns beide rein, dann füttere ich den Welpen, und sie setzt sich aufs Sofa. Meine Möbel sind nicht so schick wie ihre. Ich habe sie alle im Second-Hand-Laden gekauft, als ich hergezogen bin. Sie sind nicht schäbig, aber sie passen auch nicht so richtig zusammen.

Ich hole meine Briefekiste aus dem Schlafzimmer und setze mich neben Naomi aufs Sofa. Dabei lasse ich extra viel Abstand zwischen uns, damit sie sich nicht bedrängt fühlt.

Sie beugt sich vor, um ihre Kiste zu öffnen, die sie auf dem Boden gestellt hat, und holt einen Stapel alter Briefe heraus. Ich erkenne meine alte Kinderhandschrift. Seltsam, sie so zu sehen. Naomi setzt sich wieder gerade hin und rutscht ein wenig näher an mich heran. Ich versuche, nicht zu viel hineinzuinterpretieren, aber ich kann ihr Haar riechen, und ich würde mich am liebsten zu ihr hinüberbeugen und ihren Geruch tief einatmen. Ich weiß, wie die Haut an ihrem Hals aussieht, wenn sie eine Gänsehaut hat, weil ich sie dort geküsst habe. Ich will das wieder sehen. Aber sie würde sicher nicht so nah neben mir sitzen, wenn sie wüsste, dass ich gerade an nichts anderes mehr denken kann.

Naomi zieht die Füße auf die Couch und gibt mir den Briefstapel.

»Du kannst diese hier lesen«, sagt sie. »Ich lese die von mir.«

Ich gebe ihr den Stapel aus meiner Kiste. Sie sind chronologisch von unten nach oben geordnet. Nachdem Penny mir den Inhalt meiner Kiste über den Kopf gekippt hatte, habe ich Stunden gebraucht, um sie wieder in die richtige Reihenfolge zu bringen, auch weil ich mich immer wieder festgelesen habe. Ich blättere durch den Stapel, den sie mir gegeben hat. Ihre sind in derselben Reihenfolge geordnet.

Sie zieht den ersten Brief von ganz unten hervor und beginnt zu lesen.

»Lieber Luca. Ich freue mich ganz doll, dass du mein neuer Brieffreund bist. Meine Lehrerin sagt, du …«

»Stopp«, unterbreche ich sie.

Sie schaut mich mit großen Augen an. »Warum?«

»Lies das nicht in diesem Tonfall.«

Sie runzelt die Stirn. »In welchem Tonfall?«

»Das weißt du ganz genau. Du lässt dich selbst so süß und unschuldig klingen. Da klinge ich gleich wie ein Riesenarsch, wenn ich meine vorlese.«

»Newsflash: Du warst ein Riesenarsch. Das ist der Ton, den

ich im Kopf hatte, als ich den Brief geschrieben habe, also lese ich jetzt auch so.«

Sie beendet den Brief, dann bin ich dran.

»Verdammt«, sage ich. »Meine Handschrift ist ja grässlich.«

»Jep«, sagt sie. »Und jetzt stell dir mal vor, wie es mir ging, als ich diesen Quatsch entziffern musste, um dann zu merken, dass du nur gemeines Zeug geschrieben hast.«

»Du musst ja am Boden zerstört gewesen sein.«

»War ich auch.« Sie schmollt übertrieben.

Ich muss meine gesamte Willenskraft aufwenden, um mich nicht vorzubeugen und sie zu küssen. Sie lächelt, und kurz habe ich das Gefühl, dass wir wieder da sind, wo wir waren, bevor sie herausgefunden hat, dass ich ihr meinen Namen verschwiegen hatte. Aber so naiv bin ich nun auch nicht. Ich kann mir nicht vorstellen, dass sie mir wirklich schon verziehen hat. Ihr Blick fällt für den Bruchteil einer Sekunde auf meinen Mund, oder habe ich mir das nur eingebildet? Sie streicht sich eine Haarsträhne hinters Ohr, dann wird ihr Lächeln noch ein wenig breiter, bevor sie ihre Aufmerksamkeit wieder den Briefen zuwendet.

»Du bist dran«, sagt sie.

Wir lesen uns die Briefe abwechselnd vor, lachen über Dinge, die wir vergessen hatten, und schämen uns für andere. Die Zeit vergeht schnell, und als mein Blick das nächste Mal durch den Raum gleitet, ist es schon dunkel draußen. Wir machen nur eine kurze Pause, damit ich mit Bruno Gassi gehen kann. Als ich wiederkommen, hat Naomi uns Grilled-Cheese-Sandwiches gemacht. Wir essen in der Küche und gehen dann zurück ins Wohnzimmer.

Ich setze mich aufs Sofa, sie lässt sich neben mich fallen, so nah, dass ihr Arm sich an meinen schmiegt. Sie zieht die Füße hoch in einen Schneidersitz, und ihr angewinkeltes Knie liegt auf meinem. Ich schaue zu ihr hinunter, aber sie merkt es gar nicht. Sie hält wieder den Stapel Briefe in der Hand, bereit weiterzulesen.

Lieber Luca,

willst du mal was Komisches hören? Jemand hat heute eine Kiste Bananen auf meiner Veranda abgestellt. Ich bin total verwirrt. Zu Weihnachten hat mal jemand Kekse dort abgestellt. Aber jetzt ist Weihnachten noch weit weg, deswegen weiß ich überhaupt nicht, was da los ist. Ich muss wohl mal versuchen herauszufinden, ob es irgendwelche Bananen-Feiertage gibt, die ich noch nicht kenne.

Alles Liebe

Naomi

Liebe Naomi,

jemand hat dich verständlicherweise für einen Affen gehalten. Deswegen die Bananen. Apropos Obst: Ich bin heute zum ersten Mal in meinem Leben in einem Obstgarten gewesen. Wusstest du, dass die Leute lächerlich viel Geld bezahlen, um ihre eigenen Äpfel pflücken zu können, obwohl sie sie viel billiger im Laden kaufen könnten? Wobei dann natürlich jemand anders die ganze Arbeit damit hat. Jedenfalls musste ich dabei an dich denken. Ich wette, du isst deine Äpfel versehentlich mit dem Aufkleber drauf.

Vermutlich bist du sogar so eine, die den ganzen Apfel mit dem Griebsch zusammen isst. Und mit dem Stiel, wenn er noch dran ist.

Alles Liebe

Luca

Lieber Luca,

ganz genauso liebe ich meine Äpfel. Ich habe ein sehr starkes Verdauungssystem. Deswegen ertrage ich es auch, dir zu schreiben.

Alles Liebe

Naomi

Liebe Naomi,

ich habe eine Idee. Wenn wir beide fünfundzwanzig und noch Single sind, heiraten wir einfach. Was meinst du? Übrigens, was ist Naomi Light eigentlich für ein Name? Das klingt wie eine echt schlechte Superheldin, die sich ein Typ ausgedacht hat, der schon seit drei Jahren nicht mehr beim Friseur war und sich den Spliss mit einem Nagelknipser abschneidet.

Alles Liebe

Luca

Lieber Luca,

du tust ja so, als sei fünfundzwanzig noch lange hin. Aber ich werde nächsten Monat schon fünfundzwanzig, und ich

bin übrigens auch nicht Single. Außerdem, wie kannst du
mir in einem Satz einen Heiratsantrag machen und im
nächsten meinen Namen beleidigen? Wie soll ich da Ja
sagen? Du trinkst vermutlich wieder Salzwasser.
Alles Liebe
Naomi

Sie legt den Brief in ihren Schoß und schaut zu mir hoch. Unsere Gesichter sind sich so nah, wenn ich meins nur ein ganz kleines bisschen nach unten beugen würde, könnte ich ihre Lippen küssen.

»Das war erst vor ein paar Jahren«, sagt sie. »Warst du da schon mit Penelope verlobt, als du diesen Wir-heiraten-wenn-wir-fünfundzwanzig-sind-Pakt machen wolltest?«

»Nein. Ich habe versucht, von ihr wegzukommen, als ich diesen Brief geschrieben habe.«

Sie schweigt. Ich merke, dass sie nachdenkt. Mit angehaltenem Atem warte ich auf ihre nächsten Worte. »Du warst lange mit ihr zusammen. Ihr beide habt euch bei der Marine kennengelernt. Das hat Maxwell gesagt.«

Mein Körper spannt sich an. Ich rede nicht gern über Penny. Naomi lehnt sich etwas von mir weg, aber ich lege den Arm um ihre Schulter, und sie verharrt in der Bewegung. »Es war mehr so was Lockeres zwischen uns. Wir waren eins dieser On-off-Paare«, sage ich. »Ich wollte nie wirklich fest mit ihr zusammen sein.«

»Und warum hast du ihr dann einen Heiratsantrag gemacht?« Sie sieht mir in die Augen. Ich halte ihrem Blick stand.

412

»Habe ich nicht.«

Sie runzelt die Stirn. Ich weiß, dass sie denkt, dass ich lüge. Ich wünschte, ich hätte ihr Vertrauen nicht verspielt.

»Sie hat meine Kreditkarte benutzt, um sich einen Ring zu kaufen, und dann einfach damit angefangen, unsere Hochzeit zu planen«, fahre ich fort.

Naomi verdreht die Augen, dann beugt sie sich vor, um einen der neueren Briefe aus dem Stapel vor mir zu ziehen. Es ist der letzte, den ich ihr geschrieben habe, bevor Penny und ich nach Texas gezogen sind.

»Das hast du in deinem Brief geschrieben«, sagt sie. »Erwartest du wirklich von mir, dass ich das glaube?«

Ich seufze. Ich musste noch nie jemandem die ganze Geschichte erzählen. Die meisten Leute akzeptieren einfach, dass ich beinahe eine Frau geheiratet hätte, die durchgeknallt genug war, um eine Verlobung vorzuspielen. Aber Naomi verdient es, die Wahrheit zu hören.

»Es war eigentlich ein Missverständnis.«

»Was?«

»Warte, lass mich erzählen.« Ich nehme einen Schluck Wasser, weil meine Kehle trocken ist, dann fahre ich fort: »Penny und ich haben unseren Dienst in der Armee ungefähr gleichzeitig beendet. Sie wusste, dass ich niemals mit ihr nach Dallas gehen würde, also ist sie mir nach San Diego gefolgt. Ich wusste das nicht, bis ich ihr auf der Uni über den Weg lief. Ich glaube, sie dachte, sie könne mich irgendwie zurückgewinnen. Ein paar Wochen lang habe ich sie gemieden, aber sie war ziemlich penetrant. Irgendwie hat sie es geschafft, mir jeden Tag über den Weg zu laufen. Damit hat sie mich langsam zermürbt. Damals hat sie im Wohnheim gewohnt, und ich hatte eine eigene Wohnung. Sie hat mehr und mehr Zeit in meiner Wohnung verbracht, bis ich irgendwann kapiert habe, dass sie praktisch eingezogen war. Als ich ihr das vorgehalten habe, bot sie an, die Hälfte der Miete zu zahlen. Ich lebte von dem Geld aus der Armee, meine Wohnung war teuer, also gab ich nach. Nach einer Weile hat sie angefangen, sich überall als meine Freundin vorzustellen.

Es war schwer, vor den anderen etwas dagegen zu sagen. Wir wohnten zusammen, wir gingen zusammen einkaufen, wir fuhren zusammen zur Uni. Ihre Familie hat uns sogar ein paar Mal besucht. Sie hat immer davon geredet, nach Dallas zu ziehen, wenn wir mit der Uni fertig wären, daher dachte ich, dass es spätestens dann vorbei sein würde. Aber es stellte sich heraus, dass sie mit mir umziehen wollte. Ich studierte damals Veterinärmedizin, was länger dauerte als ihr Abschluss, deswegen konnte ich diese Unterhaltung noch eine Weile aufschieben. Vermutlich hätte ich einfach ehrlich sein sollen. Ich hatte ihr die ganze Zeit erzählt, dass ich noch nicht bereit für eine feste Beziehung war, und ich ging wohl davon aus, dass sie wissen müsste, dass sich daran nichts geändert hatte. Aber falsch gedacht. Einmal hat sie gehört, wie ich mit Ben geredet habe. Sie dachte, wir würden über sie sprechen. Und dass ich sie heiraten will.«

»Wie konnte sie das denn aus deiner Unterhaltung mit Ben heraushören?«

»Das ist …« Ich zögere. »Das ist nicht wichtig. Nach ungefähr einem Jahr wurde sie wohl ungeduldig und wollte nicht mehr darauf warten, dass ich ihr einen Antrag machte, also begann sie, unsere Hochzeit zu planen, und kaufte sich einen Ring. Mit meiner Kreditkarte.«

Sie dreht sich ganz zu mir um, die Augen ganz schmal. »Das ergibt alles wirklich wenig Sinn. Ich habe das Gefühl, dass das noch nicht die ganze Geschichte ist.«

Ich zucke mit den Schultern, in der Hoffnung, dass sich das Thema auch so erledigt. »Sie war irgendwie in ihrer eigenen Welt.«

»Es hat damit zu tun, worüber du dich mit Ben unterhalten hast, oder? Hast du sie betrogen?«

»Nein. Nein, nein.«

Ihr Gesicht wird ganz ernst. »Lüg mich nicht noch mal an, Luca. Worüber hast du mit Ben gesprochen, dass sie glauben konnte, dass du sie heiraten wolltest?«

Wenn ich ihr das jetzt sage, das weiß ich, hält sie mich für einen Spinner. Wenn ich es ihr nicht sage, vertraut sie mir nie wieder. Also muss ich es ihr sagen. Ich presse die Lippen zusammen und wappne mich innerlich. »Ich habe über dich gesprochen.«

»Über mich?«

»Ben wusste immer von den Briefen. Er ist sozusagen mein bester Freund. Ständig hat er mich deswegen zusammengefaltet, dass ich dir in der fünften Klasse so gemeine Dinge geschrieben habe. In der Mittelstufe dachte ich wirklich, ich wäre ein mega heißer Typ. Ich hatte ständig neue Freundinnen. In der Oberstufe auch – zumindest die erste Zeit.« Ich verstumme und seufze. »Du findest das bestimmt absolut erbärmlich.«

Sie zieht eine Augenbraue hoch. »Noch erbärmlicher, als sich aus Versehen mit jemandem zu verloben?«

»Touché.«

»Und weiter?«, fragt sie.

Ich starre auf den Tisch, weil es schwer ist, sie anzusehen, während ich das gestehe. »Ben hat mich ständig aufgezogen, weil ich ungefähr ab der elften Klasse nicht mehr auf Dates gegangen bin. Er meinte, das würde auf jeden Fall mit den Briefen zusammenhängen, die wir uns geschrieben haben. Ich glaube, er wusste gar nicht, wie recht er damit hatte. Er und ich waren in der Oberstufe nicht mehr so eng befreundet, aber wir hatten immer noch ein paar Kurse zusammen, und er hat gemerkt, dass ich mich verändert hatte. Als ich dann ins Trainingslager der Marines ging, hatten wir keinen Kontakt mehr. Ungefähr drei Jahre, nachdem ich wieder nach San Diego gezogen war, liefen wir uns zufällig über den Weg. Damals war ich mit Penny zusammen. Ben hat später zu mir gesagt, er sei erleichtert, dass ich endlich nicht mehr so besessen von ›dem Mädchen aus der fünften Klasse‹ war.«

Ich deute auf den letzten Brief auf dem Couchtisch, den mit dem Wir-heiraten-wenn-wir-fünfundzwanzig-sind-Pakt. »Den Brief hier hatte ich dir erst zwei Tage vorher geschrieben. Ich habe Ben gesagt, dass ich jetzt einfach beschlossen hätte, dich zu heiraten, dass ich dir bereits einen Antrag gemacht habe und du dir noch den perfekten Ring aussuchen würdest. Wahrscheinlich ist Penny in diesem Augenblick an meinem Zimmer vorbeigegangen. Sie hat deinen Namen nicht gehört. Sie dachte, ich spreche von ihr.«

»Aber du hast ihr doch keinen Heiratsantrag gemacht. Wie konnte sie davon ausgehen, obwohl sie nur dein Gespräch mit Ben gehört hat?«

Ich zucke mit den Schultern. »Ich weiß es auch nicht. Wahrscheinlich wollte sie so sehr, dass das alles wahr wird, dass sie sich den Heiratsantrag ausgedacht hat.«

»Sie muss doch aber den Sarkasmus in deinem Tonfall gehört haben, als du mit Ben gesprochen hast.«

»Ich war nicht sarkastisch.« Sie macht die Augen ganz schmal, und ich füge hinzu: »Okay, vielleicht hat mir die Vorstellung gefallen, mit dir verheiratet zu sein. Und ich dachte, vielleicht könnte ich dich so endlich überzeugen, mich kennenzulernen. Na ja, und dann hätten wir natürlich früher oder später tatsächlich geheiratet.«

»Ach hör doch auf«, sagt sie und lacht. »Du hast wirklich geglaubt, ich würde Ja sagen? Ich kannte dich doch gar nicht.«

Ihr Lachen macht etwas mit mir. Mein Herz schlägt ein bisschen schneller, und ich spüre, wie ich lächeln muss. »Ach, aus meiner Sicht gab es viel merkwürdigere Dinge an der ganzen Nummer. Ich habe Penny zum Beispiel nie gesagt, dass ich sie liebe, und trotzdem hat sie geglaubt, dass wir heiraten.«

Naomi gähnt. »Echt? Du hast ihr nie gesagt, dass du sie liebst? Nicht einmal aus Pflichtgefühl?«

»Bist du müde? Es ist auch schon spät.«

Sie schüttelt den Kopf. »Wir haben schon so viel gelesen, und es fehlen nur noch ein paar Jahre. Das dauert sicher nicht so lange. Und ich will mehr wissen über …« Sie legt die Hand vor den Mund und kämpft gegen das nächste Gähnen an. Als sie den Satz beendet, ist er kaum zu verstehen.

Ich lache. Sie ist süß, wenn sie so müde ist. Am liebsten würde ich die Arme ausstrecken und sie ganz fest an mich

417

drücken, aber ich zwinge mich zu bleiben, wo ich bin. »Wie bitte?«

»Ich will wissen, warum du so besessen von mir warst.«

»Darüber können wir später reden. Erst müssen wir diese Briefe zu Ende lesen, bevor du einschläfst.«

SIEBENUNDDREISSIG

Worte und Waffen

Naomi

Ich wache zwischen Luca und die Sofalehne gequetscht auf. Mein Kopf liegt auf seiner Brust, und etwas Festes piekt in meinen Bauch. Als ich hinunterschaue, erkenne ich in der Dunkelheit, dass Bruno zwischen uns liegt. Er hat sich vollkommen ausgestreckt und die Hinterbeine in meinen Bauch gestemmt.

Ich greife nach unten, um Bruno so hinzulegen, dass er mich nicht mehr tritt. Der Welpe gähnt und rollt sich auf die Seite, dann streckt er die Beine aus und bohrt sie in Lucas Bauch. Luca grummelt im Schlaf. Vorsichtig setze ich mich auf, um niemanden anzustoßen. Die Briefe liegen noch auf dem Sofatisch. Ich schaue mich im dunklen Zimmer um und suche nach einer Uhr.

Offenbar wecken meine Bewegungen Luca auf, denn als ich auf ihn hinunterschaue, sind seine Augen offen.

»Hey«, sagt er.

»Wie viel Uhr ist es? Ich wollte eigentlich gar nicht einschlafen.«

Er tippt auf das Display seines Handys, das aufleuchtet. »Fast zwei Uhr.«

»Dann gehe ich mal besser nach Hause. Ich muss mich für die Arbeit fertig machen.«

Er setzt sich ebenfalls auf, so dass ich leichter vom Sofa herunterkommen kann, aber ich rühre mich noch nicht. Wir schauen beide zu, wie Bruno im Schlaf von der Mitte zur äußeren Kante des Sofas rollt. Ich lache und lege sofort die Hand auf den Mund, um ihn nicht zu wecken. Dann erinnere ich mich daran, dass er mich ja nicht hören kann. Luca und ich sehen uns an und lächeln.

Im Dämmerlicht wirken seine Lider schwer, seine Pupillen sind schwarz. Sein Haar ist ganz strubbelig, und auf seinen Wangen hat sich ein leichter Bartschatten gebildet. Es fällt mir wirklich schwer, mich nicht zu ihm zu beugen und mich daran zu erinnern, wie sich diese Stoppeln auf meinen Wangen anfühlen.

»Es ist toll, dass du ihm so viel beigebracht hast«, sagt er. Er redet vom Hund. »Das macht es bestimmt leichter, ein neues Zuhause für ihn zu finden.«

Mein Lächeln verschwindet. Ich vergesse immer wieder, dass Bruno eigentlich ins Tierheim gehört und Luca ihn nur zur Pflege hat. »Wie lange dauert es, bis das passiert?«, frage ich.

Er zuckt mit den Schultern. »Vielleicht Monate. Wochen. Tage. Dieses Wochenende gibt es wieder eine Adoptionsveranstaltung. Ich dachte, er wäre noch nicht bereit, aber ich glaube, ich rufe heute Morgen doch mal beim Tierheim an und frage, ob wir ihn schon dorthin bringen sollen.«

»Oh.« Wieder schaue ich runter auf den schlafenden Welpen. Ich weiß gar nicht, warum ich mich so traurig fühle. »Irgendwie dachte ich, ich hätte noch etwas mehr Zeit mit ihm.«

Ich stehe auf, Luca ebenfalls. Dann nehme ich meine Briefkiste, bevor ich mich noch einmal zu ihm umdrehe.

»Es hat Spaß gemacht, sie mit dir zusammen zu lesen«, sagt er.

Ich nicke, zu müde und auch etwas zu aufgewühlt, um etwas zu sagen.

»Vielleicht können wir später ja noch die restlichen lesen?«, fragt er.

»Ja. Klar.«

Er bringt mich zur Tür. »Ich könnte dich noch nach Hause bringen«, bietet er an und öffnet mir die Tür.

»Danke, aber das geht schon. Es ist ja nicht so, als müsste ich das Gebäude verlassen. Außerdem«, füge ich hinzu und mache eine Kinnbewegung in Richtung der Kiste, die ich an den Bauch gedrückt halte, »wenn irgendjemand irgendetwas versucht, haue ich ihm mit den Briefen eine runter.«

»Das verleiht dem Ausdruck ›Worte als Waffen benutzen‹ eine ganz neue Bedeutung.«

Ich gehe hinaus in den Flur und drehe mich dann zu ihm um. Irgendetwas zwischen uns hat sich verändert. Ich bin nicht mehr wütend auf ihn. Eigentlich möchte ich nur, dass es wieder so wird wie damals, bevor er mir gesagt hat, wer er wirklich ist. Ich will ihm wieder vertrauen.

Er steht in der Tür und sieht mich an, während ich die Kiste in meinen Armen zurechtrücke. Ich zögere den Abschied hinaus. Im Grunde hätte ich schon längst gehen könne, aber irgendetwas hält mich hier im Flur.

»Gute Nacht«, sage ich, obwohl für mich schon der Morgen begonnen hat. Aber ich weiß ja, dass er zurück ins Bett gehen wird.

Ich drehe mich um und gehe zur Treppe. Als ich schon beinahe dort bin, höre ich Schritte hinter mir. Ich schaue über die Schulter. Luca.

»Ich habe dir doch gesagt, du musst mich nicht nach …«

Bevor ich meinen Satz beenden kann, nimmt er mein Gesicht zwischen seine Hände und küsst mich. Ich halte die Kiste immer noch an den Bauch gepresst, daher ist sie zwischen uns, und er muss sich darüber beugen, um mich zu erreichen. Seine Lippen sind warm an meinen, seine Stoppeln kratzen genauso an meiner Haut, wie ich es mir vorgestellt habe. Mein Herz pocht so heftig, dass ich nicht weiß, wie lange ich die Kiste noch halten kann.

Als er sich von mir löst, macht er einen Schritt zurück und öffnet die Tür zum Treppenhaus für mich.

»Tut mir leid«, sagt er. »Ich wollte dir eigentlich nur die Tür aufhalten, aber …«

»Aber?«, hake ich nach, als er verstummt.

»Ich wollte nicht, dass du nach Hause gehst und vielleicht denkst, dass ich dich nicht küssen wollte.«

Ich lächle, finde aber keine Worte. Während ich nach unten gehe, denke ich an ihn, an diesen Kuss, an all das, was heute Nacht passiert ist.

Vor meiner Wohnung angekommen, stelle ich die Kiste ab, damit ich die Tür öffnen kann. Doch dann zögere ich.

Vielleicht denke ich wieder viel zu viel über alles nach. Aber vor dem ganzen Streit hatten wir so eine schöne Verbindung, und jetzt, wo wir uns die ganze Nacht gegenseitig unsere Briefe vorgelesen haben, fühlt es sich an, als hätte sich an dieser Verbindung gar nichts geändert. Ich will ihm so sehr vertrauen. Vielleicht sollte ich aufhören, nach Gründen zu suchen, es nicht zu tun.

———

»Auf die frischgebackene Hausbesitzerin«, sagt Anne und stößt mit mir an. »Lass mich wissen, wenn du Hilfe bei der Abzahlung des Kredits brauchst. Man hat mir gesagt, dass ich eine ausgezeichnete Mitbewohnerin sei.«

Es ist Freitagabend. Ich habe den Nachmittag damit verbracht, mein neues Haus ein letztes Mal zu besichtigen und dann einen Riesenhaufen Dokumente zu unterschreiben, bis mein Handgelenk schmerzte. Als ich endlich fertig war, übergaben sie mir die Schlüssel zu meinem neuen Haus und ließen mich allein. Ich hätte nie gedacht, dass es sich so banal anfühlen würde, ein Haus zu kaufen. Jetzt sitze ich mit Anne in einem Fünf-Sterne-Restaurant und feiere mit ihr den Beginn meines neuen Lebensabschnitts bei teurem Abendessen und einer Flasche Champagner.

»Ich habe schon zwei Mitbewohner«, sage ich zu ihr. »Sie heißen Roland und Phoebe.«

Sie verdreht die Augen. »Katzen zählen nicht.«

»Warum nicht?«

»Sie zahlen keine Miete.«

»Ich habe überlegt, sie bei einer Tiermodel-Agentur vorzustellen. Bestimmt bekommen sie tolle Aufträge, bei all den Tricks, die ich ihnen beigebracht habe.«

»Du bist echt so komisch«, sagt sie und nimmt einen Schluck von ihrem Champagner. Auf dem Tisch summt ihr Handy. Schnell dreht sie es um, damit ich nicht sehen kann, was das Display zeigt, aber es ist schon zu spät.

»Patrick schreibt dir? Ich wusste ja gar nicht, dass du seine Nummer hast.«

»Ich habe ihm einfach nur das Selfie von uns vor deinem neuen Haus geschickt«, sagt sie. Ich merke, dass sie versucht, gleichmütig zu klingen, aber ihr Gesicht wird ganz rot.

»O mein Gott. Du magst ihn.«

»Was? Nein. Natürlich nicht. Er ist mein Chef und hat praktisch keine Haare mehr.«

Ich schnaube beinahe meinen Champagner aus. »Du fandest auch Maxwell süß.«

»Wen?«

»Lucas alten Freund, den wir in Georgia getroffen haben. Der hatte auch eine Glatze.«

Sie zuckt die Achseln. »Na und? Das hat doch nichts mit Patrick zu tun.«

Ich lächle und beschließe, nicht weiter nachzuhaken. Sie lässt ihr Handy mit dem Display nach unten liegen.

»Wann ziehst du denn ein?«, fragt sie.

»Nächste Woche kommt das Umzugsunternehmen. Ich fange dieses Wochenende an zu packen.«

»Toll. Und was ist mit Luca?«

»Was soll mit ihm sein?«

»Tu doch nicht so. Was wird aus euch?«

Ich lächle. »Ich habe da einen Plan.«

ACHTUNDDREISSIG

Das Ende des Weges

Luca

Ich liege im Bett und bin schon halb eingeschlafen, als ich das Klopfen an meiner Tür höre. Ein wenig träge stehe auf, mache mir nicht einmal die Mühe, mir ein T-Shirt überzuziehen, und gehe zur Tür. Mich besuchen hier nicht viele Menschen, und die wenigen, die es tun, würden niemals so spät kommen. Eigentlich gibt es nur eine Person, die mir einfällt, aber ich bin trotzdem überrascht, als ich die Tür öffne und sie tatsächlich davorsteht.

»Naomi.«

Sie wartet gar nicht erst darauf, dass ich sie hereinbitte. Sie kommt einfach herein, stellt sich auf die Zehenspitzen und küsst mich. Ihre Lippen schmecken nach Wein. Ich frage nicht, wo sie den ganzen Tag war. Jetzt ist sie hier, und sie küsst mich. Mehr interessiert mich im Augenblick nicht.

Ohne sie loszulassen, strecke ich die andere Hand aus, um die Tür zuzustoßen. Sie hört nicht auf, mich zu küssen, und wir bewegen uns zusammen durch meine Wohnung, stoßen gegen Möbel und stolpern über Hundespielzeug auf dem Weg zu meinem Schlafzimmer. Als wir es dorthin geschafft haben, landen wir auf meinem Bett. Ich ziehe ihr die Kleider Stück für Stück aus, zwischen Küssen und leichten Berührungen mit den Fingerspitzen, die auch in einem warmen Zimmer Gänsehaut auf nackter Haut hervorrufen.

Als es vorbei ist, liegen wir einfach nur ruhig da, sie hat den Kopf auf meine Brust gelegt und atmet tief. Ich kann ihre Augen nicht sehen, aber ich glaube, dass sie schläft. Wenn es nach mir ginge, könnten wir für immer so daliegen, aber ich weiß nicht, ob sie das wollen würde. Ich habe sie verletzt, und ich versuche immer noch, es wiedergutzumachen.

Am Morgen liegt sie immer noch in meinem Bett. Für einen Moment schaue ich ihr beim Schlafen zu. Es ist selten, dass sie ausschlafen kann, deswegen wecke ich sie nicht. Leise ziehe ich mich an, dann packe ich Bruno und seine Sachen ein und fahre zur Tierhandlung. Es fällt mir immer schwer, ein Pflegetier abzugeben. Vor Roland und Phoebe habe ich eine erwachsene Katze gepflegt und vor der Katze einen älteren Hund. Eigentlich versuche ich wirklich, mich nicht zu sehr an die Tiere zu binden, aber es passiert trotzdem jedes Mal, und dann gehe ich nach Hause und habe das Gefühl, dass ich einen Teil von mir zurücklassen musste. Bis ich ein neues Tier zur Pflege nach Hause bringe.

Ich glaube, mit Bruno wird es noch schwieriger. Nicht, weil er toller wäre als die Tiere, die ich vorher gepflegt habe, sondern weil er auch Naomi ans Herz gewachsen ist. Mit Bruno in einer Box hier im Tierladen zu stehen und darauf zu warten, dass jemand auftaucht, der ihn adoptieren will, fühlt sich ein

427

wenig so an, als wollte ich das Haustier von jemand anderem weggeben.

Jetzt bekommt er ein neues Zuhause, in dem Naomi ihn nicht durch die Decke winseln hört. Dadurch hat sie dann auch keinen Grund mehr, in meine Wohnung zu schleichen und kleine Nachrichten an meinem Kühlschrank zu hinterlassen.

An diesem Morgen regnet es. Statt also Brunos Box draußen stehen zu lassen wie letztes Mal, müssen wir sie alle dicht an dicht in den Laden stellen. Ich hoffe, dass der starke Regen die Leute nicht abhält, hierherzukommen und ein Tier zu adoptieren.

Gerade als ich zum Eingang schaue, gleitet die Tür auf. Eine Frau mit einem schweren Regenmantel kommt herein. Sie setzt die Kapuze ab, und einen Moment lang glaube ich schon, dass ich mir das feuerrote Haar nur einbilde. Es fühlt sich genauso an wie damals, als wir uns zum ersten Mal über den Weg gelaufen sind. Damals, als sie mir die Tür aufgehalten hat. Nur dass ich mittlerweile ihren Gang und ihre kleinen Grübchen in den Wangen genau kenne, die immer dann auftauchen, wenn sie lächelt. Es besteht überhaupt kein Zweifel daran, dass diese Frau, die gerade den Laden betreten hat, die ist, in die ich mich verliebt habe, bevor ich sie überhaupt kannte.

Als sie Bruno und mich entdeckt, wird ihr Lächeln breiter, ihre Grübchen sogar noch tiefer.

»Was machst du hier?«, frage ich. Ich kann nicht anders, ich muss immer lächeln, wenn ich sie sehe.

Sie schaut zu Bruno, der begeistert gegen das Gitter seiner Box springt und versucht, zu ihr zu kommen. Dann sieht sie mich an. »Ich bin hier, um Bruno zu adoptieren.«

Ich wünschte, ich könnte ihr den Wunsch erfüllen und sie die lange Liste an Leuten überspringen lassen, die ihre Bewerbung bereits ausgefüllt haben, aber so läuft das nicht. Ihr Lächeln verblasst ein wenig, als sie mein Gesicht sieht.

»Bruno hat bereits eine Menge Bewerber. Es gibt eine Warteliste für ihn.«

Zu meiner Überraschung wird ihr Lächeln jetzt wieder strahlender. »Oh, das weiß ich doch. Ich habe schon eine Bewerbung ausgefüllt. Heute Morgen kam der Anruf. Meine Bewerbung ist angenommen worden, ich bin die Erste auf der Liste.«

Ich runzele die Stirn. Jetzt erst fällt mir auf, dass ich mir die Liste gar nicht angeschaut habe, daher weiß ich es nicht genau. »Wirklich?«

»Ja. Ich habe mich um ihn beworben, nachdem du erzählt hast, dass er dieses Wochenende vielleicht adoptiert wird.« Sie steckt die Hand durchs Gitter, um ihn zu streicheln. »Ich konnte ihn doch nicht irgendwem überlassen.«

Ich blättere den Stapel Papiere auf dem Tisch durch, bis ich ihre Bewerbung finde.

»Aber du erfüllst nicht alle Kriterien«, sage ich. »Bruno braucht ein Haus mit Garten. Eine Wohnung ist in Ordnung, solange er noch klein ist, aber er wird bald ein großer Hund sein. Er braucht eine Menge Platz.«

Sie beugt sich hinunter, nimmt den Hund auf den Arm und drückt ihn an sich. »Ich ziehe um.«

Meine Stirn zieht sich in Falten. Das hat sie mir noch gar nicht gesagt. »Ach?«

Sie nickt, und dieses hübsche Lächeln liegt noch immer auf ihren Lippen. »Ja. Ich habe ein Haus gekauft.«

Ich weiß nicht genau, ob sie einen Witz macht oder nicht. »Wann?«

»Gestern habe ich die Verträge unterschrieben.«

Mir fehlen die Worte. Einerseits freue ich mich, dass sie diejenige ist, die Bruno adoptiert. Aber zu hören, dass sie wegzieht und mir noch nichts davon erzählt hat, hinterlässt einen faden Beigeschmack. Eine Gefühlswelle, die ich nicht beschreiben kann, überrollt mich, wenn ich an gestern Nacht denke. Ich frage mich, ob das ihre Art war, sich von mir zu verabschieden – eine letzte Nacht zusammen, bevor sie woanders hinzieht. Ich weiß nicht einmal, ob sie mir überhaupt noch schreiben will.

»Wohin?«, frage ich. Ich scheine nur noch Ein-Wort-Sätze bilden zu können.

Sie lächelt, aber diesmal erreicht das Lächeln nicht ihre Augen. Dann zieht sie einen Umschlag aus ihrer Tasche und gibt ihn mir. »Lies das, wenn ich weg bin.«

Ich starre den Umschlag an. Sie regelt die restlichen Formalitäten mit einem der Angestellten des Tierheims. Es steht nur mein Name auf dem Umschlag, geschrieben in ihrer vertrauten, schwungvollen Handschrift. Keine Adresse. Kein Absender.

Als sie gegangen ist, gehe ich zu meinem Auto, sitze eine Weile einfach nur da und lausche dem Trommeln des Regens auf dem Dach. Dann schiebe ich den Finger unter die Lasche und öffne den Umschlag vorsichtig.

Lieber Luca,

erinnerst du dich daran, als du mir die Briefe an den Sender geschickt hast, ohne Absender? Das hier ist die Rache. Mal sehen, ob du meine neue Adresse schneller herausfinden kannst als ich deine.

Alles Liebe

Naomi

Ich drehe das Papier um, dann sehe ich mir noch einmal den Umschlag genauer an. Mit einem Blick über die Schulter suche ich auf dem Parkplatz nach ihrem Auto, kann es aber nirgends mehr entdecken. Ich lese den Brief erneut in der Hoffnung, einen Hinweis zu finden, den ich übersehen habe, aber abgesehen von der etwas spöttischen Nachricht steht dort nichts.

Schließlich hole ich mein Handy heraus und wähle ihre Nummer, aber der Anruf geht direkt auf die Voicemail. Ich schicke ihr eine Nachricht, obwohl ich schon jetzt weiß, dass sie sie nicht beantworten wird. Ich muss genauso nach ihr suchen wie sie nach mir.

Durch die nasse Windschutzscheibe starre ich zu den Gebäuden gegenüber, die ganz verzerrt aussehen. Dann muss ich lachen. Vermutlich hat sie sich so ähnlich gefühlt, als ich ihr diesen ersten Brief an den Sender geschrieben habe.

Ich drehe den Schlüssel im Zündschloss und fahre nach Hause. Als ich dort ankomme, schaue ich im Briefkasten nach, aber zu meiner Enttäuschung ist er leer. Als Nächstes gehe ich nach oben in den zweiten Stock und klopfe an ihre Tür, aber niemand öffnet. Ich lausche eine Weile, doch es ist völlig still.

Sie muss schon zu ihrem neuen Zuhause gefahren sein. Ich schaue mich in ihrem Flur um, als könnte ich hier irgendwelche Hinweise finden, aber da ist natürlich nichts.

Dann fällt mir etwas ein. Naomi hat auch nicht einfach herumgestanden und darauf gewartet, dass ihr ein Hinweis in den Schoß fällt. Sie ist die Straßen auf und ab gegangen, in denen ich gewohnt hatte, hat mit Nachbarn gesprochen, an die ich mich nicht einmal erinnern kann, wie zum Beispiel mit Carol Bell. Vielleicht muss ich dasselbe tun.

Ich gehe zur Wohnung nebenan und klopfe. Niemand reagiert. Ich versuche es bei der nächsten Wohnung, der danach, bis endlich jemand die Tür öffnet, aber offenbar hat Naomi nicht viel mit ihren Nachbarn geredet, denn keiner weiß, wohin sie gegangen ist. Als ich an jede einzelne Tür auf ihrem Stockwerk geklopft und mit ungefähr sechs Leuten geredet habe, fühle ich mich niedergeschlagen, aber noch nicht bereit aufzugeben.

Gerade will ich in den Fahrstuhl steigen, als mir eine Idee kommt. Ich muss so denken wie Naomi. Also nehme ich stattdessen die Treppe, in der Hoffnung, dort einen Hinweis zu finden, aber wieder ohne Erfolg. Als ich in die Eingangshalle komme, sitzt Joel an seinem Tresen und beachtet mich nicht, weil er in seine Zeitung vertieft ist. Ich kenne die Antwort bereits, aber ich muss die Frage stellen.

»Naomi hat dir nicht gesagt, wohin sie zieht, oder?«

Er runzelt die Stirn und schaut über die Zeitung zu mir hinauf. »Ich dachte, ihr beide hättet euch vertragen oder so.«

»Das heißt dann wohl Nein.«

Er nickt in Richtung Eingang. »Ich habe sie gerade mit dem Kind reden sehen.«

Ich schaue durchs Fenster und sehe, dass Caitlin auf dem nassen Bürgersteig hockt und in den Büschen nach Raupen sucht. Der Regen hat aufgehört; die Sonne ist herausgekommen.

»Danke«, sagte ich zu Joel. Ich gehe nach draußen. »Hey, Caitlin.«

Sie dreht sich zu mir um und strahlt mich an. »Da im Busch ist ein Kokon.«

»Toll. Sag mal, hat Naomi dir gesagt, wo sie hinzieht?«

»Nein«, antwortet sie sofort. Sie wendet sich wieder dem Kokon zu, überlegt es sich aber anders und dreht sich doch wieder zu mir um. »Oh. Sie wollte, dass ich dir sage, dass sie zu diesem Diner geht.«

»Diner?«

»Ups, ich meine, sie wollte eigentlich nicht, dass ich dir das sage. Sie hat nur …« Das Mädchen stöhnt. »Ich vermassele hier alles.« Sie atmet tief durch, um sich zu sortieren. Als sie weiterredet, ist ihr Tonfall ein ganz anderer, es klingt, als hätte sie diesen Satz geübt: »Sie hat vielleicht erwähnt, dass sie womöglich zu dem Diner geht.«

»Diesem spanischen?«

Caitlin nickt. »Mit den richtig leckeren *huevos rancheros*.«

Ich lächle, weil ihr übertriebener Akzent so lustig klingt. Dann bedanke ich mich bei ihr, winke zum Abschied und gehe die Straße hinunter. Als ich das Restaurant erreiche, schaue ich mich im Saal um und suche nach Naomi, sehe sie aber nicht. Ich will schon wieder gehen, doch irgendetwas lässt mich zögern. Dann gehe ich zu der Nische, in der wir vor ein paar Wochen zusammen gefrühstückt haben.

Auf dem Tisch sind Marmeladendöschen und Kaffeesahne-Näpfchen zu zwei großen lächelnden Gesichtern angeordnet. Einen Augenblick lang denke ich, dass das wohl ein Kind gewesen sein muss, aber dann schaue ich mir das Kunstwerk noch einmal näher an. Die Gesichter sehen genauso aus wie die, die ich damals am Strand in den Sand gezeichnet habe. Sie hat sogar extra Erdbeermarmeladendöschen genommen, um ihre roten Haare darzustellen.

»Kann ich das jetzt wegräumen?«

Ich drehe mich erschrocken zu der Kellnerin um. Ich habe gar nicht gemerkt, dass jemand hinter mir steht und mich beobachtet. Sie hat die Hände in die Hüften gestemmt und die Brauen hochgezogen.

»Ja. Ich glaube, ich habe, was ich brauche.«

Während ich noch über diesen neuen Hinweis nachdenke, überquere ich die Straße zur Tiefgarage, um mein Auto zu holen. Ich glaube, ich weiß, wo Naomi als Nächstes hingegangen ist.

Als ich am Strand ankomme, ziehe ich mir gar nicht erst die Schuhe aus, sondern renne sofort durch den Sand. Ich muss an Naomi denken und daran, wie sie wegen des heißen Sands an ihren Füßen gekreischt hat. Die Erinnerung bringt mich zum Lächeln. Als ich endlich oben auf der Düne stehe, habe ich eine Menge Sand in den Schuhen. Heute sind viel mehr Leute hier als damals. Ich schaue mich um und suche nach ihrem roten Haar, aber sie ist nicht da.

Langsam gehe ich näher ans Wasser, schlängele mich zwischen Familien und spielenden Kindern hindurch. Im Grunde weiß ich selbst nicht genau, was ich suche, aber ich weiß, dass ich hier sein soll. Ich bleibe stehen, weil ich an einem Häufchen Seetang vorbeikomme, das etwas weiter entfernt von dem Berg Seetang liegt, den das Meer angeschwemmt hat. Ich trete einen Schritt zurück, damit ich ihn ganz sehen kann. Der Seetang ist so gelegt worden, dass er eine Zahl bildet: 1372.

Sonst steht dort nichts. Nur die Zahl. Ich runzele die Stirn, dann schaue ich mich um und suche etwas, das die Zahl einordnen könnte, aber ich finde nichts.

In der Nähe liegt eine Frau auf einem Handtuch und sonnt sich.

»Entschuldigung. Haben Sie zufällig gesehen, wer das hier gemacht hat?«, frage ich sie.

Sie sieht in meine Richtung, offenbar genervt, dass ich sie störe. »Weiß ich nicht«, sagt sie und zuckt die Achseln.

Ich schaue mir die Zahl noch einmal an. Sie ist nicht Teil von Naomis Handynummer, außerdem habe ich die ja bereits. Vielleicht gehört sie zu einer Adresse? Aber dann bräuchte ich noch den Straßennamen, die Stadt, die Postleitzahl. Ich hole mein Handy heraus und tippe »1372 Miami« ins Suchfeld. Eine Reihe möglicher Straßennamen poppt auf.

Ich seufze. Dann muss ich wohl jede dieser Straßen abfahren, um herauszufinden, wo sie wohnt. Ich gehe zurück zu meinem Auto und tippe die erste Adresse in mein GPS-Gerät ein. Vierzehn Minuten brauche ich für die erste Strecke vom Strand zu einem Laden, der aussieht, als wäre er schon eine ganze Weile geschlossen. Trotzdem steige ich aus und gehe zur zugenagelten Eingangstür, in der Hoffnung, dort einen weiteren Hinweis zu finden, aber da ist nichts. Zurück im Auto gebe ich nacheinander die Adressen bei Google ein und sehe nach, ob es sich dabei um Geschäfte oder Privatadressen handelt.

Wenn Naomi mir einen Teil ihrer neuen Adresse gegeben hat, dann will ich meine Zeit nicht damit verschwenden, zu alten Geschäften zu fahren.

Als Nächstes tippe ich die Adressen, die zu Wohnhäusern gehören, auf einer Immobilienwebsite ein und suche erneut. Das engt die Auswahl deutlich ein. Ganz in meiner Nähe gibt es eine passende Adresse, und die Immobilienseite hat die Anzeige mit einem »VERKAUFT«-Sticker versehen. Das Grundstück befindet sich nur etwa zehn Minuten Fahrtzeit von hier entfernt. Irgendwie glaube ich, dass ich auf der richtigen Spur bin. Ich gebe die Adresse in mein GPS ein und fahre los.

Das Haus hat einen grünen Rasen und Palmen im Vorgarten. Der hintere Garten ist eingezäunt, das Dach ist mit roten Ziegeln gedeckt, und daneben befindet sich eine Garage mit geschlossenem Tor. Wenn Naomi also hier ist, kann ich es nicht an ihrem Auto erkennen. Vor dem Haus steht noch das Schild des Maklers, darüber ein Banner mit dem Wort »VERKAUFT« in großen, roten Buchstaben.

Ich halte auf der anderen Straßenseite und steige aus. Erst will ich einfach zur Eingangstür gehen und klopfen, doch da bemerke ich etwas, das an dem Briefkasten klebt. Mit schnellen Schritten überquere ich die Straße und sehe nach. Es ist ein weißer Umschlag mit meinem Namen darauf. Ich löse ihn ab, dann öffne ich ihn und entfalte den Zettel.

Lieber Luca,

eines der Dinge, das ich an »uns« am liebsten mochte, war,
dass ich immer raus zum Briefkasten gehen musste, um
nachzusehen, ob du mir wieder geschrieben hast. Jede
Woche war ich gespannt darauf, was du wohl wieder für
bescheuerte Ideen haben würdest. So warst du ständig in
meinem Kopf. Die ersten Jahre überlegte ich die meiste Zeit,
was ich dir schreiben konnte. In den letzten zwei Jahren
habe ich allerdings vor allem darüber nachgedacht, wo du
wohl warst und warum du nicht zurückgeschrieben hast.
Ich will den Kontakt nicht wieder verlieren. Das hier ist
meine neue Adresse. Ich wünsche dir für die Zukunft nur
das Beste. Vielleicht kannst du mir ja trotzdem hin und
wieder schreiben.
Alles Liebe
Naomi

Ich starre den Brief in meiner Hand an, vollkommen entgeistert, dass sie mit mir dieses Spiel gespielt hat, nur damit sie
mir alles Gute wünschen und mich bitten kann, ihr hin und
wieder zu schreiben. Ich hatte gedacht, dass jetzt vielleicht
alles gut zwischen uns werden würde, dass sie mir verziehen
hatte, aber dieser Brief zeigt mir, dass das nicht stimmt. Gut,
ihr Briefe zu schreiben, ist besser als nichts, aber ich hatte mir
mehr erhofft. Ich weiß nicht, ob ich es schaffe, ihr zu schreiben. Jetzt, wo ich weiß, wie es ist, so viel mehr als das zu
haben, und wie es ist, es wieder zu verlieren.

NEUNUNDDREISSIG

Schreib mir

Naomi

Er steht neben meinem neuen Briefkasten und liest den Brief, den ich ihm geschrieben habe. Langsam komme ich hinter dem Haus hervor. Ich warte, bis ich sicher bin, dass er alles gelesen hat, dann räuspere ich mich.

»Oder wir können auch aufhören, Zeit zu verplempern, und du kommst einfach rein?« Luca dreht sich um und sieht mich mit großen Augen an, und ich weiß ganz sicher, dass er nicht bemerkt hat, dass ich mich angeschlichen habe. »Wir können es ja langsam angehen lassen. Du kannst mich besuchen, und vielleicht ziehst du dann irgendwann aus deiner Wohnung aus. Dann hinterlassen wir uns gegenseitig Zettel am Kühlschrank und schreiben uns Briefe vom einen Ende des Sofas zum anderen.«

Für eine halbe Ewigkeit starrt er mich an, den Brief immer noch in der Hand. Er rührt sich nicht, und ich fange an, mich zu fragen, ob ich die Zeichen falsch gedeutet habe. Vielleicht will er das hier überhaupt nicht. Vielleicht hat die letzte Nacht mir mehr bedeutet als ihm. Ich habe mich noch nie so angreifbar gemacht, und jetzt jagt es mir eine Heidenangst ein, dass er nicht reagiert.

»Ich liebe dich«, sage ich zu ihm.

Diese drei Worte scheinen ihn aus seiner Erstarrung zu reißen. Er geht auf mich zu und hebt mich hoch, küsst mich.

Als wir uns endlich wieder voneinander lösen, stellt er mich sanft zurück auf den Bürgersteig und sieht mich stirnrunzelnd an.

»Dieser Brief«, sagt er und hält ihn hoch. »Ich dachte …«

Er beendet den Satz nicht, sondern schüttelt nur den Kopf. Ich weiß, dass es gemein war, so einen Brief zu schreiben, aber andererseits waren unsere Briefe doch immer gemein. Ich glaube, das bedeutet, dass ich diese Runde gewonnen habe.

Plötzlich lacht er auf, und ich frage mich, ob ihm gerade der gleiche Gedanke gekommen ist. Er küsst mich wieder, und dann sagt er: »Du kannst aber nicht jedes Tier adoptieren, dass ich zur Pflege habe.«

Und ich glaube, das bedeutet, dass er jetzt mit rein kommt.

EPILOG

Zwei Jahre später

Liebe Naomi,

ich glaube, ich muss dich vorher warnen, dass in dieser kleinen Schachtel kein teures Armband liegt. Ich will nur nicht, dass du enttäuscht bist, zumal das, was darin ist, so viel wichtiger ist als jedes Schmuckstück. Bevor du die Schachtel öffnest, solltest du wissen, dass ganz im Gegensatz zu dem, was du behauptest, die neuen Kissen keinerlei Auswirkungen auf die Lautstärke und Intensität deines Schnarchens haben. Ich gebe dir einen Tipp: In der Schachtel sind Nasenstrips gegen das Schnarchen.

O Mist. Jetzt habe ich es schon verraten, oder? Ich bin ganz schlecht mit Überraschungsgeschenken. Ich hoffe, es gefällt dir trotzdem. Ich helfe dir auch, die Strips aufzukleben, weil ich ein Gentleman bin.

Kannst du morgen auf dem Weg nach Hause Katzenfutter kaufen? Wir haben kaum noch welches, und du weißt ja,

wie Roland ist, wenn seine Schüssel halb leer ist. Vielen
Dank. XOXOXO
Alles Liebe
Dein Ehemann

Ich schaue von dem Brief zu Luca hoch, der mich mit einem breiten Grinsen beobachtet. Er liebt es, meine Reaktion zu sehen, wenn ich seine Briefe lese, besonders, wenn er sich etwas überlegt hat, um mich zu ärgern.

»Du erwartest, dass ich Katzenfutter kaufe, nachdem du dich gerade über mein Schnarchen lustig gemacht hast? Echt jetzt?«

Er zuckt die Achseln. »Es sind deine Katzen.«

»Du hast mich ausgetrickst und mich dazu gebracht, sie zu adoptieren«, erinnere ich ihn.

»Ich habe dich nicht ausgetrickst. Außerdem habe ich mich nicht über deine Schnarcherei lustig gemacht. Ich habe uns nur beiden einen Gefallen getan.«

Er schiebt die Schachtel näher zu mir. Ich nehme sie in die Hand und löse vorsichtig das Band, das drumherum gebunden ist, dann reiße ich das Geschenkpapier auf. Darin liegt eine Schachtel mit Nasenstrips und einem Post-It darauf:

War nur ein Witz. Ich kaufe das Katzenfutter.

»Siehst du? Ich habe darauf gepokert, dass du zuerst den Brief liest. Sonst hättest du den Zettel ja gar nicht verstanden.«

Ich verdrehe die Augen, kann aber ein Lächeln nicht unterdrücken. Dann stelle ich mich auf die Zehenspitzen und küsse ihn.

»Außerdem ist das Schnarchen meine Schuld. Vor all dem hier hast du so ruhig geschlafen.« Er streicht mit der Hand über meinen Bauch, der sieben Monate rund ist.

»Das war alles deine Idee«, stimme ich zu.

Dann begleite ich ihn zur Tür, um mich von ihm zu verabschieden, weil er zurück zur Arbeit muss. Ich gebe ihm noch einen Kuss, bevor er sich umdreht und ich ihm hinterherschaue. Als er wegfährt, lächle ich immer noch. Dabei formuliere ich im Kopf schon kleine Gemeinheiten für meinen nächsten Brief an ihn. Im Wohnzimmer setze ich mich aufs Sofa, auch wenn ich dort kaum noch Platz habe, weil Bruno es zur Hälfte einnimmt. Dann nehme ich meinen Notizblock und den Stift vom Couchtisch und beginne zu schreiben.

Emily Wibberley, Austin Siegemund-Broka
The Breakup Tour – Der Sound unserer Liebe
Roman
Aus dem Amerikanischen von Nina Restemeier
409 Seiten. Klappenbroschur
ISBN 978-3-7466-4109-6
Auch als E-Book lieferbar

Ein Roman voller Herzschmerz und Musik – mit dem Sound gebrochener Herzen

Es ist ihr Liebeskummer, der ihr den Durchbruch bringt: Mit ihrem Album »The Breakup Record«, das sich um ihre Trennungen dreht, wird Singer-Songwriterin Riley über Nacht zum Superstar. Doch dann brüstet sich ihr Ex-Mann damit, sie zu ihrem größten Hit »Until You« inspiriert zu haben, und Riley kehrt in ihre Heimatstadt zurück, um Max, ihren Ex aus Jugendtagen, wiederzutreffen. Aber Max will sich nur als ihre einstige große Liebe outen, wenn sie ihn als Keyboarder mit auf Tour nimmt. Und so beginnt der Sound ihrer Liebe von Neuem …

»Für die Swifties – ›The Breakup Tour‹ hat mich zum Schwärmen und Mitsingen gebracht.« B.K. Borison, Autorin von »Lovelight Farms«

**Regelmäßige Informationen erhalten Sie über unseren Newsletter.
Jetzt anmelden unter: www.aufbau-verlage.de/newsletter**

Susannah Nix
The Love Code. Wenn die widersprüch-
lichste Theorie zur großen Liebe führt
Roman
Aus dem Amerikanischen von Katharina Naumann
331 Seiten. Klappenbroschur
ISBN 978-3-7466-4090-7
Auch als E-Book lieferbar

Wenn aus theoretischer Unverein-
barkeit in der Praxis Liebe wird ...

Komplexe binäre Codes sind ein Leichtes für Informatikerin Melody –
im Gegensatz zur Liebe, um die sie, aufgrund empirisch belegter Bezie-
hungsuntauglichkeit, lieber einen Bogen macht. Doch als sie sich plötzlich in einem merkwürdigen Fake-Dating-Szenario mit dem unverschämt
heißen Jeremy wiederfindet, ihrem One-Night-Stand aus Collegezeiten,
stellt sie fest, dass die Liebe darauf keine Rücksicht nimmt.

Chemistry Lessons – Die neue Romance-Reihe über MINT-Frauen und
die Suche nach Liebe

Regelmäßige Informationen erhalten Sie über unseren Newsletter.
Jetzt anmelden unter: www.aufbau-verlage.de/newsletter

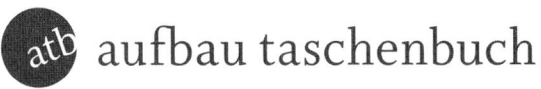